KB150568

진도비전 II
珍 島 秘 典
土 생태의 지도

진도비전 II 土 생태의 지도
초판 1쇄 인쇄_ 2016년 6월 25일 | 초판 1쇄 발행_ 2016년 6월 30일
지은이_명랑한 진도 | 엮은이_강은수 | 펴낸이_오광수 외 1인 | 펴낸곳_꿈과희망
디자인 · 편집_김창숙, 박희진 | 마케팅_김진용
주소_서울시 용산구 백범로 90길 74, 대우이안 오피스텔 103동 1005호
전화_02)2681-2832 | 팩스_02)943-0935 | 출판등록_제2016-000036호
e-mail_ jinsungok@empal.com
ISBN_978-89-94648-89-7 43810
※ 책 값은 뒤표지에 있습니다.
※ 새론북스는 도서출판 꿈과희망의 계열사입니다.
ⓒPrinted in Korea. | ※ 잘못된 책은 바꾸어 드립니다.

진도비전 II
珍 島 秘 典

해풍의 한가운데서 더불어 살아가는 것들의 기록
물·불·바람·흙… 4원소의 프리즘에 비추어 본 생태 이야기

土 생태의 지도

명랑한 진도 지음 ― 강은수 엮음

꿈과희망

진도비전, 두 번째 이야기

　진도비전(珍島秘典) 첫 권의 여운이 가시기도 전에 두 번째 책을 내기로 약속한 시간이 되었다. 시간은 이토록 예측하기 어려운 속도로 흘러가는데, 첫 권 안에 가득했던 아릿한 정서는 그 짧은 동안에도 흐려져 가고 있음을 느낀다. 그럼에도 해풍이 불면, 깃발은 흔들리게 마련이다. 사뭇 흐려져 가는 것들을 기록하려는 우리의 마음도 어김 없이 해풍의 신호를 듣는다. 그리고 언제나처럼 흔들린다.

　이 책은 진도고등학교 재학생들로 구성된, 교육부 선정 동아리 '명량한 진도' 가 진도의 역사, 생태, 문화를 새롭게 조명하여 총 4권의 단행본을 저작하고 출간하게 되는 인문학 책쓰기 프로젝트의 결과물이다. 아래와 같이 구성된 전체 '진도비전' 시리즈의 두 번째 작품이기도 하다.
　제 1권, 史, 시간의 지도
　제 2권, 土, 생태의 지도
　제 3권, 風, 문화의 지도
　제 4권, 流, 미래의 지도

　1권 '史, 시간의 지도'가 2014년에 제작되었고, 이제 2권 '土, 생태의 지도'가 세상으로 나가 수많은 독자들과 교감하고자 한다. '시간의 지도'에 보내 주신 많은 분들의 성원이 책을 직접 쓰고 만든 학생들에게는 큰 힘이 되었다. 세상의 가장 작은 소리들을 담아 보고자 노력한 새로운 프로젝트가 조그마한 울림통이 될 수 있기를 기대해 본다.

생태는 사람이다

생태는 사람이다. 세상에 존재하는 모든 것들이 서로 연결되어 있음을 상기한다면, 우리들은 그 일부이자, 모든 것이다. 우리가 당면한 숙제, 해결해야 할 과제를 상기시키는 명제이기도 하다. 분명, 생태는 사람이다. 사람과 더불어 있는 것, 사람을 둘러싼 것, 사람 안에도 있고 밖에도 있는 것이자, 사람이 오랫동안 실례를 범하고 있는 대상이기도 하다. 사람이 그를 둘러싼 모든 것과 더불어 살아가는 삶의 양식을 이 책의 저자들은 生態라 부르기로 했다.

우리는 적어도 설악산에 케이블카를 설치하고자 하는 계획을 정중히 반대한다. 대포항의 호젓함을 빼앗아간 개발의 논리에도 반대한다. 하지만, 모든 개발을 반대한다면 다리가 섬을 바꾼 진도의 오늘 또한 설명할 길이 없음을 알고 있다. 분명, 하나의 개념으로 응축된 환원주의만으로는 설명되기 어려운 다차원의 세상에서 우리는 살아가고 있다.

그래서 우리의 전략은 '우리의 삶, 고민, 느낌들 속에, 지금 여기에서 살아가며 만나게 되는 특별한 대상들을 녹여내는 것'이 되었다. 학교 가는 길에 마주치는 나비들과 울돌목의 거센 물살을 타고 힘차게 이동하는 숭어 떼들, 천지를 부드럽게 감싸는 댓잎의 바람소리를 소박한 백일몽 속에 담아보고자 시도했다. 그 과정이, 결과물이 미숙할지라도 그 속에서 잠깐이나마 빛나는 무엇인가가 독자 여러분들에게 말을 걸기를 바랄 뿐이다.

강은수

차례

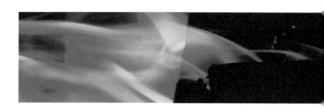

|火| 불

|土| 흙

海風, 세상을 향해 나부끼다

공기

空

四元素論

空火水土

검은 돛배

하지연
공기보다 가벼이, 그보다 더 자유롭게 휘몰아치듯 어디론가 흘러가 버린
사람과 그의 위태로운 가족 이야기.

Air#1

　아레 섬 지방의 풍(風)은 맵기로 이름이 나 있다지만, 이곳의 바람은 여기서 나고 자라 그에 익숙해질 만한 사람들도 그것의 기세에 눈살을 찌푸릴 정도로 유독 정도가 심하였다. 그 근원은 먼저 바닷가에서 시작해서 매섭게 울어 치는 벽파를 제멋대로 휘젓고 뒤엎다가, 소나무나 동백나무의 가지와 잎사귀 사이사이를 간지럽게 흔들며 숲을 가볍게 매어 잡고, 언덕배기를 타올라 넘어가는 순간 땅을 향해 몸을 곤두박질쳤다. 그렇게 부는 바람은 태생부터가 억센 환경이었기 때문에, 추락한 바람은 거칠기로 말하면 호랑이 혓바닥보다 더 뻣뻣했고, 날카로움으로 말하자면 탱자나무 가시보다 더 야늘했다.

　여름이 된다면 그 강도는 조금 약해지지만 그때는 짠 물에서 데려와 제 몸에 가득 머금었던 습기를 한꺼번에 토해내듯 온 곳에 퍼졌다. 나는 내지에서 약간 떨어진 바닷가에서 살고 있었고, 그 때문에 내가 느끼는 바람은 그보다 더 날짐승 같은 구석이 있었다. 모래사장 앞까지 다가온 바람은 뽀얀 거품을 일으키며 우리 집 앞마당까지 다가왔고, 이따금 구름과 함께 그것이 밀려온다 싶으면 맨발로 뛰쳐나와서라도 그것을 온 몸으로 느끼곤 했다.

가시나가 바닷바람을 맞으면 피부가 거칠어진다고 핀잔 주는 엄마의 말에도 불구하고 나는 바람을 장막처럼 휘감는 것을 좋아했다. 아직 섬에서 나가보지 못한 소녀는 뭍을 동경하며 바람을 타고 날아가는 새를 마음 속 새장에 기르고 있었다. 하얀 새의 날갯짓과 나부끼는 깃털과 저 먼 곳에서 불어오는 매쌉한 바람. 팔을 크게 벌린다. 머리카락이 걸려 흩날린다. 서늘하고 투명한 덩어리가 품에 안긴다. 속에 숨긴 바늘 한 쌈 같은 조각들이 모래알과 함께 살갗을 찌른다. 둥실 떠올릴 것마냥 부풀어진 옷자락이 나부낀다. 공기는 팔다리에 축축하게 휘감긴다. 혓바닥으로 염기가 밀려온다. 그 앞에서 나는 장애물일 테지만 우뚝하게 서있는 바람에게 먹히고 긁혀져서 어느 순간이면 삼켜질 테지. 흰 닻도 필요 없는 여정에 동행해 주지 않으련. 속삭이자 운다. 바람이 운다. 괴롭다는 듯 운다. 눈물은 흘리지 않고 목대를 세워 운다. 워어, 워어, 휘어어.

바람은 예상치도 못한 곳에서 불어오기 마련이었다.

이웃집에 살던 창범이 행방불명 되었다는 사실을 알아챈 것은 그가 사라진 지 일주일이나 지난 뒤의 일이었다. 그의 가족들이 나에게 누군가를 봤냐며 울고불고 통사정을 한 것도 아니었고, 이웃 아짐들이 신문지를 깔고 모여 앉아 콩나물을 손질하며 벌레 먹은 머리와 같이 흘려 보내는 말들을 엿들은 것도 아니었고, 곧 무너질 것만 같은 전봇대에 걸려 있는 '사람을 찾습니다.' 라는 제목의 현수막에서 그의 이름을 본 것도 아니었다. 단지, 저녁 시간이 끝날 즈음 되면 집 앞의 허름한 구판장에서 싸구려 국산 담배를 한 갑씩 사가던 그의 모습이 보이지 않던 것뿐이었다.

이곳에서 도보로 1시간 반 정도 걸리는 선착장에서 매일 새벽 5시마다 배를 타고 바다로 나가 그물로 고기를 낚아 올리던 그는 내 기억에도 전형적인 어부의 형상을 한 아저씨로 남아 있었다. 원래 목포가 고향이던 창범은 이곳에 특별한 연고가 있는 것도 아니었다. 청년시절, 그는 발 닿는 곳마다 어딘가로 훌쩍 떠나

곳곳을 돌아다니는 것을 좋아했다. 어쩌면 그에게 역마살이 끼어 있던 것일지도 모를 터이다. 집 앞마당에 깔린 푸른 물결을 타고 그는 전국 방방곡곡을 돌아다녔고, 그때 겪었던 이야기들은 구판장 앞 플라스틱 의자에 앉아 소주를 돌리는 아재들의 술안주로 술술 끄집어 나오기도 했다. 산전수전을 다 겪은 청년은 아주 잠깐 들른 섬에서 물살이 가팔라 끊긴 배 때문에 뭍으로 나아가지 못했고 하루, 이틀, 보름. 그것이 한 달째가 되었을 때 섬에서 나갈 생각은커녕 편안하게 안주하고 있는 자신을 깨닫고는 발을 이곳에 묶기로 결심하였다.

나는 그와 많이 친하지는 않았지만 가끔 그가 해주는 바다 이야기나 무용담을 듣고는 했으므로 그가 진도에 있게 된 전말을 어느 정도는 아는 셈이었다. 머리가 조금 자란 나는 그래도 합당한 이유를 따져보겠다고, 도대체 왜 이곳에 있냐고 대들 듯 그에게 물어보았다. 그때마다 창범은 어디서 난지 모를 다방 전화번호가 써진 재떨이에 담뱃재를 툭 떨치며 하는 말이,

"괴기가 잘 잡힌 께는 여기서 사는 거제."

솔직히 말해 나는 그 말에 그에 대한 실망감을 감출 수 없었다. 우습겠지만, 나는 하다못해 '우리 마누라가 예뻐서.'라는 어처구니없는 대답까지도 수용해 줄 수가 있었다. 그 나이의 나에게는 생계에 찌든 듯한 어른들의 대답이 도무지 수긍되지 않을 뿐 더러, 뭍에 살던 그의 자유분방함의 흔적을 찾아보고 싶었기 때문이었다.

물론 조금 더 크고 보니 그 절박함을 조금이나마 알 수 있었지만. 그의 가족은 당장이라도 입에 풀칠하기 급급한 상황인지라 항상 억살스럽게 행동했다. 아내인 명자는 특히나 셈에 빠릿빠릿했고, 딸인 영신도 아직 고등학생이지만 제 나이에는 앞선 악착스러운 생활력을 가지고 있었다. 아마 창범의 실종을 늦게나마 알게 된 것의 전말에는 그의 부재로 일어날 상황에 대한 계산이 내포되어 있다고 해도 그리 놀랄 일은 아니었다. 그의 셋방 주인 대머리 아재나 곗돈을 맡긴 동네 부녀자들이 그 쥐꼬리만한 금전을 꼬투리 삼아 독촉을 하는 모습을 상상하면 더 그러하였다.

한 사람의 공백은 한 어부의 공백으로 이어지고, 한 가장의 공백까지도 이어졌다. 막상 그 구멍에 쏙 빠져버린 사람은 아무런 말이 없는 고로, 나는 그가 어떻게 실종되었는지 알 수가 없었다. 어디에 갔을까. 바다에 빠졌나. 배를 타고 멀리

가버렸나. 아니면 바람을 타고 갔나. 멀리멀리 가버렸나.

에구, 불쌍하기도 하지. 쯧.

저녁시간. 엄마는 오일장에 갔다 와서는 검은 봉지를 도마 위에 내밀었다. 봉지 안에서 푸른 등 하얀 배의 생선이 우르르 쏟아진다. 옆집 창범 아재 있지, 명자가 경찰서에 실종신고를 한 모양이야. 엄마는 칼을 들었다. 칼등 위에 형광등 빛이 스산하게 지나갔다. 일주일 하고 이틀 되었던가? 배에 타고서는 아무 소식이 없다고 하네.

탕. 탕. 텅.

그런가 보다. 눈을 한 번도 끔뻑이지 않고 도마 위에서 뻣뻣하게 굳어진 고등어 도막들. 냄비로 들어간 그것들은 간장과 무와 한데 섞여 가스 불에 졸여지기 시작했다. 김 여사 지금 나가는 삯일도 별로 크게 도움이 되지는 않는 것 같던데. 모태 놓은 돈은 있으려나. 뭉그레 솟아오르는 김과 함께 피어 오르는 꼬스름하고 달큼한 내음새. 엄마는 '바다의 음식'을 자주 했지만 그 사이에서 비린내가 나는 구석은 거의 없었다. 엄마, 그건 어디에서 들은 거야? 엄마는 파를 송송 썰던 손을 잠깐 멈칫, 한다. 냄비 위로 거품이 한 가득 올라왔다. 그런 거야 동네 아짐들 사이에서 다 이야기가 나오잖아. 여기가 얼마나 좁은데. 엄마는 가스 불을 끄고 냄비에서 고등어조림을 조금 덜어내 다른 반찬들과 함께 찬 통에 담았다. 이거 옆집에 가져다 주고 와라. 지금 명자가 제정신이 아닐 테니 밥도 잘 못 먹고 있을 겨. 별 내색은 하지 말고, 그냥 인사만 하고 와. 엄마는 참, 무슨 오지랖이야. 그런 투정에도 불구하고 엄마는 분홍색 보자기로 싼 반찬통을 내게 넘겨주었다.

녹이 벗겨진 철문을 열자 마당에 묶여 있던 개가 나를 보고 짖어댔다. 하지만 아무도 마당에 나오지 않았다. 계세요, 말해도 대답 없어 방문을 살짝 두드렸다. 잠시 조용한 듯싶더니 문이 살짝 열린다. 문 사이로 영신의 얼굴이 빼꼼 보였다. 생각보다 멀쩡한 모습이다.

"왜 왔어?"

"엄마가 이거 전해주래."

영신은 보따리를 받아 안고는 웃음을 지어 보였다. 살짝 부은 눈두덩이 도드라져 보였다. 손 인사를 하고 돌아서려다 왠지 마음에 걸려 멈칫, 한 게 잘못이었다. 가슴 언저리에 미끌미끌하고 뜨끈한 게 왈칵 쏟아지려 한다. 이건 민망함인지, 동정심인지, 뭣인지도 모를 만큼 지리하다.

❖❖❖❖❖

이불에 눕자마자 창문이 흔들리더니 이내 탕, 탕 밀쳐내는 소리로 바뀌었다. 아, 바람이 무르익었나 보다. 태풍이 온 것도, 한겨울도 아닌데 사철 내내 이곳에 머무르며 몸집을 불린 바람이 잘 곳 없는 나그네의 손기척 소리처럼 창문에 몸을 부딪친다. 텅, 터엉. 서로 몸을 섞어가며 벽을 향해 기세 좋게 구르는 바람에 방금 전까지도 쏟아졌던 잠은 이미 온데간데 없었다. 곧 떠날 것만 같이 불어대도 다음 날 다시 문을 두드리며 찾아온다. 너 또한 떠날 수 없는 운명이고, 나 또한 그러리라.

아마 이 바람 또한 육지를 본 적이 없을 테지. 뭍은 아직도 내게는 알 수 없는 공간이었다. 눈을 뜨고 두 발로 걸어왔을 때부터 내 주변에는 항상 바다가 있었다. 마치 살아 있다는 듯 파란 몸을 뒤척이며 큼직한 구순으로 하품을 하며 잔물결을 일으키고는 다시 멀리끔 달아나는, 나의 푸른 대지. 그곳에서 끌어올린 모든 것들은 차곡차곡 나를 이루고 섬마저 쌓아냈다. 그렇기에 바다가 없는 장소를 상상하기란 영 힘들었다. 마당 앞에 놓인 풍경에서, 파란색 도화지 같은 장소를 지워내고 그 대신에 흙을 채운다는 것은 지우개 따위로 되는 일이 아니었다. 나도 그렇고, 엄마도 그렇고, 아빠도 그러했으며 때때로 뭍에 찾아가는 동네 아재들도 뭍을 정확히 알지는 못하였다.

그 정경을 정확히 알고 있던 것은 창범이었다. 그의 이야기에서 융단처럼 둘둘 말려 나온 흙의 냄새는 내가 여태껏 맡아보지 못한 종류의 것이었고, 그 정도면 호기심이 지극한 한 명의 소녀 정도는 설득하기 충분하였다. 비린내가 나지 않는 곳. 짠 내가 나지 않는 곳. 나는 바랐다. 언젠가는 꼭 해무에 젖은 투명한 날개를 펴서 날아가리라고. 그 때문에 언젠가 창범에게 고백한 적이 있다. 저는 언젠

17

가 이 섬을 나갈 거야요. 이곳저곳 돌아다니고 싶어요. 그의 행적을 그대로 답습한 듯한 대답이었기에 나는 평균적인 축에 드는 응답, 그러니까 여행자에게 주는 축복이나 걱정 같은 것을 전혀 기대하지 않았다. 오히려 그의 비웃음을 기다렸다. 이제 고작 열 몇 살이나 먹은 계집애가 이곳을 나가려 한다는 것은 그에게 매우 우스꽝스러워 보임. 나도 알고 있었다. 그는 엄지와 검지 사이에 쥔 담배를 입에 가져다 댔다. 연기를 깊게 빨았다가 내쉬었다. 허파에서 안개 같은 연기가 옅게 깔렸다.

"이 가시내가…… 벌써부터 그런 생각이나 하고 말이여."

그 뒤의 말부터는 잘 기억나지 않는다. '가시내'라는 단어에 그 잔소리가 끝나자마자 '알았어요!'라며 영신의 방으로 쏙 들어가 버린 탓인지. 한 마디 정도는 기억에 남아 있을 만도 한데.

쾅, 쾅쾅. 바람에 일어서다가 다시 몸을 뉘이는 기억들. 그것들은 머릿속에서 메마르게 굳어갔다. 끄집어 낼 수 없으리라고 생각하지만 언젠가는 마음을 쑤실 것임에.

아침부터 엄마는 마당에 펼쳐진 항아리 조각과 어딘가에서 날아온 와륵들을 빗자루로 삭삭 긁어 모으며 구시렁댔다. 필시 어제 분 바람 때문일 것이다.

"새벽에 그렇게 바람이 불어대더니만, 느이 아빠는 내가 장독대 뚜껑에 벽돌 얹어놓으라는 말을 잊어버렸단다!"

"전에는 아빠가 못미덥다면서. 엄마가 확인이라도 해보지."

"자면서 하니 아빠, 장독대 뚜껑은 덮어 놨으요? 하니까 응, 했어. 라고 대답하는 것까지 들었으면 말 다했지. 그 양반은 잠결에 뭔 말을 해도 다 끄덕끄덕 하니께는. 그냥 앞으로는 내가 하고 말쟈."

엄마는 쓰레기 봉투에 조각들을 붓고는 손을 탁탁, 털었다. 버스비랑 용돈을 명목으로 손에 쥐어진 만 원에는 아침 밥상에 올라왔던 멸치 냄새가 약간 배어 있었다. 우리 집에 있는 모든 것들은 바다의 냄새를 벗어날 수 없었다. 그렇게 묻은 흔적들이 나를 이곳으로 붙잡는 것일 수도 있겠다. 고갯짓으로 인사를 하고 대문을 나섰다. 어제 밤에 불었던 바람과는 다르게 실바람이 치마폭을 감싸고 돌았다. 이른 아침의 비릿한 안개 향과 차분 공기의 살점이 코 끝에 묻는다. 아직 완전히 물러나지 않은 새벽을 반증하는 듯 마알갛게 물든 하늘은 언덕에 내리 앉아 육중한 몸을 산 뒤로 물리고 있었다. 조용하고 차분한 거리의 광경이다. 어제 밤 그 난리를 치던 것은 도대체 어딘가로 물러나버린 것인지 모를 일이었다.

어느새 정류소에 다다랐다. 학교를 가려면 새벽부터 일어나 7시 10분에 있는 읍내 방향 첫 차를 타고 가야 한다. 외진 곳이라 버스의 배차 간격이 좋지 않은 탓이다. 사늘한 감촉의 나무의자에 앉았다. 버스가 오려면 10분 정도 남았지만 정류장에는 아무도 보이지 않았다. 다른 시간대라면 빠글빠글하게 머리를 볶은 할머니 서너 분이나 버스를 기다리며 담배를 피우는 동네 청년이나 아재들이 있었겠지만 오늘은 장이 서는 날도 아니었고, 일을 하러 나가는 남자들은 이미 새벽부터 나가 지금쯤이면 배 위에서 일을 하고 있을 터였다. 결국 정류장에 남는 것은 나, 그리고 영신이었다. 영신은 항상 버스가 오기 직전의 아슬아슬한 시간대에 비로소 정류소에 도달했다. 언제는 문이 닫히고 출발하기 직전의 버스를 불러 세우기도 했지만, 그렇다고 해서 버스를 놓친 적은 한 번도 없었다. 항상 늦게 나온다고는 해도 그녀가 게으른 천성은 아니었다. 오히려 부지런하고 성미가 급했다. 그럼에도 불구하고 이 시간에 늦게 되는 이유는 그녀의 부모님 때문이었다. 해가 뜨기도 전에 바다에 가는 부친과 영신을 깨우고 바로 밭일을 가는 모친. 영신은 제 손으로 학교에 갈 준비를 하고 마당을 쓸고, 간 밤에 마른 빨래를 걷고, 밥상을 치우고 설거지를 해야만 나올 수 있었다. 굳이 그럴 필요는 없었지만 순전히 그녀의 꼼꼼함과 억살스러움 때문이었다.

평소라면 영신을 아무렇지 않게 대할 수 있겠지만, 어제 그 일이 떠오르면 어떻게 되는지. 가급적 창범에 대한 말은 피하고 싶었지만 이러나저러나 괜스레 분위기만 요상해질 것은 분명했다. 어쩌지. 차라리 모른 척을 할까. 택시를 타고 가버릴까. 라고 생각했는데 길모퉁이에서 영신이 걸어오는 것이 보였다. 나는 그녀에게 가볍게 손 인사를 했다. 영신도 손을 흔든다. 조금 떨어진 거리만큼의 의자에 앉는다. 버스가 오기 전. 조용한 버스 정류소. 곧이어 버스가 도착하고 나와 영신은 차례로 버스에 올라 나란히 앉았다.

"찬통은 씻어서 집에 놔뒀으니까 오후 되면 가지러 와."

"그래."

"신경 써주셔서, 고맙다고 전해줘."

"그래."

고개를 슬쩍 들어 영신을 힐끔 바라보지만 무신경한 표정이다. 그런 나 스스로가 민망해 그저 손끝을 만지작대는데 영신이 말을 건다.

"너도 너무 신경 쓰지는 마."

잠시 동안 머리 속이 창백해졌다가 다시 녹아 든다. 무엇 때문에 내가 말이 없는 건지, 눈치를 보고 있는 것인지 다 아는 눈치이다. 풀이 꺾인 나는 머리를 창문에 기댄다. 학교에 도착하고 나서도, 다시 버스를 타고 집으로 갈 때도, 찬통을 돌려주고 나서도 영신은 평소와 똑같았다. 그냥 그런가 보지. 굳이 영신의 자존심을 무너뜨리고 싶지는 않았다.

오늘도 어김없이 바람은 밤을 찢고 찾아왔다.

눈을 지그시 감아볼 때마다 젖은 솜마냥 뇌를 꽉꽉 하게 채운 것은 오만 생각이었다. 언제 시작된 지도 모를 생각의 끝은 고양이 발에 채인 털실처럼 굴러간다. TV 앞에 앉아 아빠의 흰색 셔츠에 단추를 꿰매던 엄마는 입을 열었다.

"너는 섬 남자하곤 결혼하지 말어. 나중에 고생한다."

"왜? 엄마는 아빠하고 결혼했으면서."

"그냥 말 하면 들어. 엄마가 겪어봐서 아는 건께는."

굳이 이야기하지 않아도 그 의도는 잘 알고 있었다. 섬 남자들은 언제 돌아올지 몰랐다. 이유는 다양했다. 배가 뒤집혀서이든, 술판이 늦어져서든, 아니면 다른 여자에게 가든 항상 집에 머물러 있는 기간이 짧았다. 또 하나, 가부장적이었다. 그런 사고방식은 지금에 비해서는 꽤나 뒤처진 구세대의 유물이었다. 내가 보아왔던 아재들만 봐도 그렇고 옆집의 창범도 그 중 한 사람이었다. 어렸을 때 영신은 때때로 종아리에 빨간 줄을 새긴 채 울면서 학교에 오고는 했으며 그리 유순한 성격이 아닌 명자도 창범의 말에는 거역하지 못했다. 엄마도 이곳 토박이지만 젊었을 적 읍내 파락호로 소문이 자자했던 아빠와 함께 살면서 그런 생각을 했을 것이다. 지금은 그 시절의 아빠를 떠올릴 수 없을 정도로 그 기질이 많이 죽었다만.

아직도 바람이 분다. 휘우웡, 하는 소리는 저들끼리 비비며 우는 소리를 낸다. 떠밀린 탓에 조금 더 생각이 나아간다. 살구. 살구 씨. 피리. 창범의 피리소리. 살구 씨의 속을 파낸 뒤 부는 그 피리는 ─사실 피리라고 부르기에는 조잡한─ 창범의 주머니에 늘 한두 개 정도는 들어 있었다. 조르고 졸라 하나를 얻어 볼이 새빨개질 만큼 불어본대도 내 입술에서는 높고 가늘은 소리만 나더니만 창범이 불면 제법 앙칼지고 여물은 소리가 났다. 그가 젊었을 적부터 불어왔던 소리일 것이다. 나는 그 소리를 좋아했다. 마치 바람이 조용히 흐느끼듯 입에 물린 그것은 예전의 자유분방한 청년의 모습을 조금이나마 상기시켜 주었다. 객의 동무는 바람이라고, 나는 그렇게 생각해왔다. 여러 군데를 떠돌아다니던 그가 방향을 찾을 수 있던 것도, 외로울 때마다 말없이 같이 가주는 것도, 때로는 외투를 여미게 만드는 것도 바람이었을 것이다. 뭍에서의 생활을 개척해 나가고 싶어 하던 나에게 그는 살구 씨 피리를 하나 건네주었지만 서랍장 밑바닥에 깔려 있는 건지, 교복 주머니에서 슬그머니 빠져버린 건지 어느 샌가 잃어버리고 말았다. 미리 그에게 하나 더 달라고 부탁을 할 것을.

바람아, 우지 마라. 나무도 너를 따라 울고, 수풀도 너를 따라 울고, 땅에 있는 모든 것들이 너를 따라 우는구나. 무엇이 그리 서럽더냐. 말 좀 해보오. 나는 알 수 없구나.

우우우, 하고 울리는 소리가 마치 여인네의 통곡소리 같았다. 문득 생각나길,

그가 이곳에 머물고 있는 이유가 고여서 맴돌고 있는 바람이 마음에 들어서인
건지. 물론 개인적인 추측에 지나지 않는다만 그 정도면 내가 품고 있던 의문에
대한 온당한 대답이 되지 않을까. 평소 바람에 대해 약간의 각별한 접점을 가지
고 있던 그라면 아주 불가능한 이야기는 아니었다. 다만 그가 가지고 있던 역마
가 여기에서 끊긴 것을 바람이 위로해 주었으리라. 그를 알고 바람이 몰려왔으
리라. 쏟아졌으리라. 지금 내가 마주치고 있는 이것을, 잠을 잡아 뜯고 있는 이
것을.

학교에 왔다.
옆자리가 비었다.
그러니까 아침의 일이었다. 하긴 제 아버지가 집안에 없으니 힘쓰는 일이 조금
더 많아졌을지도 모르는 거였다. 하지만 거리에는 간혹 경운기 한두 대가 지나
갈 뿐, 아무도 없었다. 5분이 지나면 버스가 올 테지만 영신은 아직 보이지 않았
다. 오늘은 좀 늦는 건가.
2분이 남자 조금 불안해진다. 버스는 고갯길을 넘어 지금쯤이면 마을 입구에 도
착했을 것이고 영신이 지금 집을 나온다고 해도 버스가 오는 시간은 조금 넘을지
도 몰랐다. 설마 오지 않는 건가, 라고 생각하는 순간 버스가 도착했다. 한산한 버
스의 뒤쪽 좌석에 앉을 때까지도 영신은 보이지 않았다. 문을 닫고, 버스는 출발
한다. 아마도 학교에 조금 늦을 모양이다. 모든 할 일을 완벽히 마치고나 오겠지.
영신은 그날 학교에 오지 않았다.

점심시간까지는 날이 쨍쨍했다만, 어느새 날이 흐릿해지고 정류소에 내리자마
자 거짓말같이 비가 쏟아졌다. 하늘은 언제 변할지 알 수 없어서 맑은 하늘의 구
름을 건져 물을 쏟아놓기도 했고, 아침의 실바람을 저녁의 매서운 돌개바람으로
바꿔놓기도 했다. 바람에 이리저리 흔들리는 우산을 이고 전파상 앞을 지날 때

즈음이었다. 초록색 버스가 정류소에 누군가를 내려놓고 재빠르게 스쳐갔다. 무심코 뒤를 돌아보았다. 영신이었다. 이렇게 날이 궂은 데도, 어디를 다녀온 건지. 나는 정류장까지 도로 뛰어갔다. 비를 맞고, 오두커니 서 있는 모습은 풍파를 견디며 서 있는 망부석 같았다. 영신의 손에 늘린 검정색 봉지. 나는 알았다. 그녀가 선착장에 다녀왔음을. 그곳에 있을 이유가 있었음을. 매일매일 그곳에 가 팔을 걷어붙이고 일했을, 찌든 몸으로 집에 돌아왔을 그. 비를 사이에 두고 이야기를 나눌 수 있을 만한 거리였지만 나는 그 이상 다가갈 엄두를 차마 내지 못하였다. 내 망설임을 알아채듯, 영신은 긴 옷소매를 꼭 쥐었다가 손을 편다. 입술을 꼭 물었다가 뗀다.

"바람이 멈추는 것을 기다렸어."

비에 흠뻑 젖은 영신을 돌려보내고 집으로 돌아왔다. 그녀와 함께 걸어오는 동안 나는 아무 말을 할 수 없었다. 그것은 무언의 압박과도 같았다. 창범의 실종에서 영신은 소망과 절망이 반반 섞인 마음이었을 것이다. 그녀와 눈을 마주쳤을 때, 나는 영신의 맑고 투명한 눈에 선착장이 담겨 있는 것을 보았다. 낡고 허름한 고깃배 두어 척과 햇볕에 널찍이 말려진 그물과 그 뒤로 넓게 깔린 바다. 눈동자

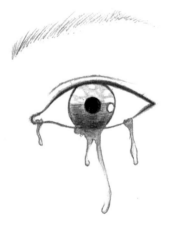

가 흔들릴 때마다 그 안의 하늘의 구름도 함께 흔들리고 파도도 동공 밖으로 넘칠 만큼 잔잔하게 일었다. 마침내 그녀의 눈가에 두 줄기 바다가 흘렀다.

"기다리면, 언젠가는 오시겠지."

"……."

그렇게 말하는 영신에게 나는 조용히 우산을 씌어줄 수밖에 없었다.

검정봉지. 그녀가 가져온 것. 선착장에는 창범이 두고 온 것들이 있었다. 빨간색 장화와 작업복, 배 타기 전에 한 개비 정도 피던 담배, 그리고 살구 씨 피리. 영신은 아마 선착장 구석지에 놓인 그것들을 끌어안고, 시치미를 떼며 하염없이 몰아치는 파도의 대답을 기다리며, 잠시 눈물을 훔치다가 돌아왔을 것이다. 유실물이 되어버린 그것들에는 자취가 묻어 있을지언정 아직 온기가 남아 있을까는 모를 일이었다. 하지만 영신은 그 끄트머리라도 붙잡고 싶었을 것임에.

"벽해호 말야, 어디 암초에 걸려 전복된 모양인갑서…… 새벽에 뒤집힌 걸 건져서 뭍으로 끌고 올라왔는데, 시체 두 구도 같이 나왔다는데."

"설마 해서 하는 말인데, 명자네 남편은 아니지?"

"에헤! 형님, 그런 말씀은 마쇼. 아무리 앞에 없다 그래도 그런 말은 하는 것이 아녀야."

"말 들어 보니까, 한 명은 저 밑에 이발소 집 조카고, 한 명은 어디 외지사람인 것 같아. 둘 다 젊던만. 서른 몇 살이라고 했던가?"

"젊은 나이에, 쯔쯔쯔. 이래서 바다 일은 모르는 거라 했어."

엄마 손에 이끌려 온 마을 회관에서는 산나물을 손질하는 아낙들의 수다가 점점 깊어져 가는 중이었다. 고사리, 도라지, 더덕 등의 나물들은 아마 창범의 식구들을 위한 것임에 틀림없다. 좋게 말하면 정이 많고, 나쁘게 말하면 오지랖이 넓은 이웃인 셈이다. 나는 옆에서 콩나물의 상한 꼬리들을 하나하나 떼어 봉지에 담아 넣고 있던 중이었다.

"근디, 창범 아재는 정말 어디 가브렀을까."

"혹시 바닷 속 용왕님이 노하신 것 아니여? 이번에 수품리에서 동제를 아직 안 지냈든가?"

"접때 오일장에서 동네 여자들이 뭣도 사가고 뭣도 사가고 해서 치뤘다는구만. 거기 부녀회장이 얼마나 착실한디! 누구 바다에 끌려가는 일 없으라고, 엄청 정성 들여서 하는 모양이여."

"하여튼간에, 막걸리도 주고 생선도 시 마리나 주고 메도 오곡밥으로 올리는데 왜 애먼 사람을 잡아간당가? 용왕님 변덕이 마치 우리 시엄메 살아 있을 적 같으요이!"

아낙들이 와하하하, 웃음을 터뜨렸다. 그게 무슨 재미가 있겠냐마는 하지만 엄마저도 표정에 미묘한 소태를 묻히는 것을 보고 조용히 손등으로 입을 가렸다. 잠자코 구석에서 마늘쫑을 다듬던 농약상의 아짐이 조심히 입을 열었다.

"저, 명자 있지. 어제 저녁시간에 보니까 집 앞에서 연초를 태우고 있었는데 원래 담배를 피웠나?"

"명자가? 아이고. 정말?"

"시상에. 잘못 본 거 아니요? 명자가 창범 아재 담배 냄새를 그케도 싫어했는데 가당키나 한 말인가."

"그렇게도 싫어했던 담배가 피우고 싶을 정도면 마음고생이 얼마나 심했나 싶네."

"영신이 고 거는 어떨고. 아직 어린 게 즈 애비도 없이 살아 가려먼. 에휴."

입방아를 찧어대는 아짐들의 이야기가 영 거슬리지 않을 수 없었다. 그런 걱정 해봐야 창범이 돌아오는 것도 아니고. 훌훌 털고 살아갈 수 있는 것도 아니고. 조용히 콩나물 봉지를 정리하고 자리에서 일어서려는데 엄마가 말한다.

"집에 가? 부엌 냉장고 맨 위칸에 보면 찬통 있어. 그거 옆집에 가져다 주고 와라."

정말, 오지랖이 넓은 사람들이다.

방 안은 시계의 초침이 달각대며 움직이는 소리가 계속 들렸지만 나는 아직 잠을 이룰 수 없었다. 아침이 올 것이 두렵다 해도 아침은 밝아오기 마련이고, 거기에 끌려 다닐 바에는 이 시간을 메울 만한 생각이 필요했다. 창범 아재. 얼마나 바다가 좋으면 돌아오지도 않고. 그는 집념이 꽤 강한 사람이었다. 만선을 이루지 못하면 해가 지기 직전까지도 뭣 하나 건져 오려고 애를 쓰던, 그야말로 고집쟁이였다. 예전에 있었던 일만 해도 그렇다. 자신은 기어코 배를 탈 것이라고, 사지가 뜯어져도 배를 탈 거라 말버릇처럼 들먹이는 그였다. 죽는대도 배 안에서 죽을 거라고, 바다에서 그물을 걷어 올리며 죽을 거라고. 명자 아짐은 불길한 말하지 마쏘, 하면서도 창범이 바다로 나가는 일은 절대 막지 못했다. 그의 딸도 그사실은 잘 알고 있었다. 하지만 워낙에 일의 뒤처리가 확실한 영신이기에 그에게 이런 것까지 물어보았다.

"만약에, 아빠가 죽는대면 어떻게 할 거야?"

"예끼. 말은 그렇게 해도 안 죽을 거란게."

"그럼 애초에 바다에서 죽는다는 그런 말부터 말아야지. 아빠는 엄마랑 나랑 남기고 그냥 허무하게 죽을 거야? 그럼 시체는? 배 안에 그대로 수장될 거야?"

"이 가시나가 그런 생각까지 다하고는……. 됐다. 니네는 을매나 윽척스러운지 나 없어도 둘이서 알아서 잘 붙어먹고 살 것 같응께."

"그래도 혹시 모르잖아. 어떻게 할 건데?"

"아따……. 그래, 돌아오마. 저짝에서 고기떼랑 파도 몰다가 갈 때 되면 오마. 온다고 해도 별 말없이 갔다가 올 텨니 신경은 쓰지 말고."

"뭐야. 그렇게 소리 소문 없이 왔다가 간다니. 바람이야?"

"그려. 그게 좋겠네. 내 바람으로 올 텐께, 바람이 불어오면 워매, 아빠가 왔다! 라고 소리치면서 맞아 주면 좋겠제."

물론 창범이 그런 말을 한 것을 아는 사람은 영신, 그리고 나. 둘 뿐이었다. 아빠에게 관한 이야기는 나에게밖에 할 사람이 없다며, 엄마에게 이런 이야기를 했다가는 아빠는 밥도 없고 잘 곳도 없이 쫓겨날 거라며 조심스레 이야기를 꺼내는 그녀는 단순히 입이 근지러워서, 가 아니라 진정으로 그의 아버지를 걱정하는 투로 이야기를 이어나갔다. 듣고서는 그냥 넘긴다는 듯이, 아무렇지도 않은 것 같이 영신에게 말했지만 사실 마음에 계속 담고 있던 일이었다. 바람으로 오겠다니. 다른 무엇도 아니고 바람이었다. 그가 계속 품어왔던, 바라고 바랐던.

또 바람이다. 쾅. 쾅. 콰앙.

아니다, 바람이 아니다. 방금 했던 생각은 나에게 하나의 대답을 종용하고 있었다. 인정하기 싫지만 그럴 수밖에 없었다.

창범이구나.

그래. 내다. 너는 용케도 알아 버렸구만.

아재, 아재. 대체 어디에 있는 거예요. 괴기 잡으러 어디까지 가버렸는데 아직도 오지 않는 거예요. 다들 기다리고 있잖아요. 아재가 선창에 들어오는 그 순간을. 얼른 와주세요.

엇다…… 성질도 급해서는. 기다려 봐라. 조금만 더 많이 잡아서는 올 텐게. 지금도 많이 잡긴 혔는데 아직 턱없이 모자란게는…….

욕심 많은 어부 같으니. 그런 거 다 필요 없으니 그냥 돌아와주기만 하면 되는데. 어디 있는 지나 물어보는데도 왜 그는, 대답하지 못하는가.

나는 왠지 모르게 갈증을 느꼈고, 자리에서 일어나 문을 열고 손을 더듬으며 부엌까지 걸어갔다. 냉장고에서 찬물을 꺼내 벌컥벌컥 들이키자 조금 또렷해진 정신의 첨단에 제일 먼저 잡힌 것은 향이었다. 조금 열린 안방의 문 틈 사이로 엄마가 오직 하나의 가느다란 불빛에 기대 기도를 하고 있는 것이 보인다. 집중한 나머지 내가 보고 있는 것도 신경 쓰이지 않나 보다. 흘러나오는 한 줄기 안개가 이내 부엌까지 닿았다. 향내. 곧게 뻗은 진 초록색 끝에 피어나는 빨그레한 불꽃. 흩어지는 연기. 방문을 닫고 이불을 덮어도 진득한 향취는 코끝에서 쉽사리 가시지 않았다. 아쓸하고 아지러운 그 향은 늘 내게 맴돌다가 뇌리 한 구석에 켜켜이 쌓여 하나의 기억을 더 굳어지게 만들었다. 지금은 무던하고 아무렇지 않겠지만, 예전에는 고통스럽고 한스럽기 그지없는 기억. 정확히 말하자면 그건 내게 남겨진 것이 아니었다. 내가 태어나기 훨씬 전에, 그러니까 내가 생겨나지도 않았을 때, 엄마는 하혈을 했다. 단순한 하혈이 아니었다. 전에 꾸었던 요상한 그

꿈이 태몽이었을지도 모른다는 것은 조금 더 지나서 알게 된 사실이었다. 태어났다면 아들이었을지도 모른다고. 그렇게 말씀하시고는 했다.

기억은 강물을 흐르듯 거스른다. 그 내력은 외갓집의 마당 구석에 남아 있는 썩고 닳은 감나무 밑동에서도 이어진다. 지금의 나보다 더 어린 나이의 엄마가 빨래를 하며 업고 다닌 어린 핏덩이는 엄마보다 열 살 정도 어린 남자아이였다. 바람이 크게 불던 어느 날, 요상하게도 열매가 주렁주렁 열림에도 허리가 휘어지지 않던 감나무는 부러졌고 가엾은 남자아이는 열과 싸우다가 이내 꼭 쥔 손을 이불 위에 떨구었다. 엄마는 바람이 크게 불던 날에는 향을 피웠다. 그리고 그 앞에서 두 손을 모으고는, 눈을 지그시 감았다.

엄마는 동생을 잃었다. 외할머니는 아들을 잃었다.

그녀들은 바람을 낳은 여자였다. 징할 만치리 섬을 아우 치듯이 돌고 도는 맵찬 흐름의 사이에 서려 있는 그것. 무언가를 갈기갈기 찢고 나와서는 모든 것을 헤집고 뒤흔드는 그것. 땅에 가라앉아 이곳 저곳 쏘다니며 섬사람들을 다시금 얽는 그것. 자신의 한을 삭히지 못한 채 영영 머물며 구슬피 울 수밖에 없는 운명을 가진 그것. 그것을 낳은 여자들이었다.

하지만 그녀의 딸이며, 그녀인 손녀인 나는 그것을 낳지 않고 싶어했다. 태곳적부터 내력으로 이어져왔을지도 모르는 한과 아픔을 대물림 받고 싶지 않기 때문이고, 앞으로도 나는 그것을 낳을 생각이 없었다. 울고 있는 섬을 등 뒤에 둔 채 나아가고 싶었다. 낳고 힘들 바에야 차라리 낳지 않고 말지.

차라리 이게 정말로 창범의 외침이라면. 저 크고 아득한 바다 밑에 깔려 있는 자의 비통하고 무기력한 비명이라면. 바람은 이 곳 사람들의 응어리진 한이었다. 그렇기에 그것은 이곳을 떠날 수 없었고, 그저 서서히 되돌며 슬픔을 앙금같이 가라앉혀낼 뿐이었다.

"이런 거 주지 말라니까!"

"그래도, 별 부담 갖지 말고 받어."

담장을 넘어 오는 소리는 아마 명자 아짐과 부녀회장의 것이렷다. 두 사람이 언성을 높이는 이유는 바로 흰 봉투에 있었다. 그 봉투에는 동네 사람들이 창범 아내와 딸을 위해 걷은 돈이 들어 있었다. 하지만 명자 아짐은 그것을 거부했다.

"도로 가져 가랑께. 우리는 이런 거 없어도 편히 먹고 살고 있으요. 뭔 쓸모 없는 짓을 해서는."

"별로 얼마 되지도 않으니까 그냥 가져가. 아, 동네 사람들이 나쁜 뜻을 가지고 모았겠는교?"

"엄마, 그냥 그거 받아."

영신의 목소리다. 두 사람의 말이 뚝 끊겼다가 다시 이어진다.

"뭐? 받으라고? 이런 되먹지 못한…… 내가 너 그렇게 키웠냐!"

"그런 거 아냐. 그리고 솔직히 말해. 우리 지금 아빠 없어서 힘들다고. 겨우 방세 밀리지 않을 정도로만 살고 있는데 편히 살아? 아무리 자존심이 있다고 해도 아닌 건 아닌 거야."

"너 이 기지배가……!"

"그려, 김여사. 영신이가 받으라는데. 받아서 생활비에 좀 보태. 암만 그래도 우리가 힘든 사람 무시할 만큼 못된 이웃들은 되기가 싫은 께는."

그렇게 신경 써주는 게 득이 될지는 모르는 일이었다. 그렇게 창범의 실종은 한 쪽으로 기정사실화 되고 있었다. 단순한 실종이 아니다. 그러므로 창범은-. 모두 그렇게 생각하고 있었다. 나와 영신과 명자 아짐은 빼고. 그 범주에는 엄마까지도 포함되었다. 매일매일 옆집을 오가는 빨간색 뚜껑의 찬통. 직접 쪽지에 쓰여져서 전해지는 마음은 아니지만 분명 거기에는 남모를 연민의 마음이 끼어 있다. 심지어 그렇게 말한 적도 있다. 창범이 돌아오지 않는다면, 에서 창범이 돌아오지 않으니. 말이 이어지기도 전에 나는 엄마의 말을 뚝 끊었다. 왜 돌아오지 않는다고 생각하는 거지? 아직 확정된 일도 아닌데. 엄마는 미안하다는 사과를 했고 다시는 그런 단정짓는 투의 말을 하지 않았다. 하지만 입 밖으로 내지만 않을 뿐 분명 마음에서는 이미 체념하고 있겠지.

모두 왜 그렇게 희망이 없는 걸까. 왜 돌아오지 않을 거라고 생각하는 걸까. 하다못해 바람으로라도 돌아오겠다고 그랬는데. 하나같이 이미 죽은 사람 취급이었다. 됐다, 됐어. 그러다가 아재가 돌아오면 다들 까무러치겠네.

그물에 대어가 걸려들겠다고, 접때처럼 허탕만 치고 돌아오지 않겠다고 마냥 기뻐하던 그의 말을 들은 지 한 달 하고도 보름이 지나던 날이었다.

그날도 하릴없이 문 밖에서 담배를 태우던 여인의 눈가는 계속 초췌해져만 갔고, 그녀의 딸은 학교에 나오지 않을 아량으로 새벽부터 버스가 정차하는 슈퍼 앞에서 서성이고 있었다. 이제 더 이상 그런 일과들이 특별한 나날이 아니라 일상과도 같이, 신물 날 정도로 무던히 굳어가고 있던 중이었다.

그러다가 어딘가에서 창범이 툭, 튀어나오면 모두들 놀라기라도 하겠지. 망태에 광어, 숭어, 감생이, 부세, 보구치, 그 외의 잡어를 가득 말고는 양판에 우르르, 쏟아내며 의기양양해 하겠지. 새벽 장에서 팔고 난 돈으로 소주 몇 병을 사고는 동네 아재들과 함께 홀짝이며 화투를 치겠지. 모름지기 물로 나가는 사내는 언제 어떻게 뭘 들고 돌아올지 모르는 법이라고. 그래, 언젠가는 나타날 것이라며. 그럴 거야. 암. 그렇고말고. 아짐들이 그렇게 떠들고 간 저녁의 바람은 유독 강해서 내가 꿈을 헤매는 건지, 그 위협적인 소리에 떠밀리는 건지도 모를 지경이었다. 바람은 긴 꼬리를 질질 끌며, 살결을 비에 씻었다.

우우우-. 울거라. 목 놓고 울거라. 나도 너와 같이 울어 줄 테니, 마음 쓰지 말고 내뱉거라. 한은 쌓을수록 눌어붙어 더 큰 한이 되는 것이다. 너가 스스로 풀지 않으면 대체 누가 풀어주랴.

그렇게 말하는 나조차도 울음을 내뱉을 수는 없었다. 목에는 큰 바람 덩어리가 걸리인 듯하다. 침식하는 돌덩이처럼, 삼키지도 못한 채 그대로 물고 있다.

창범을 마주쳤다. 한 손에는 빈 그물을 붙잡고, 다른 손에는 물고기로 가득 찬 그물을 붙잡고 그는 우는지, 웃는 건지. 그의 눈은 영신과 같은 눈을 하고 있었다. 눈에서 짜고 비린 물이 흐르고 올라간 입 꼬리에 걸렸다. 나는 어쩐지 그에게 손을 뻗을 수가 없었다. 그는 간신히 다물어지지도, 열리지도 않는 턱을 벌리고 나에게 무어라 말했다.

이제 그만 나를 헤집고 부숴다오.

뭍에 잠겨 있는 내 몸을 하늘로, 바다로 올려다 주오.

나는 바람을 타고 그곳에 몸을 담고 싶으니.

"대어는 무슨."

창범이 돌아왔다. 고기로 잔뜩 채웠어야 할 그물에는 바닷물에 짜고 진득이 절은 그의 몸뚱이가 말려 있었다. 성그런 그물 사이로 한 마디께나 비죽 솟아 있는 그의 손가락. 사이의 미늘. 낚싯줄. 그물. 회칼. 담배. 소주병. 화투. 그리고 바다에서 건져 올린 수많은 것들. 나뭇가지같이 뻣뻣하고 뭉뚝한 손가락으로 그것을 집어 올린다. 양초를 잔뜩 묻힌 듯 반질반질 닳은 손끝이 이내 물고기의 숨통을 가만히 짚는다.

죽음ㅡ.

평생을 바다에서 살아온 한 어부는 자신을 바다 한 가운데에 묻고 싶어 했다. 그런지 몰라도 차마 그물로 가려지지 못해 드러난 망자의 입가에는 평온한 미소가 떠올라 있었다. 물론 '평온'이라는 건 어디까지나 그에게만 한정된 이야기였다. 그를 둘러싼 사람들에게 그의 죽음은 너무나 당연하게도 쉽사리 받아들이기 힘든 것이었다. 바다는 한 명의 어부를 제 곁에 붙잡아 둔 것이지마는 두 사람은 사이의 한 사람을 잃은 것이었다. 마당에 멍석을 깔고 그 위에 창범을 눕혀두고는 오열하는 그의 아내와 이내 대문을 박차고 나가버린 그의 딸.

"방파제에 이상한 게 떠다닌 께능 저것이 뭐시당가, 함시롱 가까이 가서 보니께는, 창범이여. 아조 그늘이랑 해초에 똘똘 말려서는 풀지도 못하니까 그냥 데리고 왔지."

배를 돌리려다가 창범을 발견하고 데려온 그의 동료 어부 아재가 한 마디 덧붙였다. 악, 악 명자 아짐은 헝클어진 머리카락을 쥐어 뜯고 가슴을 친다. 마당으로 넘어온 통곡소리를 듣고 달려온 동네 아낙들이 명자 아짐의 몸을 일으킨다.

"아짐! 그만 우쏘예. 이라믄 창범 아재도 슬퍼한단께. 아이고, 이렇게 이쁜 마누라랑 어린 딸을 두고……."

문득 명자 아짐은 얼기설기 엮인 그물을 그의 몸에서 뜯어내듯 걷어냈다. 그의 낡은 조끼와 빨간색 작업용 고무장화가 드러났다. 그것을 마주한 명자는 뒤로 거꾸러지고 만다. 아낙들은 냉수를 뜨고 여인의 어깨를 흔들고 난리가 났다. 그 사이에 나는 그의 얼굴을 마주했다. 다시는 뜰 수 없는 감긴 두 눈꺼풀에 피어 오르는 깊은 그림자. 갈색으로 그을린 피부에 깊게 패인 주름과 울긋불긋한 검버섯은 그의 고단한 삶을 반증하는 것 같았다.

항상 객지에서 헤매기를 원하던 청년. 만선을 꿈꾸며 술잔을 기울이던 어부는 이제 이 세상의 사람이 아니었다.

"창범 아재, 수장한대."

"원래 물에 빠져 죽은 사람은 수장하는 게 아니랬는데."

"근데 사람이 사람인지라. 그 아재는 죽어서까지도 배를 탈 것 같은지라. 아예 거기에 있는 게 편할 거여."

"그런가."

아마도 그럴 것이다. 가만히 땅에 매여 있는 것보다, 바다에 자유롭게 놓아 주는 편이 그에게는 더 나을 터였다.

"창범이 평소에 살구씨 피리를 가지고 다녔다고?"

"응."

"나중에 본 께는 목에 살구씨 피리를 삼키고 죽었댄다."

역시 그렇구나. 창범이 그걸 삼키게 한 것은 다시 돌아가고자 하는 의지였을 것이다. 최후의 순간까지도 그가 그토록 가고 싶던 가족의 곁으로 갈 수 있도록. 결국 그는 몸에 바람을 지니고, 떠났다. 모두의 기다림까지도 데려갔다. 도대체 남은 사람들은 어쩌라는 건지. 당신 없이도 남은 사람이 잘 살 것 같다는 배부른 소리나 하고, 다시 돌아와서 잘 다녀왔다고 인사말 한 마디 건네지 않은, 무책임한 사람 같으니. 심통이 조금 난 마음에 책상을 톡톡 가볍게 두드린다. 책상 위에 놓인 것들이 통통 가볍게 흔들린다. 10원짜리 동전. 집 열쇠. 그리고 살구씨 피리.

어디 있는지 계속 찾았었는데.

짜실짜실한 것들을 모두 책상 구석지에 몰아놓는 엄마의 습관 때문에 종종 잡동사니를 이곳에서 우연히 마주치기도 하지만, 지금 그것은 문제 될 것이 아니었다. 다섯 개는 받았던 것 같았지만 남은 건 두 개나 되었다. 그것들을 쥐고 마당으로 나왔다. 꼬들꼬들 말라버린 그것들에게서 어떻게 소리가 날지 몰라서 입술에 대고 약간 숨을 불었다. 창범의 소리에 비해서는 작고 가냘프지만 그것 나름대로도 괜찮았다. 휘파람 소리. 바람 소리. 피리로부터 떨어져 나와 허공을 타고 흐르던 곡률은 한 청년의 그리움을 담고 다른 곳으로도 발길을 돌렸다. 그 소리는 이제 들을 수 없지만 어딘가를 향하고 있겠지.

"그건 우리 아빠 소리인데."

고개를 돌려보니 영신이 대문 앞에 서있다. 아빠의 소리라니.

"어디 갈 거야?"

"선착장."

"뭐 이제 갈 필요도 없지만."

"……."

"같이 갈래?"

"뭐?"

"너, 우리 아빠랑 되게 친했었잖아. 막 이야기도 하고."

"가도 되는 거야?"

"곧 차 오니까, 빨리 따라 와."

가끔 와 본 적은 있지만 저녁의 선착장은 꽤나 낯선 정경이었다. 먹물을 풀어낸 듯한 파도가 일렁이고, 그 위에 얇게 깔린 해무가 춤을 춘다. 하늘에 매달린 베일은 실바람이 불 때마다 밑단을 물결에 적시며 흔들린다. 하루를 마치고 온 배들은 부두에 묶여 있고, 곳곳에는 가로등만 켜졌을 뿐 사람은 거의 남아 있지 않았다. 아마도 창범은 매일 이곳에서 석양이 뜨는 것을 보고, 그물을 걷어 올리고, 어시장에 다녀 온 후 담배나 한 개비 피다가 집으로 돌아왔을 것이다. 영신은 지평선 너머나 머나먼 하늘에 있는 무언가를 응시하는 듯하다.

"난 이곳에 오고 싶지 않았어."

"이 전에도 온 적은 있었어?"

"있긴 한데, 자주는 아니었지. 그냥. 싫었어. 아빠의 흉터. 소금기. 비린내. 내가 별로 좋아하지 않은 것들이 이곳에서 오는 건가, 생각하니까 싫어졌어."

"그렇지만, 아재는 이곳을 좋아했어."

"그래서, 이곳에서 돌아오지도 않고, 응. 그래."

발끈 해서 뭔가를 말하려던 영신은 말을 뚝 끊고 뾰루퉁한 표정을 지을 뿐이었다. 이게 아니었는데. 공기에는 함축된 어색함만이 담겨 있다. 나는 주머니에서 살구씨 피리를 다시 꺼내 입술에 대었다.

"너 그거 어디서 난 거야?"

"이거? 아재가 전에 만들어줬어."

"한 번 불어봐."

피리를 불자 옅은 소리가 새어 나왔다. 이곳에서도 가늘게 휘날렸을 소리. 그것은 해풍이 지평선 위로 해를 끌어올릴 때까지도 항구를 얽고 있다가, 배가 바다로 향하는 새벽의 종을 울릴 때까지. 창범의 이향은 어디론가 흩어지지도 않고 있는 채였다. 역마의 한이 담긴 그의 그리움은 이곳에 풀어 헤쳐진다. 뭍에서 떼어진 섬의 고독함이, 항구로 다시 돌아오는 회한이. 저마다 그의 마음 속에서 펄럭이고 있었다. 작은 바람의 파편이나마 붙잡고 삶을 영위해 왔을 어부의 마음은 점점 연하게 소리를 내다가 끊어진다. 그녀의 딸은, 무릎에 얼굴을 폭 파묻는다.

"그걸 불면, 아빠가 돌아오려나."

그래, 라고 말해주고 싶었다. 너의 아버지가 그리워한 것은 이곳에 있어. 그렇지 않다면, 다시 돌아온다고 말했을 리가 없지 않은가. 그토록 원했던 바람을 목에 삼킨 채 죽었을 리 없지 않은가.

"알아. 불가능한 일이잖아. 죽은 사람이 돌아올 리 없지."

"너무 그렇게 생각하지는 마."

"아냐, 됐어. 그런 건 부정한다고 되는 게 아니잖아. 아빠는 여기 없어. 다시 못 돌아와. 그래도, 난 알아서 살 거야. 엄마랑. 아빠 없어도 둘이서 잘 붙어먹고, 아빠가 말한 대로, 살 거야."

"기억나?"

"뭐."

"너가 나한테 그랬잖아. 창범 아재가, 바람으로 돌아올 거라고."

"아."

영신은 미간을 가만히 짚는다. 그러더니 고개를 가만히 젓는다.

"그게 정말 말이 되는 거라고 생각했어?"

"아재가 그렇게 말했는데, 뭐."

"말하는 거면 다 이뤄지는 거면 세상이 편하겠다. 살아서도 안 돌아왔는데 죽어서는 돌아올 줄 알아? 그 아저씨는 안 돌아와. 우리는 생각도 안하고 제멋대로 가버리고는 절대로. 절대로 돌아오지 않을 거라고!"

쏘아붙이더니 팩 토라져서는 갑자기 엉엉 운다. 고집도 센 기집애.

"엄마."

"왜."

"전에 해준 이야기 말이야."

"뭔 이야기?"

"엄마가 낳았을지도 모르는……."

"그 얘기는 뭣 하러 꺼내는 거여?"

"싫으면 이야기 안 해줘도 돼. 그런데, 엄마는 어떻게 생각해? 솔직히 말하면,

한 번도 본 적이 없잖아."

"본 적은 없긴 해도 내 뱃속에 있던 내 새끼여."

순간 뒤통수를 얻어맞은 듯하다.

"내가 설이나 추석 때 제상 차리면서 삼신 할매 상 놓을 때 항상 기도한다. '할매, 우리 아들 잘 봐줘요. 사내애들은 훌쩍훌쩍 커버린 게 뭐 좀 많이 멕이기도 하구.'. 어미라는 것이 얼굴 보고 키워준다고 어미가 되는 거이 아니라 암 생각 안 들 때도 지 새끼 생각이 불쑥불쑥 튀어나오는 거여."

"⋯⋯."

"지금쯤이면 다 큰 어른이 되있을 턴디⋯⋯. 이제는 맘도 안 아퍼."

엄마는 국물을 조금 떠 간을 보더니는 소금을 조금 더 친다. 마알간 국물의 생선국 위에는 놀란 듯 눈을 크게 뜬 참돔의 머리가 둥둥 떠다닌다. 지금, 아무렇지 않은 듯 말하는 엄마에게 그것은 분명 역린이었을 테지. 하지만 바위가 풍파에 닳고 닳듯, 엄마는 무뎌졌다. 그 한은 마음 속에 그대로 잠긴 채로.

"내가 그러는데 느이 할머니는 어떻겠냐."

언젠가 외가 앞마당의 부러져 썩어버린 나무를 보았을 때, 왜 없애버리지 않냐고 물어본 적이 있었다. 할머니는 그저 가만히 웃으시며 감을 깎아주시기만 할 뿐이었다. 그런 말은 말았어야 하는 건데. 못 잊을 아들들은 흙으로 돌아가 바람으로 숨을 쉬었다. 계속 못 다한 자신의 수명을 영위해간다. 가끔 그리운 사람들이 잠자는 대문짝을 두들며, 파도와 함께 춤을 추며.

그렇게, 모두, 한을 덮어간다.

창범이 죽은 후 바람은 밤에 더 이상 찾아오지 않았다. 해풍이 이렇게까지 잠잠할 때가 있었는가 싶을 정도로 밤은 고요했고, 내 생각도 이제는 형광등 불빛 아래에서 가물가물해진다. 돌아오지 못할 사람을 센다. 손가락 마디에 깊어진 손금만큼 잊혀지지 않을 사람들. 실금 같은 주름도 언젠가는 쥐고 펴다를 반복해 진해지겠지. 구겨진 기억이래도, 잊혀지지 않는 것은 반드시 잊혀지지 않는다. 다만 무뎌질 뿐. 갑자기 향불 냄새가 진하게 스며온다. 머리가 어지럽다. 망자의 외침이, 머릿속에 메아리친다.

언덕. 새푸른 초목은 둔덕을 무성히 덮는다. 핏줄이 한 줄 한 줄 불거지듯 줄기와 흙이 한데 얽혀져 실주름을 땅 위에 새겼다가 지운다. 무질서하게 자라난 연약한 잎사귀들은 제 잎맥을 마주친 것과 맞박수를 친다. 초록과 빛이 부딪히며 조각을 만든다. 부서진다. 쏟아진다.

무덤. 눈물 같은 이슬을 먹고 자라난 풀포기들이 넓게 눕는다. 그 자리에서 엉성하게나마 땅속으로 파고드는 듯하다가 이내 자리를 박차고 구름을 향해 하늘거린다. 하늘. 그 사이를 가르는 종이짝과 같은 바람. 타고 흩날리는. 가루들. 흰 가루들. 흔적. 불에 사그라들고 남은 것들을 쥔다. 뿌린다. 그 위에서. 바다를 향해. 사라락, 명자 아짐의 손 사이로 미끄러진다. 혼을 담았던 것이, 존재했음을 증명할 마지막 것이, 다시 바다로 돌아갈 것이, 영신의 품 안에 안긴 것이. 마디마디를 타고 흐른다. 거의 남지 않은 것들은 생전 창조해냈던 다른 생명의 손바닥에서도 곱게 쏟아진다. 하얗게 부서지는 파도 위로 흐른다. 자신의 마지막 숨을 남겨뒀던 곳으로 돌아간다. 심해에 숨겨두었던 유리구슬을 다시 문 채, 손끝으로 파문을 일으킨다. 파랑의 깊은 곳으로 난파했던 배는 다시 출항을 한다. 제각기 조류를 타고 헤어 치며 다시 뭉칠 것이다. 짠 물과 생선뼈와 바람과 함께 뭉쳐 혼이 깃들고 살을 만들고 숨을 불 것이다. 그렇게 된다면 마음껏 바다를 미끄러질 수 있겠지. 어디든지 팔을 벌려 물고기들을 끌어안을 수 있겠지. 더 이상 한 곳에 매여 있지 않고. 자유롭게 노닐 수 있겠지.

잘 가요. 언젠가 다시 오서요. 이번에는 고기를 얼만치나 잡았는지, 어디에서 뭐가 잡히는지, 말해 주서요. 오시려거든 바람을 타고 오서요. 이곳을 떠나지 않고 항상 기다리고 있을 테니. 그리고 저 또한 떠나지 않을 테니.

손에 쥔 살구씨 피리를 수면에 던진다. 바닥에 가볍게 스치며 가라앉는 듯하다가 다시 떠오른다. 하나. 둘. 셋. 넷 하는 순간 그것은 이내 가라앉고 만다. 한 곳에서부터 퍼지는 원이 잔잔하게 수평선 위로 흘러간다. 주머니에 손을 넣었지만 방금 던진 그것이 마지막으로 남아 있던 것이었음을 깨달았다. 작은 씨앗이 자취를 끊고 사라진 그 자리를 바라본다. 검다. 깊이를 알 수 없었다. 아마 그것은 고요함 속에서 서서히 심해를 향해 가라앉고 있을 것이었다. 계속 내려가고, 내려가고, 내려가면. 다시 떠오를 수 있겠지. 그렇다면, 본래 주인을 찾아 갈 수 있겠구나.

　그래. 언젠가 그에게 했던 말. 그에 대한 대답이 이제야 떠오른다. 뇌리에서 스물스물 올라오는 단어들이 하나 둘씩 맞춰진다. 영신의 문을 쾅, 닫기 전 내 뒷모습에 대고 그가 한숨을 쉬며 나지막히 말한 한 마디를.
　"너는 이 섬을 떠나려는 게 아녀. 버리려는 거여."
　그제야 깨달았음을. 이곳의 생활을 너무 섣부르게 정리하고 싶었다. 파도와 함께 밀려오는 바람이, 바다 위에 하얗게 피어 오르는 해무가, 그 사이의 파란 빛깔의 것들이. 나에게는 지겨울 만큼 일상적인 것이었다. 동시에 또한 깨달았다. 결코 이곳을 등질 수 없었다. 등을 돌린다고 해도, 언젠가는 다시 돌아오게 되어 있기 마련이다.

　…… 그래서 당신은 떠나지 못하고 있었군요.
　나도 아마 그와 같을 것이다. 던져지는 공은 이곳 저곳에 방점을 찍다가 종착점을 굵게 찍고 더 이상 움직이지 않는다. 다시 원점으로 회귀할 수밖에 없다는 것은 나에게 숙명적이었다. 항상 바다가 마음 한 구석에서 속살대고 있는. 되돌릴 수 없을 정도로 내 마음 속에 깊게 뿌리 잡은 곳. 아마 유랑민처럼 정처 없이 떠돌다가 다시 집으로 들어와서는 몸을 웅크리고 바람에 귀를 기울일 것이다.

　집으로 돌아오는 길에는 굽이친 골목. 영신이 서 있었다. 검정 봉투를 들고 쭈뼛한 모습이다. 장화의 앞 코가 불쑥 튀어나온 부분을 손으로 가리키며 말한다.
　"이거, 태워야겠지?"
　"네 마음대로 해."

영신은 그것을 내팽개치고는 한숨을 푹 쉰다.

"안 되겠어. "

"왜?"

"아빠의 흔적을 내 손으로 지워버리는 거잖아."

"그런 거 하나 없어진다고 해도 네 아빠의 존재가 없어지는 건 아니야."

"그럼 뭘로 남아 있다는 건데?"

웃긴 기집애다. 안 돌아올 거라고 무조건 말하던 모습은 어디 가고 이제 와서 잊혀질 것을 두려워하다니.

"바람이 불겠지."

"그게 어떻게 아빠야."

"정 못 믿겠으면 말고."

돌아서서 집 문으로 들어가려고 하는데 영신이 내 손목을 붙든다.

"어떻게 알아? 아빠가 바람으로 돌아오면, 아빠가 이야기라도 해?"

"그건 모르지. 아직 온 것도 아니고."

"그럼, 같이 기다리자."

내 손목을 끌고는 우리 집 마당에 들어온다. 마당 가운데에 덩그러니 선 두 사람은 무작정 언제 올지도 모르는 바람을 기다린다. 어제까지도 불지 않았던 게 갑자기 불 리가.

"진짜 오는 거 맞아?"

"갑자기 오란다고 오는 게 어디 있나? 성질도 급하네."

"기다려 봐. 지금인 것도 같은데."

마당에 실바람이 산들산들 불더니 곧 진하게 치고 들어온다. 그가 왔나 보다. 정말 왔나 보다. 나비처럼 사뿐사뿐 날아오나 보다. 바람을 타고. 저 어딘가에서 은빛의 등을 뽐내는 비리고 짠 내 나는 물의 것들과 한바탕 노니고 오나 보다. 다시 육지로 밀려오는 한 맺힌 사람들도 그 사이에 끼어 있다. 오셨군요. 기다렸다는 듯 배리고 간간한 냄새를 땅 위에 펼쳐놓는다. 그 위에서 휘모리치며 내 팔다리를 붙잡는다. 그래, 왔다. 그제서야 탁 놓이는 안도감에 우두커니 서 있다. 영신도 이 속삭임을 들었다는 듯, 눈을 감고 그저 바람에 몸을 싣는다. 그리운 눈동자는 투명하게 흐르는 바람을 좇는다. 내 딸들아. 마당에서 뛰노는 그것은, 자신이 외친 메아리마저도 저 뒤편으로 집어 삼킨 채 마음을 달랬다.

"……아빠."

영신은 바람을 더듬는다. 허공 속에 멈춰진 손짓이 낯익은 그것을 느끼고는 강렬하게 죄인다. 아마 이것에는 창범 뿐만이 아니라 그녀들의 아들들까지도. 모두 휩싸여 살아간다. 그래서, 바람은 우노니. 안타까움을 담아 팽개치노니. 서러운 것들아. 더 몰아치거라. 더 몰아쳐서 다른 사람들까지 닿거라.

생태는 사람이다 #1

스산한 겨울바다에도 봄이 오고, 날 선 기운이 조금씩 흐려지는 날들. 그럼에도 해풍은 우리를 흔들고 간다.

'해풍'은 해양과 육지의 열 에너지의 차이 때문에 발생하는, 해양에서 육지로 부는 바람이다.

햇빛으로 인해 해양보다는 육지가 더 가열되어 대류가 생긴다. 그 때문에 육지에서는 상승기류가 만드는 적운이나 적란운이 나타나기도 한다. 이 상승기류를 보완하기 위한 바람이 해양에서 육지를 향해 부는데 이것이 바로 해풍이다. 해풍의 상층에서는 지상과 반대 방향의 바람이 분다고 한다.

1년 내내, 계절과 무관하게 진도는 해풍의 영향을 받는다. 깊은 해무와 해풍에 익숙해지는 것이 진도에서 사는 이들의 첫 번째 숙제다.

해풍으로 펄럭이는 팽목항

섬의 공기는 매서운 해풍 자락에 나부낀다

해무 가득한 10월의 아침, 문득 섬에서 산다는 것을 돌아보며……

섬에서 산다는 것은 연중 대부분의 날을 해무와 함께 하는 것이다. 7월의 습기 가득한 바닷바람만큼이나 섬사람들의 생활을 육지의 삶과 다르게 만드는 주요 요인이다.

안개 중에 특별히 해상에 끼는 안개가 해무다. 우리나라 근해의 안개는 주로 4월부터 10월까지의 따뜻한 시기에 현저한데, 11월부터 3월까지의 추운 시기에도 발생한다. 여름에 발생하는 안개는 주로 이류무의 일종인 연안무, 전선무 등이다. 이류무는 대규모의 습윤한 기류가 온난한 해면상으로부터 한류해역 위로 움직일 때 냉각되면서 발생하며, 황해에서는 봄부터 초여름에 걸쳐 주로 생긴다. 특히 목포 근해 다도해역에서 하층냉수의 상승 때문에 자주 발생한다. 이처럼 해상 안개의 대부분인 이류무를 해무(sea fog)라 부르는 것이다. 육무(land fog)보다 층이 두껍고 발생하는 범위가 극히 넓으며 지속성이 커서 수일 또는 십수 일 동안 사라지지 않을 때도 있다.

우리나라에서는 초여름에 이동성 고기압의 중심이 우리나라를 지배할 때 연안무의 발생을 볼 수 있다. 전선무는 한반도에 장마전선이 위치할 때, 지속적으로 광범위 지역에 생긴다. 진도는 바로 연안무와 전선무의 끊임없는 영향권 아래에 놓여 있다.

녹아들다

한예진
알비노로 태어난 나비와 희귀병을 앓는 일곱 살 소녀의 우정.
생명의 경계선을 넘어 흘러 넘치는 사랑 이야기

'**나**비' 라는 이름은 "나불나불 거리며 날다."에서 나온 말로 '넓이'가 그 어원이다. 나비는 절지동물의 곤충강 나비목에 속하는 동물로 머리에는 끝이 부푼 한 쌍의 더듬이와 두 개의 겹눈, 두 쌍의 날개와 세 쌍의 다리를 가지고 있으며, 몸은 털과 인분으로 덮여 있고, 주로 밤에 활동하는 나방과 달리 낮에 활동하며, 꽃의 꿀, 수액 등으로 살아간다.

알, 애벌레, 번데기, 성충의 시기를 거치고 완전변태를 하며 성충인 나비의 수명은 종마다 다르지만 보통 20여 일 정도의 수명을 보인다. 우리나라에서 보고된 나비는 호랑나비과, 흰나비과, 부전나비과 등 8과 248, 전 세계에는 약 2만 종이 살고 있는 것으로 알려져 있다.

이처럼 수많은 종류의 나비 중에서 '흑백알락나비'는 남한 전 지역과 섬 지역인 홍도와 진도에 나타나고, 꽃에 모이지 않고 나무의 수액을 빨아먹으며 생존한다.

몸길이는 약 70~80mm로 암컷이 수컷에 비해 크고 날개의 폭이 넓다. 봄형은 5~6월, 여름형은 7~8월에 나타난다. 참나무 숲이나 근처 계곡에서 사는데, 높은 나무꼭대기 위로 날아다닌다. 봄형은 어리세줄나비와 비슷하게 생겼으나, 주둥이가 노란색을 띠어 구별된다. 먹이식물로는 팽나무와 풍게나무가 있다.

'흑백알락나비'는 이름 그대로 날개 전체에 어두운 빛의 무늬를 띠지만, 특이하게도 새하얀 '흑백알락나비'가 진도에서 살았다고 한다.

꽃이 만개하고 이제 막 돋으려는 이파리가 꿈틀대던 어느 봄, 색이라고는 조금도 찾아 볼 수 없는 도화지 같은 흰 나비가 살랑대는 봄바람을 따라 진도의 곳곳을 날아다니고 있었다.

수많은 알들 중에서 특이하게도 '알비노'라는 병을 가지고 태어나 날개, 얼굴, 더듬이, 몸 어디 하나 빠짐없이 전부 하얀 나비의 모습은 마치 막 태어난 듯 순수하고 깨끗했다. 보통 알비노로 태어난 생물들은 그 겉모습 때문에 다른 이의 눈에 쉽게 띄어 얼마 살지 못하고 생을 마감하지만, 기이하게도 이 나비는 독특한 모습에도 불구하고 다가오는 적이 없어 무탈하게 살아가고 있었다. 얼마 전에는, 나비의 천적인 호랑거미의 거미줄에 걸린 적이 있었는데 어쩐 일인지 거미가 그냥 놓아주었던 일이 있기도 했다. 또한, 보통 나비의 수명을 훌쩍 넘어 두 달이 다되 가도록 살고 있었고, 이러한 특별한 모습만큼 세상에 단 하나밖에 없는 능력을 지니고 있었다. 나비는 자신이 알이었던 시절 엄마가 했던 말을 떠올렸다.

"너는 이 세상에 하나밖에 없는 소중한 나비야. 넌 사람을 살릴 수 있는 능력을 가지고 태어났어. 하지만 이 능력은 정말 필요할 때에만 사용해야 해. 왜냐하면……."

"빵!"

그 순간, 차에 무언가가 부딪히는 듯 한 둔탁한 소리가 났고 주변으로 사람들이 몰려들었다.

"저기요, 괜찮으세요?"

"누가 119에 신고 좀 해주세요!"

그 웅성거리는 사람들 옆으로 나비가 지나갔다. 마치 아무 일도 없다는 듯이.

사람들은 순간 모든 것을 멈추고 조용해지더니 무언가에 홀린 듯 멍하니 나비만을 바라보았다. 나비는 계속해서 날고 날았다. 활짝 피어 있는 꽃들 사이로 지나가는 모습은 마치 한 폭의 그림과 같았다.

이 나비는 진도에서 태어나 여태껏 쭉 이곳에 살아왔다. 번데기를 깨고 나온 뒤 자신이 다른 나비와는 다르게 생겼다는 걸 깨달았고, 무리에서 떨어져 하고 싶은 걸 하면서 자유롭게 살아가고 있었다. 그중에서도 돌아다니는 것을 좋아해서 진도에서 안 가본 곳이 없을 정도로 여기저기를 쏘다녔다.

그날도 어김없이 따사로운 햇살을 받으며 바람에 몸을 맡긴 채 날아다니고 있었다. 얼마나 날아다녔을까, 어느새 해는 저물었고 운림산방이 있는 사천리까지 와있었다. 나비들이 떼를 지어 꽃을 찾아 날개를 팔랑이고, 길가 옆에 늘어선 숲이 청량한 공기를 뿜어내고, 잔디 밭에서 아이들이 뛰놀던 낮의 모습과는 달리 사천리의 밤은 어쩐지 적막했다. 하지만 그 속에서도 운림산방에 자리를 지키고 있던 우물이 뿜어내는 물 안개는 무언가 신비로운 분위기를 만들어냈다. 서늘하지만 속을 뻥 뚫어놓는 바람이 나비의 몸을 스치웠다. 그 바람을 맞으며 나비는 오늘 있었던 일들을 떠올렸다.

'오늘도 행복한 하루였어.'

곧 잘 때가 되어 나무를 찾기 위해 위쪽으로 올라가자 어느 벽돌 집이 보였다. 사천리에 여러 번 와봤지만 이런 집이 있다는 것은 처음 알아 궁금했던 나비는 열려있는 대문 틈 사이를 비집고 들어가 보았고 눈 앞에 보이는 풍경에 감탄하지 않을 수 없었다. 마당에는 소박하지만 누군가가 정성 들여 가꿔놓은 듯한 아름다운 정원이 마당에서 나비를 반겨주고 있었고, 집과 함께 따스하고도 편안한 분위기를 풍겼다. 그 포근한 분위기에 취해 멍해져서 마당을 둘러보던 나비의 눈에 어디선가 희미한 빛이 들어왔다. 빛이 향하는 곳으로 홀린 듯이 따라가 보자 그곳엔 밤이 깊었음에도 불구하고 닫혀진 문들 사이로 큰 창 하나가 열려 있었다. 나비가 그 창문으로 다가가자 방 안에는 어린 아이가 눈을 크게 뜨고 쳐다보고 있었다. 아이는 속삭이듯 말했다

"나……비……?"

그리고는 해맑은

웃음을 보이며 나비에게로 닿으려는 듯 손을 뻗었다. 낯선 손길이 다가오자 놀란 나비는 창 밖으로 도망쳤다. 이런 상황은 처음 겪어보아 당황스럽기 그지없었다. 보통 사람들이 자신을 보면 그저 쳐다보기만 했지 만지려 한 이는 아무도 없었다. 결국, 놀란 마음을 진정시키기 위해 한참을 돌아다니다 동백나무 잎에서 느즈막이 잠들었다.

그날 밤, 나비와 아이는 꿈을 꾸었다.
나비의 꿈속에서 아이는 계속해서 무어라 말하고 있었다. 가까이 다가가자 희미하지만 맑은 목소리가 들렸다.
"나랑 놀자."
아이의 꿈속에서는 어느 숲에 앉아 노래를 부르고 있는 자신의 주위를 나비가 빙글빙글 맴돌고 있었다.
"나비야, 나비야. 이리 날아오너라~"

오묘했던 밤이 지나고 날이 밝자 나비의 머릿속은 온통 그 어린 여자아이로 가득 차 있었다. 신경 쓰지 않으려고 했지만 자꾸만 신경이 쓰였다. 그리고 어느새 자신도 모르게 아이의 집으로 향하고 있었다. 하지만 어제와는 달리 문들은 모두 차갑게 닫혀 있었다. 변하지 않은 것은 햇살을 받아 반짝이고 있는 정원 뿐이었다. 하지만 그 순간, 왠지 모르게 아이를 만날 수 있을 거란 확신이 강하게 들었다.

며칠이 지난 뒤 어느 밤, 잠에 들기 위해 나뭇잎 위에 올라가 있던 나비의 눈에 환하게 비춰진 달빛이 보였고, 그날 창문으로 새어 나왔던 환한 빛이 떠올랐다. 그 길로 아이의 집으로 가니 나비를 기다리고 있었다는 듯 창문이 활짝 열려 있었다. 아이는 나비를 보자 활짝 웃다가 갑자기 웃는 걸 멈추고 조심스레 뒤로 한 걸음 물러섰다.
"가까이 가지 않고 이렇게 뒤에만 서 있을게. 그러니까 저번처럼 도망가면 안 돼. 밤에는 나비가 잘 안 돌아다녀서 TV에서만 볼 수 있었단 말이야."
나비가 아이 쪽으로 다가가자 그제서야 안심이 된다는 듯 창문을 닫고 오더니 자리에 풀썩 앉았다.

"내가 밤마다 너 올까 봐 벌레 들어오는데 창문 열어놓고 기다렸어. 벌레가 무서운데도 꾹꾹 참았으니까 가지 말고 나랑 놀자."

그 말을 하는 아이의 모습이 나비의 꿈속에 나왔던 모습과 너무나 똑같았다. 나비는 알겠다는 듯이 아이의 무릎에 내려앉았다.

"우와, 이렇게 가까이서 본 적은 처음이야. 근데 너는 왜 몸이 전부 하얀색이야? TV에서 보면 날개랑 몸 색이 다 다르던데. 새하얀 눈 같아."

신기하다는 눈으로 한참 동안 나비의 이곳저곳을 관찰하던 아이는 무언가가 생각났다는 듯이 말했다.

"우리 집으로 오시는 선생님이 공부를 가르쳐주시는데, '눈 설'이라는 한자가 있었어. 그러니까 네 이름은 앞으로 설이야, 설이. 우리 이제부터 친구하자. 맨날 나 혼자 집에만 있어서 친구도 없이 심심했는데 이제부터 너랑 같이 놀면 되겠다."

어째서인지 아이는 하루 종일 밖을 나가지 못하고 집안에만 있는 듯했다. 밖을 자유로이 돌아다니는 자신과 대비된 아이의 모습이 안쓰러웠다.

"내 이름은 한다희야. '다희'라는 말이 세상을 다 희게 하는 사람이라는 뜻이래. 부모님이 세상을 하얗고 순수하게 살아가라는 뜻으로 붙여주신 이름이라고 하셨어."

그 이름 때문일까, 아이에게서는 무언가 알 수 없는 빛이 나는 듯하였다. 그 빛은 슬프게 느껴지지만 너무도 따뜻해서 나비는 자신도 모르게 아이에게로 이끌려가고 있었다.

"하암, 졸리다. 자면 안 되는데. 너 가버리면 안 되는데. 내일도 올 거지? 낮에는 창문을 못 열어 놓으니까, 저녁에 찾아와. 기다리고 있을 테니까 꼭 와야 해."

아이는 아쉬운 듯이 창문을 열어주었고, 나비는 밖으로 날아갔다.

"설아, 잘 가."

나비는 의아했다. 친구라니? 여태껏 친구라는 걸 한 번도 만들어 본 적은 없었다. 물론, 나비도 친구를 사귀고 싶었지만 아무도 친구가 되려 하지 않았기 때문에 별 수 없이 혼자 지내와야만 했다. 게다가 처음으로 사귄 친구가 사람이라니. 말도 통하지 않는 곤충과 사람이 어떻게 친구가 될 수 있단 말인가. 그렇게 어울리지도 않고, 너무나 다른 이들이 불안한 미래로 향한 한 발자국을 떼고 있었다.

　다음날 밤, 아이의 방에는 나비가 찾아왔다. 그리고 기다렸다는 듯 아이가 나비를 향해 활짝 웃어 보였다.

　"설이 왔다! 오늘 혼자 노니까 재미없었어. 그리고 선생님이 오셔서 수학 공부를 했는데 무슨 말인지 하나도 몰라서 못 풀었더니 엄마한테 혼났어. 그냥 공부 안하고 맨날 너랑 놀았으면 좋겠다. 내가 낮에도 창문을 열 수 있었으면 너랑 하루 종일 놀았을 텐데. 이렇게 어둡고 무서운 밤에만 만날 수 있어서 아쉬워."

　'왜 밤에만 만날 수 있는 거야?'

　나비는 마음으로 물었다. 그런데 우연의 일치일까. 다희는 마치 나비의 질문을 들은 것처럼 말했다.

　"나는 햇빛을 볼 수 없는 병을 가지고 태어나서 낮에 나갈 수 없어. 만약에 햇빛을 보면 너무 아파서 참을 수가 없거든. 병 이름이 뭐였더라……, 혹시 뱀파이어라고 알아? 뱀파이어는 사람들 피를 먹고 산대. 그리고 나처럼 햇빛을 볼 수 없어서 항상 집안에만 꼭꼭 숨어 있다가 밤이 돼서야 밖으로 모습을 드러낸대. 그래서 이 병을 뱀파이어 증후군이라고도 부른다고 그랬어."

　아이는 '포르피린 병'이라는 희귀병 때문에 피부에 햇빛이 닿으면 피부가 벗겨지고 물집이 생긴다. 그래서 아이의 방은 온통 암막 커튼으로 뒤덮여 있었다. 그 빛 하나 없이 온통 어둡고 외로운 방에 아이는 항상 혼자였다. 그나마 뚫려 있는 창문은 아이가 밖을 보기 위한 유일한 탈출구였다. 아이에게는 밤이 유일하게 밖을 볼 수 있는 시간이었다.

　"한다희, 밥 먹으러 내려와!"

　"엄마가 부르신다. 여기 그대로 있어. 밥 빨리 먹고 다시 올게."

　"안에서 뭘 그렇게 혼자 중얼중얼 거리고 있어? 엄마가 이상한 짓 하지 말고 얌전히 있으라고 했지."

　"네……, 죄송해요."

　'아무튼 누굴 닮은 건지 모르겠다니까. 에휴.'

　엄마는 아무것도 아닌 일로 화를 내고 아이는 엄마의 눈도 쳐다보지 못하고 무서워하는 기색이 역력해 보이는 이 상황은 도저히 가족이라고는 믿기 힘든 모습이었다. 어떻게 아이와 엄마의 관계가 이렇게까지 틀어져 버린 것일까. 다희가 태어나기 전, 엄마는 아이를 정말 갖고 싶어했지만 좀처럼 생기지 않아 많이 힘들어했다. 임신에 좋다는 것이라면 물불 안 가리고 먹기도 하며 열심히 노력했고 결국 그 결실로 다희라는 선물을 받게 되었다. 엄마는 세상을 다 가진 것처럼 행복해 했고 뱃속의 아이에게 매일 사랑한다 말하고 태교에 좋다는 음악도 항상 찾아 들었다. 태아의 뇌 발달에 좋다는 말에 손도 안대던 뜨개질도 하면서 지극 정성으로 아이를 돌봤지만 다희가 태어나고 희귀병에 대해 알게 되었을 때, 그간 아이에게 했던 노력들이 주마등처럼 스치며 세상이 무너지는 듯했다. 왜 하필 자신에게 이런 불행이 생겼냐며 하늘에 대고 원망을 해보아도 현실은 달라지지 않았다. 엄마의 손길이 간절히 필요했던 그때에 아이도 보지 않고 방에만 틀어박혀서 울며불며 소리를 질러댔다. 아이를 되돌려달라고, 멀쩡한 아이가 갖고 싶다고. 결국 심리치료까지 받게 됐고 그 뒤에 아이에게 잘 대해주는 듯 보였다.

하지만 사실은 그렇지 않았다. 아이의 아빠는 다희를 너무나 사랑했지만 하는 일이 바빠서 집에 자주 오지 못했고, 엄마는 아빠 앞에선 다희를 소중히 여기고 사랑했지만 아빠가 없을 땐 무시하고 미워했다. 다희가 조금만 잘못하면 항상 하는 말이 있었다.

"내가 어쩌다 너를 낳아서……."

그런 상황에서 아무리 어린 다희라도 엄마가 자신을 싫어한다는 것은 알 수 있었고, 항상 눈치를 볼 수밖에 없었던 것이다. 그러다가 다희가 엄마를 더 무서워하게 된 일이 일어났다.

약 2년 전즈음 다희가 5살이었을 때, 생명이 위험할 정도로 열이 펄펄 끓었던 적이 있었다. 다희는 울면서 엄마를 불렀지만 방으로 온 엄마는 한마디를 하고 차갑게 문을 닫았다.

"아파? 차라리 네가 아파서 죽어버렸으면 좋겠어."

다희는 충격을 받아서 눈물을 흘릴 수도 없었다. 엄마의 말대로 그냥 죽어버리고 싶었다.

'난 왜 이렇게 태어난 걸까? 다른 사람들한테 상처만 준다면 안 태어나는 게 좋았을 텐데.'

자신이 원망스러웠고, 꿋꿋하게 살려고 하는 자신의 몸이 싫었다. 다행히 열은 내려갔지만, 다희의 마음에는 잊을 수 없는 상처가 큰 흉터로 남아 마음에 박혀버렸다.

　그 일 후로, 엄마가 무슨 말이라도 하면 다희는 겁을 먹고 떨었다. 다희의 사진 앨범에도 엄마와 함께 찍은 사진은 딱 한 장밖에 없었다. 그것도 아빠 앞에서 억지로 웃으며 찍은 사진이었지만 다희는 그 사진을 자신의 서랍에 고이 담아놓았다. 엄마가 무서웠지만 그래도 자신을 낳아준 사람이기에 사랑했다. 아빠 앞에서 엄마가 자신에게 잘해줄 때 그것이 거짓임을 알지만 행복했다. 그렇게라도 엄마의 사랑을 느껴보고 싶었다.

　그렇게 늘 외로웠던 다희에게 설이가 찾아왔을 때, 마치 꽉 막혀 있던 공간에서 한줄기 빛을 만난 느낌이었다. 아무에게도 얘기할 수 없어서 답답했던 마음이 설이로 인해 뻥 뚫렸다. 설이는 위로를 주는 존재였고, 친구 이상의 의미를 지니고 있었다. 처음으로 진심을 다해 행복하게 웃을 수 있었다.

　"설아, 나 밥 먹고 왔어. 오늘은 뭘 하면서 놀까?"

　밤은 깊어 갔고, 나비와 아이는 시간가는 줄도 모르고 조잘조잘 얘기를 하고 있었다. 다음 날, 또 그 다음 날에도 나비는 찾아왔고, 둘은 더욱 가까워졌다.

　"나도 햇빛이 비치는 낮에 나가보고 싶어. TV에서 보면 공원으로 도시락 싸서 소풍도 가고, 자전거도 타고, 여름엔 바닷가로 가서 물도 튀기면서 놀던데. 설이 너는 바닷가에 가본 적 있어? 난 바다에 한 번도 안 가봤는데, 너무 예쁠 것 같아."

　나비도 바다라면 가본 적이 있었다. 진도에 있는 울돌목을 갔었는데, 물살이 너무 세고 바람도 세차게 불어서 물에 빠질 뻔했던 뒤로 다신 가지 않으리라 결심했었다.

　"너랑 바다 가서 놀면 좋겠다. 요새 치료도 열심히 받고 있으니까 괜찮아지면 같이 바다 가자. 정말 재밌을 거야. 수영도 배워야지."

　'그래, 가자. 울돌목만 빼고.'

　"그리고 놀이공원도 가보고 싶어. 놀이공원 가면, 츄러스도 먹고 롤러코스터도 타고 바이킹도 타고 솜사탕도 먹고 범퍼카도 타고……."

　다희는 신나서 TV에서 본 것들을 다 말하는데, 나비는 정작 놀이공원이 뭔지를 몰랐다. 츄러스는 뭐고 롤러코스터는 또 뭐란 말인가. 다희의 말을 듣고 있자니 머리가 아파오는 듯했다.

'애는 하루 온종일 TV만 보나. 뭐 이렇게 하고 싶은 게 많아. 난 진도밖에 모르는데.'

나비는 진도 밖을 벗어나본 적이 없었다. 자신이 살아 온 몇 개월 동안 진도를 돌아다니느라 바쁘기만 했지, 한 번도 진도를 벗어날 생각을 해본 적이 없었다. 지금 생각해 보면 진도를 벗어났다고 하더라도 그다지 재미있을 것 같진 않았다. 지금은 돌아다니는 일보다 다희를 만나는 일이 더 즐거웠다.

"설아, 나랑 숨바꼭질 놀이 할래? 내가 술래 할 테니까 너는 내가 못 찾는 곳으로 숨어 있어. 그럼 내가 찾으러 가는 거야. 지금부터 열 센다? 하나, 둘……."

그렇게 또 하루가 저물어가고 있었다.

며칠이 지나고, 다희가 행복하게 눈을 떴다. 오늘은 아빠가 오시는 날이었다. 씻는 중에도 콧노래가 나올 정도로 기분 좋은 하루였다.

'철컥─'

"여보, 다희야. 나 왔어."

아빠가 오시는 소리가 들렸다. 다희는 그대로 뛰어갔다.

"아빠! 오셨어요? 너무 보고 싶었어요."

"아이고 예쁜 우리 딸, 아빠도 다희 보고 싶어서 혼났어. 일 하는데도 자꾸 다희 얼굴이 아른거려서 일이 안 돼서 죽는 줄 알았지 뭐야."

"치이, 거짓말. 그래도 믿……."

"여보, 왔어요? 다희만 반겨주고 나는 반겨주지도 않네. 난 이제 찬밥신세라 이거야?"

"에이 무슨 소리야, 여보. 당연히 여보가 제일 보고 싶었지."

"어휴, 아무튼 저 입만 살아가지고."

아빠가 오신 날은 평화롭기 그지없었다. 아빠는 선하고 정이 많으신 분이셨고, 다희와 엄마를 너무도 사랑하셨다. 그걸 알기에 다희도 아빠를 많이 사랑했다.

"아, 맞다. 아빠 나 친구 생겼어요."

"친구? 저녁에 산책 나갔다가 만난 거야?"

"아뇨, 걔가 우리 집으로 찾아왔어요!"

"정말? 나중에 아빠한테도 좀 보여주라."

"당연하죠. 오늘 저녁에 내 방으로 오면 보여줄게요!"
"오, 기대되는데? 그럼 저녁에 네 방으로 올라가마."

아빠가 계신 날은 시간이 빨리 갔다. 어느새 저녁이 되었고, 아빠는 다희를 따라 방으로 갔다.
"저기 온다, 내 친구. 이름은 설이에요. 내가 지어줬어요."
창 밖을 보자 나비가 날아오고 있었다.
"와, 정말 예쁘게 생겼다. 이렇게 생긴 나비는 처음 봐."
아빠는 놀랍다는 표정으로 나비를 뚫어져라 보았다.
"그쵸, 저도 이렇게 새하얀 나비는 처음 봐서 깜짝 놀랐어요. 처음 봤을 때는 저를 무서워하고 도망갔는데 다음 날 다시 왔어요."
"다희는 다희 같은 친구를 사귀었네? 우리 다희도 예쁘고 똑똑하잖아."
"에이, 아빠 눈에만 그런 거겠죠."
"하하하, 그런가?"
그 행복해 보이는 부녀의 모습을 보며 나비도 자신의 엄마를 떠올렸다. 나비는 알을 낳고 죽기 때문에 엄마가 어떻게 생겼는지는 알 수 없다. 그저, 다른 흑백알락나비를 보며 저렇게 생겼을 거라고 추측만 할 뿐이다. 기억나는 것이라곤 엄마가 죽기 전 내뱉던 목소리 뿐이었다.
'나도 사람으로 태어났더라면 부모님도 있고, 오래오래 살 수 있었을 텐데.'
엄마의 얼굴도 모르는 자신과는 달리 부모님의 사랑을 받으면서 자라는 다희가 부러웠다.
"설아, 아빠 가셨어. 이제 놀자."

방에서 나온 아빠는 착잡했다. 친구가 생겼다고 해맑게 말하는 딸의 모습을 보고 안도했었는데, 나비와 친구가 됐을 줄은 몰랐다. 물론, 말을 하고 정을 나눌 친구가 생겼다는 건 좋은 일이지만, 그 친구가 말도 할 수 없는 곤충이라는 점이 문제였다.
다희가 태어났을 때 너무나도 예쁜 그 모습에 넋을 잃고 쳐다봤었다. 희귀병을 가지고 있다는 것을 안 뒤로도 그저 예쁘기만 했다. 하지만, 한창 밖에서 열심히 뛰어 놀 나이에 나가지도 못하고 집에만 갇혀 사는 다희를 볼 때마다 마음이 아팠다. 다희가 그렇게 태어난 게 자신의 탓인 것 같아 미안했고, 외로움을 느끼지 않게 해주려 열심히 노력했다. 하지만, 아무리 노력해 봐야 그 뿐, 바깥세상에 내보낼 수 없는데 다희가 어떻게 행복해 할 수 있다는 말인가. 고작 TV로 볼 수 있는 밖의 모습에도 행복해 하는 아이에게 도대체 무엇을 해줄 수 있냐는 말이다. 정말 나무랄 데 없이 예쁘고 착한 아이였기에 아빠는 가슴이 더 미어졌다.

'다희야, 아빠가 미안해. 다 아빠 탓이야.'

아빠는 방 문 앞에서 쓸쓸히 눈물을 훔쳤다.

"다희야, 아빠 갈게. 금방 또 올게요."

"아빠, 다치지 말고, 다음에 봐요. 사랑해요."

"응, 아빠도 사랑해요."

그날 저녁, 나비는 찾아왔고, 다희는 웃어 보였다.

"오늘 아빠가 가셨어. 아빠가 계시는 동안 너무 행복했는데, 지금은 되게 허전하다. 항상 그래왔지만 아빠랑 헤어지는 게 슬퍼. 내가 아파서 치료비를 벌어야 되니까 하루 종일 쉬지도 못하시고 일만 하셔. 집에 자주 오지 못하시는 것도 나 때문이야. 난 왜 항상 남한테 피해를 주는 걸까? 내가 아니라 아프지도 않고 멀쩡한 아이가 태어났다면 우리 엄마 아빠는 행복하셨을 텐데."

다희의 큰 눈망울에서 작고 투명한 방울들이 흘러내렸다. 나비는 마음이 아팠다. 말은 할 수 없었지만 눈으로, 마음으로 위로했다. 어쩌면 나비도 그 동안 외로웠는지 모른다. 항상 혼자였기에 외로운 줄 모르고 지내왔고, 다희를 처음 봤을 때, 이 아이의 외로움이 눈에 보여 계속 신경이 쓰였던 걸지도 모른다. 자신도 모르게 다희에게 위로를 받아오고 있었을지도 모른다. '그 동안 힘들었지? 이젠 울어도 돼. 힘든 걸 애써 감추려 하지 마. 항상 웃어야 할 필요는 없어.'

많은 시간이 지나고, 다희와 나비는 가족처럼 가까워졌다. 나비가 오지 않는 낮에도 다희는 나비를 기다렸고, 설이를 만난 뒤로 웃음이 많아진 자신을 느꼈다. 적어도, 설이와 있는 동안은 항상 웃고 있었다.

아빠가 오시는 날이 되었고, 다희는 기분 좋게 하루를 시작하고 있었다.

"다희야, 아빠 왔다."

"아빠, 오셨어요?"

아빠와 웃고 떠들다 보니 어느새 저녁이 됐고, 아빠와 함께 방으로 올라갔다. 창문을 열어 놓고 아무리 기다려도 이상하게도 나비가 오지 않았다.

"왜 설이가 아직도 안 오지? 무슨 일 있나?"

다희는 창문 쪽으로 다가갔다. 이제나저제나 설이가 올까 하는 마음에 몸을 기울여 창문 밖을 살펴보고 있었다. 저 멀리서 설이가 수평으로 하얀 날개를 펼치며 날아 오고 있는 게 보였다. 다희는 반가운 마음에 몸을 창문 밖으로 내밀며 손을 앞으로 뻗어 흔들었다.

설이의 날갯짓에 온통 신경을 집중한 다희. 다희가 몸을 좀 더 창 밖으로 내민 순간, 다희의 몸을 지탱하던 다른 한 손이 창틀로 미끄러지며 갑자기 앞으로 몸이 쏠려 무게중심을 잃었다.

다희가 창문 밖으로 떨어졌다.

뒤에서 설이가 날아오는 모습을 같이 지켜보던 아빠는 깜짝 놀라 창문으로 달려갔다.

그리고 급히 다희의 손을 붙잡았다.

다행이었다.

다희는 아빠 손을 잡은 채 창문에 대롱대롱 매달렸다. 다친 곳은 없어 보였다.

너무 놀란 아빠는 손을 들어 올려 다희를 끌어올렸다.

"괜찮아, 다희야? 다친 데는 없어?"

"괜찮아요. 떨어지는 줄 알고 무서웠는데."

"그러니까 조심했어야지! 큰일 날 뻔 했잖아."

"다음부턴 조심할게요. 근데 아빠, 손에서 피 나요."

급하게 달려가다가 창문에 손을 긁힌 탓에 아빠의 손에선 붉은 피가 흐르고 있었다.

"이런, 꽤 많이 패였네."

"죄송해요, 괜히 저 때문에……."

"괜찮아, 네가 다치지 않아 다행이다."

아빠는 치료를 하기 위해 엄마를 불렀고, 엄마는 다친 손을 보고는 헐레벌떡 구급상자를 들고 오셨다. 다희는 자신 때문에 아빠가 다친 것 같아 마음이 좋지 않았다.

"많이 다친 것 같은데 내일 손 쓸 수 있겠어요?"

"뭐, 이 정도야 거뜬하지. 이런 적이 한두 번도 아니고. 걱정 마요."

"아무튼! 내가 그렇게 조심히 놀라고 해도 말도 안 듣더니."

그렇게 별 탈 없이 잘 마무리 되는 듯했다. 설이는 어느새 다희 옆에 와 있었다.

"다음부턴 조심해야겠다. 나 때문에 괜히 아빠만 다쳤어. 아빠 많이 아프시겠다."

다음 날이 되었다. 지금이 봄이라는 걸 알려주듯 나비들이 풀 숲 사이로 아름다운 자태를 뽐내며 날아다니고 있었고, 정원에는 꽃잎 위의 이슬이 햇살을 받아 반짝거리고 있었다. 완연한 봄 날씨였다.

"다희야, 일어나 봐."

"으음……, 지금 몇 시야?"

"9시. 아빠 이제 가봐야 돼."

다희는 채 뜨지도 못한 눈을 비비며 현관 앞에 섰다.

"아빠, 얼른 다녀오세요."

"알겠어요, 아빠가 괜히 깨웠나 보다. 얼른 들어가서 주무셔요, 공주님."

"여보. 도착하면 전화하고, 손 조심 하고!"

"응, 갔다 올게."

그 작은 상처가 모두에게 크나큰 상처가 될 지 그땐 아무도 알지 못했다. 행복해 보이던 모녀의 모습 뒤로 어두운 그림자 하나가 드리워지고 있었다.

그날 저녁이 되고 설이와 술래잡기 놀이를 하던 다희는 엄마에게 시끄럽게 뛰어다녔다고 혼난 뒤, 풀이 죽어 조용히 침대에 앉아 있었다. 그 순간, 고요한 정적을 깨고 거실에 날카롭게 전화벨이 울렸다.

'따르릉-, 따릉-.'

"여보세요. 네? 그게 무슨 소리세요? 병원이라니요! 어쩌다가요! 어디 병원이라고요? 네, 금방 갈게요."

병원이라는 소리에 놀란 다희가 거실로 나가 엄마에게 다가갔다.

"엄마, 병원이라뇨? 누가 아프대요?"

"방에 들어가 있어!"

엄마는 다희를 밀치고 불안해 보이는 표정으로 집 밖으로 뛰쳐나갔고, 급하게 차에 시동을 걸더니 어딘가로 속력을 내어 달려갔다.

'여보세요? 진수 형 아내 분이신가요? 지금 형이 병원에 실려 왔어요. 건물이 높아서 위험하니까 따로 사람 불러서 하자고 그렇게 얘기했는데 듣지도 않고 기어이 지붕으로 올라가더니 갑자기 손을 놓고 아래로 떨어졌어요. 원래 그런 사람이 아닌데 손을 좀 다쳤던 모양이더라고요. 빨리 오세요. 위독한 상황이에요.'

엄마는 겁에 질린 표정으로 손톱을 물어뜯었다.

'여보, 제발 아무 일도 없어야 해. 제발.'

엄마는 무릎에 얼굴을 묻고 수술실 앞에 앉아 있었다. 주위의 시끄러운 소리들도 들리지 않았다. 의사는 수술이 어떻게 될지는 알 수 없지만, 떨어지면서 이미 장기가 크게 다쳐 안 좋은 결과가 나올 가능성이 크다고 했다. 하지만 엄마의 머릿속은 오로지 살아 돌아 올 거라는 생각뿐이었다. 일 분 일 초가 지옥 같았다.

수술실 안에서는 긴박하게 수술이 진행되고 있었다. 의사와 간호사들은 이마에 땀을 송글송글 맺히며 수술에 집중하고 있었다.

"삐—."

하지만 모니터엔 아빠의 심장을 보여주는 선이 야속하게도 일직선을 그었다. 의사들은 고개를 떨궜다. 소리 없는 침묵만이 수술실 안을 가득 메웠다.

"선생님! 저희 남편은 어떻게 됐나요? 괜찮은 거죠?"

"죄송합니다. 최선을 다했지만 돌아가셨습니다."

"무슨 소리세요. 우리 남편 어딨어요?"

엄마는 수술실로 뛰어 들어갔다. 하지만 눈에 보이는 건 수술대에 죽은 듯이 누워 있는 아빠의 모습이었다.

"여보, 눈 좀 떠봐. 저 사람들이 이상한 소리를 해. 당신이 죽었대. 말도 안 되지? 빨리 저 사람들한테 가서 말해. 나 살아 있다고, 당신들이 잘못 아는 거라고. 응? 제발…… 흡…… 흐윽."

조용히 흐느끼던 엄마는 이내 소리를 지르며 시리도록 차가운 시신을 마구 흔들었다. 엄마의 울음 섞인 비명은 어두운 수술실 안을 서글프게 울렸다.

그 뒤로 3주란 시간이 흘렀고, 아빠의 장례는 치러졌다. 하루 종일 울기만 하던 다희와 달리 엄마는 장례식 동안 눈물 한 방울 흘리지 않았다. 처음엔 믿겨지지 않았지만 이제는 허전해져 버린 집에 들어서자 그제야 아빠가 하늘나라에 가셨구나 라고 다희는 생각했다. 엄마는 그대로였다. 아빠가 안 계실 때 했던 말과 행동들 모두 다. 달라진 게 있다면 이제는 항상 그런다는 점이었다.

아빠의 빈자리에 공허함을 느끼던 다희에게 힘이 되어준 건 설이였다. 설이는 그저 묵묵히 다희의 말을 들어주었다. 그날도 어김없이 설이가 찾아와 다희와 얘기하던 중이었다.

"방에 혼자 있는 건 예전과 같은데 더 쓸쓸하고 슬퍼. 아마도 아빠가 안 계시기 때문이겠지. 사실 아직도 못 믿겠어. 언제나 그랬듯 문을 두드리고 다희야 하고 불러주실 것 같은데."

나비는 위로의 말을 건네고 싶었지만 그렇게 할 수 없는 자신이 미웠다. 그때, 아래층에서 다희를 부르는 엄마의 목소리가 들렸다.

"한다희, 내려와서 밥 먹어!"

"밥 안 먹을래요, 입맛이 없어요."

다희는 아빠가 돌아가신 뒤로 밥을 제대로 먹어 본 날이 단 하루도 없었다. 원래 말라 있던 다희의 몸은 더 야윈 것처럼 보였다.

"너 요새 왜 자꾸 밥을 안 먹는 거야. 빨리 나으려면 밥 먹어야 된다고 했……."

엄마는 답답했던지 다희의 방으로 올라왔고, 나비와 함께 있는 모습을 보더니 갑자기 표정이 차갑게 굳었다.

"저놈의 나비, 또 무슨 짓을 하려고 온 거야. 생각해 보면 우리 남편도 저 나비 때문에 죽었는데, 왜 너만 멀쩡히 살아서 날아다니고 있는 거지?"

엄마의 입에서 아빠 얘기가 나온 건 장례식 이후로 처음이었다. 나비에게로 다가가는 엄마의 눈은 분노로 가득 차 보였다. 무슨 일을 저지를 것만 같았다. 다희는 불안해졌다.

"처음부터 마음에 안 들었어. 다희 친구랍시고 사람도 아닌 게 옆에 꼭 들러붙어서는 아주 재잘재잘. 네가 나타난 뒤로 제대로 되는 일이 하나도 없어. 다 너 때문이야!"

엄마는 말을 마치자마자 책상 위에 있던 책을 집어 들더니 나비에게로 달려들었다. 나비는 놀라서 도망치기 위해 창문 밖으로 나가려 했다.

"엄마, 안 돼요!"

그 순간, 다희가 나비를 향해 뛰어서 나비를 안았고, 그곳이 창문 쪽이었는지 미처 알지 못했던 다희는 그대로 아래로 떨어졌다.

"다희야!"

다희에게 달려가려던 엄마는 갑자기 그 자리에서 멈칫하고 섰다. 그러곤 얼굴에 냉소를 띄었다. 무섭도록 차가운 웃음이었다.

"나비야, 나비야. 이리 날아오너라."

엄마는 아무 일도 일어나지 않았다는 듯 콧노래를 흥얼거리며 방을 나갔다. 쾅 하는 소리와 함께 방 안에는 언제나 그랬듯 어둠이 찾아 들었다.

흙 바닥에 누워 있는 다희 주위를 설이가 빙글빙글 돌고 있었다. 설이는 불안했다. 다희가 떨어진 후로 손가락 하나조차도 움직이지 않고 있었다.

'다희야, 얼른 일어나. 일어나서 나랑 술래잡기 놀이 하자. 네가 좋아하는 거잖아.'

설이는 아이가 깨어나길 기다리고 또 기다렸다.

시간은 설이의 의지와는 달리 서둘러 흘러만 갔다. 어느새 해가 뜰 시간이 가까워지고 있었다.

'안 되는데. 해가 뜨면 다희가 아플 텐데.'

설이는 다희를 깨우기 위해 얼굴로 가서 앉았다. 그런데, 숨결이 느껴지지 않았다. 코에 가까이 가보았지만 마찬가지였다.

'왜 숨을 안 쉬지? 설마……? 에이. 아닐 거야, 아닐 거야.'

나쁜 생각이 들었지만, 애써 부정했다. 아니길 빌었다. 그럴 리 없었다. 다희의 심장이 있는 쪽으로 가서 앉아 보았다. 아무런 소리도, 움직임도 느껴지지 않았다.

'말도 안 돼. 다희가? 나 때문에 다희가 죽은 거라고?'

설이는 다희가 죽었다는 사실을 믿을 수 없었다. 자신에게 웃어주던 그 미소가, 자신이 오면 기뻐하던 그 모습이, 신나서 말하던 그 표정이 이렇게나 선명한데. 나비는 눈물을 흘릴 수도, 소리 내어 울 수도 없었기에 마음으로 목놓아 울었다. 자신을 지키기 위해 목숨을 잃은 이 아이에게 너무나도 미안했다.

'다희야, 아니라고 말해 줘, 제발.'

인정하고 싶진 않았지만 현실이었다. 더 이상 해맑게 웃던 다희는 이 세상에 없었다. 이때, 무슨 이유에선지 나비는 서서히 아이의 입으로 향했다.

'너는 이 세상에 하나밖에 없는 소중한 나비야. 넌 사람을 살릴 수 있는 능력을 가지고 태어났어. 하지만 이 능력은 정말 필요할 때에만 사용해야 해. 왜냐하면 네 자신이 그 사람 몸 속으로 들어가야 하거든. 몸 속으로 들어가면 넌 죽고, 그 사람은 살게 돼. 그러니까 정말 필요하다고 생각할 때 써야 한단다. 엄마는 네가 이 능력을 쓰지 않았으면 좋겠어.'

나비는 아이의 입 속으로 들어갔고, 그 순간 아이의 입에서 눈부시도록 환한 빛이 피어나왔다.

'내가 널 살릴 수 있어서, 너에게 쓸모 있는 존재가 될 수 있어서 참 다행이야. 네 덕분에 하루하루가 즐겁고 행복했어. 이제 넌 날 기억하지 못하겠지만, 내가 영원히 널 기억할게. 그 동안 고맙고 미안했어. 이제 안녕.'

나비는 그 이름처럼 눈이 되어 아이에게 녹아 들어갔다.

10년 후,

"내일 토요일이라고 늦잠 자지 말고 공부도 좀 하고 그래라."

"네!"

"짜식들, 대답은 잘해요. 반장, 인사."

"차렷, 경례."

"안녕히 계세요!"

어느새 훌쩍 자란 아이가 학교 앞을 나선다. 햇살이 눈부시게 빛났지만 아이는 피하지도, 아파하지도 않았다.

'아, 더워. 얼른 집에 가서 샤워 해야지.'

아이는 발걸음을 재촉했다. 언덕을 넘어가고 있을 때 쯤, 저 앞에 흰 나비 한 마리가 날아오고 있었다. 그 나비를 보자 아이의 머릿속에 한 단어가 생각났다.

'설……? 뭐지?'
단어는 금새 아이의 머릿속에서 잊혀졌고, 흰 나비는 아이 앞에 다다랐다.

그 둘은 그저 그렇게 스쳐 지나갔다.

봄, 여름, 가을 없이 나비는 섬 어디서나 모습을 드러낸다. 화려한 건물 숲 사이에서 더 이상은 만날 수 없는 나비지만 문득 바다 위를 사뿐히 날으는 검은 무늬의 알락나비를 바라보면 우리가 잃어가고 있는 것들의 소중함을 되새길 수밖에 없다. 가볍게 공기를 가르는 우아한 날갯짓의 아름다움에 정신을 팔 때면 장자의 나비가 그러했듯 꿈과 현실의 경계에서 잠시 나를 접어둔다.

진도에는 고유한 나비들이 많지만 남한 전역에서 살아가는 흑백알락나비를 많이 볼 수 있다. 따뜻한 남녘에서 주로 살아가는 청띠제비나비, 남방제비나비. 남방노랑나비들도 여기저기 꽃들과 나무들, 공기 속에서 스스로를 드러낸다. 배추흰나비도 빼놓을 수 없다.

더 이상 나비를 그리워 하지 않는 시대
더 이상 우아한 비밀을 믿지 않는 시대
더 이상 날갯짓을 바라지 않는 시대
그래도 나비는 당신의 하늘과 맞닿은 어디선가의 하늘을 섬세하게 날아오를 뿐.

지천의 나비들과 사랑에 빠지다

진도의 아름드리 후박나무, 그리고 너른 바다 위를 우아하게 비행하는 나비들

청띠제비나비

남방제비나비

남방노랑나비

배추흰나비

"나비와 나방의 운명은 얄궂다. 태양에 날개를 말릴 자유를 가진 나비 vs. 밤의 불꽃을 찾아 헤매는 나방. 맑은 날 진도의 바다 위를 날으는 나비들의 날갯짓을 들여다보다 문득 나방의 퍼덕임이 고단해 보인다. 날개를 젖히고 볕을 받으며 고요의 공기를 아름답게 파동치는 나비들은 적어도 남녘 섬에서는 잊혀지지 않은 존재다."

삼막리 젓대가 바람을 매오

강은수
가난하고 보잘 것 없는 섬 소년이 예술가로 성장해가는 과정에서 만나는
바람과 나무, 그리고 겨울 이야기

아기는 새벽녘, 에이는 냉기가 서러웠다.

아직 오지 않은 새 날을 기다리는 적막, 깊이 잠긴 어둠. 먹먹한 어둠을 뚫고 고개를 들어 하늘을 올려다보면 놀랄 만치 밝은 샛별이 온 땅을 비추고는 있었지만, 별빛마저 아기에게는 아린 냉기로 다가올 뿐이었다. 별빛에도 위로받지 못한 채 서릿발이 내린 단단한 흙 길 위로 아버지의 채근에 못 이겨 종종 걸음을 내디뎠다. 모든 것이 어린 마음속에는 그저 차가운 그림자로 남았다. 어둡고 크고 냉랭한 것들이 아기의 마음 한 켠에 켜켜이 자리잡았다. 집 앞으로 이어지는 조그만 도랑을 지나다 간혹 얇게 내려앉은 살얼음 위로 발이라도 잠길 때면 작고 새된 비명이 절로 흘러나왔다. 작은 비명 위로 하얀 입김이 내려앉았다. 자기도 모르게 찔끔 눈물 방울이 흘러내렸다.

그것은 매일의 의식(儀式)이었다. 아버지의 의식(儀式)이자, 이제는 가족의 곁을 떠난 어머니의 의식(儀式)이었다. 묵묵한 형이 앞장서면, 아기는 그저 아버지의 큰 손이 당기는 곳으로 이끌려 갈 뿐이었다. 아기는 어렸지만 어머니의 신음이 더 이상 들리지 않았던 그날을 기억했다. 항시 애달픈 노랫가락처럼 신음을 내뱉곤 하던 어머니의 숨이 멈춘 순간. 그 순간. 아기는 무엇이 어떻게 바뀐 것인지 영문도 모른 채 가슴속에서 뭔가 저릿한 아픔을 느꼈다. 이유도 없이 슬픔의 폭약이라도 마신 것처럼 그 순간에는 가슴을 울리는 울음이 저도 모르게 터져 나왔다.

아버지는 벽에 기대어 어딘지 모를 허공을 끝도 없이 응시한 채 움직이지 않았다. 아기는 어머니의 젖 무덤에 몸을 기대고, 만져지지 않는 슬픔, 자기 것이 아닌 슬픔에 매달려보았다. 그것을 슬픔이라 부르기에 아직 어린 아기에게, 슬픔은 가슴을 저며 대며 우러나오는 듯도 하다가, 멀리 떨어진 채 아기를 내려다보고 있는 어떤 힘인 듯도 했다. 아직 따뜻한 온기가 어머니의 냄새와 함께 묻어 나왔다. 한참을 울고 또 울다 아기는 저도 모르게 더 이상 미동도 하지 않는 어머니의 품 안에서 작은 딸꾹질을 시작했다, 그리고 잠이 들었다.

그 무렵인가, 아버지의 의식이 시작되었다. 아기에게는 그저 차디찬 살얼음으로 남은 새벽. 길은 끝도 없이 멀고 또 멀었다. 그렇잖아도 온전하지 못한 절룩걸음을 끝도 없이 이어가야 했다. 어둠에 꽁꽁 가로막힌 길 위, 아버지의 커다란 손에 이끌려 가다 보면, 햇볕 가에 간신히 온기가 되살아난 한나절이 되어서야 작은 봉분가에 다다랐다. 어머니의 무덤으로 가는 먼 길 위에서 탈진해 주저앉기라도 하면 아버지의 큰 손이 거침 없이, 사정 없이 아기의 작은 몸을 낚아채 올렸다. 그것은 거절할 수 없는, 자비 없는 부름이었다. 아기는 아버지의 손아귀 힘을, 퀭하게 가라앉은 눈에서 뻗어 나오는 거역할 수 없는 힘의 크기를 어느새 알고 있었다.

오랜 시간이 지난 후에도, 아기로서는 그 작고 초라한 무덤 안에 어머니가 잠들어 있다는 것이 받아들여지지 않았다. 흙 무덤가에 도착할 때면 형이 그런 것을 따라 무감한 표정으로 절을 올렸다가도 오랜 걸음의 노곤함에 떨어져 어느덧 꾸벅거리며 졸기 일쑤였다. 아기의 기억 속 어머니는 아직 온기가 남은 젖가슴이었다. 그 어머니의 따스한 몸이 차가운 대지의 한 켠, 붉은 흙으로 덮인 구덩이 안에 놓여 있다는 설명은 아기에게는 영원히 이치에 맞지 않았다.

칼 바람이 몰아치던 그날. 아버지는 가슴에 품고 온 술찌갱이 한 대접을 꺼내 흙 무덤 위에 휘저어 뿌리고 형과 아기에게 한 움큼씩 나누어 주었다. 시큰한 쉰

68

내가 낳지만 허기짐을 이기지 못한 아기는 술찌갱이를 허겁지겁 목구멍으로 넘겼다. 술찌갱이로 배가 부를 일이야 있겠는가마는 공복의 고통이 서운하게나마 잊혀지며 얼어붙은 몸에 조금씩 피가 도는 것을 느꼈다. 아버지는 두 아들이 찌갱이를 들이키는 모습을 말없이 바라보았다. 그러다 여느 날처럼 눈길을 돌려, 둔덕 아래 멀리 펼쳐진 바다를 내려다 보았다. 바다는 바람에, 엄혹한 겨울 바람에 흔들리고 있었다.

"임자, 어젯밤에도 잘 쉬었는가? 오늘은 바람이 유독이 차갑네."
아버지의 낮고 울림이 많은 목소리는 바닷물에 던지는 물음인지, 무덤가에 던지는 물음인지, 무심하게 퍼져나갔다. 대개는 그저 묵묵히 바닷가를 내려다보다 툭툭 털고 일어나는 아버지였다. 이날 따라 아들들에게 닿지 않는 중얼거림이 아버지에게서 흘러나왔다. 아기는 한편에서 좋다 움찔하며 아버지의 눈치를 살폈다. 아기의 그런 모습을 아는지 모르는지 형은 그저 고개를 숙이고 말없이 서 있었다. 추운지 더운지, 그리운 것인지 태연한 것인지 아기로서는 알 길 없는 표정이었다.
"자네가 그리 어여삐 여기던 애기도 왔네."
아버지는 자리에서 일어나 아기의 덜미를 붙잡더니 흙 무덤 앞에 세웠다.

"이놈아 복이지 않겠나. 죽고 사는 것도."

모진 칼날처럼 날카로움이 아프게 박힌 한마디 한마디에 아기는 저도 모르게 몸을 떨었다.

"내, 자네가 그리 말렸던 일을 이자 옮겨볼까 허네."

아버지는 잠시 긴 숨을 몰아 쉬었다.

"내가 살면 얼마나 살겠나. 이놈아 재주가 하늘에 닿을지, 지 한 몸도 못 건사할지는 두고 보면 알것지."

아기를 무덤가에 던지듯 내려놓더니 아버지는 잠시 말이 없었다. 문득 아기는 이 모든 것이 꿈속에 등장했던 어떤 장면처럼 익숙하고 느리게 흘러 가고 있음을 깨달았다. 무덤가에 처박혀 웅크린 채로 아기는 다시 한번 익숙한 꿈을 꾸었다.

아기의 마음속에서 조그맣게 맴돌기 시작한 이런저런 소리들이 이제는 귓가를 울리고 있었다. 여전히 땅 기운은 아기의 몸을 차디차게 일려갔다. 그래도 아기는 꿈속에 있었고, 꿈속에서 소리들과 함께 뛰놀았다. 한참을 놀다 보니 주변의 공기가 바뀌었다. 아기는 어느덧 아버지와 형과 스스로의 몸이 우두커니 남은 터 위를 빙글빙글 돌며 소리의 따스한 기운을 마음껏 느꼈다. 꿈속에서 아기

는 춤을 추며 웃고 있었다. 흥얼흥얼 마치 옹알이 같은 소리가 저도 모르게 흘러 나왔다. 그제서야 멍하니 섰던 형이 아기를 돌아 보았다. 꿈속을 헤매이면서도 아기는 형의 눈 속이 대나무 밭 위에 내린 겨울눈처럼이나 맑다고 생각했다. 꿈처럼 느리게 꿈처럼 따뜻하게, 대낮의 햇볕에 녹아가는 겨울 땅에서 아지랑이가 올라오고 있었다.

비마저 주적주적 내려 그나마 얇디 얇은 아기의 홑겹 옷을 헤집었다. 집을 나선 지 얼마 되지도 않아 아기는 젖은 옷 위로 모락모락 김이 오르는 것을 느꼈다. 시간이 갈수록 끔찍한 떨림이 거세어졌다. 말없이 걷던 형의 몸이 사시나무 떨리듯 떨리는 것을 바라보던 아기의 눈이 조금씩 감겨 들었다. 너무 추워 움츠렸던 몸에 더 이상 아무 감각도 느껴지지 않을 무렵에도 아버지는 아기의 손을 끌어 당겨 걷게 했다. 비를 막을 수만 있다면 얼마나 좋을까. 잠시만이라도. 그냥여기 젖은 바닥에 그대로 누워 잠들 수만 있다면 얼마나 좋을까. 제발. 멈춰주세요. 아버지. 너무 고통스러운 오한에 아기의 마음은 멈추라고 소리쳤다. 그러나그것은 언제나 그렇듯이, 입술 밖으로 나와 말이 되지는 못했다.

"움직여. 움직이믄 안 죽는다."

아기의 눈이 감기고, 다리가 장작개비처럼 뻣뻣하게 바닥에 끌리는 것을 느낀 아버지는 작은 등을 후려치고도 성에 안 찼는지 어깨를 마구 흔들어댔다. 한참을 망가진 인형처럼 흔들리고 나서야, 그제서야 아기의 눈꺼풀이 가까스로 떠졌다. 한쪽 손으로는 형의 뒷덜미를 잡고, 다른 한 손으로 아기의 손목을 붙든 채 아버지는 폭풍처럼 우악스러운 걸음을 이어갔다. 차가운 비에 검은 겨울나무들이 머리를 풀고 죽은 자들처럼 파리하게 얼어가는데, 지옥에라도 달려드는 듯한 아버지의 기세는 수그러들지 않았다.

아기는 언제 눈이 뜨였는지 알지 못했다. 꿈속이었다. 섬세한 소리가 어디선가 공기를 흔들고 있었다. 아. 눈을 비비고 보니 작은 새 같기도 했다. 작은 새가 노래를 부르고 있었다. 울고 있었다. 긴 꼬리가 파랗게 빛나는 작은 새. 주둥이에 핏빛 무늬가 선명하다. 아기는 새가 노래하는 것을 가까이 보고 싶어 조심스레 다가갔다. 마을녘에서 가끔 보이던 새 같기도 하고, 생판 처음 보는 새 같기도 했다.

이상했다. 주변에 아무 소리도 없고 오직 새소리만 들렸다. 지척에 다가가도록

새는 아기의 눈을 똑바로 바라보며 아기의 손길을 기다리는 듯했다. 잠시 주저하다 새의 작은 몸에 손을 뻗어 보았다. 손이 몸에 닿을 듯한 순간. 새는 아기의 손을 크게 쪼았다. 너무 놀라 손을 빼 보니 피가 흘러 넘쳤다. 피가, 고인 빗물 위로 뚝뚝 떨어지고 번져 나가더니 어느덧 새의 몸마저 붉게 물들였다. 아기가 비명을 지른다. 순간, 새는 공기 속으로 흩어 사라졌다.

　눈을 떴을 때. 아기는 처음 경험하는 소리에 몸을 떨었다. 커다란 새. 세상의 모든 공기를 두드리기라도 할 것처럼 낮고 깊숙하게 우는 소리. 소리의 느리고 낮은 공명이 아직도 희미하게 들리는 빗소리를 밀쳐냈다. 따뜻한 기운에 고개를 조금 움직여보니 형의 얼굴이 보였다. 형은 젖은 채로 아기의 딱딱하게 굳은 작은 몸을 꼬옥 안고 앉았다. 아무 표정도 없던 형의 얼굴이 지금은 다르게 보였다. 아기는 형의 눈에서 흘러내리는 눈물을 맛보았다. 찝찔하고 따뜻한 눈물이 아기의 얼굴 위로, 입술 위로 떨어져 내렸다. 형은 흐느꼈다. 어깨가 떨리도록 흐느끼며 아기의 몸을 안고 또 안았다. 형의 입이 뭔가를 말하고자 했지만 그것은 말이 되지 못했다. 아기를 부르는 것도 같고, 아비를 부르는 것도 같았다. 그도 아니면 저 찬 바닥에 누워 스며드는 비에 몸을 내맡긴 어머니를 부르고 있는지도 몰랐다. 그래도 그것은 말이 되지 못하고 꺽꺽 울음이 되어 나왔다.

그런 중에도 소리는 계속 아기의 몸 속 깊숙이 진동했다. 어디서 날아온 것일까. 어디서 시작된 것일까. 아기는 소리의 발원을 찾고 싶었다.

"형아, 형아……."

아기의 얼어붙은 입에서 소리가 새어 나왔다. 형은 아기의 부름을 알아채지 못했다.

"형아, 형아."

아기는 조금 더 힘을 내보았다. 어깨를 뒤척여 몸을 빼 보았다. 형은 아기의 몸을 놓아줄 생각이 없어 보인다. 무슨 소리일까. 노래 같기도 하고, 울음 같기도 하고. 무슨 소리일까. 힘껏 고개를 들썩여 본다. 고개라도 돌려본다면 닿을 듯한 지척의 소리였다.

아기는 무슨 힘이 났는지 꿈쩍 안 할 것 같던 형을 밀쳐 냈다. 아기의 몸부림에 놀라 뒤로 나자빠진 형을 남겨 둔 채 소리를 찾아 나섰다. 아버지였다. 아니, 아버지가 들고 있는 어떤 것이 내는 소리였다. 아기는 한참 만에야 간신히 소리의 발원을 알았다. 아버지가 어깨에 멘 채 불고 있는 길다란 대나무 마디. 가슴을 울렁이게 하고, 몸을 때리는, 마음의 깊은 곳을 깨우는 큰 공명이 대나무 몇 마디에서 시작되었다. 아버지가 빗 속에 앉아 대나무로 깊숙한 소리들을 길러내고 있었다. 아기의 나무 토막같이 굳은 몸 속으로 소리가 파고 들었다. 아직도 멍하니 보고 있는 형의 울음이 잦아들도록 아기는 소리 앞에 마주 서서 소리를 버텼다. 가까이서 마주친 소리는 거대한 쇠절구를 울리듯 단단하게 퍼져 나가더니, 어느 때는 성난 동네 아주머니의 목소리처럼 높고 가파른 소리를 토해 내는가 싶었다. 아버지의 손가락이, 호흡이 조금씩 곡조의 언덕을 달리기 시작하자 차가운 겨울 바람도, 차가운 빗 줄기도, 더 이상 아기에게는 떠오르지 않았다. 갑자기 모든 것들이 사라졌다. 그러더니, 소리가 남았다. 오로지 대나무 통 네 마디가 울리는 소리만 남았다. 그것이 좋은 것인지 나쁜 것인지, 따뜻한 것인지 차가운 것인지도 알지 못했지만, 소리는 아기의 마음에 고요를 깨웠다. 아기가 눈을 뜨고 세상을 마주한 이후 어느 순간에도 느끼지 못한 고요가 주변으로 흘러 넘치기 시작했다.

비가 그쳤다. 구름 사이로 슬금슬금 비치던 태양이 서서히 저물어가는 것도 모르고 아버지는 끝도 없이 소리를 비워냈다. 비로 젖었던 몸이 펄펄 끓는 체온의 열기로 말랐다가 이번에는 식은 땀으로 적셔지는 것도 모르고 아기는 아버지의 소리를 대면하며 마냥 서 있었다. 아버지는 아기의 시선을 단 한 순간도 응대하지 않은 채 마지막 한 음에 처연히 도달했다.

"…… 이것이 젓대란 것이다."

아버지는 지친 기색도 없이 아기의 어깨를 붙잡고 두 눈을 꿰뚫어 보듯 매섭게 노려보며 말했다.

"이것이 젓대여. 니 어미가 그렇게나 너한테는 절대 물리지 말라 빌었던 젓대란 물건이다."

아기는 그 말의 의미를 이해하려 애써보았다.

"이 젓대 소리를 기억하그라. 뼈속까정 새겨 놓그라. 니가 니 애미를 잡아먹은 자식이니께 우리 집서 내 밥 먹고 살아남을 냥이면 이것만이 살 길이여."

아기의 눈과 손은 아버지의 팔에 걸린 대나무의 마디 마디를 기억해 나갔다. 꿈 속에서나 놀았던 흥얼거림처럼 아기의 새된 목소리로 흥얼흥얼 가락이 흘러나왔다. 아버지의 음조를 제법 그럴 듯하게 모사해낸 아기의 흥얼거림을 아버지는 말없이 듣고 있었다.

"그러제. 그 곡조를 한 마디 한 마디 뼈 속에 묻어 놔야 헌다. 니 할아버지의 할아버지, 그 할아버지가 이 애비에게 물려주신 곡조니께."

이제 막 달이 오르기 시작한 초저녁이면 어머니는 아기를 등에 업고 마실을 나갔다.

"어마, 애기 나왔는가? 당골네는 날도 추운데 집안에 있지, 왜 자꾸먼 돌아 댕기고 그려?"

평소 마을 사람들과 전혀 말을 섞지 않는 어머니도 마을 입구, 대를 이어 주포(酒逋)를 열고 장사하는 아주머니를 만나면 가끔씩은 아는 체를 하고 이야기를 나누었다.

"오늘은 손님이 좀 있소?"

"그날이 그날이제. 뭣이 있겠어? 그나저나 몸은 좀 우선한가? 지난번 신병이 꽤나 오래 가든디. 그 짓도 못 해먹겠구먼 그랴. 몸 생각도 해야제."

"우선하니 나왔지라. 애기씨도 만날 방안 구석에만 붙들어 두니 불쌍하기도 하고."

"아이고, 지 어미 골이란 골을 있는 대로 빼먹고 나온 아들내미가 무엇이 그리 귀할꼬. 귀한 아들내미라도 만날 싸고 도는 것은 안 좋아. 귀할수록 뇌서 키워야제."

"귀하지라. 율곡 선생헌티 금으로 곱게 묶인 책 세 권을 받는 꿈을 꾸고 난 아들인디."

"아따, 또 그 소리여. 우리 같은 처지에 금으로 맹근 책이 다 무슨 소용이여. 다 부질 없지. 허기사, 금이라니 쌀 마지기 팔만한 돈이 되기는 하겄구만. ……카악, 트. 율곡인지 뭣인지, 뭣 허는 샌님인지는 내 몰러도 여기가 어디라고 이 머나먼 옥주, 섬 구녕에다 금 동냥이나 나가는 책을 내리고 말고 허겄어. 지랄병으로 발광이라도 나지 않고서야."

긴 담뱃대를 나뭇가지에 탁탁 털어내고 칼칼한 목에서 탁 하니 가래를 뱉어내며 주막 아주머니는 곱지 않은 울화를 터뜨렸다.

"그래도요. 세상이 언젠가는 안 바뀌겄소. 모를 일이지라."

어머니는 먼 하늘을 올려다보며 들릴 듯 말 듯 소곤거린다.

"어쩨, 뭣이 좀 보이요? 신통한 사람잉께, 제 눈으로 보고 허는 소리믄 내 함 믿어보제. 나도 죽기 전에 좋은 세상 콧바람 좀 쏘여 보겄소?"

"우리 애기씨가 다 자라고 날 때 되믄 이보다는 좋은 세상 안 보게 될라요."

"허이구. 당당 멀었구면. 그럼 그렇지. 그렇잖아도 울네헌티는 같잖고 미풍진 세상인디. 그나마 조정에 떡허니 버티고 앉은 높으신 분들이 양코배기 놈들에다가, 왜놈들 헌티다가 둘러 싸여서는, 이리 채이고 저리 채이고, 이놈 붙어먹고, 저놈 붙어먹고 한다니 하 수상한 세월이 언제나 끝날지 누가 아요. 아, 그라니께 뭣 놈의 오만 인종들이 이로코롬 들러붙는당가. 회한한 일이제. 우리 겉은 팔자 드센 상것들이야 그냥 엎친데 덮친 격이니께 이리 되지나 저리 되지나. 아조, 뒤로 엎어진 놈 콧때기를 칼로 베어가는 것이나 진배 없지. 좋은 세상은 무신. 귀신도 웃다가 배때기가 곯아 뒤지겄소."

"아이고야, 누가 들을까 안 무섭소."

"지체 드높으신 분들이 멀디 먼 땅끝, 유배섬 구석지에다가 귀구멍이라도 파묻어 났당가. 들으면 뭐. 이깟 목숨 하나 죽이는 것도 지그들헌티는 일이것제.”

“······ 그래도 모르지라.”

좋은 세상이 올지도 모른다는 뜻인지, 누가 들을까 무섭다는 말인지, 입 밖으로 비집고 나오려는 말을 죽이고, 어머니는 슬그머니 알 듯 모를 듯 미소를 지으며 주막 아주머니를 뒤로 했다. 그럴 때면 아기의 엉덩이를 토닥토닥 어르며 동구 밖 길을 따라 한참 걸어 나간다. 걷다 보면 만나게 되는 500살 먹은 비자나무까지 어머니의 조용한 어름이 이어졌다.

“우리 순둥이 애기씨 귀한 것은 내가 알지라. 누가 뭐래도 울 애기씨는 큰 사람이 안 되겠소. 안 그럴 거면 어인 연유로 율곡 선생이 내 겉은 사람 꿈에꺼정 와서 귀하디 귀한 책을 내리셨겠소. 보면 알겠제.”

커다란 비자나무가 널찍한 양팔을 벌리고 있는 것이 한 눈에 보이기 시작하는 곳. 그 길목에 다다르면 겨울에도 파릇한 대나무 군락이 제 살끼리 부비며 사스락대는 소리가 사방 군데서 요동쳤다.

“애기씨. 이것이 대나무라요. 따뜻한 남쪽 땅에서나 사는 어여쁜 나무 신(神)이지라. 사시사철 푸른 것이 풀이라는 사람도 있고, 남구라는 사람도 있고. 이것이 여러 그루처럼 보여도 실은 신통허니 한 뿌리에서 나는 것이요. 한가운데가 통멘키로 뻥허니 뚫린 것도 수상한데, 하룻밤에도 못 알아보게 몇 자썩이나 자란다오. 사람 먹을 것은 많이 없어도 참으로 신통허기 그지 없는 위인이요. 어린 순은 그래도 귀한 재료지라.”

잠시 말을 쉬고 북쪽 하늘을 바라보며 말을 이었다.

“율곡선생이 살던 집이 저 북쪽 하늘 끝 강원도 허고도 오죽헌이라 안 하요. 이 어미는 비록 옥주 땅을 한번도 벗어나질 못했지마는, 언젠가 길손 한 분이 봇짐에 넣어온 오죽을 한번은 봤지라, 참으로 단아하니 고귀하게 생긴 것이, 신이 내린 남구인 것을 뉘라도 알아봤을 것이오. 아담하면서도 당당한데, 거기에 검은 빛이 슬쩍 도는 것이 그리 이쁜 기색일 줄은 이 어미도 몰랐소. 강원도 추운 바닷바람에 맞아 생김이 그리되었을까. 신기한 일이제.”

그리고는 틈을 주지 않고 매일 아기의 귓가에 되뇌는 말을 이어갔다.

“근디 애기씨, 우리 귀한 애기씨는 어여쁜 대나무라도 가까이 허면 안 되오. 아무리 이뻐도, 아무리 그리워도 가까이 허지 마소. 애기씨랑 대나무는 상극이라

안 그러요. 똑같이 신 내린 남구라도 박달나무와 대나무는 그 성질이 정반대라오. 대나무는 음의 기운이 강해서, 애기씨와는 만나서는 안 되는 상이요. ……이 어미가 직접 두 눈 뜨고 봤소. 절대, 절대로 가까이 하면 안 되오. 온 동네 대나무가 꽃피어 씨를 말릴 것이 아니믄, 애기씨가 가슴에 피를 흘리고 객사할 상이요. 어른이 되어서도 절대 잊지 마소. 귀한 애기씨는 공부해서 율곡 선생 같이 나라의 동량이 될 분이니, 그때까지, 아니 그 후에라도 절대 대나무는 가까이 하지 마소. 이 어미가 두 눈 똑바로 뜨고 봤소."

어머니는 대나무를 멀리 하라는 끝없는 당부가 어린 아기에게 얼마나 무의미한 것인지를 그때도 알고는 있었을 것이다. 밤마다 마을의 대나무 군락이 바람을 담아 내는 아름다운 노랫가락이 귀에 먼저 닿아, 아기의 마음을 멀리 꿈 속으로 초대하곤 했다. 헛되고 헛되고 헛되게도, 그저 아기의 눈에는 파릇한 대나무 잎의 사스락거림, 마르고 길쭉한 몸체로 바람에 휘어 감기는 우아한 몸짓이 어머니의 당부보다 언제나 눈 속에, 귓가에 먼저 들어왔다. 산자락이면 산자락마다 어김없이 대나무가 휘어지는 곳에서 나고 자란 후에 그 신묘함을 멀리 하라니, 어른이 되고 난 이후에도 아기에게는 공염불이나 다름 없는 애처로운 당부였다.

겨울은 길고 길었다. 하루하루 두 아들을 앞세우고 어머니의 무덤가에 도착해서 초저녁이 되도록 젓대를 부는 것이 아버지의 일과가 되었다. 아기는 생애 처음으로 접하는 아버지의 젓대 소리에 삼십 리 먼 길을 종종 걷는 것이 차츰 덜 힘들게 느껴졌다. 아기에게는 무덤가로 가는 길이 또 하나의 세상을 만나러 가는 길이 되었다. 숨막히게 아름답고, 숨막히게 슬픈 곡조에 혼과 영이 더는 제 것이 아님을 체험하러 걷는 길이 되었다. 몸이 아프고, 열이 오르고, 아버지의 퉁명스러움이 극에 달해도, 너무 배를 곯아 일어설 힘조차도 남아있지 않다고 느껴질 때조차도 아기에게 젓대 소리는 그 모든 것을 잊고, 스스로를 잊고, 세상을 잊게 만드는 신비한 약이 되었다.

해 뜨는 시간이 조금씩 길어지더니 길고 긴 겨울이 물러가는 소리가 들려온다. 샘을 채운 얼음이 몸을 줄이는 소리가 시작된다. 언 땅에서 씨앗이 자리를 잡는 소리가 시작된다. 무엇이 달라졌는지 설명하기는 어려워도 매일 한 치만큼씩의 변화가 공기를 바꾼다. 주변의 소리가 커지면 커질수록 추위에 대한 공포도 그에 발맞추어 차츰 줄어들었다.

아기는 아버지의 곡조들을 거의 모두 외우게 되었다. 아버지가 마른 목면에 돌돌 말아 맡기는 젓대를 제 품에 소중히 감싸 안고 산을 내려오는 일도 아기의 몫이 되었다. 석 자나 나가는 젓대가 가뜩이나 배를 곯아 왜소한 아기의 몸보다 길어 거치적거렸지만 그래도 아기는 어떻게든 힘을 내 소중히 안아 들었다. 아버지는 그것을 제 팔자라 부르며 끌끌 혀를 찼다.

세 부자가 산길을 내려오면 어느새 어슴푸레한 밤과 마주했다. 밥 때가 돌아와 마을의 부엌들마다 하다못해 쌀겨죽이라도 끓이는 냄새가 풍겨왔지만 온기 없는 부엌에 끓일 곡기가 남아 있을 턱이 없다. 어머니가 돌아간 후에는 가끔 마을 사람들의 굿을 해주고 얻어 먹었던 꺼리도 끊겨 굶는 것이 일과가 되었다. 형과 아버지는 허연 얼굴로 방바닥에 모로 드러누워 벽을 보고만 있었다. 잠이라도 쉬이 들라치면 참으로 다행인 하루의 끝.

아기는 배가 고팠다. 어머니가 소중하게 보자기에 담아 온 쑥떡이 자꾸만 눈앞에 아른거렸다. 쑥떡을 솥에 달달 끓이고 소금을 조금만 쳐도 엄청나게 고소한 죽이 되어 식구들의 입맛을 달래주었다. 쌉쌀하면서도 달달한 것이 쑥 내음으로 온 집안을 물들여 마음까지 따뜻하게 만들곤 했다. 생각해 보면 그때가 아기의 가족에게는 훈풍 도는 봄날이었을 것이다. 아버지를 자주 보지는 못했지만, 다정한 어머니의 보살핌이 형과 아기에게는 꿈결처럼 보드랍게만 느껴졌다. 그때는 형도 제법 말을 잘하였다. 자주 병석에 누워 쉬어야 했던 어머니에게도 이런저런 말로 위로

를 주던 형이었다. 방구석에 드러누웠는데 저녁거리마저 없을 라 치면 어머니
는 형과 아기를 마실 보냈다. 주포(酒浦) 아주머니는 웬만하면 술찌갱이라도 한
대접 나누어 주었다. 그마저도 없는 날은 주포마저 파리를 날리는 중이었을 것
이다. 하긴 외진 마을에 객이 그리 많을 일이 얼마나 되었겠는가. 아무것도 못
얻어 갈라 치면 어머니의 슬퍼하는 모습을 보게 되니 형의 발걸음이 더욱 무거
워졌다.

　그날 따라, 아주머니의 사설이 길었다. 다른 많은 날들처럼 그날도 아기는 똑같
은 아침을 맞았고, 하루 종일 배고픔과 싸웠다. 어머니는 빈 젖을 물려 아기의 시
장을 달랬다. 다 큰 아이가 젖을 찾는 것을 아버지는 몹시 싫어했지만 어머니는
아기의 배고픔에 마음이 절절해져 차마 내치지 못했다. 그 모든 것이 다른 어떤
날과도 다름 없이 똑같은 하루였다. 아버지는 여느 때와 마찬가지로 해질녘이
넘도록 집을 찾지 않았다. 여느 때처럼 어디선가 술독에 빠져 있을는지, 옆 마을
큰 집에서 잠을 청할 생각인지 알 수 없었다.

　어머니가 기운이 다했는지, 한 마디 말도 못하고 숨을 고르며 자리 차지를 하
고 있자 형은 마음을 먹은 듯 아기의 손을 끌어 잡고 마실을 나섰다. 누가 시킨
사람도 없건만 제 딴에는 어머니를 돕고 싶은 마음이 동하여서 시작한 일이었을
것이다.

　"효자 났네. 동네 효자 났어. 제 배로 낳은 아들 자식도 아닌 것이. 참으로 다행
스런 일이기는 하제. 없는 살림에 배 다른 동생 손을 쥐어 건사할 줄도 알고."

　주포(酒浦) 아주머니는 지나치지 않고 기어이 한마디를 던졌다. 마음 약한 형은
그럴 때면 구겨진 인상을 감추지 못하고, 얼른 포를 나서 고약한 아주머니의 쓰
디 쓴 말들로부터 벗어나고자 시도했지만, 그리 호락한 아짐일 리 없었다. 주모
생활만 수십 년에, 하다 못해 객의 발걸음이 틀어진 날이 아닌가. 술찌갱이 한 대
접도 아이들과 나누지 못하는 현실이 위악(僞惡)을 조장했을지도 모른다.

　"니 애비는 어디서 무얼 하길래 니 어미 하나를 못 먹이고 처 자빠져 있데?"

　"…… 내가 어찌 알아요?"

　조심스럽긴 하지만 불퉁한 기색을 내비쳐 보여도, 그럴수록 칼날 같은 말들이
돌아와 가슴을 헤집었다.

"아조, 어디 기방에나 어우러져 자빠져 있겄지. 그 잘난 주제가 예술 깨나 허는 양반네 흉내나 내믄서. 저는 그리 술 퍼먹고, 얻어 먹고 댕기는 동안에 지 자식들 생각은 잠시라도 드는지 궁금헐 뿐이다. 궁금헐 뿐이여."

"…… 아부지 욕하지 마소."

"굶겨도 지 애비라고 듣기는 싫은 갑다. 니 어미라는 사람도 참으로 답답헐 뿐이여. 지 먹을 것도 없는 것이 뭣 허러 지 배로 낳은 자식도 아닌 새끼는 보듬고 앉았데? 허다 허다, 속병이 깊어 오늘 내일 하고 있는 처지가 애기는 왜 또 퍼 낳아 가지고 명을 재촉하는지, 제 팔자를 들볶는지 알다가도 모를 일이구먼."

형이 안절부절 못하더니, 이제는 발이 땅에 뿌리를 내렸는지, 몸이 얼어붙었는지 댓구도 못하고 섰다. 아기는 영문을 모른 채 형을 올려다 보았다. 무엇을 얻어 먹을 낌새가 아직은 조금도 보이지 않는다. 옆에서 듣고 있던 이웃 아주머니 하나가 말리자는 뜻으로 한마디 거들었다.

"애들이 뭔 죄가 있겄소. 그리 생겨났으니 불쌍치, 이제와 어쩌겄소. 아그들아, 오늘은 피죽 한 대접도 없는 갑다. 조심해서 집에들 돌아가거라. 울면 더 배고파 져 힘드니께 울지들 말고."

위안이 되어야 할 다정한 말이 되려 서러웠는지 형의 눈에서 모르는 새 눈물이 뚝뚝 떨어진다. 아기는 형의 손을 꼭 잡아보았지만 형의 눈물을 멈출 길은 없었다. 그러다 보니, 저도 모르게 울음이 비집고 나왔다.

"청승도 가지가지 아니겄어. 니들 어미라도 세상을 하직했다 하더냐? 썩 돌아 가거라. 안 그래도 손님 끊긴 지 오랜디. 재수 옴 붙겄구먼."

매몰찬 한 마디에 형은 정신이 좀 낫는지 아기의 손을 다시 힘주어 잡고 집으로 돌아섰다. 한 마디 거들었던 아주머니의 혀 차는 소리가 집으로 나서는 길을 더욱 초라하게 만들었다.

형은 어쩐 일인지 집으로 돌아가지 않고 온 길의 반대 방향으로 걷기 시작했다. 아기는 힘도 풀리고 다리가 아파 형이 붙잡은 손을 빼어 보고자 했지만 형은 놓아주지를 않는다. 형을 따라 걷다 보니 어둑어둑한 저편으로 커다란 비자나무가 나타났다. 비자나무 아래 숨어서 형은 한참을 울고 앉았다. 아기는 잠시 따라 울어 보다 바닥의 흙을 긁어 탑을 쌓기 시작했다. 햇볕의 온기를 아직 간직한 흙의 감촉은 작은 위로가 되었다. 어둑한 밤이 되었어도 보름달이 제법 여물게 떠서 사방이 은은하게 빛나고 있었다. 형은 여전히 집으로 돌아갈 생각이 없어 보였다. 밤의 한기가 찾아오자 우는 것에도 지쳤는지 이번에는 꾸벅꾸벅 졸기 시작했다.

한참을 잊고 흙장난에 열중하던 아기는 불현듯 불안한 마음이 들어 잠든 형의 손을 잡아 보았다. 형의 손이 차가웠다. 아기의 따스한 피부가 닿는 느낌에 놀랐는지 잠시 몸을 부르르 떨던 형은 아기의 몸을 덥석 끌어안았다. 서로의 체온에 기대어 둘이는 차츰 세상 모르는 깊은 잠에 빠져들었다. 쥐 죽은 듯 조용한 밤. 몇 각이나 흘렀어도, 형과 아기는 서로의 체온 안에서 수면의 달콤함에 빠져 비로소 평화를 찾았다. 이제는 집으로 돌아가서 어머니를 돌보아야 한다는 걱정이나, 끼니 꺼리를 찾지 못했다는 걱정, 나중에 아버지에게 혼날지도 모른다는 걱정마저도 따뜻하고 깊은 잠을 이기지는 못했다. 이 한숨의 꿀 같은 잠이 형제에게 평생토록 지우지 못할 사건의 단초가 될 줄 둘은 미처 알지 못하였다.

아기는 눈을 떠보고 싶었다.

소리 없는 소란. 무엇이라도 단서가 되어 줄 부스럭거림이 오히려 고마울 만큼 적막한데도, 신경을 있는 대로 일깨우고야마는 소란. 적막한 중에 엄청난 소란을 깨닫고 아기는 눈을 떠보았다. 몸을 거침없이 들어올리는 손. 형의 놀란 울음소리가 이어진다. 잠에서 뜻하지 않게 깨어난 아기의 어리둥절함은 즉시 크나큰 불안이 되어 가슴을 옥죄었다. 눈을 크게 뜨고 주변을 보고 싶었다. 어찌된 일인지 알고 싶어 바둥바둥 몸부림을 쳐보지만, 손은 아기를 놓아주지 않았다. 오히려 거세어질 뿐. 그날, 그 순간, 그 밤에 무슨 일이 벌어지고 있었는지 시간이 한참이나 지난 이후에도 아기는 그 날을 제대로 상황을 설명할 길이 없었다.

가리개다. 눈을 부릅며 보아도, 눈동자를 이리저리 돌려보아도 앞이 보이지 않았던 것은 가리개 때문이었다. 꼭 동여맨 천 쪼가리가 눈꺼풀을 아프게 짓누르고 있었다. 아무것도 볼 수 없었다. 작은 몸을 들어올린 것이 누구의 손인지, 누구의 발걸음인지, 아기로서는 영문을 모른 채 뭔가 두려운 일이 벌어지려고 한다는 예감에 떨 뿐이었다. 전혀 예기치 못한 상황에서 벗어나려 온갖 힘을 써 보았지만 아기의 바둥거림 정도로 이길 수 있는 힘이 아니었다. 누군가 아기를 손에 든 채 뛰다시피 어딘가를 향해 발걸음을 옮기고 있는 것이 느껴졌다. 누굴까. 아버지일까. 아버지…… 아버지…… 아버지께서 화가 나신 걸까. 말없이 항상 묵묵한 아버지께서 화가 나신 걸까.

딱 한번 아버지가 화내는 모습을 보았다. 아버지는 술을 마셨다. 집안에 그렇게나 먹을 것이 없다고 하는데, 아버지는 간혹이라도 집에 돌아오는 날이면 거의 매일 빠짐 없이 술에 취해 거칠어진 얼굴을 하고 있었다. 그렇게 취한 아버지가 언젠가 주포 아주머니와 벌였던 소동. 그 지긋거리는 소동을 아기는 마음 속에 새겨 두었다. 마침 집에까지 찾아와 어머니 병구완을 하고 있던 아주머니는 아버지를 보자 이내 궁시렁대기 시작했다.

"아이고, 이 양반아, 얼굴 보니 또 한잔 꺾었구먼. 안사람은 이러고 죽어 나가는데 대낮부터 뭔 술 지랄이여. 술 지랄이."

"……."

"보쇼. 애나 어미나 피죽 한 대접 못 들고 나가떨어지는 것도 눈에 안 들어 오요? 아니 뭔 놈의 인사가 술 한 댓박만 쥐어주면은 아조 바람난 년, 속고쟁이 내주는 행색이여. 행색이."

누군가 술 한 주발만 받아줘도 장소를 가리지 않고 소리꾼도 되었다가, 춤꾼도 되었다가, 밤을 새가며 놀아 재끼는 아버지에 대한 타박이었다. 제대로 된 소리꾼이라치면, 곡식 한 톨이라도 받아 들고 집안 가솔들을 먹여 살려야 하지 않느냐는 새된 질타가 이어졌다.

"댁에가 그러고도 예술가연 하고 자빠졌소? 무신 예술이 동지 섣달에 홑저고리 입고 댕기다 얼어 죽었는갑지?"

입바른 소리에도 묵묵히 벽에 기대어 있던 아버지는, '예술가연', 이 한 마디가 떨어지자마자 번개같이 일어나더니 아짐의 멱살을 잡아채 방 밖으로 모질게 끌고 나갔다. 웬만한 일에는 눈도 끔뻑 안 하던 아주머니도 이때만은 놀라 저도 모르게 아이고 살려 소리가 절로 터져 나왔다. 아짐을 바닥에 내리 꽂아 기어이 피를 보며 아버지는 외마디를 차갑게 던졌을 뿐이다.

"내가 니 년 같은 거렁뱅이 작부인 줄 알어?"

그날의 아버지는 분명 아기가 평소 보아온, 취해서 잠에 곯아 떨어지고는 했던 무기력한 사내가 아니었다. 그 사람은 아기가 아직 한 번도 본 적 없는 빠르고 강하고 격한 무뢰한이었다. 아기와 형을, 병으로 자리 차지하고 누운 어머니마저도 언제든지 땅바닥에 내리꽂고, 그 한숨에 침을 뱉을 법한 무서운 아버지였다.

"무, 무신 일이오. …… 무엇이 그리 노엽소."

제 머리에서 마구 솟구치는 피에 흐느낌도 잊고 얼어붙은 아주머니의 일그러진 얼굴이 눈에 들어올 무렵, 어머니가 기다시피 문턱을 애써 기어 나오는 모습이 보였다.

"그만 하시오, 그만. 사람 잡겠소…… 내가 죄요. 내가, 내가 아프지만 않았어도 이리 궁상스럽게는 안 되었을 것을. 내 죄요. ……이리, 이리 안 비오. 나 좀 보소."

"너도 닥쳐. 내가 이 어린 놈을 놓으면 되진다 했냐 안했냐. 니가 죽을라고 묘를 썼구나."

"잘못 했소. 잘못 했소. 이 목숨을 내놓을 테니 우리 애기씨만은 건드리지 마오. 나를 치시오, 나를……."

"애기씨? 이 잡것이 여즉도 애기씨를 찾고 자빠졌어?"

아기는 아버지의 모습 속에서 지옥이 입을 벌려 유황 거품을 드러내는 깊은 심연을 본 것 같았다. 한번 닿기만 하면 바짝 메말라 살아 숨쉬지 못할 듯한 공포감이 처음으로 아기의 마음 속에 스며들었다. 그것은 누구도 함부로 건너서는 안 되는 낯설고 위험한 다리였다. 어머니도, 형도, 아기도 건너서는, 감히 들여다 보아서도 안 되는 낯설고 위험하고 메마른 황무지의 타오르는 다리였다.

형의 울부짖음이 간헐적으로 들렸다 안 들렸다 하는 것이 오히려 아기의 두려움을 더욱 부추겼다. 누군가 형의 입이라도 틀어 막고 있는 것일까. 아기는 목놓아 형을 외쳐 본다. 있는 힘을 다해 악을 썼다고 생각했지만, 막상 큰 소리가 되어 나오지는 않았다. 커다란 손이 이번에는 아기의 입을 가로 막았다. 숨이 막혀오자, 아기는 죽을 듯한 공포에 더 이상 소리라도 지를 시도 조차를 못하고 몸을 떨었다.

"…… 안 돼, 안 돼…… 안 돼……."

형의 혼절이라도 할 듯한 애 끊는 소리가 밤의 공기를 얼리는 그 순간, 문득 아기의 마음 속에 소리가 찾아왔다. 온 동네의 사스락거림이 속삭이듯 소근거리기 시작하더니 차츰 공기를 울리며 가까이 다가왔다.

향연(饗宴).
한가하고 너그러운 향연(饗宴).
세상의 모든 소소한 것들이 우아하게 서로의 음색에 기대이는 것만 같은 향연(饗宴)이 지금 막 시작되려는 찰나였다.
소리가 소리에 겹쳐 화음(和音)이 되었다.
소리가 소리를 부드럽게 물어 연음(延音)이 되었다.
온 동네의 사스락대는 댓잎 소리에 아기는 저도 모르게 고통을 잊었다.
세상이 하나의 장엄(莊嚴)으로 뒤덮였다.
모든 소리가 멎고 오로지 하나의 장엄으로 가득해졌다.
그 작았던 하나의 사스락거림이 말로는 묘사할 길 없이 환한 울림이 되었다.
소리 안에서 아기는 처음 보는 자유를 알았다, 세상의 깊고 깊은 상처에서 멀리 떨어져 스스로를 지킬 자유. 아기는 눈을 감았다. 그리고 거침없는 손은 이내 아기의 홑겹 바지를 벗겨 내렸다. 다리에 칼처럼 날 선 무언가가 닿았다고 느낀 순간, 아기는 소리 속에서 잠들었다. 꿈 속에서 아기는 형을 꼬옥 안았다. 세상이 아기로부터 멀어져 갔다.

형은 말을 잃었다. 말을 잃었을 뿐 아니라, 그 누구의 눈동자도 바로 보지 못하는 왜소하고 두려움 많은 사람이 되었다. 곧 나아질 것이라고 마을 사람들이 어머니를 위로했지만 그런 일은 일어나지 않았다.
아기는 오랫동안 열을 앓았다. 온 몸에 열꽃이 돋고 눈이 휘말려 돌아갈 정도의 경기가 며칠이고, 며칠이고 이어져서, 제대로 숨이라도 붙어 되살아날 수는 있을지 아무도 장담하지 못했다.
아기가 다시 눈을 떴을 때 처음 만난 세상은 어머니의 파리한 얼굴이었다. 어머니는 아기의 작은 몸을 품 안에 안은 채 며칠이고, 몇 달이고, 그저 긴 한숨을 쉬고 있었다. 아기는 오랜 시간이 지난 뒤, 기나긴 한숨이 어떤 의미였을까 돌이켜 생각해 보았다. 그저 살아 돌아온 아기를 반기는, 병약한 이가 표현할 수 있는 최고의 만족감이었을까? 다리의 살이 뜯긴 처참한 상처가 아물어 갈수록 아기가 더 이상 온전히 걷지 못하게 될 것임이 확실해지자 느낀 막막한 절망감 같은 것이었을까? 그보다도 더 깊은 어떤 것이 그 한숨 속에 도사리고 있다고 아기는 느꼈다.

어머니가 돌아가고 시간이 지나면서, 아기는 그날 밤 벌어진 일에 대해 이 사람 저 사람으로부터 조금씩 귀동냥하게 되었다. 어떤 이는 아기 스스로도 알지 못하는 아기의 모험담을 떠벌리는 재미로, 어떤 이는 아기의 가족에 대한 서푼짜리 동정으로 그날의 사정을 말하고 싶어했다. 아기가 알고 싶었던 것은 이 일이 벌어진 모든 과정의 완벽하게 세밀한 사정(事情)이었을 것이다. 하지만, 모든 진실을 조립하고, 모든 순간을 조립하고, 모든 관련된 이들의 마음 속을 조립해 그 밤의 사정을 꿰뚫어볼 수 있는 마법은 당연히 존재할 수 없는 것임도 알았다. 외진 산기슭, 불과 십 수 세대의 처마 밑 사정이 아니었던가. 세상을 등지고 떠나온 사람들이 마지막으로 도달할 법한 그곳. 중심으로부터 멀리 떨어진 그늘의 사정에 귀를 기울여줄 만한 여유가 세상 어디엔건 존재할 리 없었다.

그러나 조금씩 각자의 진실이 모이기 시작하자, 아기는 실제로 벌어진 어떤 일을 일부분이나마 추론해 볼 수 있게 되었다. 형과 아기가 500살 먹은 늙은 비자나무 아래서 잠의 미혹에 빠져 있었을 때, 어머니가 아기와 형을 찾으러 온 동네를 기다시피 찾아 헤매인 것을 본 사람들이 몇몇 있었다.

주포의 아주머니도 그날 밤 주포로 찾아 온 어머니를 만났다. 아주머니의 말대로라면 어머니는 주포에서 그대로 쓰러져 눈을 뜨지 못했다. 아주머니는 어머니가 이대로 숨이 끊어질 것을 걱정해 그대로 뒷방에 누이고 아버지에게 인편으로 전갈을 보냈다. 읍내의 제법 큰 술집으로 전갈을 가져간 사람은 다시 돌아왔지만 아버지는 돌아오지 않았다. 그날도 술독에 빠져 고주망태가 되어 있었기에 전한 말을 알아 들었는지도 확신하지 못했다는 것이 심부름꾼의 이야기였다.

술집에서 아버지가 다음 날 한나절이 되도록 잠을 잔 것을 직접 보았다고 말한 사람도 있었지만, 새벽이 안 되어 나가는 것을 보았다고 말하는 이도 있었다. 결국, 이 사람 저 사람의 기억이 섞여 아버지의 행적은 확정 짓기 어려운 것으로 남았다. 그리고 잊혀졌다.

어머니가 그날 밤, 명을 다할 고비를 넘긴 사연에 대해서도 바람을 타고 끊임없이 이야기가 들려왔다. 우스운 일이다. 정작 당사자들은 가족의 일인지라 진실을 찾아 헤매일 자유마저 없는데. 호사가들은 끊임없이 그들과는 무관한 이야기를 이리저리 재생산해내고 있었다. 아기는, 묻지도 않은 이야기에 답하고 싶어하는 이들의 눈빛을 알고 있다. 그들의 진실은 사람의 마음을 낱낱이 할퀴고 갈갈이 찢어 놓을 뿐이다. 그럼에도 제 말 한 마디의 무거운 의미에는 철저히 무감각했다. 언제부터일까. 사람들은 어미를 위해 제 허벅지 살을 깎아 봉양한 이야기를 칭송하기 시작했다. 이야기는 잠시 동안은 아기에게 새로운 종류의 서석거림으로 다가왔다. 그러나 시간이 갈수록 아기에게는 모르는 누군가의 이야기가 되었다. 아기는 그들이 전하는 진실 따위로부터 멀어졌다.

아마도 그날 일어난 일을 가장 가까이에서, 가장 많이 담고 있는 그릇은 말을 잃은 형의 기억일 것이다. 그런 형이 영원히 말하지 않는 쪽을 선택했기에 아기는 거기서 질문을 멈추었다.

아기는 오로지 향연(饗宴)을 기억하기로 한다.

댓잎의 장엄(莊嚴)을 기억하기로 한다.

댓잎 하나 하나의 사스락거림을.

그 잎들의 설레임이 빚어내는 미묘한 비틀림의 협연을 기억하기로 한다.

아기는 대나무 마디에 그날의 선선한 바람을 야무지게 메어, 몇 번이고, 몇 번이고 들추어 보았다. 쑥떡 향기가 온 집안을 가득 채웠던 그날. 어머니의 밝은 미소 사이로 살짝 드러난 고운 치아가 아기의 마음 속 깊은 곳, 감히 행복이라 불리울 만한, 적어도 따스함이라 불릴 만한 장(障)에 생생하게 새겨졌다.

아기는 배고픈 채로 곤히 잠든 아버지와 형의 등을 문득 바라보았다.

문풍지 너머로 달빛이 스며들어오자, 아기는 머리맡에 고이 둔 젓대를 끄집어 들고 조심스레 달빛에 비추어 보았다. 그리고는 아버지가 그러하듯이 젓대를 어깨에 걸어, 두 손의 손가락들을 이 구멍 저 구멍에 밀착한 채 오롯이 숨 바람을 불어넣었다.

첫 음이 시작되었다.
하나의 향연(饗宴)이 끝나고,
다른 향연(饗宴)이 걸어 들어왔다.

섬 바람이 불고, 대가 휘고, 댓잎이 부대끼는 그 모든 정경

이 이야기가 분명 젓대 박종기 선생의 생애에서 모티프와 에너지를 얻은 것은 사실이다. 중심으로부터 언제나 낯선 땅으로 인식되어온 진도에서 당골네의 아들로, 가난한 예술가의 서자로 자란 후, 1930년대 경성과 동경을 드나들며 나름 음악적인 성취를 생애에 구가한 인물이니 분명 그 삶의 괘적만으로도 수만 권의 책이 되어 나올 법한 비범한 사례이기는 하다.

그러나, 선생의 음악을 담은 150년 전 아날로그 레코드의 지직거림. 그 안에서 젓대소리의 절절함이나 풍요로움을 찾아내는 것은 얼마나 어려운 일인가. 그저 아직 우리 곁에 그 소리의 잔재가 남아 있는 것에 감사하고 기뻐하기로 하자. 우리 중 누구도 선생의 젓대소리를 듣고 모여든 새들의 황홀경에 도달하기란 영원히 불가능할 것이므로. 여기 담긴 이야기도 선생의 오래된 레코드 판만큼이나, 그저 모래성처럼 간신히 형체를 유지하고 있을 뿐인 허구(虛構)다.

박종기 선생의 삶에서 예감할 수 있었던 가상의 접점. 150년의 시간을 뚜벅이처럼 찬찬히 걸어 넘은 공감의 당김쇠는 바로 대나무 밭을 휘청거리는 바람 소리였다. 섬 바람이 불고, 대가 휘고, 댓잎이 부대끼는 그 모든 정경이 선생에게는 하나의 신비로, 온전하게 소리의 향연으로 다가오지 않았을까 하는 추론이 이야기의 시작이자 끝이었다. 그 대나무 밭은 지금도 선생이 살던 삼막리의 산기슭, 지천에서 바람을 매어 사스락대고 있다.

이런 연유로 선생의 삶을 지근 거리에서 서사하는 것을 멈추고, 댓잎의 화려한 장엄, 첫 만남의 장엄을 치장하는 데 더 공을 들이려던 애초의 셈법이 맞아 떨어졌기를 바랄 뿐이다. 그렇다. 결국, 이야기는 그저 뭉툭한 하나의 가정(假定)에 불과하다. 그 가정이 맞았는지 틀렸는지 하는 것에 애초 뜻을 둘 리 없다. 가정(假定)이 간직한 어떤 조그마한 정서 하나가 댓잎의 스산한 사스락거림 속에서 돋아나 당신의 마음을 간질인다면 그 뿐.

생태는 사람이다 #3

 간신히 건진 한 장의 사진. 젓대 박종기 선생. 아는 사람은 알지만, 모르는 이들은 선생의 이름 석자도 전혀 생경할 뿐인데…… 그의 삶은 드러날 수록 깊었다. 소담하지만, 기이할 정도로 집중된 삶.

 구한말과 일제강점기, 중앙 무대에서 멀리 동떨어진 섬 진도에서 당골네의 아들, 예술가의 서자로 살아간다는 것이 그의 삶에서 복일까. 흉일까. 어머니 병구완을 위해 대퇴의 살을 베어 평생 다리를 절었다고 하니 신체의 장애마저 그를 지나치지 않았다. 그럼에도, 세상으로 퍼져나간 그의 예술혼, 오로지 그 한가지로 이름을 남긴 삶. 머지않은 근세의 발자취임에도 언제 나서 언제 가셨는지 확정하기 어려운 생애. 그가 여전히 조금씩 잊혀질 뿐인 외로운 예술가이기 때문일 것이다.

 우리는 젓대 박종기의 연주를 들을 수 없지만, 적어도 고단한 그의 삶이 남긴 조그만 흔적을 찾아내는 것만큼은 할 수 있다 믿는다. 삼막리, 젓대 박종기가 남긴 공간들을.

출처 : 국악음반박물관 홈페이지

젊은 예술가를 키워낸 공간, 임회면 삼막리의 대숲

박종기를 만든 것은, 섬을 몰아치는 바람, 해풍에 흔들리는 대나무 소리일지 모른다.

1880 예술가 아버지의 늦둥이 서자, 당골네의 아들로 임회면 삼막리 138번지에서 태어남

1885 어머니의 병구완과 관련되어 평생의 장애를 얻음

1885 어머니의 3년상을 치르며 매일 30리 길을 걸어 묘지에서 죽은 자를 위해 연주함

1890 삼막리 대숲에서 바람을 담은 젓대 소리를 연마함

  ? 좋은 황죽으로 생애의 젓대를 만듦, "종기 젓대 매듯 한다."는 남도 말의 기원

1920 판소리의 기법을 불러와 대금 산조의 형식을 완성

1927 경성으로 올라가 라디오 방송 연주와 음반 작업을 병행함

삼막리, 박종기 선생 생가 주변의 대나무 숲

벽파, 거친 물에 길을 묻다

물

四元素論

空火水土

숭어(秀魚)

박수린

어린 시절 기억 속 친구가 실은 울돌목 앞바다에서 파닥이던 숭어였다면?
잊을 수 없는 친구 이야기

"어디 갔지……?"

"왜? 뭐 또 잃어버린 거야?"

"어릴 때 쓰던 일기장이요. 여기 어디 됐던 것 같은데, 안 보여서요. 저번에 여기서 봤던 것 같은데……."

"무슨 일로 그 오래된 걸 찾는대? 아, 참! 너 그저께 본 모의고사 점수는 어떻게 됐니?"

"음…… 그냥 그래요. 나중에, 나중에 학원 다녀와서 말해드릴게요. 엄마, 그것보단 일단 일기장 좀 같이 찾아주세요."

"어휴, 그래. 여깄다! 네 물건은 네가 알아서 잘 간수해야지 말이야. 학원에서 그거 읽는다고 집중 안 하고 또 다른 짓 하는 거 아니지? 너 저번 시험 성적 보니깐 너무 많이 떨어졌더라. 엄마가 우리 수영이 못 믿는 거 아니야. 엄마는 우리 수영이가……."

"당연히 알죠. 저 학원 다녀올게요."

엄만 맨날 공부 얘기만 꺼내신다. 부모님들은 공부가 쉬운 줄 아신다. 아침에 일어나자마자 학교에서 집중하려면 어떻게 해야 하는지, 밥 먹는 도중엔 국영수 성적을 올리려면 어떻게 해야 하는지, 이제 막 자리에 앉아서 공부를 하려 하면 자기주도학습을 할 때는 어떻게 해야 하는지, 매일 같은 이야기만 하신다. 자꾸 같은 이야기만 들으니깐 지치고 듣기 싫은 게 당연하다. 그래서 조금이라도 집중을 안 하면 '다 이해한다. 공부라는 게 힘들지만……' 이라며 한 말을 또 하신다.

학교에 가면 학교선생님도 공부하라, 집에 가면 엄마도 공부하라, 학원에 가면 학원선생님도 공부하라, 사방에서 공부하란 말만 온 종일 하니깐 너무 지친다. '학생은 공부를 해야 한다.' 라는 말이 당연히 맞는 말이긴 하지만, 주위를 둘러보면 모두가 공부를 하는 것은 아니다. 또한 공부를 하지 않고 성공한 사람도 있다. 이런 것들을 보면 순간 정말 하기 싫고 그만두고 싶은 생각이 굴뚝같다. 하지만 성공하기 위해서는 공부가 가장 쉬운 길이라고, 이때 공부를 하지 않으면 나중에 두고두고 후회를 하게 된다는 어른들의 이야기를 들으면 공부를 해야만 한다는 무거운 돌이 다시금 내 어깨 위로 올라온다.

요즘 따라 내 처지는 뜀틀보다 높은 돌구름판 같다. 뜀틀을 넘으려면 구름판에 먼저 올라가야 하는데, 너무나도 높은 구름판에 먼저 부딪혀 이러지도 저러지도 못하는 상태이다. 심지어 그 높고 높은 구름판은 그 어떤 것도 부술 수 없을 만큼 단단한 돌로 만들어진 구름판이다. 난 이제 시작하려고 신발을 신고 나서는데, 다른 사람들이 먼저 앞에서 '이것도, 저것도, 그건 아니야, 이게 옳은 거야.' 라며 내 앞에 나오는 맞지 않는 너무 큰 돌구름판을 쌓아놓는다. 높은 돌구름판에 부딪혀 멍은 들대로 들어서 파아래진 몸으로는 더 이상 나아갈 수 없다. 사실은 나아갈 수 없는 것보다는 나아가기가 싫다. 이 높은 돌구름판을 간신히 넘어간다고 해서 앞길이 평탄한 것도 아니고 가면 갈수록 더 높은 돌구름판이 기다리고 있을 것이기 때문이다. 그래서 막막한 미래에 당장 아무 생각도 들지 않아 어떻게 해야 할지 아직 갈피를 못 잡고 헤매고 있는 중이다.

"오메, 낯짝이 어째 어제 초상 치른 사람마냥 그런다냐?"

"네? 그냥 좀 졸려서요."

"하기는 요즘 아그들은 맨 학교가 끝날라 치면 뭔놈의 학원을 그렇게 가드라 만은…… 너도 그런가 보구만. 한창 뛰댕길 아그들을 그게 골방에 꾸겨 넣어블고는 맨 공부만 시킹께는 아그들 얼굴이 폭삭 삭아브렀지. 한창 우리가 느그들 나이 때는 노루맹키로 뛰댕겼지. 머스마들은 개비 하나 들고 댕김시로 도꽉으루 개구락지나 잡아다가 구워먹고, 가스나들은 쪼까난 도꽉 주서다가 공기놀이 하고. 고때는 학원은 켕이다. 학교맹키로 따로 글자갈쳐주는 데는 없었제. 그렇게 우리 같은 노인네들 중에서 글자 하나라도 읽을 줄 아는 노인네는 아주 교육 잘 받은 부잣집 자식이여. 보통은 공부 같은 것은 쩌리 띵겨불고 어메, 아베랑 세나꾸 꼬그나 집안살림 맹그느라 바뻤제. 부잣집이 아녀도 학교를 댕기는 머스마들이 있긴 했는디……"

요즘 따라 버스만 타면 나이 드신 분들마다 안색이 안 좋다며 말 한마디씩 거신다. 걱정하는 말투로 말을 거시는데, 결국엔 각자 어릴 적 이야기로 끝난다. 힘을 주기는커녕 오히려 이런 말들이 더 피곤하게 한다. 차라리 아무 말도 안 하셨으면 좋겠다.

5월 6일

요 근래 며칠 사이 자주 눈에 띄는 여자아이가 있다. 그다지 눈에 띄는 외모는 아니지만 왜인지 모를 오묘한 분위기에 압도당해 자꾸만 눈이 간다. 단정한 단발머리에 하늘색 원피스, 하얀색 단화를 신은 그저 평범한 여고생이다. 하지만 우연이라 치기에는 너무 자주 마주친다. 지지난 주, 친구들과 도서관에 가는 길에 처음으로 그 여자아이를 보게 되었다, 어쩌면 그때가 처음이 아닐지도 모르지만 그날 처음으로 눈에 띄었다. 두 번째 만남은 야간자율학습이 없는 날 버스를 타고 가다가 우연히 밖을 보게 되었는데, 그 많은 인파 속에서 한눈에 띄었다. 평소엔 누가 누군지조차 분간하지도 못했는데, 그날만큼은 이상할 정도로 잘 보였다.

이때까지는 우연이라고 생각했다. 그러나 그 이후에도 놀이터, 마트, 길거리, 공원 등 5번 이상은 마주쳤다. 우연이라 치기에는 너무 빈도수가 잦아서 친구들에게 고민거리가 있다며 이야기해 보았지만, 돌아오는 답변은 터무니없는 농담뿐 진지함이라곤 쥐뿔만큼도 없었다. 물론, 그 여자아이에게 말을 걸어볼까 하는 고민도 해봤지만 눈 깜짝할 사이에 사라져버려서 다가갈 시간조차 없었다.

의아한 것은 여러 번 마주쳐서 그런지는 몰라도 어디선가 많이 본 듯한 외모라는 것이었다. 외모는 평범하지만 그 아이의 분위기만큼은 어디서도 느껴보지 못한 것이었다. 혹시나, 문득 드는 생각. 아주 어린 시절 잠시 함께 놀았던 아이가 생각났다. 그 아이도 이 아이처럼 이른 아침 나팔꽃 왔다 가듯, 아주 잠깐 동안 나를 스쳐 지나갔다. 짧은 시간이었기에 얼굴은 자세히 기억나지 않지만, 단정한 하늘색 원피스의 옷차림과 그 오묘한 분위기만큼은 뚜렷이 기억이 난다. 꼭같은 분위기는 아닌 것 같지만 그런 분위기를 가진 사람은 흔치 않다고 생각되었기에 그 여자아이가 꼭 어린 시절의 그 아이가 맞을 것이라는 생각이 들었다. 하지만 그저 내 짐작만으로 그 아이라고 판단을 내릴 순 없다고 생각해서 그 아이가 맞는지 확인하고자 일기장을 찾았다.

( )

2005년 4월 19일 화요일 날씨 ☆

언니는 8시에 학교에 갔다. 아빠랑 같이 나갔고, 엄마는 청소를 했다. 엄마는 아침에 청소를 시작하면 점심 때까지 해서 심심하다. 할머니는 노인정에 갔다. 그래서 마당에 나가서 백구랑 놀았다. 백구가 사료를 안먹어서 계란이랑 멸치를 갖다 줬더니 잘 먹었다. 백구가 좋아하니까 나도 좋았다. 앞으로 맨날 건빵 줘야겠다. 주말에 아빠한테 백구랑 건빵 들고 산책 가자고 해야겠다.

2005년 4월 20일 수요일   날씨 안개

엄마가 면전서러 무판에 갔다. 그래서 할머니랑 과자를 사 먹고 방에서 놀았다. 할머니 맨날 한자 쓰고 그림만 그려서 마당에 나갔다. 갑자기 백구 집 앞에 빨간 거미가 많아져서 백구랑 못 놀았다. 내가 왔다 가니깐 백구가 놀아달라고 계속 소리쳤다. 불쌍했지만 개처럼 작은 거미가 너무 많아서 갈수 없었다.

2005년 4월 22일 금요일   날씨 ☀

오늘은 해가 쨍쨍 비춰서 언니랑 바다에 놀러갔다. 바람이 많이 불어서 파도소리랑 바람소리가 났다. 언니가 알려줬는데, 집 앞 바다 이름이 울돌목이랬다. 울돌목인 이유는 우는 돌목이어서라고 했다. 돌로 된 바닷길 사이에서 우는 소리 같은 바람소리가 들려서라고 했다. 바다가 운다고 해서 속상했다. 바다는 슬퍼 보였다. 눈물 색도 파랗고 바다 색도 파란걸 보니까 바다가 많이 속상해서 많이 울었나 보다.

( )

2005 년 4 월 25 일 월요일 날씨 ☀

오늘은 날씨가 좋아서 밖에 나가고 싶었다. 그런데 혼자 가기
무서워서 못갔다. 왜냐면 이제 무서운 꿈을 꿔서이다.
꿈속에서 엄마 아빠가 다른 곳에 가서 혼자 있어서 엄청
무서웠다. 그래서 아침에 일어나자마자 엄마한테 깨워줬다.

( )

2005년 4 월 27일 수요일 날씨 ☔

딩동댕 유치원을 보는데 나랑 나이가 똑같은 애들이 유치원에 다니는
걸 봤다. 유치원에 가면 친구도 있고 선생님도 있고 놀이도 한다.
그런데 난 유치원에 안 다니니깐 심심해서 유치원에 가고 싶었다.
근데 유치원에 가면 엄마를 못 보니까 걱정도 된다.

102

생각보다 큰 소득은 없다. 아직 일기장의 반도 읽지 않아서 별다른 소득을 얻지 못했다고 생각하기로 했다. 지금은 그렇지도 않은데, 이땐 생각보다 나이에 비해 글을 잘 쓴 것도 같다. 아무래도 매일 집에 있는 시간이 길다 보니 혼자 책을 자주 읽은 탓일까.

"아저씨! 잠시만요! 휴······."

"수아야! 지금 학원 가는 거야? 같이 가자."

머리가 지끈거린다. 곧 있으면 시험이 코앞인데, 남들은 성적 올릴 생각에 급급할 텐데, 이런 생각이나 하고 있고 참 한심하다. 이건 좀 있다 공부하기 싫을 때나 읽어봐야겠다.

"잘 가. 월요일에 봐."

이제 주말이다. 일주일 내내 고생했으니깐 오늘은 늦게까지 놀다가 자야겠다. 시험기간이긴 하지만······ 조금 쉬는 것 정도는 괜찮을 것도 같다. 역시 금요일이라서 그런지 모두 놀러 가서 버스가 한적하다,

밤에 타는 한적한 버스가 참 반갑다. 귀찮게 말 거는 이 하나 없고, 혼자만의 시간이 생기니깐. 좋아하는 말 중 하나는 눈뜬 공상가라는 말이다. 어릴 적부터 낯을 가리고 수줍음을 많이 타는 성격인데다 상처를 잘 받고 생각이 많았다. 물론 지금도 그렇지만 어릴 때는 더욱이 상상력이 풍부해서 하늘이 무너질까 땅이 꺼질까 온종일 걱정이 많았다. 매일 잡념에 휩싸여 공상만 하고 있어서 고쳐보려 했지만 그럴수록 나만 더 힘들어졌다.

그때 마침 어디선가 눈뜬 공상가라는 말을 듣게 되었다. 말 그대로 눈을 뜬 공상가이다. 공상가는 잡념에 휩싸여 이루어지지도 않을 허황된 꿈만 꾸며 허송세월을 보내는 한심한 사람으로 평가된다. 하지만 눈뜬 공상가는 이루어지지 못할 허황된 꿈을 꾸는 것이 아니라 눈을 떠 현실과 자신이 처한 상황을 직시하고 그 상황에 맞게 합리적인 방법을 찾아 해결하려고 하며 현실을 직시하는 바른 사고로 문제를 해결하려는 적극적인 인간이다. 그렇게 현실을 자신의 의지대로 바꾸

는 합리적인 인간이다.

밤의 한적한 버스에 타오를 때면 난 나만의 세상에서 가장 합리적인 눈뜬 공상가가 된다. 오직 나의 미래를 위해서 나 스스로 준비라는 벽돌을 직접 하나씩 손으로 옮겨 가장 적극적인 건축가이자 합리적인 설계자가 된다. 하나하나 쌓아 올린 붉은 벽돌들은 세상에서 가장 튼튼하고 높은 벽이 되고 벽들이 모여 세상에 하나뿐인 나만의 가장 포근하고 안정적인 보금자리가 된다. 포근한 보금자리를 짓는 데에는 수 만, 수 억 개의 땀방울이 들어간다. 지치고 포기하고 싶을 때가 한 두 번이 아니다. 하지만 완성된 모습을 보면 너무나도 뿌듯하고 보람차서 날아갈 것만 같다,

"다녀왔습니다."

"오늘은 공부 열심히 했니?"

"뭐…… 그냥…… 열심히 했죠. 뭐……"

"대답이 왜 이리 뜨뜻미지근하실까? 딸내미 아까 엄마가 성적 얘기 꺼냈다고 삐쳤구나. 엄만 너 잘 됐으면 해서 하는 말이야. 너무 섭섭하게 생각하진 마. 엄마도 어쩔 수 없잖니. 그리고 TV는 조금만 보고 들어가렴."

"네. 조금만 보고 들어갈게요."

2005 년 4 월 28 일 목 요일   날씨 ☀

오늘은 날씨가 맑아서 아빠랑 놀러 공원에 갔다. 아빠랑 식당 아저씨
랑 너무 오랫동안 이야기하고 있어서 나는 바닷가에 놀러 갔다.
처음 보는 여자아이가 혼자 놀고 있어서 이름을 물어봤다. 이름은 보리이고
7살 이랬다. 주말도 아닌데 혼자 놀고 있는 걸 보니깐 나처럼
유치원에 안다니는 것 같았다. 새로운 친구 생겨서 좋았다.
맨날 여기 있으니깐 내일도 놀러 오라고 했다.

2015 년 4 월 29일 금 요일   날씨 ☀

어제 보리가 바닷가에 놀러오라고 해서 점심밥을
먹고 놀러갔다. 어제랑 같은 자리에서 모래놀이를
하고 있었다. 어디 사냐고 물어보니까 저기 아래
산다고 했다. 여기서 아래면 진도대교인데, 진도대교
근처에 사나보다. 언제부터 살았냐고 물어봤깐 아무 대답도
안했다. 잘 기억이 안나나보다 나도 내가 언제부터
여기에서 살았는지는 잘 모른다. 내가 매일 여기서 놀거냐고
물어봤더니 그렇다고했다. 그래서 내가 올수 있으면 매일
오기로 했다. 나는 엄마, 아빠, 할머니 언니 말고는 노는 사람이
없어서 새친구가 생긴게 기뻤다.

2015년 6월 1일 일요일 날씨

오후에는 비가 올 거라고 해서 아침에 바닷가에 갔다.
보리는 하늘색 옷이 참 많다. 신발은 반짝이고 옷은 하늘색
원피스이다. 바람이 불 때면 보리의 원피는 파도처럼 물결친다
엄마가 없을 때 함께 놀 친구가 있어서 외롭지 않고 좋다.

이제 조금은 알 것도 같다. 그 아이가 맞는 것 같다. 어릴 적 이후로 그 아이는 한 번도 본 적이 없는 것 같다. 아무래도 이사를 갔다가 다시 온 것 같다. 어릴 적 친구를 다시 보니 반갑기도 하다. 보리라는 이름과 입었던 옷 말고는 딱히 아는 정보는 없다. 잠깐이었지만 나름 친했다고 생각했는데, 생각해 보니 아는 것도 두 가지 말고는 없다. 사는 곳이 바닷가 아랫동네라고는 했지만, 거기가 어디 동네인지는 잘 모르겠다. 아랫동네이면 울돌목인 것도 같은데, 거기엔 인가가 거의 없다. 어릴 적에 몇 채 있던 것을 보긴 했지만 대개 아주 오랜 옛적부터 있던 폐가이거나 나이 지긋이 드신 어르신들이 사시는 곳이었다. 심지어 지금은 모두 재개발되어서 어떠한 집도 남아있지 않다. 지금껏 자주 마주쳐왔으니깐, 다음 번에 한번 보면 아는 척이라도 해 봐야겠다.

일기장을 읽고 이제 막 쉬려고 했는데, 벌써 12시이다. 공부가 아닌 다른 일이라서 그런지 시간은 금방 간다. 특히나 일기장 읽을 땐 아무 생각도 들지 않고 편안하다. 아침마다 한 편씩 읽고 갈까라는 생각도 든다. 얼른 자고 내일 일찍 학원가서 숙제 해야겠다.

"벌써 학원에 와 있었네?"

"응. 어제 숙제를 못해서 일찍 와서 하고 있었어."

"내가 저번에 말한 그 하늘색 원피스 여자애 말이야."

"그 애? 왜? 또 봤어?"

"아니 또 본 건 아니고. 이제 누군지 알았어. 나 어릴 때 잠깐 같이 논 적 있던 앤데. 그 이후론 한 번도 본 적이 없어서 잊고 있었어. 다음에 한번 보면 아는 척이라도 해보려고."

"그래서 눈에 자주 띄었던 거였구나. 집에 찾아가 보는 건 어때?"

"그럴까 생각도 해봤는데, 집이 어딘지를 모르겠더라고. 바닷가 아랫마을이랬는데, 울돌목이 맞는지 아닌지 헷갈리기도 하고, 울돌목 쪽에는 사람이 안 살잖아."

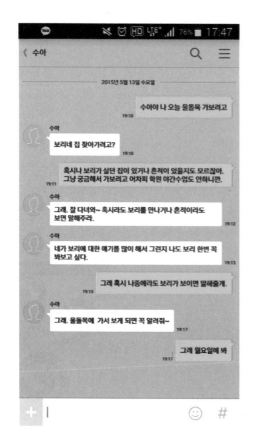

"그러게. 조금 더 생각해 보고 찾아가 봐."

그래도 내일은 일요일이라서 학원이 일찍 끝난다. 밤 늦게까지 하진 않으니 끝나자마자 바로 가야겠다. 꽃샘추위도 다 지났고, 날도 그런 대로 따뜻하니 엄마껜 도서관에 다녀온 걸로 하고 빨리 울돌목에 다녀와야겠다. 분명 보리가 아랫동네라고 했으니 녹진쪽, 울돌목이 맞는 것 같다. 내 기억으론 인가가 없긴 하지만 혹시 모르니 가봐야겠다. 이미 없어졌을지도 모르지만 작은 실마리라도 있을지 모르니깐.

일요일 5시 진도 터미널까지 걸어가는 길은 한적하다. 토요일이었다면 그래도 조금은 북적북적했을 텐데. 일요일이라서 모두 월요일을 준비하러 들어간 것 같다. 버스도 한적하다. 하, 풀 내음. 5월이니 자라난 풀들 정리하느라고 온 도로가 풀 내음으로 가득 찬다. 금골을 지나 항아리 공원을 지날 때면 풀 내음이 더욱 짙어진다. 용맹한 진돗개 한 마리 우뚝 서 있고, 자그마한 항아리 조각상들이 일렬

종대로 나란히 서 있는 풀 내음 가득한 싱그러운 풀밭을 볼 때면 소풍을 가고 싶은 맘이 한껏 부풀어 오른다. 노을이 질 때라서 그런지 하늘이 정말 붉다. 지금 내 가장 가까이 있는 것에 비유하자면 바로 앞에 있는 샐비어 꽃빛이다. 옅은 다홍빛 하늘에 점점 짙어지는 주황색 태양의 날개들, 노을의 중심으로 갈수록, 철모르고 너무 일찍 피어버린 샐비어 꽃처럼 점점 붉어진다. 5월 봄의 노을이 지는 하늘의 색은 참 어렵다. 시작은 파아란 하늘색, 잠시 눈을 감았다 뜨면 옅은 주황색, 경치 구경을 한번 하고 보면 구기자 빛 다홍색, 종착점을 기다리며 다시금 하늘을 쳐다볼 때에는 한껏 기대에 찬 내 마음처럼 붉게 변해 있다.

녹진 터미널에서 내려 울돌목까지 걸어가는 데엔 10분. 설마 보리가 진도대교 건너 해남에 살진 않겠지. 해남 아이가 진도에서 매일 보일 리는 없으니깐. 봄이라 살랑살랑 부는 바람에서 향긋한 내음이 난다. 여름이면 상쾌한 바다 내음. 가을이면 옅은 나무냄새가 섞인 바다 내음, 겨울이면 거친 바다 내음, 오늘은 선선하고 짙은 바다 내음이 난다.

가만히 울돌목 바다를 바라보는 것도 꽤 재미있다. 딱히 특별한 일이 없을 때면 항상 엄마와 목포로 놀러 가는데, 차 안에 있으면 바람의 세기를 알기가 어렵다. 그럴 때면 창 밖의 진도대교 밑 바다를 본다. 원래 울돌목 바다 자체가 물살이 세긴 하지만, 워낙 어릴 때부터 봐 온 바다라 그런지 바다를 보면 바람이 센지 안 센지 정도는 알 수 있다. 오늘은 바람이 약하다. 5월. 그리 바람이 세지 않은 딱 산책하기 좋은 날이다. 사오월에 진도대교 밑에서 울돌목을 보면 생선들이 펄떡펄떡 뛰어오르는 것을 볼 수 있다. 보리숭어이다. 보리숭어들은 사오월에 주로 울돌목에 놀러 온다. 보리숭어는 흰 바탕의 몸에 등으로 갈수록 점점 짙은 은회색으로 변한다. 빠른 물살을 견뎌내기 위해서 몸은 날렵하다. 또한 강한 파도를 견뎌내기 위해 몸은 탄탄하다. 강한 바다에서 몸을 지켜내기 위해서 몸은 비늘로 덮여 있다. 큰 비늘은 엄지손톱만 하고 크고 반짝인다. 튼튼한 비늘갑옷을 입은 탓인지 울돌목을 뛰어다니는 숭어는 매우 늠름해 보인다. 늠름한 숭어의 큰 비늘이 반짝일 때면 비늘은 무지갯빛으로 변한다. 하늘색, 노란색, 분홍색빛의 각도에 따라 형형색색으로 변한다.

울돌목은 밤이 되니 더 아름다운 것 같다. 비록 바람도 파도도 더 거세지긴 했지만, 파도가 세져서 오히려 더 아름답다. 거센 파도에 비친 밤하늘의 별빛, 달빛이 비칠 때마다 뿜는 은빛 손길들이 숭어를 매만져 주어서인지 숭어가 더 빛나 보인다. 숭어들이 울돌목으로 찾아오는 이유도 조금은 알 것 같다. 울돌목 바다 에 부딪혀 숭어에게로 향하는 달빛, 별빛이 숭어의 비늘에 손길을 향할 때면 비 늘은 더 반짝이고 은은한 빛을 발해 낮에는 꽁꽁 숨겨두고 보여주지 않던 아름 다움을 보여준다.

정신을 차리고 다시 몇 분째 울돌목 아래를 살펴봐도 인가는 보이지 않는다. 이미 집이 없어진 건지. 보리가 잘못 알려준 건지. 내가 잘못 알아들은 건지.

❖❖❖❖❖❖

읍으로 돌아오는 길. 1시간 반 만에 다시 올라탄 버스. 울돌목을 향해 갈 때와 다시 읍으로 돌아갈 때의 시간은 너무나도 다르다. 갈 때는 기대에 한껏 차 부 풀어 오르는 마음의 시간이었지만, 다시 돌아올 때는 솔직히 바람 빠진 풍선처 럼 실망한 마음이다. 그 누구도 거기에 가면 보리를 볼 수 있다고 말하진 않았 지만 왜인지 난 거기에 가면 보리를 볼 수 있다고 확신하고 있었다. 하지만 보 리를 볼 수는 없었다. 하지만 마냥 실망스럽기만 했던 것은 아니었다. 보리를 보지 못했다는 것과 보리의 흔적을 찾지 못했다는 것은 실망스러웠지만, 그 대 신에 오랜만에 아름다운 울돌목의 바다와 노을 빛을 보았다는 것만으로도 너 무 행복했다. 매일 같은 쳇바퀴 속을 살아가는 대한의 흔한 고등학생으로서 오 랜만에 아름다운 자연 풍경을 보면서 혼자만의 생각을 할 수 있었다는 것이 정 말 행복했다. 바다 내음 맡으며 노을을 보고 미래를 향해 뛰어나가는 숭어들의 여행을 보아본 고등학생은 아마 내가 처음일 것이다. 이것을 생각하자면 우울 하던 기분도 좋아진다. 축복받은 듯한 기분이기 때문이다. 고등학교에 들어와 서 한 경험 중에서 주위 사람들에게 자랑할 만큼 대단한 체험은 오늘이 처음인 것 같다.

보리를 찾으러 와서 실망도 했지만 보리와의 추억이 있었던 곳이기도 하고 아름다운 풍경이 함께 있는 곳이라서 그런지 마음이 한결 편안했고 다른 잡생각은 들지 않았다. 또한 지쳐 있던 마음이 치유 받는 듯한 기분이었다. 어릴 땐 그저 집 앞 바다라서 자주 찾아가기는커녕 일 년에 찾아가는 일이 거의 없었다. 지금은 비록 녹진에 살진 않지만 찾아갈 이유가 생겼다. 지금 이 기분처럼 마음을 치유 받을 수 있을지는 모르겠지만 앞으로도 자주 찾아와야겠다는 생각을 했다.

❖·❖·❖·❖·❖

"다녀왔습니다."

"애, 수영아. 너 그 일기장에 목걸이 껴 있었던 거 알았니?"

"네? 무슨 목걸이요?"

"너 어릴 때 누구한테 받았다고 맨날 쥐고 다니던 거 있잖니."

"기억 안 나는데⋯⋯."

"여기 반짝이고 조그만 목걸이."

"아! 보리! 맞아. 이것도⋯⋯."

"왜? 누가 줬는데?"

"그 여자아이요. 어릴 때 바닷가에서 자주 같이 놀았던 아이요."

"난 네가 그 애 얘기를 할 때마다 도대체 그 애가 누군지 모르겠다. 내 기억엔 분명 같이 놀았던 애는 없는데, 목걸이까지 받은 거 보면 귀신은 아니고 참⋯⋯. 진짜 귀신이 곡할 노릇이네."

아마도 보리가 떠나기 전날 이 목걸이도 보리가 줬던 것 같다. 하늘색에 반짝이는, 딱 보리가 생각나는 목걸이다.

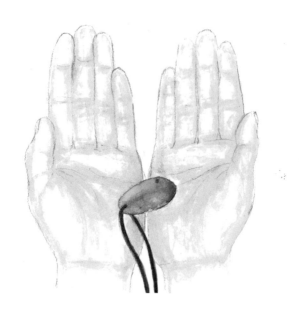

"수영아! 어제 보리 만났어?"

"아니, 울돌목까지 갔는데, 못 봤어."

"그럼, 집도 못 찾은 거야?"

"응. 인가는 하나도 없고, 사람 흔적도 하나 없었어. 혹시 해남에 사는지 생각도 해봤는데, 그건 영 아니 것 같아서."

"아쉽다. 보리 소식 궁금했는데. 그래도 혹시 오늘이나 내일 만날지도 모르잖아?"

"꼭 다시 봤으면 좋겠다. 그 동안 뭐 하고 살았는지도 궁금하고. 왜 어릴 때 이후로 한번도 본 적이 없는지도 궁금하고."

"아, 참 수영아. 오늘 학원 끝나고 같이 가자. 엄마께서 이모네 집으로 오라고 하셔서."

"그래. 같이 버스 타고 가면 되겠네. 혹시라도 가다가 보리 보면 꼭 말해 줄게."

"응. 수업 끝나고 1층에서 봐."

"사람 진짜 많다. 평소엔 그래도 자리가 꽤 남아 있었는데."

"그러게. 예전에 탈 땐 이렇게까지 많진 않았는데."

"잠깐만! 수아야! 저기 봐. 저기 보리 있어!"

"어? 어디?"

"아…… 지나쳐 버렸다."

"어딨었는데? 난 못 봤는데."

"현수막 옆 가로수 옆에. 바로 앞에 있었는데."

"이상하다…… 아무도 없었는데."

"에이, 아쉽다. 다음에 마주치면 그땐 꼭 재빨리 봐야 해."

"그래. 근데 이상하다. 아무도 없는데…… 내가 너무 늦게 봤나…….."

"수아야. 나 보리가 어릴 때 준 목걸이 찾았다. 봐봐 예쁘지."

"우와. 이거 뭐로 만들어진 거야? 반짝거린다."

"음…… 돌인가? 조개 껍질인가? 좀 딱딱한데."

"이거 비늘 아니야?"

"비늘? 그 생각은 못 해봤는데."

"봐봐. 이 크기에 이렇게 생긴 건 비늘 밖에 없지 않아?"

"그러게. 신기하다. 어떻게 비늘이 이렇게 딱딱하고 반짝이지. 이런 거 찾기도 힘들 텐데."

"바닷가 마을이니깐 구할 수 있지 않았을까? 바닷가에 보면 비늘들 많잖아."

"주워서 준 것 치고 되게 깨끗하고 예쁘다."

"그런 목걸이 팔면 사고 싶다. 특이하잖아. 좋겠다. 보리랑 너만 알아볼 수 있는 특별한 목걸이잖아."

"생각해 보니깐 그렇네. 이 목걸이 하고 다니면 보리가 알아볼 수 있으려나. 혹시 모르니깐 하고 다녀야지."

"수영아. 나 여기서 내릴게. 내일 봐."

"그래. 잘 가. 내일 봐."

혹시나 보리가 길 가다가 날 봤을 때 바로 알아볼 수 있게 보리가 준 목걸이를 했다. 햇살을 받으면 무지개 빛으로 반짝이는 동전 크기의 동그란 비늘목걸이. 참 마음에 든다. 보리가 날 알아볼 수 있게 하기 위해 차기 시작했지만 목걸이를 하고 있으면 마음이 편안하다. 보리를 못 본 지 벌써 수 일이 되었다. 이전까지는 하루나 이틀에 한 번씩은 보았던 것 같은데, 요즘엔 통 보이질 않는다. 보리를 보지 못한 지 수 일이 지났지만 사실 알아챈 것은 오늘 아침이었다. 그 동안 보리를 생각하면서 그나마 마음 편히 지냈는데, 보리를 보지 못한 며칠 동안 보리 생각이 나지 않은 것이 신기할 정도이다. 그래도 이번 주 안으로는 나타나겠지 라는 마음이다. 꼭 다음에 만나면 그 동안 보리는 뭘 하고 지냈는지, 난 뭘 하고 지냈는지, 같이 하고 놀았던 일들에 대해서 속 시원히 수다 떨고 싶다.

하늘색 원피스. 그리 길지도, 짧지도 않은 적당한 길이의 머리. 하얀 얼굴. 다른 생각은 안 난다. 그냥 편안한 분위기였다는 정도? 약간은 신비롭기도 하다. 다시 보게 되면 꼭 한번 말 걸어보겠다고 수아와 약속했지만 울돌목에 다녀온 이후론 본 적이 없다. 만나면 꼭 물어보고 싶었던 게 있었는데.

언제쯤 또 내 곁에 나타나줄 건지

언제까지 같이 있어줄 건지

왜 내 곁에 나타나준 건지

그리 오래 보고 지낸 것도 아니지만 그립고 아쉽다.

보리와 함께일 때만큼은 평소와 다르게 마음이 편안해졌고 자유로웠고 기뻤기에 더 그립다.

어릴 적 이후론 아주 잠깐씩 우연히 마주친 것이었지만 함께 한 것이 아니어도 그 애를 봤을 때만큼은 어떤 불편한 생각도 들지 않고 마음이 편안했기에 고마운 마음을 전하고 싶다.

너무 고마웠다고 전하고 싶다.

2025년 4월 3일

날씨가 흐리기에 우산을 챙길까 말까 고민하다가 시간만 허비했다. 버스 시간에 늦어서 허둥지둥 버스정류장까지 뛰어가는 길에 넘어지기까지 했다. 거기다가 전공 책까지 잃어버렸다. 도대체 언제쯤 이 고생이 끝날지 의문이다. 토익, 한국사, 컴퓨터, 국어능력시험…… 도대체 준비해야 할 게 몇 개인지. 안 그래도 할 것도 많은데 오늘 하루 완전히 망쳐서 영 기분이 안 좋다.

거기다가 점심 때 카페에서 어떤 여자가 자꾸 힐끔 힐끔 쳐다봐서 거슬리기에 왜 쳐다보느냐고 한마디 하려다 꾹 참고 그냥 도서관으로 자리를 옮기고 화를 삭혔다. 처음 보는 사람 같은데 자꾸 힐끔 힐끔 쳐다보니깐 기분이 좀 나빠져서 나도 같이 쳐다봤는데 분위기가 좀 특이했다. 딱히 엄청 예쁘거나 못생기지도 않았는데, 뭐 앞으론 볼 일도 없는 사람이니깐.

울돌목에는 전설이 있는데, 구기자의 효능을 본 노인이 망적산 봉우리에 있는 용샘과 울돌목을 뚫어 홍수를 면하게 했다는 것이다. 울돌목은 해남반도를 사이에 두고 갑자기 좁아진 해로이다. 바닷물이 간조와 만조의 때를 맞추어 좁은 곳을 동시에 지나가므로 울돌목의 조류는 매우 거세다. 가장 좁은 부분의 너비는 294m이며 유속은 수심 평균 5.5m/s에 달한다. 이처럼 해로의 좁은 부분의 조류가 세고, 그것을 임진왜란 당시 이순신장군이 전략에 이용함으로써, 명량대첩의 승리를 거둔 역사적 현장이다.

이런 명량의 거센 바다 울돌목에는 계절마다 찾아오는 용감한 친구가 있다. 한국의 전 지역에서 사는 숭어이다. 울돌목에 찾아오는 숭어는 봄숭어와 겨울숭어로 나뉜다. 주로 봄에 잡히는 숭어를 보리숭어라고 하는 것이다. 이 둘의 명칭은 별명처럼 일컫는 말이고 실은 둘은 같은 숭어이다. 다만 찾아오는 계절이 다를 뿐이다.

숭어와 헷갈리는 물고기가 있는데 그것 또한 이름이 가숭어이다. 일부 서울, 경기 지역에서는 숭어를 가숭어라고 하기도 한다. 이 둘을 구별하자면 숭어는 눈에 백태가 끼어 하얗다. 그에 반해 가숭어는 눈이 노랗다. 숭어는 크기와 모양 등에 따라 많은 명칭이 있다. 더 쉽게 구분하자면 눈이 검은 숭어는 숭어, 방언으론 참숭어, 개숭어, 보리숭어라고 부른다. 눈이 노란 숭어는 가숭어, 방언으론 참숭어라고 하고 주로 양식을 많이 한다. 또는 밀치라고도 부르고 겨울이 제철이다. 숭어의 크기에 따라 부르는 명칭이 있는데, 6cm 이하는 모치, 8cm 이하는 동어, 13cm 이상은 글거지, 18cm 이하는 애정이, 21cm 이하는 무근정어, 25cm 이하는 애사슬, 27cm 이하는 무근사슬, 30cm 이하는 패, 34cm 이상은 미렁이, 50cm 내외는 덜미, 65cm 이상은 나무래기라고 한다.

출처 : 국립수산과학원, 해양생물종다양성정보시스템

펄펄 날아 오르는 숭어 떼를 대면하다

울돌목의 휘몰이 속에 힘차게 놀던 숭어 떼는 떠나고, 봄이면 다시 돌아온다.

▶ 수온에 따라 서식환경을 바꾸는 숭어는 계절에 따라 맛이 차이가 난다. 이를 빗대어 '여름숭어는 개도 안 먹는다', '겨울숭어 앉았다 나간 자리 펄만 훔쳐 먹어도 달다' 등의 속담이 전해진다. 북한 속담에 '숭어와 손님은 사흘만 지나면 냄새 난다' 라 했는데 이는 아무리 반가운 손님도 너무 오래 묵으면 부담이 되고 귀찮은 존재가 됨을 비유적으로 이르는 말이다. 이외에 '그물 던질 때마다 숭어 잡힐까' '숭어 껍질에 밥 싸먹다가 논 판다' 등의 속담들이 전해지고 있다. 물고기 하나를 두고 이렇게 방언과 속담이 많은 것은 숭어가 우리나라 전 연안에서 흔히 볼 수 있는데다 오랜 세월 동안 선조들의 삶과 함께 했다는 방증이기도 하다. 내륙지방 주민들에게는 다소 생소한 풍속 중 하나로 서남해 어촌 마을에는 숭어서리가 있었다.

▶ 농촌 아이들이 하는 놀이 중 수박서리, 참외서리가 있었듯이 숭어서리는 주인 몰래 그물에 걸린 숭어 몇 마리를 걷어 오는 것을 말한다. 숭어는 다소 흔한 편이었지만 한자 표기어 '崇魚'나 또 다른 이름인 '秀魚'에서 짐작할 수 있듯이 만만하게 대접받던 물고기는 아니었다. 외모만 보아도 미끈하고 큼직한 몸매에 둥글고 두터운 비늘이 가지런히 정렬되어 있어 퍽이나 기품 있다. 외모에다 금상첨화로 맛 또한 좋으니 제사상, 잔칫상의 단골 메뉴가 되었을 뿐 아니라 임금님 수라상에도 올랐다.

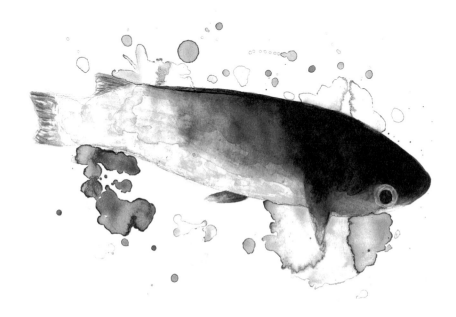

벽파(碧波), 푸른 물

김수현

진도 앞바다 깊숙이 가라앉은 보물선을 둘러싼
사람들 사이의 갈등과 화해를 그린 작품

벽 파항에 자리 잡은 조그마한 집에 아빠와 단 둘이 사는 지유라는 여자아이가 있다. 지유 아버지 직업이 어부였기 때문에 혼자 보내는 시간이 많아 지유에겐 그 조그마한 집은 아빠처럼 아늑하고 보호받는 느낌을 들게 했다. 우리들이 바라볼 땐 허름하기 짝이 없는 평범한 슬레이트 지붕 집이지만. 초등학교에 입학한 지유는 겁이 많아 학교가 끝나면 부리나케 집으로 달려와 대문을 걸어 잠그고 아빠가 오시길 기다리면서 받아쓰기 숙제를 하고 일기를 쓰는 것이 하루의 전부였다.

1997. 5. 29. 금

오늘은 내 생일이어서 아빠가 아침에 미역국을 끓여줬다. 원래 아침밥을 먹고 학교에 간 적이 거의 없어서 매일 생일이면 좋겠다는 생각이 든다. 학교에 가니까 친구들이 생일 축하한다고 말하면서 미역국도 먹었냐고 물어봤다. 세상에서 제일 맛있는 미역국을 먹었다고 하니까 친구들이 다 자기 엄마 미역국이 제일 맛있다면서 서로 자랑하느라 바빴다. 난 우리 아빠가 해준 미역국이 최고라고 다시 말했다. 아빠가 오늘은 일을 일찍 끝내고 들어온다고 하셔서 학교가 끝나고 친구들하고 안 놀고 집으로 바로 왔다. 집으로 돌아오니까 아빠가 같이 통통배를 타고 바다에 가자고 했다. 나는 너무 좋아서 책가방을 방에 던져놓고 아빠를 따라 나갔다.

오랜만에 통통배를 타서 그런지 처음엔 멀미가 나서 정신이 없었는데 조금 더 멀리 나가 주변에 아무것도 보이지 않는 데에 자리 잡고 배의 시동을 끄니 속이 좀 괜찮아졌다. 주변을 둘러보니 바다밖에 보이지 않았다. 바닷물 색이 어두워서 안에 어떤 물고기들이 들어 있는지 알 수 없어서 내가 아쉬워하는 표정을 보이니까 아빠가 낚싯대를 꺼내 들어 지렁이 미끼를 끼워서 바다에 퐁 하고 던졌다.

아빠 옆에 쪼그려 앉아 바닷물을 손으로 저으면서 학교에서 있었던 일을 이야기 하며 엄마라는 사람에 대해 아빠에게 물어보았다. 아빠는 그냥 내가 어렸을 때 같이 살았다고 말하시면서 말끝을 흐리셨다. 왜 지금은 같이 안 살고 아빠랑 나랑 단 둘이 사냐고 물어보고 싶었는데 갑자기 찌가 움직이는 바람에 아빠는 낚싯대를 힘차게 돌렸고 나도 깜짝 놀라 방방 뛰면서 물고기가 나오기를 바라보고 있었다.

우리 낚싯바늘에 달갱이(성대)라는 "꾹꾹" 소리를 내는 물고기가 걸렸다. 달갱이는 머리에 나뭇잎 같은 걸 쫙 펼치더니 꾹꾹 소리를 냈다. 아빠는 지금 공격 자세를 취하고 있는 거라고 말해 줬다. 꾹꾹 하고 내는 소리와 생김새까지도 귀여워서 화를 내는 것 같진 않아 보였다. 우리의 낚싯대에는 계속 달갱이만 잡혔다. 달갱이네 가족들이 놀러 나왔다가 다 우리한테 잡힌 것 같다.

아빠는 실한 놈 두 마리만 집에 가져가고 새끼들은 놓아주자고 했다. 놓아주기가 아쉬워서 달갱이를 놓아주면서 다음에 또 봐 라고 말하자 달갱이가 '꾹꾹' 하며 화가 난 듯이 소리를 내었다. 집에 돌아가 마당에서 달갱이를 꼬치에 꽂아 구워먹었다. 여태까지 먹어보지 못한 맛이었다! 우리 집 개 뽀삐도 침을 흘리면서 쳐다보고 있었다. 아까 풀어준 달갱이들이 생각났다. 오늘 하루는 정말 재밌고 보람찼다.

사실 지유는 초등학교 입학 전에는 자신의 엄마라는 존재에 대해 알지도 못하고 본 적도 없다. 그저 아빠 옆에 껌딱지처럼 붙어사는 아빠밖에 모르는 아이였다. 그래서 엄마에 대한 허전함, 그리움 등을 느끼지 못했다. 아니, 느낄 수 없었다. 지유가 친구들과 이야기를 하고 놀다 보면 친구들의 엄마 이야기를 종종 듣게 된다. 이때 지유는 친구들의 대화에 낄 수 없어 머릿속으로 생각한다. '엄마는 누구일까, 왜 한 번도 본 적이 없을까, 원래 처음부터 엄마가 없었나?' 라는 엄마에 대해 궁금증을 가졌다. 하지만 아빠에게는 자세히 여쭈어 보지 않았고, 원래 그래 왔던 것처럼 불편함 없이 살았다.

1997. 5. 30. 토

학교에 안 가는 토요일인데 일찍부터 일어나서 학교에 갈 준비를 다 하고 나니 오늘이 쉬는 날인 걸 알아차렸다. 그래서 아침에 20분 정도 걸으면 나오는 갯벌에 갈려고 바구니를 챙기고 우리 집 개 뽀삐를 풀어줬다. 뽀삐는 오랜만에 집 밖에 나와서 신이 났는지 이리 갔다 저리 갔다 날 정신 없게 했다. 마침 동식이네 아빠가 경운기를 탈탈탈 몰고 오고 있었다. 갯벌에 가는 거면 뒤에 타라고 하셔서 경운기 뒤에 앉아 가는데 가는 길이 울퉁불퉁해서 엉덩이가 너무 아팠다.

갯벌에 도착하니 바닷물이 저 수평선 끝까지 도망가 있었다. 맨발이 갯벌에 닿으니까 느낌이 말캉하니 꼭 두부 위에 올라가 있는 기분이 들었다. 이런 갯벌의 느낌이 좋아서 혼자서라도 매일 오고 싶다. 게들이 내 눈앞에서 사라졌다 나타났다를 반복하면서 약을 올렸다. 빨리 달려가서 게를 잡아버리고 싶었지만 갯벌이 내 발을 꽉 잡고 놓아줄 생각을 안 해서 움직이기가 너무 힘들었다. 온 힘을 다해 한발 한발 앞으로 나아가서 꽤 깊숙이 들어오니까 조개들의 숨구멍이 눈에 보였다. 어렸을 때 할머니가 갯벌에 가시면 따라다니면서 할머니가 호미로 파시는 구멍을 유심히 들여다본 까닭에 한 눈에 조개구멍을 쉽게 찾을 수 있게 되었다.

호미를 깜박하고 챙겨오지 못해서 손으로 긁어보니 귀머거리 조개가 나왔다. 두 번째 구멍도 파보니 귀머거리 조개가 나왔다. 파는 족족 조개가 나오니까 신이 나서 시간 가는 줄 모르고 하다 보니 너무 지쳐서 갯벌에 널브러져 앉아 한곳만 계속 파 보았다. 얼마나 깊게 팔 수 있을까 궁금해져서 팔 수 있는 한 계속 파 보았다. 뽀삐가 들어갈 수 있을 만큼 판 것 같았다. 갯벌을 손으로 파면서 손에 잡히는 게 있었는데 뭔지는 잘 모르겠지만 사람들이 버린 그릇 같았다.

이제 물이 들어오려고 하기에 부랴부랴 바구니를 챙겨 갯벌 밖으로 나왔다. 뽀삐랑 다시 집으로 돌아와서 씻고, 낮잠을 잤다. 낮잠에서 깨어나니 아빠가 집에 돌아오셔서 내가 캐온 조개로 저녁밥을 하고 계셨다. 아빠한테 내가 직접 잡아온 거라고 자랑을 하자 아빠는 머리를 쓰다듬으면서 내가 이제 다 컸다고 그러셨다. 오늘 하루는 힘들긴 했지만 칭찬을 받아 뿌듯한 하루였다.

1997. 6. 25. 목

학교가 끝나고 영미네 집에서 놀기로 해서 영미랑 같이 걸어갔다. 영미네가 낚시가게를 해서 동네 아저씨들이 많이 오시는데 그중 이장님이 동네 바로 앞에 있는 바다에 관한 무서운 이야기를 들려준다고 하셨다. 집에 혼자 돌아가야 해서 듣고 싶지 않았는데 영미는 궁금했는지 눈을 크게 뜨고 이장님을 바라보고 있었다. 이장님은 목소리를 한껏 낮추시더니 이야기를 해주셨다. 이장님이 들려주신 이야기는 대충 이런 내용이다.

약 500년 전에 명량해전이 이 근처에서 시작되어서 전쟁을 치렀는데 이때 죽은 일본군들이 동네 앞바다까지 물살에 휩쓸려와 밤이 되면 바다 깊숙한 곳에서 곡소리가 들려온다고 하였다. 그리고 그 곡소리를 들은 사람들은 며칠 밤을 잠을 못 자고 뜬눈으로 지새운다고 했다.

같이 계시던 아저씨들이 곡소리를 내면서 겁을 주었다. 나는 그 곡소리가 아저씨들이 내는 소리가 아닌 진짜 바다 속에서 나오는 소리 같아 손으로 귀를 꽉 막았다.

영미는 호기심 가득한 눈빛으로 날 쳐다보면서 옆구리를 콕콕 찔렀다. 나는 애써 무시하려고 했지만 너무 간지러워 참을 수가 없어 밤에 다시 정자 앞에서 만나기로 약속을 하고 집에 돌아왔다. 아빠한테 이 이야기를 해주자 웃으시면서 울먹이며 말하는 날 달래주었다. 그리고 아빠가 거의 매일 밤마다 일하면서 한 번도 들어본 적이 없다면서 영미랑 약속을 했으니 나갔다가 들어오라고 하셨다. 나가기 무서워서 망설였지만 다행히 오늘 따라 달이 유난히 밝고, 곡소리가 안 들린다고 하니 일단 나가 봐야겠다. 달이 둥글고 참 예쁘다. 달님 곡소리가 안 들리게 해주세요.

지유는 자기가 좀 컸다고 생각하는지 학교가 끝나면 곧장 집으로 가지 않고 바다에 관심을 가지게 되면서 여기저기 쏘다닌다. 어선들이 들어 올 때를 기다렸다가 물고기를 구경하고 아저씨들에게도 이것저것 물어보며 물고기를 하나하나 알아가는 것을 즐거워하며 좋아했다. 해녀들이 물질을 하러 바다 속으로 들어가면 지유는 숫자를 센다. 숫자를 100까지 세다 보면 해녀들이 나왔다 들어갔다를 반복하는데 지유는 완전히 밖으로 나올 때까지 기다렸다 해녀들이 허리에 찬 어망에 기웃거리며 뭘 잡았는지 물어본다. 해녀들은 그런 지유가 귀여워 매번 자신들이 잡은 해삼이나 전복을 나눠준다.

지유는 자신도 해녀들처럼 직접 바다 속에 들어가 물질을 하고 싶다는 생각을 많이 한다. 그리고 아버지가 일을 마치고 돌아오시면 쫑알쫑알 옆에 붙어 자신이 뭘 했는지 일일이 이야기한다. 언제는 지유가 해녀가 되고 싶다고 이야기한 적이 있는데 지유 아빠는 너는 그런 거 할 생각 하지도 말라면서 다짜고짜 지유에게 화를 냈다. 지유는 그런 아빠를 이해할 수 없었지만 아빠를 미워하진 않았다.

1997. 7. 24. 금

방학식을 했다. 교장선생님께서 뙤약볕 아래 우리들을 세워두시고 말씀을 너무 오랫동안 하셔서 살이 다 익어버리는 줄 알았지만 방학을 해서 신이 난다. 반에서 친한 친구들끼리 해변에 가서 물놀이를 하자는 이야기가 나와 방학식이 끝나자마자 해변으로 우르르 몰려갔다. 처음엔 바닷물이 발에 닿는데 차가워서 몸에 소름이 쫙 돋았지만 금방 적응해 친구들하고 물싸움을 하면서 놀았다. 물이 맑고 차가워서 더운 걸 느끼질 못했고 오히려 추워서 입술이 파래졌다. 남자애들은 물수제비를 해서 진 사람을 모래사장에 얼굴만 밖에다가 빼놓고 몸을 다 묻었다. 그러고 나서는 남자애들이 우리들을 한 명씩 잡아서 들어 바다에 던졌다. 나는 거의 반 포기상태로 가만히 있었는데 애들이 팔을 잡고 던져서 코를 막지 못해 바닷물이 코로 다 들어가 매워서 혼이 났다.

신나게 친구들과 놀고 집으로 돌아왔다. 이제 방학 때 뭘 할지 계획을 짜야겠다. 일단 물고기에 대해 더 자세히 알고 싶으니까 아빠한테 졸라서 몇 번 바다에 따라 다녀야겠다. 그리고 해녀 분들을 따라다니면서 해주시는 이야기를 들어보면 우리 마을 근처에서 오래 전에 난파된 보물선이 있다고 한다. 믿거나 말거나지만 영미랑 같이 이 보물선에 대해 아는 사람이 있는지 찾으러 다녀봐야겠다. 영미가 같이 다녀줄지는 모르겠지만. 할 게 더 많은 것 같은데 이 정도만해도 충분히 알차고 재미있는 일이 많이 생길 것 같다. 아, 이제 늦잠 잘 수 있다!

1997. 7. 27. 월

역시 방학에는 늦잠을 자는 게 제일 좋다. 하루 동안 가만히 잠만 자라고 하면 잘 수 있을 것 같다. 하지만 방학 동안 할 일이 많기 때문에 얼른 일어나서 영미를 만나러 밖에 나가 보물선에 관한 이야기를 해주자 믿지 않는다는 표정으로 나를 쳐다보았다. 사실 내가 말하면서도 믿지 못할 이야기이긴 했다.

동네에 오래 사신 할아버지를 찾아가서 여쭤보기로 했다. 큰 나무 아래 정자에 가니 할아버지 할머니들이 많이 앉아계셨다. 나는 우리 동네에서 제일 오래 사신 할아버지를 한눈에 찾을 수 있었다. 할아버지의 머리는 백발이었고 허리는 낫처럼 휘어 있었다. 조심스럽게 할아버지께 다가가 보물선에 대한 이야기를 여쭈어 보자 너희가 이 이야기를 어디서 듣고 와서 물어보냐고 하셨다. 해녀들이 하는 이야기를 들었다고 대답하자 할아버지는 한참을 망설이시다가 낮은 목소리로 차근차근 말씀해 주셨다.

동네 앞바다가 명량대첩이 발발한 곳 근처여서 해전 때 쓰인 총통이나 개인 그릇들이 바다 속에 묻혀 있다고 하셨다. 그리고 이건 사실인지는 모르지만 중국으로 가는 배 한 척이 갑작스러운 물살에 난파되었는데 그 난파선엔 중국 엽전과 값비싼 청자들이 있다는 소문이 동네에 떠돌아 다녔다고 하였다. 그래서 서로 그 유물들을 찾는다고 싸우기도 하고 바다 속에 들어가 죽는 사람들도 많았다고 말씀해 주시면서 동네 사람들에게 보물선에 대해 물어보지 말라고 주의를 주셨다.

동네 사람들 중에 많은 사람들이 이 소문으로 인해 가족을 잃었기 때문이다. 갑자기 할아버지는 '멍청한 놈'이라고 혼잣말을 중얼거리셨다. 알고 보니 할아버지의 막냇동생이 돈을 벌 수 있다는 소문에 혹해 한 번도 들어가 보지 않은 바다에 뛰어들어 다시 돌아오지 못한 거였다. 할아버지의 막냇동생의 죽음과 다른 사람들의 죽음으로 인해 보물선에 대한 소문이 진실이라는 게 더 떠돌아다녔다.

바다에서 건져 올린 시신들의 공통점은 모두 장갑에 흙이 묻어 있거나 더러워져 있다는 것이었다. 죽기 직전까지 꼭 바닥에 있는 것을 팔려고 애쓴 것처럼 보였다고 하셨다. 하지만 할아버지는 보물선의 존재에 대해 믿지 않는다고 말씀하시면서 다시 표정이 어두워지셨다. 우리는 할아버지께 감사하다고 인사를 드리고 더 이상 보물선에 대해 알아보러 다닐 수 없어서 영미랑 선착장으로 걸어갔다. 선착장에 앉아 영미랑 보물선에 대해 더 이야기를 해봤다. 영미는 보물선이 진짜로 있는 것 같다고 말했다. 나도 사실 그렇게 생각한다. 할아버지가 다시 이런 소문이 떠돈다면 자신의 동생처럼 소문에 혹해서 많은 사람들에게 그런 일이 되풀이 될까 봐 걱정이 되어서 보물선이 없다고 말씀하신 것 같다.

그리고 만약 바다 깊숙한 곳에 보물선이 존재한다면 어떻게 생겼을까, 뭐가 들어 있을까 상상을 해봤다. 오랜 시간이 흘렀는데 배가 물 속에 멀쩡히 있을까? 라는 의문이 든다. 영미랑 보물선에 대해 서로 아빠한테 여쭤보기로 하고 헤어져 집에 돌아왔다. 내일은 아빠랑 바다에 나가면서 보물선에 대해서 물어봐야겠다.

1997. 7. 28. 화

새벽에 아빠가 일을 하러 나가실 때 따라 나가는 거여서 눈곱도 못 떼고 아빠를 따라 나섰다. 선착장에 가니 동네 아저씨 두 분도 계셨다. 배를 타고 멀리 나와 그물이 쳐져 있는 곳에 도착하자 배를 탔을 땐 안 보였던 해가 머리를 빼꼼 내밀고 인사를 하고 있었다. 아빠와 아저씨들은 미리 쳐놓은 그물을 끌어올리기 위해 준비를 하셨다. 해가 올라오면서 그물도 같이 끌어올려졌다. 그 모습이 겹쳐져서 마치 그물에 해가 걸려 있어 아빠가 해를 들어 올리는 것 같았다.

그물에는 농어와 숭어들이 많이 잡혔는데 아빠와 아저씨들은 농어와 숭어를 따로 구분해 농어만 물 칸에 넣었고 숭어는 다시 바다에 풀어줬다. 아빠한테 왜 숭어를 풀어 주냐고 묻자 수온에 따라 서식환경을 바꾸는 숭어는 계절에 따라 맛이 차이가 나서 여름숭어는 개도 안 먹는다고 말씀하셨다. 웃기기도 하고 처음 안 사실이어서 엄청 신기했다.

배 위에서 아빠가 바로 농어회를 떠 주셨다. 초장에 찍어 먹으니까 입에서 사르르 녹아 내리면서 내 생애 그렇게 맛있는 농어는 처음 먹어보는 것 같았다. 농어를 먹으면서 보물선에 대해서 내가 할아버지한테 들은 이야기를 아빠에게 해 드렸다. 아빠는 애당초에 보물선은 없었던 것이라고 격양된 목소리를 내었고 말하기를 주저하셨다.

선착장에 도착해 아저씨들이 농어 잡은 걸 가지고 가고, 아빠랑 나는 나란히 선착장에 앉았다. 아빠가 나를 부르시면서 어렵게 입을 떼셨다. 놀라지 말고 들으라고 하시는데 듣기가 너무 무서웠다. 엄마가 남동생이 하나 있었는데 그 남동생, 나한테는 삼촌인 사람이 보물선 소문에 혹해 돈을 벌어보겠다고 엄마가 말렸음에도 불구하고 결국 바다에 뛰어 들어가 한참을 나오지 않자 뒤이어 엄마도 장비를 착용하고 따라 들어갔다고 했다.

동네 사람들은 엄마가 어렸을 때부터 바닷가에 살았고 해녀여서 아무 걱정 없이 보냈다고 하였다. 아빠는 그 자리에 없었고 일을 하러 나갔을 때라 자세히는 알지 못하지만 그 뒤엔 엄마와 삼촌이 돌아오지 못했다고 했다. 아빠는 더 이상 아무 말 하지 않고 내 손을 잡고 집으로 돌아왔다. 지금도 난 아무 생각이 들지 않는다. 돈이 뭐길래 사람들이 목숨까지 건 걸까. 멍해진다. 얼굴 한 번 본 적 없는 삼촌이지만 삼촌이 너무 미워진다. 왜 엄마까지 뺏어간 걸까…… 왜……

지유가 6학년이 되었을 때 갑작스럽게 할머니가 돌아가셨다. 엄마 자리를 대신해 주던 할머니가 돌아가시자 지유는 외로움을 많이 느끼게 되고, 혼자 있는 시간이 더욱 길게 느껴진다.

1997. 8. 2. 일

며칠 전 엄마 이야기를 듣고 조금 많이 혼란스러웠고 엄마에 대해 알려고 하는 마음조차 없었던 내 자신이 미웠다. 할머니와 아빠도 원망스러웠다. 하지만 내가 갓난 애기일 때 일어난 일이라서 엄마에 대한 추억도 없고, 얼굴도 모르니까 엄마를 그리워하고 싶은데 그리워하는 방법도 잘 모르겠다. 이 복잡한 마음을 할머니가 살아 계실 때에는 털어놓을 곳이 있었는데 할머니가 돌아가신 후로 털어놓을 곳이 없다. 그래서 오랜만에 할머니가 계신 곳에 찾아 갔다. 할머니가 내 이야기를 들어주실지 모르지만. 가서 있었던 이야기를 다 털어 놓았다. 보물선에 대한 이야기, 엄마에 대해 알았을 때의 나의 기분은 말로 설명할 수 없었다. 할머니는 아무 말씀이 없으셨지만 나는 마치 할머니가 다 괜찮다고 어깨를 토닥

토닥 해주는 기분이 들었다. 눈을 감고 가만히 나무에 기대어 앉았다. 바람이 불며 '사아 아아' 마음속에 시원하게 파고든다.

지유는 아빠에게 다 하지 못한 이야기를 항상 일기장에 끄적거린다. 일기장은 혼자 있는 시간이 많은 지유에겐 유일한 말동무가 되어주고, 친구가 되어 주었다.

2013. 3. 24. 일

오늘은 이사를 했다. 시원섭섭하다. 나의 추억도 많고, 아버지와의 추억도 많은 집이지만 지금은 많이 낡았다. 아버지가 몸이 편찮으셔서 어쩔 수 없는 선택이라고 생각한다. 아버지마저 없으면 난 안 되니까. 짐을 하나하나 상자에 넣을 때마다 버리고 갈 것 투성이었다. 뭣 때문인지는 모르겠지만 지금 일기 쓰는 내 옆 상자 안에 그것들이 가득 차 있다. 이게 미련이라는 건가? 언젠간 또 시간이 지나면 버리겠지 뭐. 그게 언제인지는 모르지만. 아, 그래도 한 가지 이사하고 좋은 점은 직장과 가까워 출퇴근하기가 편하다는 것이다. 이제 조금은 여유로운 아침이 될 것 같다.

생각해 보면 난 아주 바쁘게 달려온 것 같고 지금도 바쁘게 달리고 있는 중이다. 여유를 좀 부리고 싶지만 할 일이 태산같이 많아 잠시만이라도 여유를 부리면 그 다음날이 두 배 세 배는 바쁘고 괴로워진다. 언제부터 이렇게 산 지는 잘 모르겠다. 어렸을 땐 혼자만의 시간을 많이 보내서 그런지 사람들과 같이 어울리는 일이 쉽지만은 않다. 이런 고민을 친구들에게 털어놓고 싶지만 사실 부끄럽기도 하고, 그나마 편하게 말 할 수 있는 친구는 외지로 나가 살아 만나기도 힘들고, 연락도 힘들다. 그렇다고 이런 고민을 아버지에게 털어놓자니 괜한 걱정을 하실까 봐 말 할 수가 없다.

지금 이렇게나마 쓰는 게 위안이 된다. 해결책이 난 건 아니지만. "아직 같이 일하시는 분들과 나이차가 조금 나기 때문에 그러는 걸 거야." 속으로 말하면서 나를 합리화시킨다. 초라해진다.

지유는 현재 28살이다. 어렸을 때부터 써온 일기는 습관이 되어 커서도 계속 써오고 있다. 지유는 자기가 살아온 환경과 특성을 살려 지금은 진도군청 수산지원과에서 근무하고 있다.

2013. 4. 8. 월

노력을 해 일찍 자리 잡은 직장이지만 힘들다. 월요병이라고 다들 그러지만 그건 아닌 것 같다. 반복되는 일상에 지쳤다. 벗어나고 싶은 마음이 굴뚝같지만 참아야 한다. 아버지가 몸이 편찮으시다는 걸 알고 나서부터는 내 머릿속엔 이젠 '내가 가장이다' 라는 문장이 박혀 있다. 지금 생각해 보면 아버지도 매일같이 바다에 나가셔서 일을 하셨는데 얼마나 무료하고, 지겨우셨을까. 나를 키우느라 어쩔 수 없으셨겠지. 난 아버지에게 보답하려고 포기하지 않고 참는다.

오늘은 특히나 민원이 많이 들어와서 더 힘들다. 매번 똑같은 민원과 수화기 너머로 들려오는 고함소리. 이럴 땐 그냥 수화기를 내려놓고 싶어진다. 한 번은 내려놓은 적이 있었는데 어떻게 아셨는지 바로 옆 창구로 다시 전화가 와서 욕을 하셨다. 이때는 이 상황이 조금 웃겼다. 내일이 기대되는 삶을 살고 싶은데 내일은 아무 일 없고 평범하게 지나가는 삶을 바라고 산다. 내가 바라는 '평범'이라는 게 제일 어려운 일 같긴 하다. 그래도 난 행복한 일을 바라는 것도 아니고 '평범'을 바라는 것뿐인데 나에겐 너무 과분한가? 의구심이 든다. 오늘 하루도 똑같은 말, 행동, 생각을 반복하며 보냈다.

어느 날, 지유에게 문화재청을 도와 수중발굴작업에 지원을 나가라는 지시가 떨어진다. 문화재청과 손잡고 하는 이번 수중발굴작업은 2년 전 진행된 적이 있다. 하지만 민간 잠수사 한 명과 직원 두 명이 공모해 도굴은닉사건이 벌어졌다. 이 사건 이후로 수중발굴작업도 중단이 되었다. 지유는 실패를 했던 일이 자신에게 다시 맡겨져 잘 해내야겠다는 부담감이 더 크고, 한편으로는 무엇인가를 알 수 있지 않을까 라는 생각에 떨리기도 한다.

2013. 4. 16. 화

오류리 해저유물. 오류리는 내가 살던 집 벽파항과 멀지 않는 곳이다. 어렸을 때 몇 번 놀러간 기억이 희미하게나 남아 있다. 이사하고 나서부터는 다시 갈 일 없을 것 같던 곳이었는데 아마도 이제 물리도록 드나들 것 같다. 그렇다고 싫은 건 아니다. 수중발굴의 초점은 두 가지로 맞춰졌다. 정확한 하나는 명량대첩 때 울돌목에서 수난을 당한 침몰선이고, 다른 하나는 물길이 워낙 거세어 지나가다 난파된 다른 나라 선박들이다.

만약 난파된 선박들 중에서 보물선이 나온다면 어렸을 때 들은 이야기와 맞아떨어진다. 차라리 보물선이 없었으면 좋겠다는 생각이 든다. 만약 있다면 엄마의 만류에도 불구하고 뛰어든 삼촌이 바보스럽지 않게 여겨지니까. 그 좋은 기회를 막은 우리 엄마가 바보스러워지니까. 아무튼 여러모로 부담이 된다.

꼭 잘 해내야지!

수중발굴작업은 순조롭게 진행되고 있다. 하지만 의문점이 하나 드는 것은 삼국시대의 초기부터 임진왜란 당시의 포탄까지 여러 세대의 유물이 발굴된다는 점이다. 대중없이 말이다. 사람들은 이런 울돌목과 벽파진 사이를 '수중문화재의 보고'라고 부르며 아직 발굴되지 않은 유물은 어떤 것이 나올까? 라는 데 관심을 쏟고 있다. 하지만 지유는 발굴작업을 지켜보며 묘한 감정에 휩싸인다. 유물을 가지고 올라올 때의 잠수사들의 더러워진 장갑을 보면 착잡해지고, 너무 오랫동안 잠수를 하여 쓰러지는 잠수사들을 보면 마음 한구석이 아려온다. 바로 옆에서 지켜보니 엄마 생각이 더 들어 조금은 힘이 드는 지유이다.

이제 수중발굴작업이 중간쯤 진행되었다. 아직 배는 발견되지 않고 곳곳에 있는 유물들만 발견되어 진도 사람들은 오류리 해역에서 일본군선이나 거북선 잔해라도 발굴되기를 기도한다. 그렇게 되면 현지에 임진왜란 관련 전시관이나 박물관을 유치할 가능성이 있지 않겠는가 하는 희망을 가지고 있기 때문이다. 또, 오류리 수중유물이 재조명을 받는 것을 계기로 벽파항 역사성이 재조명되는 것도 바라고 있다. 지유는 군청에도 쉴 틈 없이 관광업자들에게 거북선에 관한 전화가 쇄도하고 있어 여러모로 스트레스를 받는다. 새로운 사실 하나는 바닷속보다는 갯벌에 유물이 많이 묻혀 있을 거라는 것이다. 시간이 많이 흘렀기 때문에 20cm 가량 파면 유물이 발견될 것으로 예상되는데 아직 시작 전 단계이다. 갯벌 속의 유물까지 발굴하게 된다면 이번 수중발굴작업은 성공적으로 끝날 것이다.

2013. 7. 20. 토

깜짝 놀랐다. 어렸을 때 갯벌에 가서 내가 팠던 곳에서 나온 그릇 같은 것. 그게 유물일지도 모른다는 것 때문이다. 진짜 유물일까? 에이 설마. 그래도 뭔가 흥분된다. 갯벌에서도 발굴작업이 박차를 가하면서 점점 작업은 막바지에 다다르고 있다. 그리고 또 하나, 어렸을 때 있었던 일과 겹치는 것은 벽파, 내가 살던 곳에 일본 병사들의 시체가 이 해역에서 표류되어서 그 시체를 거둬 묻었다는 것이다. 정말 그 곡소리가 병사들의 곡소리였을까. 확실한 정황이 있지만 믿고 싶지 않다. 아버지도 내가 하는 일에 무관심한 척하시다가 궁금하셨는지 오늘 저녁식사를 하시다가 물어보셨다. 뭐 안 게 있냐고 말이다. 보물선이 있을 수도 있다는 사실을 전해드렸다.

아직 찾은 건 유물뿐이지만. 아버지는 식사를 하시다 마시고 담배를 피우시러 밖으로 나가셨다. 그런 아버지의 뒷모습을 보니 어렸을 때 많이 본 뒷모습이 그려졌다. 처음 엄마에 대해 말해 줬던 때. 그때는 쿵 하고 심장이 내려앉은 것 같았지만 지금 생각하면 그냥 아려온다. 가슴이 또 다시 아려온다.

수중발굴작업은 이제 끝이 났다. 중국 원나라 통나무배의 잔존 선체가 발견되었다. 그리고 2천 년 전 토기, 최고급 청자, 임란 때 포환 등 500여 점에 달하는 다양한 유물을 발굴했다. 지유는 성공적으로 작업을 끝마쳐 뿌듯하고 이번 기회로 더 성장할 수 있었던 것 같아 기분이 좋다. 그리고 마음속에 몇 십 년을 묵혀 가져온 짐들을 다 덜어 내어 홀가분하기 까지 한다.

2013. 11. 25. 월

이번 프로젝트를 성공적으로 끝마쳐 연차를 내어 벽파에 다녀왔다. 엄마를 보러 갔다. 풀이 무성했다. 나는 그 풀을 뜯어내며 엄마에게 못한 말을 하고 왔다. 이번 기회를 통해 삼촌을 이해했다고, 더 이상 미워하지도 않고 마음에 담아두지도 않을 거라고 말이다. 얼굴도 기억하지 못하는 엄마이지만 산소에서 온기가 느껴졌다. 햇빛의 따사로움일지도 모르지만. 엄마의 온기라고 생각하고 싶다. 한 번도 느껴보지 못한 엄마의 온기.

지금 일기를 쓰다 보니 날이 어두워져 비가 내린다. 빗소리가 내 마음을 울린다. 사실 난 못한 말이 더 있다. 엄마가 들을 수 없는 걸 알지만 차마 할 수 없었다. 엄마가 밉다고. 딸을 생각했으면 그러면 안 되는 거였다고. 눈물이 흐른다. 종이가 젖는다. 비가 내리는 소리에 나의 흐느낌은 아무도 들을 수 없다. 벽파도 적셔진다.

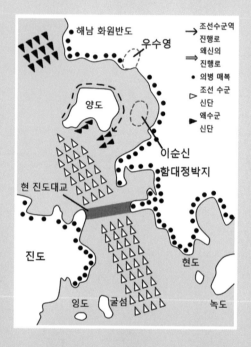

해남 화원반도

우수영

양도

조선수군역 진행로

왜신의 진행로

의병 매복

조선 수군 신단

왜수군 신단

이순신

함대정박지

현 진도대교

진도

현도

잉도 굴섬

녹도

벽파진 포구의 어귀에는 고려시대에 건립된 벽파정(碧波亭)이 있는데 이 정자로 인해 벽파리라는 명칭으로 불리게 되었으며, 조선시대 군수 박후생이 부임하여 중창하였다.

벽파리는 조선시대에 들어서 임진왜란의 격전지였으며, 이순신 장군의 전적비가 세워져 있다. 벽파리의 지형은 전체적으로 구릉성 평지 지역에 해당하며, 마을 앞으로 작은 하천이 흘러 논농사가 이루어지는 곳이다. 전라남도 진도군 북동쪽의 고군면 벽파리에 있는 벽파항은 지리적 조건 때문에 목포와 완도, 목포와 제주를 오가는 도중에 들르는 기착지가 되고 있다.

벽파항은 진도군과 해남군을 잇는 항구이다. 울돌목이 진도군과 육지를 잇는 가장 가까운 해협이었지만, 조류 속도가 빨라 항로로는 문제가 있었다. 그런 이유에서 1984년 진도대교(珍島大橋)가 준공되었는데, 그 전까지 진도군과 해남군을 오갈 때 가장 많이 이용되던 항구다.

벽파리는 해변에 벽도(碧桃)나무의 꽃이 피곤 해서 붙여진 지명이다. 벽파항은 그 벽파리에 있는 항구라는 데서 생겨난 이름이다.

출처 : 벽파리(碧波里) 벽파항(碧波港) (두산백과)

벽파진과 오류리의 푸른 물 밑
깊은 해저에서 발견한 시대의 지층들

중국과의 교역 과정에서 난파된 배와 보물들이 벽파 근해에서 꾸준히 발견된다.

벽파진에서 발견된 통나무 배

오류리 해저에서 발견된 보물들

위의 통나무 배는 중국 원나라의 배로 1992년 벽파리 수로 갯벌에서 발견된 목선이다. 16m에 달하는 잔존 선체가 발견되었으니 상당한 규모였음을 짐작하게 한다. 원나라와 일본 사이의 교역 중에 진도 근해에서 난파된 사례가 많아, 최근에는 진도 오류리 바다 밑에서 국보급 유적이 발굴되기 시작했으며, 아직도 남아 있는 보물들이 많을 것으로 추정된다. 소설 속의 보물선 설정에 충분한 설득력을 부여하는 대목이다.

진도 통나무 배는 1978년 전라남도 진도군 벽파리 수로 갯벌에서 처음 확인되었으며, 1991~1992년에 발굴되었다. 벽파항은 역사가 깊은 항구로서, 고려~조선시대에는 조운선이 오가던 뱃길이었고, 특히 가까이에는 고려말 삼별초의 항쟁이 있었던 '용장산성'이 자리한 곳이다.

선박의 남은 길이는 16.85m, 너비는 2.34m, 깊이는 0.7m이다. 초대형 통나무 배로 제작되었지만, 본체와 선수, 선미를 분리하여 제작한 구조선(3材 獨木舟型)이라 할 수 있다. 내부에는 6개의 격벽이 설치되어 있다. 연결부분에는 철못을 사용했다. 방수를 위해 동유회(桐油灰)를 사용하였고, 외부에는 연화(煙火)를 가하였다. 이 뿐 아니라, 중국 복건성 지역의 전통 선박건조 풍습인 '보수공(保壽孔)'이 확인되었다. 선박에 쓰인 나무는 녹나무, 마미송이다.

출처 : 국립해양문화재연구소 홈페이지

다리

채정선
진도를 섬에서 땅끝으로 바꾼 진도대교의 완성을 둘러싼 이야기.
다리가 없었다면 진도는 어떻게 달라졌을까.

Water #3

"**여**보, 그 소식 들으셨어요?"

"무슨 소식을 말하는 거요?"

"예전에 당신이 지었던 진도대교에 다리를 하나 더 놓겠다네요. 어제 아침에
TV 보니까 나오더라고요."

"허허…… 벌써 세월이……."

"그래서 말인데 당신 시간 날 때 진도 한번 들르는 것은 어떠세요? 당신 어머니
돌아가신 이후로 한번도 안 갔잖아요. 어머니 산소도 찾아 뵐 겸 가면 어떨까 하
는데……"

"…… 알겠소. 한번은 찾아가야지……."

오랜만에 찾은 진도. 다리가 놓아진 후 많이 발전이 되었다지만 아무래도 시골
은 시골이어서일까. 내가 어릴 적 살았던 집이며, 마을 앞 울돌목, 그리고 진도대
교…… 곳곳에 내가 함께했던 추억들이 보였다. 사실 진도는 마음 한 구석에 늘

머물고 있는 향수의 장소이다. 아무래도 뼛속까지 촌놈인 나로서는 서울생활 몇십 년에, 오랫동안 찾지 않았던 곳이었음에도 불구하고 이곳에 발을 들이는 순간 항상 익숙함을 느끼게 된다. 왜 이리 익숙한 것인지. 진도는 나에게 고향 이상의 또 다른 의미가 있다. 꿈이 실현되게 해준 성공의 기쁨이 담긴 공간인 동시에 오고 싶지 않은 나를 옥죄어 오는, 그러한 이중적인 공간이 되어버렸다.

부모님 산소에 들르고 예전에 살았던 마을에 들렀다. 여전히 나를 기억하고 계시는 어르신 분들을 찾아갔는데, 세월의 탓인지 나를 못 알아 보신 것 같았다.

"누구쇼? 처음 보는 사람인디?"

"아저씨! 저 기억 안 나세요? 저 칠복이네 아들인데…….."

"뭐시라고? 칠복이네? 그 다리 지은 놈?"

"예 맞아요. 어머니 장례 이후 처음 보는 건데 아저씬 얼굴이 하나도 안 변했네요."

"예끼! 이놈이 누굴 놀리나. 근디, 어쩐 일이여?"

"어머니, 아버지 산소도 들르고 마을 어르신들께 인사도 좀 드리고 여기에 또 다리 놓는다길래 검사 겸사해서 와봤어요."

"오메, 성식이 니도 들었는가? 여기에 또 다리 놓는다 하냐. 이번에는 성식이가 안 혀?"

"예, 저는 이제 늙었다고 안 시켜준데요."

"이놈아! 내 앞에서 늙었다 하면 쓰것냐?"

"하하, 죄송해요. 저는 이제 사무실서 앉아서 일만 하죠. 이제 돌아다니면서 안 해요."

"그런 거여? 이번에도 니 다니는 데서 한다던데?"

"네, 이번에도 저희 회사에서 짓는대요."

"오메, 이제 다리가 2개이면 더 편해지것제?"

"그쵸, 하나일 때보다 더 편하겠죠? 여기 대파랑 꽃게들 보내는데도 더 편할 거고……."

"이야, 니가 쩌 거시기 만든다 했을 때만 해도 안 믿겼는데 진짜 신기혀. 어떻게 바다 위에 도로를 놓는 생각을 하는고?"

138

"다리 생기니까 더 편해지셨죠?"

"오메, 성식이 그걸 말이라고 하는겨? 당연하제. 이제 진도도 육지가 된 거 아니여? 예전에 저 거시기 없었을 때 생각해 봐라. 쩌기 벽파까지 가서 배타고 안 갔어? 이제 뭐 하러 거기까지 간당가. 여기서 버스 딱 하나 타믄 서울도 갈 수 있당께. 성식이 참말로 고맙당께."

"아니요, 아저씨. 나라에서 지으라고 한 거 그대로 한 것 뿐인데요 뭘. 저 이제 저 다리 한 번 갔다가 서울 올라 갈게요."

"성식이 니 잠도 안 자고 가부냐? 그리 바뻐? 회사서 일도 안 시킨담서?"

"휴가 안 내고 주말에 온 거라 또 가봐야 내일 출근하죠."

"그려? 알겄네. 안 가믄 저녁이라도 같이 할라 했는디."

"죄송해요, 아저씨. 또 내려 올게요."

"그려. 자주 좀 와. 니 어매 죽은 이후로 한번도 안 온 것 같더만."

"네, 알겠습니다. 이만 들어가세요, 아저씨."

"응, 성식이. 니도 잘 가라."

아저씨께 인사 드린 후, 진도대교에 갔다. 제 2다리를 짓는다더니 아무것도 없는 걸 보아 아직 조사단계인 것 같았다. 쌩하니 달리는 차들 옆으로 한 발짝 한 발짝 걸어가 어느 즈음에 멈춰 다리 위에서 멍하니 휘몰아치는 회오리를 바라보고 있자니 81년, 그때 그날로 돌아간 것만 같았다.

진도군 군내면 녹진리에서 태어나 자라다 보니 눈앞에 보이는 것은 울돌목 앞 바다였다. 울돌목을 사이에 두고 엎어지면 코 닿을 거리에 있는 육지가 보였지만, 사람들은 항상 벽파에서 배를 타고 목포에 갔다. 어릴 때에는 이것에 대해 전혀 의심 하나 없었다. 그저 그게 당연한 건 줄 알았다. 그러던 어느 날, 나에게 생각의 변화를 가져다 준 사건이 일어났다.

태어났을 때부터 유난히 잔병치레가 많았던 동생 한 놈이 있었다. 하루는, 어디선가 또 놀다 옮겨온 감기인지 뭔지 때문에 몸져누웠길래, 부모님은 평소와 같이 단순한 감기인 줄 알고 집에서 돌보셨다. 대개 일주일 정도면 나았었는데 이번에는 웬일인지 일주일은커녕 2주가 되도록 아이가 낫질 않으니 그때서야 읍내 병원에 부랴부랴 찾아갔지만, 의사는 여기서는 고칠 수 있는 약이 없다는 말만 되풀이할 뿐이었다. 이 말에 좌절할 시간도 없이 부리나케 벽파항으로 향했다. 운수가 지지리도 없지, 그 날 엎친 데 덮친 격으로 기상상황이 좋지 않아 배가 뜰 수 없다고 했다. 절망의 늪에 빠질 대로 빠져버린 아버지는 그래도 자식을 살리겠다고 울돌목 앞에 평소 자신이 고기잡이 배로 사용했던 배에 애를 싣고서 뭍으로 보내려 하셨다.

이것을 본 주변사람들은 하나같이 선착장에 나와 "이 새끼가 미쳤는가배! 지 자식 죽이러 지가 아주 그냥 바다에 들어가는 구마." 하고 말렸었다. 그러나 생사의 갈림길에 놓인 자식을 보는 부모의 심정은 어떠하겠는가. 육지로 가면 약이 있다는데, 배도 끊겼다 하니 어느 부모가 태연히 그 고통을 받아들였을까. 주변사람들의 만류에도 불고하고 자식을 살리겠다는 집념 하나로 배를 타신 아버지를 그저 바라볼 수밖에 없었다. 나는 눈을 감았다. 눈을 떴을 땐, 동생과 아버지를 태웠던 조그마한 배는 어느새 배만 떠 있을 뿐이었다.

이 날, 처음으로 자연이 원망스러웠다. 왜 그날 하필 날씨가 안 좋았으며, 집 앞의 울돌목의 물살이 그날 따라 왜 그리 더 거셌는지. 이러한 원망스러움은 점차 성장하면서 자연을 이겨보겠다는 열등감으로 번졌다. 반드시 성공해서 이곳에 다리를 놓겠노라고.

충격으로 자라난 열등감은 거대한 원동력이 되어 대학교 졸업 후 국내 굴지의 기업에 입사하는 영광을 안겨 주었다.

하지만 티끌도 모아야 태산이 되는 것처럼, 건설회사에 입사했다 해서 그곳에 다리를 놓는다는 내 꿈이 이루어지는 것은 쉽지 않았다. 그렇게 계속 마음속에 간직한 채로 하루하루를 보내다 점점 잊혀져 낙심하던 날, 우연히 정말 우연히, 우리나라에 최초로 사장교를 짓는다는 것을 알게 되었다. 그것도 내 고향 울돌목 앞바다에 말이다. 하느님도 드디어 내 소망을 알아 주신 건지, 정말로 처음 그 말을 들었을 때 온 몸에 소름이 쫙 끼쳤다. 이날로 부장님께 말씀을 드려 나는 이 프로젝트 팀의 팀장을 맡게 되었다.

프로젝트의 팀장으로써 진도를 방문한 날도 역시 목포에서 벽파항을 통해 녹진에 도착했다. 서울에서 내려온 터라 하루 중 반나절을 이동하는 데에 보내시 어쩔 수 없이 다음 날부터 현장조사를 하기로 하고 각자 숙소에 머물고, 진도가 집이었던 나는 이 기간 동안 어머니 집에서 지내기로 했다.

　마을에 도착하니 마을 어른들께서는 하나같이 나를 반겨주셨다.
　"오메, 이것이 누구당가? 칠복이네 아들내미 아니여?"
　"예, 맞아요. 아저씨, 저 기억나시죠?"
　"암, 그렇고말고. 잘 왔어, 잘 왔어. 우리 성식이가 저 대교 짓는담서? 느그 어매가 동네방네 침이 마르도록 떠들고 다녔어야."
　"오메, 진짜당가?"
　"아, 그렇당께! 칠복이네 아들 성식이가 요기다 다리를 논당께!"
　"오메 오메, 그람 인자 그 거시기 안 타도 육지 갈 수 있는 것이여? 이것이 무슨 일이당가? 진짜 잘 왔구만. 성식이"
　"경사났구만. 얼른 가봐라, 성식아. 느그 어매 목이 빠져라 기다리고 있을 것이여."
　"예, 아저씨. 이만 들어가 보겠습니다."
　"그려. 얼른 가."

　마을 어른분들의 환영을 받고서 집으로 들어오니, 어머니가 목이 빠져라 기다리셨다는 것이 맞는 말인지, 부엌에서 혼자 바삐 움직이고 계셨다.
　"어머니! 성식이 왔어요."
　"오메, 오메. 내 새끼 왜 이리 홀쭉 해졌는가? 먹을 것이 없어?"
　"아니요. 잘 먹고 있어요. 너무 걱정 마세요."
　"오메, 내 새끼 서울사람 다 되어 부렀네."
　"하하하. 아니에요. 어머니, 저녁 다 됐어요? 준비 다 안 됐으면 저 뒤에 아버지랑 동생 산소 좀 갔다 올게요."
　"그려. 저녁 준비 될라믄 좀 남았응께 한 번 다녀와라."
　일 년 만에 다시 찾아 온 아버지, 동생 산소. 잡초 하나 없이 잘 정리된 산소를 보니 어머니께서는 여전히 매일 산소에 오신 것 같았다.
　'아버지, 저 왔어요. 성식이.'

'아버지, 제가 이번에 왜 진도에 왔는지 아십니까?'

'어린 날의 제가 이렇게 자라서 이곳에 다리를 놓으러 왔습니다, 아버지.'

'반드시 멋진 다리를 놓아 걸어서도 뭍의 땅을 밟을 수 있도록 할 거예요. 배가 아니라 두 발로 걸어 갈 수 있는 다리를 만들 것입니다. 반드시, 꼭. 하늘 위에서 잘 지켜봐 주세요.'

아버지께 다짐을 하고서 내려오니 더더욱 성공해야겠다는 마음이 불타올랐다. 아마 아버지께서도, 동생도 꼭 다리가 놓이길 바랄 것이다. 더 이상의 그런 일이 일어나지 않기 위해서라도.

본격적으로, 다리를 만들기 위해 조사에 들어갔다. 가장 먼저 울돌목의 물살을 측정했는데, 울돌목의 물살이 거센 것은 어릴 적부터 보고 배운 경험으로 익히 알고 있었지만 이번에 재어보면서 새삼 다시 놀랐다. 수가 들고 날 때마다 이 해협의 좁은 물길이 동양 최대의 시속인 11노트*나 되는 거친 물살을 이루고 있었다.

사실 사장교가 어떤 형태의 다리인지 모르는 사람들도 상당수 있을 것이다. 하지만 나는 울돌목 해협 위에 다리를 놓는다는 소식을 들었을 때 우선 떠오른 것이 사장교 형식이었지만, 직접 물살을 정확히 측정하고 나니 더더욱 사장교일 수 밖에 없다고 생각했다. 사장교는 교각 위에 세운 높은 주탑*에 여러 개의 케이블이 사선으로 교량에 걸쳐진 형태를 띠고 있는데, 케이블이 교량을 직접 당기는 형식으로, 힘을 교각이 지탱하는 것이 아니라 강철 케이블이 묶인 주탑이 지탱하는 것이기 때문에 물살이 거세어 바다에 교각을 세우기 힘든 울돌목 해협을 위한 다리로는 최적이었다.

그러나 현재 국내기술로는 턱없이 부족했다. 아무래도 우리나라에 세우는 최초의 사장교인데다 한국 내에서 물살이 가장 거센 곳 위에 다리를 놓는다니……. 그래서 영국의 한 설계사의 설계 및 감리 아래에 다리를 건설하기로 결정되었다. 길이 484m, 폭 11.7m, 상판까지의 높이 20m, 주탑 높이 96m. 교각 없이 68개의 쇠줄로 연결되는 모습의 완성된 설계도를 보니 단지 그려지기만 한 다리가 울돌목 위에서 해남과 진도를 이어주는 모습이 생생하게 그려졌다.

---

*노트[의존명사] knot. 배의 속도 단위. 1노트는 시간당 1,852m, 11노트=초속 6m
*주탑[명사] 케이블을 지탱하기 위해 높이 세운 구조물

1980년 12월 26일, 착공식을 갖고 다음해 4월부터 공사에 착수했다. 울돌목 앞 바다에서 육지를 바라보며 또 다시 다짐했다. 반드시 성공하겠노라고. 아직 시작된 것은 아무것도 없는데 벌써부터 완성된 느낌이었다. 남들에게 진도에 다리를 놓는 것은 그저 건설 프로젝트 하나를 해내는 것에 불과하겠지만, 나로서는 정말 어릴 적 꿈이 현실이 되는 중요한 순간이었다. 상상만 하던 다리가 몇 년 후면 실제로 놓인다고 생각하니 이 기분은 감히 말로 형용할 수 없었다.

공사가 시작되고 프로젝트 팀장으로써 하청업체 일용직 노동자들을 만나던 날. 우리나라 최초의 사장교인 만큼 국민의 관심과 이목이 집중되어 있어 거는 기대가 크다고, 함께 만들어나가자고 간단히 말을 전하고 바라보는데 내 또래 정도의 한 남자가 나를 계속 쳐다보는 느낌이 났다. 문득, 내가 그를 쳐다보면 그는 황급히 시선을 돌렸다. 세 네 번 정도 이런 눈 마주침이 반복되자 혹시 나를 아는 사람인가 싶어 그에게 다가갔다.

"저기요, 혹시 저를 아시나요? 아까부터 계속 쳐다보시는 것 같던데……."

"……저, 혹시 김성식씨 아닙니까?"

"예. 맞습니다. 제가 아까 이름을 말해드렸었나요? 저도 긴장해서 말했는지 안 말했는지 헷갈리네요. 긴장해서 이름소개를 까먹은 것 같은데 제 이름을 어떻게 알고 계시나요? 이전에 어디서 만났었나요?"

"나 성수다. 김성수! 중학교 때 니 앞 번호! 기억 안나?"

아, 김성수. 중학교 일학년 때 만난 내 앞 번호였던 아이. 불현듯 머릿속에 그 친구의 중학교 시절 모습이 떠올랐다. 까까머리를 하고서 남들보다 사춘기가 빨리 찾아와 반에서 가장 키가 컸던 아이. 이게 다다. 그때 공부는 잘했었나? 이 아이랑 같이 놀았었던가? 사실 성수에 대해 별 기억은 없다. 방금도 성수가 아는 체 하지 않았더라면 그냥 본사 직원과 하청업체 일용직 노동자. 이 관계로 끝났을 것이다.

"아아…… 기억났어. 까까머리에 키 제일 크지 않았나?"

"응, 맞아. 중학교 때도 공부 잘하더니 결국 대기업 들어갔구나. 부모님이 좋아하시겠다. 아들 출세했다고……."

"하하하…… 뭐, 단지 성공 때문은 아니고 그냥…… 다리를 만들어야겠다는 생각밖에 없었어……."

"아, 맞다. 그때 다리 만드는 것이 꿈이랬지? 곧 있음 꿈 이루겠네. 축하해."

"응, 고마워. 너는 계속 진도에 있었어?"

"…… 그렇지 뭐, 이제 좀 진도 촌놈 같아?"

"아니, 아니야 그런 거. 중학교 때 이후로 우리 처음 보는 건가?"

"응. 그런 거 같네. 너 중학교 졸업하고 광주로 학교 다니지 않았나?"

"응, 맞아. 진짜 오랜만이네. 몇 년이야 벌써…… 잘 지냈어?"

"…… 나는, 내 딴에는 되는 대로 살았는데 이렇게 사니까 배운 게 막노동밖에 없더라. 나도 너 따라 공부나 할 걸 그랬나 봐. 우리 할매, 서울서 온 손주 혹시나 적응 못 할까 봐 내가 무슨 잘못을 하던 간에 다 받아주더니 결국 그 손주가 쓰레기만 됐지 뭐……."

"……오늘 끝나고 술 한잔 하자. 내가 살게."

사실 성수는 나와 다르게 온전한 진도 토박이가 아니다. 초등학교 6학년쯤에 집의 가세가 급격히 기울어져서 할머니 손에 맡겨지게 된 성수를 중학교에 올라오고서 처음 만났다. 성수를 처음 봤을 땐, 그냥 봐도 이곳 시골 애들이랑은 다르게 생겼었다는 느낌 뿐이었다. 뽀얗던 피부와 같은 교복을 입었어도 전혀 느낌이 달랐던, 서울에서 왔다는 것 뿐이었음에도 전교생이 모두 성수를 보러 왔던 일도 있었다. 성수는 처음에는 조용했던 아이였었다. 새로운 환경이라서 힘든 건지, 집안 사정 때문인 건지, 1학년 때 같은 반이 되어 그 아이와 말을 나눠본 적이 손가락에 꼽을 정도로 드물었던 것 같다.

1학년 때 한번은, 그냥 지나가다 실수로 어깨를 친 것이 화근이 되어 성수와 다른 친구와 싸움이 붙었었다. 실수로 치고 나서 성수는 바로 사과하고 쩔쩔 맬 정도로 순수하고 착한 아이였는데, 사내들은 그런 성수의 모습이 맘에 안 들었던 건지, 평소에 서울에서 왔다고 여자애들에게 인기가 많은 것이 질투났던 건지 사과하는 성수를 둘러싸고 얼토당토않은 이유로 그 애를 때렸다. 이때 성수를 막아줬더라면, 그렇게 변하진 않았을까. 때리는 아이나 성수나 둘 다 별로 친하지 않았던 지라 그저 바라보기만 했었다. 그날의 충격이 컸던지 성수는 며칠간 학교를 안 나왔다. 이후로 학교에 나오긴 했으나, 말 섞어 본 적이 없어서 그렇게 1학년을 보내고 2학년 때에는 다른 반이 되었다. 그리고 3학년 끝나갈 무렵에 복도에서 우연히 마주친 성수는 1학년 때 자신을 때렸던 그 아이들과 함께 어울려 다니고 있었다.

성수와 술을 마시면서 그동안 어떻게 살아왔는지 구구절절 마음을 털어놓고 얘기하는데 정말로 안타깝기 그지 없었다. 성수는 초등학교 때 할머니와 함께 자라면서 이 이후로는 한 번도 진도를 떠난 적이 없었다는데, 물론 부모님이 성수를 데리러 오시지 않은 것도 있지만 배를 타야만 하는 섬인 까닭에 육지 땅을 밟기가 여간 힘든 것이 아니어서 그 동안 다섯 손가락에 꼽을 정도로 뭍의 땅을 밟아 봤다고 했다.

내가 꿈을 이루기 위해 광주에서 열심히 학교에 다닐 동안 성수는 가면 갈수록 방황을 하고 점점 학교와는 거리가 멀어져 갔다고 한다. 내가 대기업에 입사해 꿈을 현실로 만들기 위한 징검다리를 하나하나 밟는 동안 성수는 여전히 진도에서 학창시절의 자신으로 남아 있을 뿐이었다. 그리고 몇 년 전, 자신을 변함없는 사랑으로 돌봐주셨던 할머니마저 돌아가시자 더 이상 이대로 살면 안 될 것 같았다고 한다. 뭐라도 해야 할 것 같은 기분에 그동안 배운 것이 없어 시작한 것이 공사판을 뛰어다니는 막노동이었다.

공사가 계속 진행되면서, 그곳에 들를 때마다 성수를 찾곤 했다. 성수와 얘기하면서 학창시절에 나누지 못했던 우정의 연을 지금에서야 나누었다. 성수와 헤어지고 마을에 들른 날이면 마을 어르신들이 나오셔서 그리 격하게 반겨줄 수 가 없다.

"오메, 이것이 누구여? 쩌 진도대교 만든 성식이 아니여?"

"예, 그렇지라! 우리 강아지여! 우리 성식이가 쩌 진도대교 만든 것 좀 보소!"

"하하. 어머니 아직 완성되려면 몇 년 남았어요. 이제 중간 단계 정도일 뿐인데요."

"아니, 그래도 우리 성식이가 저것을 만든당께 엄매 기분이 을매나 자랑스러운지 아냐? 엄매가 아침에 밭에 나가면서 한번 보고 돌아오면서 한번 보고 날로날로 달라진당께!"

"저것이 완성되믄, 진짜 차로 해남 갈 수 있는 것이여?"

"예, 그럼요. 이제 광주까지 걸리는 시간도 반으로 줄어들어요."

"오메…… 이것이 뭔일이당가. 진짜로 그렇게 되믄 진도도 육지가 되것네?"

"그쵸. 이제 육지가 되면 배 타러 저 벽파나 쉬미 안 가도 여기만 넘으면 되니까 더 편리할 꺼예요. 그리고 이게 대한민국에서 하나밖에 없는 다리라 사람들이 많이 보러 올 꺼예요."

"옴마…… 우리도 막 테레비 나오고 이러는 거 아니여?"

"하하하하. 정말 그럴지도 몰라요. 진짜 나오면 예쁘게 하고 나오셔야 해요!"

이렇게 성수와 우정을 새롭게 쌓아가는 동안, 마을 어른분들을 비롯한 진도 군민들, 회사 직원들, 국민들의 관심까지…… 이때까지의 나 하나의 인생의 최대 목표였던 진도대교는 하나하나 느린 듯 빠르게 완성되어 가고 있었다.

원래는 2주에 한 번씩 진도에 가서 작업상황의 보고를 듣고 진행상황을 눈으로 직접 확인하는데, 출장이 생겨 거의 한달 동안 진도에 못 갔다. 한 달 만에 본 진도대교는 또 한층 새롭게 보였다. 온 김에 오랜만에 성수 얼굴 좀 보려고 성수를 찾고 있었는데 성수는 일하고 있는지 안 보였다. 얼마나 열심히 하는지 10분을 기다려도 쉬는 곳에 안 오길래 성수를 찾아 나섰다. 저 멀리 성수가 보였다. 성수는 주탑 위에서 용접을 하고 있었다. 아래서 잠시 쉬고 있는 사람에게 음료 하나를 건네면서 물었다.

"수고가 많으세요. 바닷바람 맞으면서 하기 쉽지 않으시겠지만 힘내세요. 저 위의 사람들은 언제쯤 내려오나요?"

"혹시 누구 찾으쇼? 저 위에 아는 사람 있는갑소?"

"아, 네. 친구가 여기서 일해서요."

"저 작업만 마치면 곧 내려올 꺼 같구만. 좀만 기다리쇼."

"아, 네. 감사합니다."

저 멀리서 걸어올 때 본 성수의 모습과 아래서 바로 쳐다본 성수의 일하는 모습은 천지차이였다. 멀리서 봤을 땐, 아래에 뭐라도 안전장치가 되어 있는 줄 알았는데 아래서 바라보니 안전장치는 무슨, 줄 하나에 의존해서 용접을 하고 있었다. 성수가 내려오길 오매불망 기다리고 있던 중, 회사에서 전화가 와 잠시 그 자릴 떠나 받으러 갔다. 전화한 사람은 다름 아닌 이 팀에 팀장으로 오기 전에 있던 부서의 부장님이었다.

"자네, 잘 지내고 있었는가? 옮긴 이후로 전화 한 통 없네."

"하하. 아닙니다, 부장님. 여전히 잘 지내고 계시죠?"

"나야. 뭐 똑같지. 이번에 맡은 진도대교는 잘 지어지고 있어?"

"네, 저도 이번에 출장 갔다 와서 거의 한 달 만에 왔는데 그 동안에도 많이 진행됐더라구요. 이제 곧 있으면 완공될 것 같아요."

"그래? 자네 진짜 뿌듯하겠구먼. 이거 이거, 서울 오면 한턱 내야 하는 거 아냐?"

"하하, 아직 다 지어지지도 않았는데요. 그래도 이렇게 지어지는 거 보면 정말 뿌듯해요."

"그래 자네, 끝까지 수고 좀 해. 물론 자네도 기대하고 있겠지만 나 뿐만 아니라 그 지역사람들, 우리 회사 임원 분들도 기대하고 계시는 거 알지?"

"예, 그럼요 부장님. 서울 올라가면 찾아 뵐게요."

"응, 그래. 서울 오면 연락해."

오랜만에 부장님께 걸려온 전화 한 통은 내 어깨에 '기대'라는 무게를 한껏 더 올려주셨다. 결코 나쁘지도 않았고, 꼭 완공되면 부장님께 보여드리고 싶었다. 회사에 입사했을 때 유난히 잘 챙겨 주셨던 부장님. 이 프로젝트의 팀장으로 가겠다고 말하던 날, 밤에 부장님과 단 둘이 술잔을 기울였는데, 이 날 타인에게 처음으로 가정사를 털어놓고, 처음으로 타인에게 안겨 울어 봤다. 부장님은 사회생활에서 만난 인생의 선배로서 사회를 바라보는 시각을 알려주셨다. 훗날 혹시 이 직종에 종사하지 않은 날이 있더라도 꼭 부장님과 같은 사람이 되어야겠다고 다짐했었다.

부장님과 통화를 마치고 다시 성수에게 발을 돌렸다. 무슨 용접을 이제야 끝내다니, 몸을 틀어 성수에게 다가가는 동안 성수도 위에서 내려오려는지 몸을 일으키는 것이 희미하게 보였다. 반가운 마음에 걸음도 점점 빨라지고 있던 찰나, 정말 찰나의 순간이었다. 성수는 소용돌이가 이는, 물이 우는 곳에 잠겼다. 그때처럼, 나는 감았다 눈을. 5분이 지나면 잔잔해질까. 10분이 지나면 잔잔해질까. 나는 한 발자국도 뗄 수 없었다. 그쪽으로 사람들이 모여들었다. 머릿속에선 그쪽으로 가야 한다고 하지만 그럴수록 내 몸은 뒷걸음질쳤다.

눈을 뜬 건 3일 만이었다. 어머니는 내가 눈을 뜨자마자 나를 붙잡고 우셨다. 어머니가 우는 것이 슬퍼서 흘러내리는 눈물인 건지, 성수를 이제는 만날 수 없음에서 오는 슬픔의 눈물인 건지 알 순 없었지만 나도 어머니 품에 안겨 토해내듯 눈물을 쏟아냈다.

집 밖으로 한 발자국도 안 뗀 지 일주일 째. 마을 회관에 다녀오신 어머니는 성수를 찾았다는 소식을 알려주셨다. 좀 떨어진 군내면 나리에서 어망에 걸려 발견됐다고 했다. 결국, 이렇게 될 것이었다.

일주일 만에 현관 문을 열었다. 부엌에서 어머니가 부르셨다.

"성식아, 이 밤에 어디 가나?"

"예, 어머니. 그냥 저기 다리 앞에 좀 다녀올게요."

"…… 그래. 너무 늦게 오진 말고. 잘 추스르고 와."

"…… 다녀올게요. 저 기다리시지 마시고 먼저 주무세요."

일주일 만에 밖으로 나와 맡은 바닷바람 냄새는 여전했다. 바람이 매섭다. 여기 즈음이었을까. 그 자리 즈음에 섰다. 아래를 내려다 봤다. 언제 그랬냐는 듯이 잔잔하기만 하다. 블랙홀 같은 울돌목은 '쉬위이이, 쉬위이이' 하며 여전히 소용돌이만을 이고 있을 뿐이었다.

마지막 부장님과의 통화에서 뿌듯하겠다던 말. 그래, 그날 전까진. 아니, 부장님과 통화를 끝내고 몸을 돌리기 전까진 굉장히 뿌듯했었다. 공사가 시작되기 전, 아버지의 산소 앞에 서서 두 번 다시 그런 일이 일어나지 않겠다고 다짐했었는데, 그렇게 하기 위해서 직접 눈으로 보고 하나하나 발로 뛰어다니며 제대로 만들어지고 있는 건지, 어디 하나 건축 자재를 빼먹진 않았는지 그리도 꼼꼼히 따졌었다. 어릴 적 열등감에서 자라났던 막연한 한 소년의 꿈이 실제 현실이 되어가는 과정이 안 믿겼고 툭 하고 건드리면 사라져버릴 것만 같았다. 이 다리를 만드는 동안 항상 행복했다. 서울에서 진도를 온다는 것이 여간 고된 것이 아님에도 불구하고 2주에 한 번씩 내려와 차츰차츰 완성되어가는 다리를 보고 있노라면 그 노곤한 육체는 가슴 속 먼지 한 톨이었는지 저 아래 깊숙한 곳에서부터 떠오르는 감정에 비하면 어떤 것에도 지나지 않았다.

지금은, 이게 잘하고 있는 건지 잘 모르겠다. 분명 손두 못쓰고 허무하게 세상

148

을 떠났던 동생과 같은 일이 두 번 다시 일어나지 않기 위해 만든 것이었는데 이것이 또 다른 한 사람의 희생을 불러 일으켰다. 성수도 지난날의 자신을 반성하고 이번 기회로 정말로 열심히 살았는데……. 하늘은 왜 그리 무심한 건지, 사람이 자연을 이긴다는 것이 가능하긴 한 것일까? 단순히 다리만 만들면 자연을 이긴 건 줄 알았다. 그런데 아니었다. 절대 그렇지 않다는 듯 하늘은, 자연은 그렇게 성수를 잡아갔다. 한 친구의 어릴 적부터 키워온 열망을 채우기 위해 그저 그렇게 단순하게 살아지는 대로 살아온 친구의 삶을 빼앗아 갔다. 마치 내가 살인자가 된 기분이었다. 태어난 이래로 '나'라는 존재가 가장 무서웠던 순간이었다.

1984년 10월 18일. 진도대교가 드디어 완공되었다. 이제 진도 군민들은 더 이상 배를 타지 않고서도 육지를 건널 수 있게 되었으며, 이에 따라 농수산물의 수송도 원활해지고 비용도 훨씬 절감되었다. 또한, 광주까지 4시간 걸리던 이동시간도 2시간 남짓으로 줄어들었고, 진정한 한반도 육지의 최남단이 되었다. 이 뿐만 아니라, 대한민국에 있는 최초의 사장교라서 토목을 공부하는 학생들이나 관광객들도 많이 찾아 올 것이다.

그렇다. 다리는 진도군민에겐 굉장한 편익으로 다가왔다. 이곳에 대해 모르는 누군가에는 이곳이 공부의 장소가 될 것이고, 또 다른 누군가에겐 관광의 장소가 될 것이다. 섬사람들에게 다리는 희망을 찾고 꿈을 꿀 수 있는 중요한 수단이 되었다. 육지에 있는 가족들과 이어줄 사랑의 연결 라인도 되었다. 하지만 나에게 진도대교는 소중한 기억 하나가 파도 치는 소용돌이에 잠겨버린 공간이 되었다.

그 일이 있은 지 꼭 6개월 만에 다리가 완공되었다. 80년 12월 추운 겨울, 일 년의 끝자락에서 소중한 인연을 만났고, 이 인연은 4년도 채 지나지 않은 84년 4월, 뜻하지 않은 헤어짐으로 마감되었다.

'성수야, 잘 지내고 있지? 너를 처음 만났던 이 진도대교가 이제 완공되었어. 우리가 중학교 때 친했더라면 아마 너를 여기서 만나지는 못했겠지. 성수야, 다음 주부터는 이 다리를 지나 육지 땅을 밟을 수 있어. 어릴 적에 교통이 불편해서 서울에 계신 부모님을 못 본 것이 한이라고 했잖아. 이젠 배 안 타도, 그냥 차만 타도 갈 수 있는데, 어째서 너는 없는 거니.'

나는 다리가 무섭다. 이곳을 밟고 간다는 것이 마치 너를 밟고 지나가는 것만 같아 두려워. 몇 년 후, 아니 몇 십 년 후, 그렇게 세월이 지난 후에 너를 완전히 마주할 수 있을 때 다시 올게. 변명하는 것 같지만 정말로 괴롭다 친구야. 내 남은 인생, 네 것까지 살아 낼 수 있도록 최선을 다할게. 그러니까 나 갈 때까지 원망 많이 해. 그때 만나서는 아주 오랫동안 너에게 사죄할게. 사랑해 친구야. 정말로 네가 너무도 사무치게 그립다.

진도에서 온라인 쇼핑을 하기 위해 상담원과 전화라도 할라치면 아직도 첫 질문은 "혹시 배로 가야 되나요?"일 것이다.

많은 이들이 아직 진도가 다리로 연결되지 못한 작은 섬으로 인식하고 있다는 증거일지도 모른다.

하긴 불과 몇 년 전까지도 섬사람들은 배를 타고 섬 밖으로 나갔고 도선장에서는 정기적으로 버스가 배로 이동하는 모습을 볼 수 있었다.

이제 섬은 더 이상 섬이 아니다.

목포까지 자동차로 40분~50분 안에 이동할 수 있는 까닭에 목포 생활권의 일부로 빠르게 흡수되고 있는 중이다. 그 변화가 섬사람들의 삶의 양식을 180도 바꾸어 놓았음은 당연한 결과라 하겠다.

미래의 진도는 어떤 모습으로 살아가게 될까. 진도비전의 마지막 주제이기도 하다. 진도의 미래는 환경과 개발 사이의 팽팽한 긴장과 밀접하게 맞물리게 되지 않을까?

섬을 극복하기 위한 가장 자연스럽고 필연적인 전략, 다리

진도의 생태는 대교 건립 이전과 이후로 나뉜다. 다리는 삶을, 시간을 변화시켰다.

진도대교는 군내면 녹진과 해남군 문내면 학동 사이에 놓여진 길이 484m, 폭 11.7m의 사장교로, 1984년 10월 18일 준공되어 진도 사람들의 삶을 육지의 그것으로 변화시켰다. 2005년 12월 15일에는 제 2진도대교가 개통되었는데, 이후 제 1진도대교는 휴지기를 거치며 한동안 통행이 금지되기도 했으나, 2015년 진도읍으로 이어지는 도로가 재정비되면서 두 개의 다리가 양방향으로 정상 통행되고 있다.

다리의 개통으로 더 이상 섬이 아니라 한반도의 최남단 땅이 된 진도는 외국인을 포함하여 연간 200만여 명이 찾는 국제적 관광 명소가 되었다. 진도대교에서 바라보는 360도의 전망은 평안의 의미를 일깨우듯 아름다운데 특히 낙조와 야경이 일품이고, 다리 아래의 울돌목 물살은 그 자체로 장엄함마저 느끼게 한다.

출처 : 진도군청 홈페이지

제1 진도대교 건설 당시 벽파도 선장을 오가는 배의 모습

大洋과 땅, 너른 바다가 함께 타오르는 곳

불

四元素論

空火水土

포구, 붉게 지다

배준영
어머니의 품처럼 뭍을 향해 파고든 고즈넉한 포구에서 자라,
멸치잡이 배를 타고 바다로 나간 소년의 이야기

Fire #1

"야, 땅꼬마."

준식의 반 친구들은 준식을 이렇게 부른다. 자신감은 땅으로 곤두박질쳐 그의 시선은 항상 바닥이다. 걸어 다닐 때 앞을 보지 않아 어딘가에 자주 부딪힌다. 수업을 받던 준식은 창가를 응시했다. 운동장에는 잡초들이 군데군데 무성하다. 준식의 귀에 아이들이 떠드는 소리가 들렸다. 지금도 준식의 기억 속 충격적인 그날의 일이 있었던 건 봄마다 하는 운동회 날이었다. 5학년 달리기 시합 꼴등은 늘 준식의 몫이다.

"자, 모두들 운동장으로 모여주세요!"

학교 가운데 건물 옥상에 달린 스피커에서 나온 체육선생의 목소리는 담 넘어 마을회관까지 들리는 큰 소리였다. 곳곳에 흩어져 있던, 다 합쳐 60명 남짓한 전교생이 운동장에 하나 둘 모이기 시작했다. 흙먼지 날리는 운동장 구석에서 나뭇가지로 모래를 긁적이던 준식도 달려왔다. 앞에 서 있던 태호가 뒤돌아 물었다.

"준식아, 오늘 너희 엄마 오신대?"

"아니, 바쁘셔서 못 오신대."

준식의 대답은 힘이 없었다.

'오늘은 벚꽃이 만개하는 즐거운 운동회 날입니다.'

운동장에 선 아이들의 발은 가만히 있질 않았다. 그 때문에 흙먼지가 더 심하게 일었다. 학교 담 따라 줄지은 나무 사이로 힐끔 보이는 하늘은 그날 따라 기분 좋은 파란빛이 감돌았다. 줄다리기가 끝나고 물을 벌컥벌컥 들이마시고 있을 때쯤 준식의 담임선생이 헐레벌떡 준식에게 뛰어왔다.

"준식아, 지금 어머님이 많이 아프시단다. 어서 가봐야겠다. 얼른 차에 타라."

준식의 심장은 항상 꼴찌였던 그의 달리기 속도보다 더 빠르게 뛰기 시작했다. 이내 도착한 곳은 준식의 엄마가 입원한 병원이었다. 병실 안에는 준식의 아빠와 외할머니, 이모들과 삼촌들이 와 있었다. 그리고 그의 가족들 눈에는 눈물이 가득 차 있었다. '덜컥'. 문이 열렸다. 가족들의 시선은 한곳으로 향했다. 그리고 의사가 들어왔다.

"준비를 하셔야 할 것 같습니다. 쓸 수 있는 방편은 다 해봤지만 암세포가 이미 많이 전이된 상태라……."

삐-소리가 들렸다. 준식은 한참 동안이나 숨이 멎은 엄마의 손을 잡고 있었다. 따뜻한 온기는 한참이나 남아 있었다. 이 상황을 받아들일 수가 없었는지 준식은 그의 엄마를 흔들어 깨웠다.

"엄마, 엄마!"

반응이 없는 게 당연했다. 이내 준식이 잡은 엄마의 손은 점점 온기를 잃어갔다. 그의 엄마는 2년 전 난소암 판정을 받았다. 판정 당시 암이 꽤나 진행된 상태였다. 그저 사는 데 바빠 주기적으로 건강검진을 하지 못한 것이 화근이었다. 그 후로 꾸준히 병원을 다니며 항암치료를 받았다. 지속되는 치료로 다 빠진 머리칼에 얇은 뼈에 힘겹게 달라붙어 있는 힘없는 피부, 밖에 나갈 힘조차 없어 결국 병원에 입원했다. 그 병동을 준식은 그의 아빠와 자주 찾아갔다. 그때마다 엄마는 항상 이런 말을 했다.

"엄마가 꼭 다 나아서 준식이랑 아빠랑 꼭 노을 보러 갈게."

생전 준식의 엄마는 노을 보러 가자는 말을 입에 달고 살았다. 암 판정을 받은 후 그곳을 한번 갔다 오고, 그 이후로는 증상이 악화되어 병원 침대에 누워만 있었기 때문이다. 준식이 학교에 3일을 결석하고 난 후, 준식은 그곳을 찾는 일이 잦아졌다. 어느덧 두 달이 흐르고 여름 방학을 맞았다.

초등학생이었던 준식은 아직 주위 사람의 죽음을 눈 앞에서 직접 본 경험이 없었기 때문에 적지 않은 충격을 받았다. 어머니가 그렇게 쉽게 돌아가실 것이라고 생각한 적은 더욱 없었다. 그저 멍하니 앉아 있다가도 갑자기 하염없이 눈물이 흘렀다. 집으로 돌아와 무기력하게 있었던 것도 잠시, 준식과 아빠는 집안 곳곳에 남아 있는 엄마의 흔적을 모아 거실로 옮겼다.

"아빠, 이것도 버려?"

준식의 손에 들린 것은 액자 속에 담긴 노을이었다.

"아니, 그건 놔두자."

잠깐 쳐다보고 그의 아빠가 답했다. 이후로 한동안 둘은 묵묵히 엄마의 물건들을 꺼내 놓았다. 말없이 짐을 정리하다 보니 어느덧 해가 중천이었다. 아빠는 냉장고에서 주섬주섬 반찬들을 꺼냈다.

"……."

부엌에서 콩나물을 삶던 엄마의 뒷모습이 준식의 눈동자에는 생생하게 남아 있었다. 식탁에 반찬통 부딪히는 소리만 들렸다. 밥 먹는 동안에도 둘은 말이 없었다.

매미 우는 소리가 시끄럽다. 창문 사이로 불어오는 바닷바람이 준식이 덮은 이불 속으로 파고든다. 집 뒤로 들어오는 뜨거운 햇볕이 얼굴을 달군다. 햇빛의 강렬함에 못 이겨 준식은 부시시한 얼굴로 잠에서 깼다. 준식의 아빠는 일을 나가고 없었다. 그래서 집이 텅텅 비었다. 저쪽 집구석 빨래 통엔 빨래가 잔뜩 쌓여 있었고, 준식은 아침밥도 거른 채 눈을 비비며 집 옆 창고에 자리한 세탁기로 향했다.

"이렇게 하는 게 맞나? 세제 넣고, 전원 누르고. 아이, 모르겠다."

'띡 – 드륵 드륵'

제대로 작동되고 있는 것일까 의심스러웠지만 뒤돌아 나왔다. 집으로 다시 들어간 준식을 반기는 건 한여름 아침 햇볕에 달궈진 후덥지근한 공기와 집 안에 가득 밴 오래된 나무 냄새였다. 잠깐 집 안을 서성이더니 이내 텔레비전 앞에 자리한다. 그런데 홀로 텔레비전을 보고 있자니 그것도 별다른 재미를 느끼기 어려웠다.

"공부라도 할까."

책상 앞에 앉았지만 손에 잡힌 건 책상 위에 놓아진 액자였다. 준식은 이리저리 살펴보다가 그 상태로 한 시간이나 멍하니 있었다. 무슨 생각에 빠졌는지 표정은 도통 묵직했다. 그러다 빨래 생각에 준식은 번뜩 자리에서 일어나 세탁기로 향했다. 세탁기 뚜껑을 여니 세제 냄새가 확 올라왔다. 다행히도 빨래가 되어 있었다. 그런데 빨래를 꺼내려면 세탁기에 올라타 허리를 숙이고 팔을 뻗어야 했다. 발판의 도움을 받아 간신히 다 꺼낼 수 있었다. 낑낑대며 물 먹어 무거운 빨래를 들고 집 앞 마당으로 향했다. 빨래줄이라고 만들어 놓은 얇은 밧줄에 빨래를 너는데, 등 뒤로 내리쬐는 햇볕에 준식은 등이 따가워 약간 짜증이 난 눈치다. 집안일은 다 엄마가 했었기에 이렇게 힘든 일인지 잘 몰랐나 보다. 멀리서 준식을 부르는 목소리가 들린다.

"준식아! 놀자!"

마을에 하나뿐인 준식의 또래인 태호다. 시골 속 시골 같은 작은 포구 마을인 세포엔 아무 놀거리가 없다. 아이들이 뛰어놀 만한 놀이터는 학교라도 나가야 있는 것이었고, 공 하나 제대로 찰 만한 것이 없었다.

"태호야, 우리 전망대 올라갈래?"

"아, 나 산 타는 거 별로 안 좋아하는데."

"왜? 끝까지 올라가면 얼마나 경치가 좋은데."

"무슨 초등학생이 경치 타령이냐? 꼭 가야겠어?"

"응, 오늘 안 가면 안 될 것 같아."

"그럼 어쩔 수 없이 내가 가준다."

"얼른 가자!"

산으로 가는 길은 집 앞으로 바로 나있다. 산을 조금만 오르니 어디서 단내가 진동을 한다. 그러고 보니 지금이 산딸기 철이다.

"어! 산딸기다!"

준식이 산딸기를 보자마자 달려들었다. 약간 멀리 있긴 했지만 팔을 충분히 뻗으면 닿을 거리였다. 여기저기 잘 익은 것만 골라 따도 어느새 손 한 가득 차 있었다. 태호와 준식은 산딸기에서 약간의 쓴맛이 느껴지는 것 같았지만 상큼하고 달콤한 맛에 반해 금방 해치웠다. 올라갈수록 점점 힘들어지고 더워지기 시작했다.

"와, 너무 덥다. 우리 그냥 내려갈까?"

등이 땀으로 젖은 채 태호가 말했다.

"내려가기엔 많이 올라온 것 같은데 그냥 계속 올라가자."

정상에 꼭 가고 싶은 준식이 답했다. 오르고 오르다 보니 어느덧 정상이 가까위졌다. 실은 왕복 1시간도 안 되는 등산이지만 지친 둘에게는 꽤 길게 보였다. 전망대에 올라가 주변을 둘러보니 땅에 박혀 있는 돌같이 바다에 박힌 섬들이 여러 개 있었다.

"여기 진짜 섬 많다. 집 앞에서 볼 때는 세 개 뿐이었는데."

"저런 걸 다도해라고 하는 거야. 많을 다, 섬 도, 바다 해."

"그렇구나. 다도해."

준식이 보기에 태호는 참 아는 게 많은 아이다. 고지에 올라오니 바람이 참 시원하다. 땀에 젖은 등을 말리기에 참 좋은 바람이다. 둘의 더위도 이제 그쳤나 보다.

"내려갈까?"

준식이 말했다.

"그래."

태호는 기다렸다는 듯이 답했다.

내려오는 길이었다. 갑자기 준식이 배를 움켜잡았다. 다행히도 집에 거의 다 도착했을 때라 조치는 빨리 취할 수 있었다. 이따금 준식의 아빠가 와서 병원에 데리고 갔는데 의사의 진단은 무언가 잘못 먹어서 그런 것 같다고, 준식에게 최근 먹었던 것 좀 말해 보라고 했다.

"산딸기 먹은 것 밖엔 없는데."

"어디서 먹었어요?"

"전망대 올라가다 길 옆에 있길래……."

그때 준식의 아빠가 화들짝 놀라며 말했다.

"어, 그 산에 산딸기 제초제 뿌려놔서 먹으면 안 되는 건디. 그래도 살아서 다행이다. 너까지 잃었으면 어쩔 뻔 했어."

약을 처방 받고 준식은 집으로 돌아갔다.

준식의 아빠는 샤워를 마치고 선풍기 앞에 앉아 등을 내보이며 준식에게 말했다.

"파스 좀 붙여줘, 아들."

"여기에요?"

"좀 더 위쪽. 응, 거기."

파스를 잡았던 준식의 손에 파스 냄새가 진동한다. 준식의 아빠의 허리와 어깨

164

는 물론 등 전체가 서로 경쟁하듯 파스가 붙어 있었다. 준식은 문득 파스가 여기저기 붙은 아빠의 등에서 고군분투하는 아빠의 일하는 모습을 엿본 듯해 마음이 뭉클해졌다.

　배의 시동이 켜졌다. 밑바닥 프로펠러의 역동적인 회전은 파란 바닷물을 하얗게 뒤엎었다. 준식은 배 밖으로 머릴 내밀었다. 튀어 오르는 바닷물방울이 준식의 볼에 스쳤다. 뺨을 타고 흘러내린 물방울이 준식의 입 속으로 들어갔다. 역시 바닷물이라 짰는지 얼굴을 한층 찌뿌렸다. 배는 바다를 한참 가로질러 갔다. 저 멀리 그물의 위치를 알려주는 낡은 스티로폼 덩어리가 바다 위에 떠 있었다. 멸치를 잡으러 온 줄 어떻게 알았는지 갈매기들이 그 위를 지키고 있었다. 준식이 탄 배가 옆으로 서니 갈매기들은 이내 달아났다. 고막을 울리는 배의 엔진 소리는 준식의 아빠의 목소리를 키웠다.

　“갈쿠* 잡아!”

　목소리에 놀라 옆에 둔 갈쿠를 들고 바다 위 그물에 연결된 밧줄을 끌어올려 배 모퉁이에 박힌 작은 쇠 봉에 걸었다. 준식의 아빠가 그 밧줄을 잡아 당겨서 로라*에 걸었는데, 밧줄이 그곳에 매달려 힘차게 돌아가며 멸치가 가득 찬 그물을 끌어올렸다. 노란 그물 속에 가득 찬 멸치들이 올라오면서 그물 사이로 잔뜩 벤 바닷물이 쏴악 빠졌다. 준식의 아빠는 넓게 퍼져 있는 멸치들을 그물을 털어 한쪽으로 몰았다. 그물의 끝의 매듭을 풀어 빨간 대야에 부었다. 자신들이 헤엄쳐 온 바다의 크기와 비교도 안 되는 곳에 들어가니 멸치들이 우왕좌왕 했다. 한바탕 부대껴 헤엄치다 보면 어느새 자기 몸은 움직이지 않을 것이다. 그렇게 놓인 멸치들을 자세히 보면 까만 눈알이 여럿 모여 있다. 배는 다른 쪽에 있는 그물로 향했다. 몇 번 반복하니 준식은 금세 힘이 들었는지 숨소리가 거칠어졌다. 다시 바다로 들어간 그물에 멸치가 들어오길 기다렸다. 꽤 긴 시간이 흘렀고, 준식과 그의 아빠는 말 한마디 없었다.

　저녁 6시가 훌쩍 넘었다. 태양은 쳐다보지도 못하는 정오의 밝기를 한껏 줄여 눈에 힘을 잔뜩 주고 볼 수 있었고, 이제껏 등을 따갑게 했던 태양이 점점 그 빛

＊갈쿠 [명사] 갈퀴의 전라도 사투리
＊로라 [명사] Roller

165

을 넓게 퍼뜨리고 있었다. 준식은 갑판에 걸터앉아 하늘만 바라보았다. 저만치 떠 있는 태양은 오로지 눈으로만 느낄 수 있어 보였다. 경계선이라곤 없었다. 하늘빛에 자연히 물든, 매일 다른 모습으로 떨어지는 태양은 구름에 슬쩍 숨어 내려가도, 그 자태를 숨길 수 없었다. 오늘 노을도 그렇게 저버리고 바다 위에 볼록 솟아 항상 그 자리를 지키는 섬들의 그림자도 사라졌다. 바다와 맞닿은 하늘은 낮 동안 가지고 있지 않던 빛들을 한 데 모아 놓고 구역을 나눈 듯했다. 고개를 들어 올리면 올릴수록 색은 각기 달랐다. 태양은 바다로 빠졌고, 이 광경은 준식의 눈을 앗아가는 듯했다. 홀린 듯한 표정이었다.

준식이 탄 배는 어둑해질 무렵 선착장으로 돌아왔다. 잡아온 멸치는 펄펄 끓는 물에 삶았다. 김이 펄펄 피어 오르는 그 앞에 있자니 숨이 막힐 지경이었지만, 준식의 큰엄마는 묵묵히 삶았다. 이미 왔을 때부터 멸치는 성질이 급해 숨이 죽어 있다. 살아 있을 때 넣으면 멸치들이 입을 벌린 채로 삶아져 나오기 때문에 오히려 상품가치가 더 떨어진다. 다 삶아진 멸치들은 건져 올려 물기가 빠지면 건조

166

기에 널어진다. 삶은 멸치 옮기는 일이 쉽지만은 않았다. 준식의 팔은 힘이 잔뜩 들어갔다. 준식의 엄마와 큰엄마가 하던 일을 큰엄마 혼자 하는 모습을 보며 옆에서 열심히 날랐다. 바닥에서 뜨거운 바람이 올라와 말리기 때문에 건조장 안은 찜질방 같다. 서 있기만 해도 땀이 흘러내린다. 이제 마르기만 기다리면 된다. 준식은 일을 마치고 바닷물에 젖은 발을 이끌고 터벅터벅 집으로 걸어갔다. 멸치그물을 올리고 뇌까지 홀렸던 정신의 피로가 한꺼번에 몰려오는 듯한 얼굴이었다. 손에선 비린내가 진동했다,

"아 피곤해. 얼른 씻고 자야겠다."

일하면서 먹었던 간식 때문에 저녁은 먹는 둥 마는 둥 했다. 식욕보단 수면욕이 앞섰다. 준식은 어서 이불 속에 누웠다. 몇 분 지나지 않아 깊게 잠들었다.

다음 날 아침, 씻지도 않은 준식의 머리는 하늘 위로 솟아 있었다.

"아들, 멸치 가지러 가자."

자고 있던 준식을 깨우는 아빠의 목소리였다.

손가락을 따끔하게 찌르는 멸치의 몸이나 다른 고기들의 뾰족한 것들이 이따

금 통증을 가져온다. 이렇게 마른 멸치들을 그대로 박스로 옮기는 것이 아니다. 아직 크기 별로 분류할 일도 남았고, 멸치가 아닌 것들도 골라내야 하기 때문에 여간 손이 가는 것이 아니다. 이른 아침 멸치창고로 준식이네 할머니가 왔다. 멸 치 추리는 일을 도와주시러 왔나 보다. 준식은 할머니와 멸치를 추리기 시작했 다. 그러다 문득 할머니의 삶이 궁금했다.

"할머니, 옛날엔 어떻게 살았어요?"

"배고픈 시절이었지. 먹을 게 없어서 소나무 껍질도 벗겨 먹었어."

"그걸 어떻게 먹어요."

"내가 어릴 적엔 전쟁도 있었단다. 북한군이 우리 마을까지 와서는 그 다음날 모 조리 죽인다고 했어. 그런데 마침 그날 우리 군인들이 내려왔지. 천만다행이야."

"그때, 우리 군인이 안 왔다면 난 없었겠네요."

"그렇지. 마을 저쪽에 가보면 그때 마을 사람들이 숨었던 굴이 있단다."

"와, 정말이요?"

멸치를 추리다 말고 준식은 할머니가 말한 곳으로 냅다 뛰어간다. 그런데 정말 굴이 있었다. 안쪽은 무너져 버린 것 같았지만 겉으로 봐선 굴이 확실했다. 준식 에겐 새로운 경험이었다. 그날 하루 준식은 신선한 충격에 휩싸였다.

준식은 여태껏 궁금한 게 있었다. 그의 엄마가 생전 그토록 원한 바다로 떨어 지는 태양을 볼 수 있는 곳이 어디였는지. 그래서 그의 아빠에게 물어보았다.

"아빠, 엄마가 어딜 많이 다녔어요?"

"세방."

"바로 옆 마을이네요."

버스타기엔 가깝고 걷기엔 멀다만 준식은 걸어가기로 했다. 준식의 엄마가 생 전에 좋아했던 그 광경이 도대체 그곳에서는 어떤 광경인지 직접 보기로 했다. 옆 마을이라지만 사실 준식은 이제껏 갈 일이 없었다. 왜냐면 버스를 타도 그곳 에 다다르기 전에 내렸기 때문이다. 막 걸어가기 시작한 준식의 눈에 들어온 건 길목에 일렬로 줄지어진 서 있는 벚나무들이다. 봄에 활개를 쳤던 벚꽃은 이미 다 떨어지고 바람에 몸을 실어 버린 지 오래다. 울창한 녹음만이 나무에 걸려 있 다. 준식은 내년 봄이 되면 다시 오리라 생각했다. 도로를 따라 무작정 걸었다.

한 번도 가본 적이 없기 때문에 어느 정도 거리인지 짐작하지도 못했지만, 준식은 그곳에 가면 엄마를 볼 수 있을 것만 같은 생각에 빠졌다. 그래서 준식의 가슴은 두근거렸다. 자신들이 듣기에 안 시끄러울까 생각하게 될 정도로 울어대는 매미는 준식의 고막을 폭발시키기 직전이었다.

여름은 여름인가보다. 푹푹 찌는 더위에 잠시 그늘에 서서 더위를 식히곤 했다. 걸음은 내디딜수록 이마를 타고 미끄러져 속눈썹에 걸터앉은 땀방울에 따가워서 어쩔 줄 몰랐다. 이내 진정은 됐지만 갈 길은 멀었다. 간간이 보이는 바닥을 기는 콩벌레도 목적지가 어디인진 모르겠지만 갈 길이 멀어도 한참은 멀어 보였다. 준식도 걸음을 재촉하기엔 무리라 더워도 찬찬히 걸었다. 시골은 시골인지라 길가에 묶어둔 소들이 여물을 먹느라 정신이 없다. 준식이 봐왔던 소의 눈망울은 항상 슬퍼 보이는 눈망울이었다. 역시나 그 소도 흰 눈알 아래 촉촉이 젖은 빨간 속살 때문인지, 곧 눈물을 흘릴 것 같았다. 푸른 잡초와 초록 잎으로 꽉 찬 식물들 아래서 걷기만 했더니 절벽이라고 하기에는 완만한 곳에 도착했다. 잠시 멈춰 서서 생각했다. '여긴가?' 한참을 고민했다. '정말 여긴가?' 아직 해가 질

때까지는 세 시간 정도 남은 듯싶다. 생각보다 일찍 와서 바닷가로 내려갔다. 여름인데도 앞머리를 들추는 바닷바람은 시원했다. 코밑에 머무는 짠 비린내에 멸치 생각이 절로 났다. 그러고 보니 준식의 아빠에겐 말도 하지 않고 나왔다. 재빨리 연락을 취했다. 준식의 아빠는 곧 온다고 했다. 들물 때라 그런지 바닷물이 맑았다. 그래서 돌멩이들이 깔려 있는 모습도 보였고, 그 돌들에 붙어 있는 해초 줄기가 가볍게 흔들거리는 모습도 보였다. 준식은 당장이라도 뛰어들고 싶었지만 발만 담가 보았다. 햇빛에 데워진 얕은 물가는 따뜻하고 포근했다. 다리피부를 감싸는 바닷물이 간지러웠다.

시간이 여럿 흘렀다. 막 도착했을 때 고개를 들어야 '나 여기 있어!' 하고 존재를 알리던, 쳐다보지 못 하게 위엄을 뿜내던 그 태양이 이제 한층 사기를 진정시키고 쳐다보는 것을 허락하였다. 조금만 기다리면 해가 질 듯 싶었다. 우리가 보는 한층 기울어진 태양의 태양빛은 넓게 퍼진다. 대개 아름답다고 느낀다. 그 이유를 생각해 보면 하루 중 마을에서 지는 태양을 두 눈 똑바로 뜨고 볼 수 있는 시간이 여름, 맑은 날 구름이 별로 없을 때 15분 정도이다. 볼 수 있는 날 하루를

두고 봐서 그 정도지 일 년으로 따졌을 땐 정말 귀중하고 얼마 안 되는 시간이다. 그렇기에 머리 위에 항상 떠 있는 태양이지만 그것이 눈앞으로 다가올 때 더욱 아름답게 느껴지는 것이 아닐까.

눈앞에 펼쳐지는 낙조를 표현할 말을 찾고 싶었지만, 적당한 말이 떠오르지 않았다.

어느새 준식의 아빠는 옆에 와 서 있었고, 같은 곳을 바라보고 있었다. 그날 이후로 준식은 지는 태양만 보면 엄마 생각이 날 듯싶다.

내일은 개학이다. 준식은 학생이니까 학교에 가야 한다. 그런데 잠시 잊고 있던 숙제가 생각났다. 순식간에 상황은 심각해졌다. 그러나 합리화를 잘하는 준식은 괜찮다 말하며 밀린 일기를 쓰기 시작했다. 언제나 일기 맨 앞줄에 오는 날씨부터 기억해야 했다. 생각해 보니 비 오는 날이 거의 없었으므로 중간에 한두 번만 비 오는 날로 적기로 했다. 하루 종일 일기만 썼다. 그렇게 준식은 엄마의 빈자리에서 느껴지는 마음과 태호와 산에 가서 산딸기를 따먹은 일, 걸어서 세 방까지 간 일 등 많은 것을 되돌아보았다. 많은 일들이 있었으니 생각나는 것도 많았다.

아침이 밝았다. 여름 방학이 끝났어도 여전히 더운 날씨다. 준식은 학교 가는 것이 내심 즐겁지만은 않다. 준식을 땅꼬마라고 놀리고, 친구라고 받아들이기 힘든 아이들이 몇 있기 때문이다. 새 학기가 시작되면 설레는 마음을 가지고 간다. 아침부터 아이들 떠드는 소리로 교실이 가득 찼다. 준식의 담임선생님은 밝은 얼굴로 물었다.

"잘 지냈지? 방학 때 뭐하고 지냈는지 말해 볼 사람?"

아이들의 대답은 평범한 초등학생들의 것이었다. 할머니 집에 갔다 왔다는 둥 가족과 여행을 갔다 왔다는 둥 많은 이야기들을 쏟아냈다. 새로운 시작은 준식을 항상 새로운 마음으로 새롭게 태어나게 한다. 그러나 지구가 자전을 몇 번 하다 보면 이런 마음도 점점 휘청거리게 된다. 머릿속에서 마음먹었던 그 마음이 희미해지다 점차 지워진다. 오래 전 준식의 엄마는 준식을 쓰다듬으며 이런 말씀을 했다.

"엄마 어릴 때 외할머니가 만져주던 그 손길이 아직도 잊혀 지지 않고 기억이

나. 그리고 엄마는 그 손길이 정말 좋았어. 그래서 너를 자꾸 쓰다듬는 이유도 엄마 손길 기억하라고 그러는 거야."

떠오르는 기억은 준식을 기쁘게 하기도 하고, 슬프게 하기도 한다. 준식은 엄마의 말을 기억하다 보니 슬픔에 가까운 감정이 차올라 눈물로 변해갔다. 사랑했던 사람과의 기억을 떠올릴수록 눈물은 흐르지만 이미 없는 건 되돌릴 수 없는 일이니 후회 하지 말고 그대로 내버려 두자고 하고 마음을 안정시켰다.

"의자가 좀 작은 느낌인데."

엉덩이를 들썩거리며 준식이 말했다. 책상에 가만히 앉아 있던 준식은 주위 아이들을 살폈다. 아이들의 표정은 한껏 밝고 신나 보였다. 이제는 고개를 숙이며 걸었던 준식도 차츰 어딘가에 부딪히는 일이 줄었다. 준식은 자신을 보던 아이들의 시선이 달라진 걸 느꼈다.

"준식아, 너 왜 이렇게 키가 컸어?"

"그런가? 난 잘 모르겠는데."

"아니야, 정말 컸어. 그럼 키 재러 가보자."

준식에게 함께하자고 한 건 참 오랜만의 일이었다. 준식의 가슴 한 쪽이 뿌듯해지는 순간이었다. 짧았던 개학날. 학교가 끝났다. 버스를 타고 집에 가야 하는 준식은 분식집에 들렀다.

"이모, 떡볶이 500원어치 주세요."

그렇게 허기를 달래고 버스에 올라탔다. 준식은 그냥 집으로 가기엔 왠지 아쉬워 보였다. 준식은 곧장 마을에서 내리지 않고 계속 버스에 앉아 있었다. 마을을 지나치고 세방까지 와버렸다. 삐익. 버스 문이 열리고 준식은 터벅터벅 내렸다. 준식의 눈앞에 펼쳐진 건 바다 바다까지 박혀있는 거대한 돌덩이들이 고개만 빼꼼 내밀고 보는 녀석들이었다. 준식은 해 지는 것만 후딱 보고 집으로 가야겠다 마음먹었다. 해가지면 금방 어두워 질 테니 말이다. 방학 때 자주 봤던 것이지만 늘 새로웠다. 날이 갈수록 이 광경은 준식의 눈에 익어갔다. 그러나 잠꼬대를 할 때 엄마를 부르던 준식의 모습이 그 익숙함을 지워냈다. 그리고 준식은 자꾸 그 곳을 찾았다.

비가 추적추적 내리는 날이었다. 검은색과 흰색 사이의 회색구름이 푸른 하늘색을 한 뼘도 허용하지 않은 채 하늘을 뒤덮고 있었다. 우산을 쓰고 학교에 갔지

만 준식의 가방은 젖어 있었다. 잠시 바람이라도 불면 우산 속으로 비가 들쳐 바지가 젖었다. 해는 아침부터 저녁까지 코빼기도 보이지 않았다. 학교에 들어서면 나는 운동장 흙 냄새는 싱그러운 풀 냄새와 함께 콧속에 집을 지었다. 물 고인 운동장을 피해 정문으로 걸어도 물은 신발로 들어오기 마련. 축축한 느낌이 싫었다. 해가 얼른 나왔으면 하는 바람이 하늘을 찔렀다. 그러나 구름은 좀처럼 물러나지 않았다. 수업을 받을 때도 빗소리가 나고, 투명한 유리 창문에 부딪히는 빗방울들이 하나 둘 늘어갔다. 땅으로 떨어지는 빗물처럼 창문에 맺힌 빗방울 역시 그 자취를 남기며 아래로 흘러내렸다. 비가 잠시 그쳤다. 운동장엔 여전히 빗물이 군데군데 고여 있었다. 흙 색깔은 어두움이 묻어났다. 그런데 학교가 끝날 때쯤 나와 보니 빗방울이 하나 둘 굵어지기 시작하더니 이내 후두둑 쏟아졌다. 버스로 달려갔다. 우산은 쓰나마나였으니 말이다. 마을에 다다르니 버스 앞 유리에 쏟아지는 빗방울이 없는 걸 보니 구름이 한층 얇아졌나 보다. 준식은 비가 오는 데도 마을에서 내리지 않았다. 그대로 버스에 앉아 옆 마을까지 갔다. 내리고 보니 태양은 없었다. 항상 준식을 맞이해 주던 태양이 없으니 못내 슬펐다. 준식은 보고 싶었다. 그 빛으로 그를 어루만지던 태양이. 집에 돌아와 방 불을 켰다. 그날 따라 형광등은 더 밝게 빛나 보였다.

반복되는 일상에 계획하지도 않은 일들에 맞춰 살다 보면 참 시간가는 줄 모른다. 그러는 사이 받는 수업에 준식의 지식이 한층 더 쌓여가는 것도 모른다. 아침에 일어나 학교 갔다가 돌아오면 집인 반복되는 패턴에 얼마만큼 시간가는 줄도 몰랐다. 그렇게 하루하루 살다 보니 곧 졸업이었다. 수업 시간표는 일주일 단위로 반복되니 그나마 질리지 않았을 것이었다. 지나가지 않을 것 같았던 6년이 지나갔다. 아무리 시간이 느리게 가는 것 같아도 언젠가 흘러가기 마련이다. 이 시간의 흐름에 몸을 맡기면 시계에 맞춰 딱딱한 인간처럼 살아갈지도 모른다.

'따사로운 햇살이 비추는 봄날 아침입니다. 신입생 여러분께서는 강당으로 모여주세요.'

중학교. 학교의 수준이 바뀌면서 준식도 새로 입게 되는 교복만큼이나 조금은 획일화된 공동체 생활에 길들여질 준비를 했다. 몸도 커지고 마음도 커졌는지

174

생각하는 시간이 많아졌다. 계속 팽창하고 있는 드넓은 우주 속에서 인간이 만들어낸 문화란 과연 어떤 의미일까? 우주 밖의 생물체가 있다면, 그들이 보기에 우리는 어떤 수준에 와 있는가 하는 질문들이 준식의 머릿속을 맴돌았다. 우주라는 공간에 채워진 셀 수 없는 은하들, 우리 은하 속을 맴도는 태양계, 그 태양계를 공전하는 지구에 사는 나는 대체 어떤 존재일까? 준식은 자신에 대한 질문으로 끝없이 생각을 이어갔다.

중학교에 들어오니 반 친구들이 하나 둘 키가 크기 시작했다. 원래 키가 작았던 준식은 초등학교 때 훌쩍 자랐지만 다시 예전의 작았던 때로 돌아가려 하는 느낌이다. 다른 아이들이 커지니 말이다. 그러나 다른 아이들이, 친구들이 준식을 더 이상 땅꼬마라고 부르지 않는다. 듣는 사람이 기분 나쁘다는 것을 알기 때문이다. 그렇게 학교를 다니면서 사회에 나가기 위해 적응할 수 있게 인간관계를 어떻게 해야 하는지 하나 둘씩 배워간다. 그 배움의 대상에 준식이 껴 있다.

중학교 첫 여름 방학을 맞았다. 버스를 타고 마을을 지나치는 것을 지난해에 거의 매일같이 그랬다. 어린 나이의 준식으로서는 기댈 곳을 찾느라 헤맸던 것 같다.

사람이 죽는다는 것. 그것은 지구가 한 바퀴 자전하는 동안에도 수 없이 일어나는 일상적인 사건이기에, 죽은 이와 가까운 주위 사람들이 아닌 이상 누군가의 죽음이란 그저 약간의 안타까움으로 다가올 뿐이다.

지구라 이름 붙은 별이 탄생한 후부터 지금의 내가 태어나 여기 있게 될 때까지, '인간'이라 스스로를 부르고, 움직이고 사고하는 생명체, 바로 우리들은 지구 표면을 스쳐 지나가는 존재에 지나지 않는다. 우리들은 자신의 생명이 무한하지 않다는 것을 알기에 자신의 흔적을 남기고 떠나려 애쓴다. 스스로의 삶이 다른 이들에게 오래 기억되는 것이야말로 진정한 업적이라고 믿는다. 에디슨의 전구 발명처럼 일류의 진보를 이끌어낸 큰 이벤트만이 위대한 업적이 아니라, 가까운 이들과 함께함으로써 그들이 삶을 살아갈 힘을 주고 떠난다면 그것 또한 위대한 업적이 아닐까.

그가 누구든 죽은 이의 가족들은 그의 영향을 크게 받을 수밖에 없다. 남겨진 이들의 떠나간 사람들에 대한 기억과 감정은 점차 흐릿해지고, 완전히는 아니더라도 언젠가는 사라지게 될 것이다. 안 잊으려 애쓴다 한들, 떠난 이들에 대해 더 이상 생각하고 있지 않는 순간이 조금씩 늘어나겠지. 어쩔 수 없는 일이다.

지금 준식은 8월의 마지막 지는 태양을 마주한다. 태양은 섬들 사이로 빨려 들어가기 시작했다. 그 15분은 준식의 인생의 전환점이 될 것이 분명하다. 어느새 태양은 바다 저편으로 사라지고 빛의 여운만이 주변 하늘을 감싸 안았다.

세방낙조의 경관은 우리를 매혹시킨다. 기상청이 발표한 한국에서 가장 아름다운 낙조.

세방리 앞바다에 점점이 떠 있는 섬들의 모습이 특이하여 더욱 유명하다. 특히 세방낙조는 다섯 가지 색깔이 펼쳐져 오색낙조라고도 한다. 세방해안 일주도로인 801번 지방도에서는 한반도에서 가장 늦은 해넘이를 볼 수 있다.

낙조를 가장 잘 감상할 수 있는 시기는 가을철과 겨울철이다. 8월 중순부터 12월 말까지는 지산면 가치리와 가학리 해안도로에서 특별한 기상이변이 없는 한 거의 매일 낙조를 감상할 수 있다.

전망대로는 세방리에서 조금 떨어진 세방 낙조전망대와 상심동리 급치산 낙조전망대가 있다.

낙조전망대에서 바라다 보이는 섬으로는 양덕도(발가락섬), 주지도(손가락섬), 장도, 소장도, 당구도, 사자섬, 혈도, 가사도, 불도, 가덕도, 상갈도, 하갈도 등 20여 개 정도가 있다.

출처 : 한국향토문화전자대전, 한국학중앙연구원

너의 태양은 타오르고, 너의 가슴은 뛰논다

한반도에서 가장 늦은 해넘이를 볼 수 있는 곳

명작 보물섬의 실버 선장은 아름다운 노을에 속지 말라는 말을 남겼다. 어쩌면 실버 선장의 말처럼 진실은 노을 너머의 공허에 있는지도 모른다. 그래도 여전히 노을은 사람을 현혹하고 매혹시키는 강렬한 아름다움을 지닌다.

"놀. 서쪽 지평선 위쪽 하늘에 붉게 나타나는 빛 현상의 하나로 빛의 산란에 의해 생긴다.

저녁에 해가 지면 빛이 통과하는 공기층이 낮보다는 두꺼워져서, 파장이 짧은 푸른색의 빛은 공기 분자 또는 미립자에 의하여 산란되어 관측자가 있는 곳까지 도달하지 못하지만, 파장이 긴 붉은색의 빛은 산란되지 않고 관측자가 있는 곳까지 도달하게 된다.

아침노을 역시 동쪽 하늘로부터 우리에게 오는 빛이 대단히 긴 통과 거리를 가지고 있기 때문에, 파장이 짧은 빛은 도중에서 모두 없어져 붉은색만 남게 되어 나타나는 것이다."

출처 : 기상백과, 기상청

타오르는 집

이상훈
비가 내릴 때면 사람들이 가고 싶어하지 않는 길.
두려운 존재들의 사연을 들추어 두려움의 이면을 생각한다.

"**할**머니, 오늘 가시는데 이렇게 폐 끼쳐드려서 죄송해요."

"아유, 미안해 하지 말라니까 그래. 나 혼자 살았던 2년 동안 내 옆에서 이웃 사촌간 정을 나눈 사이잖아."

"정말 감사드려요. 올 때는 될 수 있으면 아드님 올 시간에 맞춰서 같이 올게요."

"우리 아들? 으응, 안 그래두 와야 되니 올 때 좀 데려와."

"네 , 할머니, 그럼 신세 좀 지겠습니다."

"엄마. 또 가는 거야?"

"응, 우리 수진이가 밥을 잘 먹어서 벌써 쌀이 떨어졌어."

"어제부터 비 오고 있잖아?"

"비가 와도 어쩔 수 없지. 장은 5일마다 열리는데 집에 먹을 게 이틀 치도 안 남았어. 그리고 비가 심하게 오지도 않잖아."

"아빠는? 아빠도 같이 가?"

"응, 살 게 많아서 아빠도 같이 가야 해."

"오늘은 아빠랑 놀고 싶었는데……. 그럼 대신에 오면서 매일 사던 그 엿, 알죠?"

"그러엄. 당연히 사와야지. 그럼 이제 엄마는 가 볼게. 수진이 혼자 있을 수 있지? 배가 고프면 식탁에 있는 떡 먹고 있어. 아, 참 그리고 오늘은 좀 늦게 올 것 같아."

"왜요? 아, 저번에 말했던 집 보고 오려고요?"

"아유, 기억력도 좋지. 맞아. 그 집에 한번 가보려고 그러니 늦어도 너무 걱정하지는 마."

"네! 오늘도 점심에 할머니 오셔요?"

"아까 너 일어나기 전에 할머니께 말씀 드려 놓았어. 아마 그쯤 오실 거야. 엄마 이제 가야겠다."

"네, 안녕히 다녀오세요."

이제 혼자다. 자주 있는 일이라 지금이야 괜찮지만 어렸을 때는 집에 홀로 남겨질 때면 너무 무서웠다. 특히나 오늘처럼 비바람이 몰아치는 날에는 창문을 두드리는 소리들이 무서워서 이불에 들어가 눈을 꼭 감고 부모님이 빨리 돌아오시길 빌곤 했다.

부모님이 생필품을 사러 읍에 나가는 시간은 대부분 아침 7시 전이다. 오늘은 더 늦는다고 하셨는데 평소에는 저녁 먹을 시간에 돌아오신다. 읍까지의 거리가 멀어서일까 아니면 읍에서 할 일이 많아서일까 한 번도 가보지 못해서 잘 모르겠다. 그나저나 이제 뭘 하지……. 항상 부모님이 나가시면 너무 심심하다. 밖에서 개 짖는 소리가 들린다. 아, 맞다. 바람이가 있었지. 비가 오니 안으로 들여와야겠다.

"바람아, 이리 와."

몸을 털며 들어오려는 바람이의 젖은 털을 말려주고 발을 대충 닦아준 뒤 들어오게 했다. 그래, 바람이라도 있으니 그렇게 외롭지는 않네. 문득 바람이를 처음 만났던 날이 생각이 난다. 약 1년 전, 할머니의 개가 새끼를 낳았다. 한번에 6마리를 낳아 할머니께서 나에게 한 마리를 주셨다. 평소 내가 할머니처럼 개를 키우고 싶다는 말을 하기는 했지만 이렇게 갑자기 강아지가 생기니 당황스러움과 함께 기쁨이 몰려왔다. 부모님은 내게 강아지에게 예쁜 이름을 지어주라고 하셨고, 나는 고민 끝에 바람이라고 지었다. 그 후 진돗개인 바람이가 성장하자 안에서 키우기가 힘들어져 밖에서 우리 집의 수호자 역할을 하고 있다. 아, 참. 할머니는 친할머니가 아니다. 할머니 이야기를 하자면 원래 재작년까지는 옆집에 아저씨랑 아주머니랑 나보다 2살 많은 언니가 살고 있었다. 그런데 2년 전, 여름 언니가 초등학교를 가야 해서 할머니 가족이 학교가 있는 읍으로 이사를 가기로 했다. 그런데 할머니는 지금 있는 농작물을 마무리해야 한다며 2년 뒤에 간다고 하셨다. 2년째 되는 날이 바로 오늘이라 아저씨가 할머니를 모시러 오기로 했다. 그리고 나도 내년부터는 초등학교에 들어가야 해서 부모님이 이번에 읍에 나갈 때 우리가 살 집을 알아보겠다고 하셨다.

 아직도 할머니가 오시려면 시간이 남았는데 바깥에 내리는 빗발은 다시 굵어진다. 바람이를 들여오길 잘했다고 생각한다. 그러나 부모님이 걱정된다. 분명 출발하실 때에는 이슬비가 내렸기 때문에 우산은커녕 비를 막을 만한 도구는 전혀 가지고 가지 않으셨기 때문이다. 부디 문제가 생기지 않아야 할 텐데⋯⋯.

 "수진아, 이제 일어나보자."

 낯익은 목소리가 나를 깨운다. 눈을 부비며 일어나 보니 할머니가 부드러운 미소를 지으며 부모님 걱정을 하다 잠들어 버린 나를 깨우고 계셨다. 배가 고픈 걸 보니 벌써 점심인가 보다. 나의 생각을 읽으셨는지 할머니는 웃으며 점심을 차려주신다.

 "제가 항상 하는 말이지만, 할머니는 요리를 정말 잘 하셔요. 저희 엄마도 할머니처럼 이렇게 맛있는 요리를 해주셨으면 좋겠는데⋯⋯."

 "에이, 그런 말 말어. 너희 엄마가 들으면 얼마나 섭섭하겠니? 그리고 너희 엄마도 요리를 잘 하신단다."

 "그래도 이렇게 맛있는 오이무침을 엄마는 못하시는 걸요?"

 "나는 요리와 함께 한 삶이 몇 년인데⋯⋯. 그리고 너희 엄마는 거의 모든 요리를 잘 하시잖니."

 듣고 보니 맞는 말인 것 같아 일단 수긍하고 밥을 먹었다. 마지막 숟가락을 떠 입에 넣으려 할 때 옆에서 바람이가 꼬리를 흔들며 나를 보고 있다는 것이 느껴졌다. 아까부터 계속 보고 있었지만 내가 너무 배가 고픈 나머지 깨닫지 못했나 보다. 마지막 숟가락을 얼른 입에 넣고 바람이의 밥을 챙겨주었다. 밥그릇에 밥이 쏟아지자 기다렸다는 듯이 다가와 코를 밥그릇에 박고 먹기 시작한다. 밥을 다 먹고 할머니가 설거지 하는 것을 도운 뒤 할머니와 장기를 둔다. 말이 장기를 두는 것이지 사실은 할머니가 나에게 장기를 가르쳐 주시는 것이다. 내가 아기일 때부터 부모님이 읍에 나가실 때면 할머니가 나를 돌보아 주셨고, 내가 6살 때 장기를 배우기 시작했으니 이제 장기를 배운지 3년이 다 되어 간다. 그렇지만 아직도 할머니의 발끝에도 미치지 못한다.

 "장군!"

잠시 다른 생각을 하는 사이에 할머니의 공격이 들어온다. 외통수다. 어쩌다 외통수가 되도록 내버려 둔 건지 모르겠다. 계속 앉아서 장기만 두려니 몸이 근질근질하다. 시계를 보니 벌써 3시가 다 되어간다. 뭔가 재미있는 놀이는 없을까 하며 주위를 둘러보다 비가 다시 가늘어져 거의 내리지 않는다는 것을 느꼈다.

"할머니, 할머니가 오실 때도 비가 얼마 안 왔어요? 분명 아까 잠들기 전까지는 퍼붓듯이 내렸는데……."

"비? 음. 아니 나도 비가 많이 와서 허겁지겁 달려왔는데?"

벌써 비가 그치려나 보다. 하긴 시간이 많이 흐르기도 했지.

"비가 그쳤으니 밖에 나가 놀면 안 돼요?"

"장기도 다 뒀고 이제 심심한데 그러자꾸나."

"바람이를 데려가도 괜찮을까요?"

"비가 와서 흙이 다 묻을 텐데……. 뭐 네가 다녀와서 책임지고 바람이를 닦아준다면 문제가 되지 않지."

"네, 할 수 있어요! 바람아, 이리 온."

오랜만의 바깥 나들이라 바람이도 나도 둘 다 마음이 들떴다. 문 밖으로 나가자 따스한 햇살이 우리를 비추었다.

"이번에도 논까지 갔다 올 거예요?"

"항상 가던 길이잖니? 비 때문에 위험할 수 있으니 아는 길로 가자꾸나."

"네, 그럼 앞장서서 가도 돼요?"

"아니 길이 위험해. 나랑 같은 속도로 가는 것이 좋겠구나."

치, 내가 봤을 때는 하나도 위험하지 않은데 위험하다고 하신다. 오랜만에 나온 나와 바람이는 달리고 싶은데 말이다. 그래도 우리의 안전을 위해서 하신 말씀이니 지켜야겠지. 논까지는 걸어서 약 30분 정도 걸리지만 우리는 천천히 주변을 둘러보며 가기 때문에 약 50분이 걸린다. 논으로 가는 길에 우리는 거의 말을 하지 않는다. 힘들기 때문인 것도 있지만 사실은 숲길의 웅장함에 빠져들어 말이 나오지 않기 때문이다. 지금까지 모든 계절에 거의 모든 날씨에 이 길을 걸어보았지만, 다른 환경일 때는 물론이고 같은 계절, 같은 날씨에도 매번 다르게 느껴진다. 엄마에게 꾸중을 듣고 아빠를 데리러 갈 때면 멀리 보이는 단풍나무 잎이 나를 혼내려는 엄마의 손바닥처럼 느껴져 아무리 맑은 날이라도 기분이 좋지가 않다. 반대로 엄마에게 칭찬을 들은 다음 아빠를 데리러 갈 때면 단풍나무 잎이 잘했다고 쓰다듬어주는 엄마의 손길 같아 비가 오는 날이라도 기분이 좋다. 이렇게 침묵으로 산길을 걷는 동안 나는 이런 저런 생각을 한다. 이렇게 웅장한 산길은 누가 처음으로 만들었는지, 이 산의 정상은 어디인지 이런 종류의 생각이다. 한번은 이 산길을 만든 사람이 너무나 궁금해서 엄마에게 물어보았다. 그러자 엄마는,

"봐봐, 수진아. 길과 산의 경계를. 자세히 보면 풀들이 죽어 있는 것이 보이지?"

"응! 마치 누가 밟은 것처럼 꺾여서 죽어 있어요."

"수진이 똑똑하네. 맞아 누군가가 밟아서 죽어 있지? 그런데 이 길의 폭이 얼마나 될 것 같니?"

"음, 두 사람이 지나갈 수 있을 정도?"

"그렇지? 원래 여기는 길이 없었어. 그런데 옛날에 마을과 마을을 걸어서 돌아다니며 물건을 팔던 사람들이 산을 넘어야 하는데 길이 없으면 어떻게 하겠니?"

"당연히…… 길을 만들어야죠!"

"그래, 맞아. 이 길은 그렇게 상인들이 지나다니며 밟은 풀들이 죽어서 만들어

진 길이야. 그래서 길의 폭도 그렇게 넓지가 않아."

"그렇구나. 엄마, 그런데 상인이 뭐예요?"

"하여간 우리 수진이 호기심 하나는 못 말려요. 상인은 물건을 파는 사람을 말하는 거야."

이런 저런 생각을 하다 보니 벌써 논에 도착했다.

아까까지 비가 내려서 그런지 벼들은 젖어 고개를 숙이고 있었다. 우리 논에서 산 밑을 내려다보는 풍경도 매우 아름답다. 산 밑 마을에 논이 펼쳐져 있고 논의 끝에는 바다가 있다. 게다가 막 비가 그쳐서 더욱 아름다웠다. 이런 아름다운 풍경을 쉽게 볼 수 있다는 것은 행운이다. 한껏 경치를 감상하고 있었는데 발치에서 무엇인가 촉촉한 느낌이 든다. 내려다보니 바람이가 헉헉거리며 내 다리에 몸을 붙이고 있었다.

"바람아 많이 힘들어?"

하며 바람이를 보니 헉헉거리며 숨을 쉬고 있지만 눈빛에서 바람이가 느끼는 자유로움과 상쾌함을 느낄 수 있었다. 만약 바람이를 집에 놔두고 왔다면 어쩔 뻔 했을까.

"수진아, 이제 그만 갈까?"

할머니의 물음에 나는 고민했다. 오랜만에 나온 산책인데 이렇게 가자니 아쉽고 여기서 더 있다 가면 할머니가 읍내로 나가실 시간이 넘어 할머니께 죄송했다. 아무리 아쉬워도 할머니께 폐를 끼치면 실례이기에 가기로 결정했다.

"네, 이 정도면 충분한 것 같아요."

하고 말은 했지만 역시나 못내 아쉽다. 집으로 가는 길은 올 때보다 더 멋있다. 노을을 볼 수 있기 때문이다. 갓 비를 맞아 촉촉한 나무들 사이로 태양에 붉어진 하늘과 구름이 보인다. 너무 멋있어 경치를 감상하다 보니 벌써 집에 도착했다.

도착하고 보니 벌써 아저씨가 와 계셨다.

"애기 엄마는? 같이 안 왔어?"

"예? 어디 가셨어요?"

"오늘 장이라 물건도 사고 겨울에 이사할 집도 보러 간다고 읍에 나갔어. 내가 올 때 너랑 만나서 같이 오라고 했는데 못 만났어?"

"네. 오늘 읍에 나온 줄도 모르고 있었는걸요?"

"이상하다. 아직 시간이 부족한가?"

할머니가 부모님이 돌아오시는 시간을 잘 모르시는 것 같아 내가 끼어들었다.

"할머니. 부모님은 저녁시간이 지나서야 들어오셔요. 그런데 오늘은 새 집을 보고 와야 해서 더 늦게 도착할거라고 하셨어요."

"그런가……. 그런데 이 할머니는 이제 가봐야 하는데, 그럼 그 전까지는 혼자 있어야 할 텐데 괜찮겠어?"

"제가 얼마나 용감한데요? 당연히 씩씩하게 집을 지키고 있어야죠."

"그럼 그 말 믿고 나는 간다? 여기는 가끔씩 상인들이 다니는 길이니 안전은 걱정하지 않아도 될 게다. 네가 집 밖으로 나가지만 않는다면 말이지."

"약속해요. 부모님이 오실 때까지 집에서 한 발짝도 움직이지 않을게요."

"오냐, 믿음이 가는구나. 읍으로 나와서도 너희 집에 자주 놀러 가마. 아범아, 이제 챙길 건 다 챙겼냐?"

"네, 이제 어머님만 가시면 돼요."

"그럼 이제 갈 시간이 된 것 같구나."

"네, 할머니. 조심히 가세요. 아저씨도 지게를 보니 많이 힘드실 것 같은데 조심히 가시고요."

"그래, 수진아. 고맙다. 잘 있거라."

할머니가 가시고 나서 바람이의 몸을 닦아주었다. 닦고 나자 뽀송뽀송한 게 느낌이 좋았다. 이제 부모님이 오시기를 기다렸다가 부모님과 함께 저녁을 먹으며 오늘 있었던 이야기를 해드려야겠다. 아직 부모님이 오시기까지는 시간이 많이 남았기에 오늘 오랜만에 나가 보았던 풍경들을 그려보려고 펜과 종이를 꺼냈다. 오늘 본 풍경 중 멋있는 풍경이 너무 많아 무엇을 그릴지 고민하다 오랜만에 본 논에서 내려다 본 그림을 그리기로 했다.

그림을 다 그렸건만 부모님은 오시지 않으셨다. 나는 너무 배가 고파 엄마가 갈 때 말했던 떡을 먹었다. 아침부터 있었던 떡이라 맛있지는 않지만 배가 고플 때 먹으니 이보다 맛있는 떡이 없는 것 같다. 떡을 다 먹고 또 한참을 기다려 봐도 부모님은 오실 기미가 보이지 않는다. 나는 쏟아지는 잠을 이기지 못하고 먼저 잠이 든 바람이 곁으로 가 누웠다. 일어나면 부모님이 있기를 바라며.

뜨거운 바람과 함께 따뜻하고 질척한 무언가가 내 뺨에 닿아 놀라서 잠에서 깨 바라보니 범인은 바람이었다.

"음, 그래. 바람아, 누나 일어났어."

하며 일어나서 화장실을 가는데 무엇인가 이상하다는 느낌을 받았다. 집이 유난하게도 고요했던 것이다. 너무나 고요해서 마음의 평화를 주는 것이 아니라 오히려 두렵기까지 했다. 무슨 일이 꼭 일어날 것만 같은, 흡사 폭풍이 몰아치기 전 고요함을 느끼는 것 같았다. 화장실을 다녀와서 곰곰이 생각을 하다 그 이유를 알아냈다. 부모님이 아직도 돌아오지 않은 것이었다. 왜지? 왜일까? 부모님은 읍내를 나가며 한 번도 당일에 돌아오시지 않은 적이 없다. 그런데 오늘 처음으로 부모님이 집에 돌아오시지 않으셨다. 아무리 집을 보고 온다고 하더라도 하루 안에는 올 텐데……. 내가 말을 안 들어서 나를 버리고 간 걸까? 아니면 혹시라도 사고가 발생한 건 아닐까? 별의별 생각이 다 들기 시작했다. 엎친 데 덮친 격으로 집에는 먹을 음식도 다 떨어졌다. 부모님을 찾으러 나가야 하나? 읍내로 나가는 길을 모르는 것은 아니다. 한 번도 나가본 적은 없지만 산길은 길이 한 갈래이기 때문에 이 길로 쭉 가면 된다고 언젠가 아빠가 해 주신 말씀이 기억났다. 그렇다고 얼마나 걸리는지도 모르는데 정말 읍내로 나가봐야 하나……. 도무지 어떻게 해야 할지 갈피가 잡히지 않는다. 일단은 배고픔을 해결하기 위해 남아 있는 계란으로 내가 할 줄 아는 유일한 요리인 프라이를 해 먹었다. 지금이 10시 정도 되니 12시까지도 부모님이 오시지 않으면 부모님을 찾아 나서야겠다고 결심했다. 평소에는 잘만 가던 시간이 갑자기 왜 이리 천천히 가는지 모르겠다. 무료함을 달려려고 바람이와 놀아주기도 하고 집안을 청소하기도 했지만 시간은 이제 10시 30분. 1초가 1분 같은 초조한 상황에서 아예 현실을 잊으려고 잠도 청해 보았지만 오늘 늦게 일어난 탓인지 도무지 잠이 오지 않았다. 계속 부모님만 생각이 났다. 혹시나 읍내에서 괴한을 만나 잡혀 있는 건 아닌지, 정말로 내가 싫어서 집을 나간 건지, 비가 오는 산길에서 사고를 당한 건 아닌지, 만약…… 만약……

"안 되겠어. 부모님을 찾으러 나갈 거야!"

12시까지 기다릴 수도 없다. 벌떡 일어나며 말을 하자 바람이가 멀뚱멀뚱 쳐다본다. 바람이에게 밥을 양껏 주고 난 뒤 문단속을 하고 밖으로 나선다. 어제와 같이 따스한 햇살이 나를 반긴다. 하늘은 구름 한 점 없는 맑은 날씨다. 부모님을 찾으러 가는데 날씨가 맑으니 기분이 좋았다. 부모님의 모습이 사라진 곳으로 발걸음을 옮긴다. 조금 가니 조그마한 오르막이 보인다. 저 오르막길만 넘으면 읍내가 나올 것만 같다. 기쁜 마음에 올라가 보니 눈에 보이는 것은 끝이 없어 보이는 산길뿐이다. 끝없는 산길을 보니 벌써부터 다리가 아픈 것 같다. 포기하고 집으로 돌아갈까 싶었지만, 부모님이 어떻게 되었는지 모르는 이 상황에서 그럴 수는 없다. 다시금 이 끝이 없는 길을 향해 천천히 출발한다. 산길을 걸으니 무성한 나무들 사이로 쏟아지는 햇살과 가끔 불어오는 시원한 바람이 느껴진다. 어제까지 비가 와서 자신들의 소리를 내지 못한 매미들이 마치 합창을 하듯 울어댄다. 이 모든 것을 느끼고 있으니 지금이 여름이라는 것이 실감난다. 집에 있었더라면 이렇게 좋은 걸 느끼지 못했을 테지 하며 자연이 나를 도와주고 있다는 생각에 힘입어 덩달아 내 발걸음도 빨라졌다.

부모님이 읍내에 다녀오는데 왜 이렇게 오래 걸리는지 이제야 알겠다. 이 산길은 도무지 끝날 기미가 보이지 않는다. 대충 2시간은 걸은 것 같은데도 가도 가도 계속 길이 보인다. 조금 쉬었다 갈까. 아니다 한번 쉬면 다시 출발하기 힘들어질 것이다. 가다 보니 문제가 생겼다. 며칠 새 내린 장마 때문에 나무들이 뽑혀 길에 쓰러져 있다. 작은 나무라면 뛰어넘기라도 할 텐데 나무의 크기를 보니 뛰어넘기가 쉽지는 않을 것 같다. 게다가 이전에 뽑힌 나무가 땅을 치며 구덩이를 만들어 놓았다. 비록 그렇게 깊지는 않지만 만약 나무를 넘다가 구덩이로 떨어져 산 밑으로 굴러 떨어진다면 그야말로 죽음이다.

이걸 넘어야 하나, 말아야 하나. 넘기에는 약간 위험한 것 같고, 돌아가자니 지금까지 걸어온 거리가 너무 아깝기도 할 뿐더러 부모님의 행방을 알 수 없게 된다. 수없이 고민한 끝에 나는 용기를 내기로 했다. 심호흡을 한 뒤 조심조심 나뭇가지 위로 발을 올려놓는다. 나뭇가지가 부러질까 걱정했지만 다행이 그렇게 약하지는 않았다. 나무 동이를 잡고 높은 가지에 발을 딛는다. 이번 가지도 나의 몸무게를 버텨주었다. 이제 반대편으로 내려가기만 하면 되는데 내려갈 때 조심히 내려가야 한다. 그렇지 않으면 구덩이에 빠지거나 산 밑으로 떨어질 수 있기 때문이다. 그냥 여기서 뛰어볼까? 뛰면 안전하게 땅에 닿을 수 있을 것 같다. '그래, 가지를 잡고 내려간다면 미끄러질 수도 있어.'라고 생각이 든 나는 뛰어내리기로 결정했다. 마음속으로 하나, 둘, 셋을 센 뒤 눈은 꼭 감고 나무에서 뛰어 내렸다.

"쿵!"

착지하는 순간 몸이 이상함을 느꼈다. 몸이 한층 가벼워진 느낌이 든다. 별거 아니겠지 라고 생각한 나는 무사히 뛰어내렸다는 안도감에 다리에 힘이 풀려 길 옆의 풀 위에 앉아 쉬기로 했다. 앉으니 지금까지의 피로가 조금은 가시는 듯했다. 조금 쉬고 나니 다시 기운이 돌아온다. 기운이 났으니 이제 다시 출발해야겠다. 일어서서 산모퉁이를 돌아가는데 앞에서 인기척이 느껴졌다. 누굴까? 혹시 말로만 듣던 그 산적인가? 두려워진 나는 몸을 숨겼다. 그리고 조심히 고개를 내밀어 보니 산적이라고 생각했던 사람들은 바로 부모님이셨다. 부모님의 얼굴을 다시 보는 순간 왈칵 눈물이 났다.

"엄마! 아빠!"

목이 터져라 부모님을 부르며 부모님께 달려갔다. 그러자 부모님은 달려오는 나를 꼭 안아주셨다.

"수진아. 어떻게 여기까지 온 거야……."

라며 묻는 부모님의 질문에도 대답하지 않고 품에 안겨 울기만 했다. 그렇게 울고 나니 속이 다 시원해졌다. 울음을 그치고 아직도 눈물이 고여 있는 눈으로 부모님을 바라보니 부모님은 이제 괜찮다는 듯 나를 바라보신다. 그런데 눈물을 털고 다시 보니 부모님의 머리 위에 자그마한 불이 있었다.

"엄마 머리 위에 달린 파란색 불 뭐야?"

"응? 파란 불이라니? 그런 게 어디 있어?"

"아빠는? 아빠도 있는데 안 느껴져?"

"나도 있다니? 너희 엄마도 없고 나도 없는 걸?"

아니다. 내 눈에는 분명히 보인다. 작고 계속 흔들리고 있지만 아직도 파란 빛을 내고 있다.

"아이 참 진짜 있는데…… 아빠 그럼 나 목마 태워줘."

"그래. 하루 만에 만난 수진이가 타고 싶다는데 뭘 못해 주겠니?"

하며 아빠는 나를 태우기 위해 허리를 숙이신다. 아빠의 어깨에 올라타니 불이 조금 더 자세히 보였다. 가까이서 보니 오히려 더 영롱하게 빛난다. 손가락을 근처에 가져다 대보니 전혀 뜨겁지가 않다. 대체 뭘까? 이번엔 잡으려고 손을 훔쳤지만 잡히지도 않는다.

"아빠 이제 내려주라."

봐도 뭔지 모르겠다. 그냥 뜨겁지 않는 불인가 보다. 아니, 혹시 이게 그 전구인가? 엄마가 그랬다. 읍내에는 전구가 있는데 불빛이 나오지만 뜨겁지 않다고. 아하, 부모님은 읍내에 나가 전구를 사오셨나 보다.

"엄마 전구가 참 멋있네요. 아빠도요."

부모님이 미소를 지으신다. 역시 내 생각이 맞았나 보다. 그런데 약간의 배신감이 느껴진다. 왜 내 전구는 없지. 첫, 비싸다고 내 것은 안 사왔나 보다. 그래도 전구를 보는 것만으로도 신기했으니 뭐. 이제 빨리 집으로 돌아가 부모님이 사 오신 음식을 먹고 싶다. 아침 이후로 먹은 게 없으니 배가 고픈 게 당연하다.

"엄마, 이제 얼른 집에 가자. 나 배고파 점심도 못 먹었단 말야."

"그래, 맞다. 어서 가서 수진이 밥 해줘야겠다. 가자!"

가는 길에는 엄마 옆에 꼭 붙어서 가야지. 다시 그 나무와 마주쳤지만 이번에는 부모님의 도움을 받아 쉽게 넘을 수 있었다. 오는 길 내내 부모님과 부모님이 안 계시는 동안 무엇을 했는지 말씀 드렸다.

"엄마가 가고 나서 비가 그쳐서 할머니와 바람이와 논까지 산책을 했어요. 그런데 비가 막 그쳐서 그런지 논에서 보는 풍경은 아주 멋있었어요. 제가 지금까지 논에서 본 풍경 중 가장 멋있었던 것 같아요."

"그랬어? 잠시만 비가 왔었으니 땅이 질척할 게 분명한데 바람이를 데리고 산책을 했단 말이야?"

"아이, 참, 엄마도. 당연히 다녀와서 바람이 잘 씻겨줬죠."

"음, 그렇다면 다행이고. 어이구, 수진이 벌써 다 커서 바람이 산책시키고 목욕까지 시켜 준 거야?"

"목욕이라고 하기는 좀 그렇지만……. 그냥 씻겨줬어요."

"그래도 대단하다. 언제 애기 티를 벗어나나 했더니."

"애기 티라니요? 저는 언제나 잘 했다구요."

이야기를 하다 보니 벌써 집에 도착했다. 집에 도착하자 엎드려 있던 바람이가 갑자기 일어나 부모님을 향해 짖기 시작했다.

"안 돼! 바람아, 조용히 해."

라며 달래도 계속 짖기에 내가 다가가 어루만져주니 그제야 조금 조용해졌다. 엄마는 그걸 보고

"바람이가 하루 같이 있었다고 너 말은 잘 듣나 보네? 부럽다 수진아."

"헤헤, 뭘요. 원래 바람이는 저를 제일 좋아했어요."

하자 아빠가 한 말씀 하신다.

"저것이 키워주고 먹여주고 재워주니 주인을 배신하네."

정겹다. 이런 게 가족의 소중함이구나. 라는 것을 느끼며 집으로 들어간다.

"엄마 나 배고파요."

"알겠어. 엄마가 바로 맛있는 밥 지어줄게."

하며 엄마는 주방으로 들어가신다. 아빠를 보니 장에서 사온 물건들을 정리하고 계신다. 무엇을 샀는지 구경하러 가 볼까.

"아빠. 뭐 뭐 사왔어요?"

"음. 쌀이랑 마실 물이랑 엄마 요리할 때 쓸 칼. 이 정도 산 것 같은데?"

"뭐 잊으신 건 없고요?"

"음. 글쎄 잊은 거라니? 잘 모르겠는데?"

"엿 말이에요. 제가 가실 때 꼭 사오라고 부탁했던 그 엿!"

"아, 맞다. 훈이 할머니네 엿. 당연히 사 왔지. 아빠가 그걸 까먹었을까 봐? 자, 여기 있다."

"어, 정말이네. 감사해요 잘 먹을게요."

엿을 먹으려고 하는 순간, 엄마가 주방에서 말씀하신다.

"수진아, 곧 밥 다 되니까 밥 먹고 먹어라."

나는 지금 먹고 싶지만 지금 먹겠다고 하면 오늘은 아예 손도 못 대게 할 게 분명했기 때문에 그러겠다고 대답했다.

"네, 알겠어요. 엄마."

엄마가 차려주신 밥상 앞에 앉아 밥을 먹으려 했다. 그러나 그 순간 머릿속에는 어디서 본 것 같다는 생각이 들었다.

"어? 엄마. 이거 엄마가 읍에 가기 전 해준 밥이랑 똑같은 거 같은데요?"

그렇다. 어디서 본 것 같은 장면은 바로 밥상이었다. 엄마가 읍에 나가기 전 해주신 밥이랑 똑같은 것이었다. 반찬의 종류부터 시작해서 밥그릇의 모양과 심지어는 물 컵이 놓인 위치도 같았다.

"아니야, 수진아. 어떻게 밥이 그때랑 똑같겠어. 배고플 텐데 얼른 먹자."

하기야 일부러 그렇게 하려고 해도 하기 힘들겠다.

"잘 먹겠습니다."

배부르게 밥을 먹고 나니 아까 걸었던 피로 때문인지 몹시 피곤했다. 따뜻한 바닥에 누워 있으니 잠이 솔솔 온다.

눈을 떠 보니 아침이다. 분명 어제 마지막 기억으로는 거실 바닥에 누워 있었는데 일어난 곳은 내 방이다. 내가 잠든 사이 부모님이 옮겨주셨나 보다.

"아빠, 안녕히 주무셨어요?"

"응, 그래, 수진이도 잘 잤니?"

"네, 너무 피곤해서 바로 잠이 들어버렸어요. 근데, 혹시 아빠가, 제가 잠 들었을 때 제 방으로 옮겨 주셨어요?"

"너 드느라 팔 빠지는 줄 알았다. 벌써 그렇게 많이 컸을 줄이야."

"에이, 제가 뭐가 무겁다고 그러세요. 이렇게 가녀린데."

"허, 녀석도 참. 그래도 아직까지는 들 수 있겠더라."

역시 나를 옮겨 주신 건 아빠였다. 부엌에서 맛있는 냄새가 나서 부엌으로 가보니 엄마가 요리를 하고 있었다.

"엄마, 안녕히 주무셨어요?"

"응, 그래, 수진이도 잘 잤고?"

"네, 어제 너무 푹 잔 것 같아요. 아빠가 업어가는 데도 못 일어났다니까요."

"어이구, 많이 피곤했나 보네. 밥이 다 되었으니 가서 아빠 좀 모셔와."

"여기서 나오시라고 하면 되지 굳이 모시러 가야 해? 아빠! 엄마가 밥 먹게 나오래요."

"아빠한테 밥 먹게 가 뭐니. 식사 준비 되었으니 나오세요 라고 해야지."

"뜻만 통하면 됐지, 뭘."

"거기서 궁시렁 대지 말고 수저나 놔."

하루 만이지만 다시 느껴보니 정말 평범한 일상의 소중함을 느낄 수 있었다. 그런 생각이 들자 기쁜 마음으로 엄마의 밥상차림을 도왔다. 준비가 다 되고 가족들이 식사를 하기 위해 식탁에 앉았다. 그런데 오늘 밥도 어제의 밥이랑 똑같았다. 그러니까 오늘의 밥이 부모님이 읍내로 나가기 전에 차려주신 밥과도 똑같다. 그렇지만 이미 어제 엄마에게 물어보아 아니라는 것을 확인받았기 때문에 굳이 다시 이 일을 가지고 논쟁을 할 필요가 없다고 느껴져 말하지는 않았다. 아침을 다 먹고 나면 부모님은 논에 일하러 가신다. 그런데 오늘은 엄마가 설거지를 다 한 뒤에도 부모님이 일하러 가시지 않는다.

"엄마, 왜 오늘은 일하러 안 가요?"

"으응? 아 오늘은 쉬는 날이야."

"쉬는 날? 지금까지 한 번도 쉰 적이 없으면서 갑자기 쉬는 날이라니요?"

"수진아 자꾸 꼬치꼬치 캐묻지 좀 마. 엄마도 힘들어."

이상하다. 부모님은 읍내에 나가신다거나 날씨가 안 좋다거나 라는 상황을 제외하고는 매일 논에 나가시기 때문이다. 그렇게 성실하신 분들이 갑자기 오늘은 쉬는 날이라니? 아 요즘 정말 이상하다. 그냥 내가 호기심을 갖지 말아야겠다.

점심 무렵 한 무리의 사람들이 우리 집을 찾아왔다. 그러나 우리 집을 찾아오기는 했으나 집 안으로 들어오지는 않았다.

"엄마! 이리 좀 와봐요."

"엄마 점심준비하고 있어서 바빠. 급하면 아빠 불러."

"아빠! 이것 좀 보세요."

"왜 무슨 일인데 그렇게 호들갑이야."

"집 밖에 사람들이 몰려와 있어요. 그런데 집 안까지는 들어오지 않아요."

"그냥 지나가는 상인이겠지. 너무 그런데 신경 쓰지 말거라."

"아니 근데 아까부터 계속……. 네, 알겠어요."

하여간 나는 이놈의 호기심이 문제다. 그런데 정말 저 사람들 뭐 하는 걸까? 슬쩍 나가 볼까 생각도 했지만 이미 아빠가 신경 쓰지 말라고 하셨으니 그건 포기해야겠다.

"수진아 와서 점심 먹어라."

"네, 엄마 금방 갈게요."

점심 식탁 앞에 앉으니 또 아침과 밥이 똑같았다. 아까는 잘 참았지만 이번에는 너무 궁금했다.

"엄마 밥이 오늘 아침이랑 똑같아. 정말이야."

"야, 박수진. 엄마가 무슨 인간 줄자냐? 어떻게 그런 게 똑같을 수가 있어. 너 계속 그런 데에 신경 쓰면 밥 안 준다?"

역시나. 괜한 질문이었다. 점심을 먹고 밖을 내다보니 아직도 그 사람들이 그곳에 서서 아직도 이야기를 하고 있었다. 언제쯤 이야기가 끝나려나 하고 지켜보는데 사람들이 흩어지려 하는 게 보였다. 드디어 이야기가 끝났나 보다 했더니 흩어지던 사람 중 한 명이 갑자기 밖에 묶어둔 바람이를 가리키며 무어라고 말을 하였다. 그러자 사람들이 바람이를 데리고 가려 했다. 어, 저러면 안 되는데? 부모님한테 말하고 싶었지만 이미 오늘 많은 꾸중을 들은 터라 더 이상 부모님을 건드리고 싶지 않았다. 사람들은 바람이를 데리고 가려고 바람이를 끌어당겼으나 바람이는 사람들에게 짖으며 버텼다. 역시 그래도 바람이는 우리를 배신하지 않는다. 사람들은 바람이가 완강하게 저항을 하자 마침내 포기를 하고 사라졌다. 그날부터 매일매일이 똑같았다. 이제 더 이상 부모님은 일을 나가지 않으셨다. 그리고 더 놀라운 것은 더 이상 읍에도 나가지 않으신다. 그 이유가 궁금하여 몇 번이고 물어보았지만 부모님은 한 번도 알려주신 적이 없다.

내 나이 이제 열아홉 벌써 10년이 지났다. 물론 매일매일이 똑같은 일상이긴 했지만 그래도 커다란 변화 하나가 있다. 여귀산이 개발을 시작하면서 우리 집에도 테레비가 생긴단다. 테레비가 뭐냐 하면 네모난 상자처럼 생겼는데 그 안에서 사람이 나온다. 그 사람은 아는 게 정말 많다. 항상 그 주의 날씨나 그 날의 새로운 소식들을 우리에게 들려준다. 박스 안에는 여러 세계가 있는데 다른 세계의 사람들은 재미있는 연극을 하고 또 다른 세계의 사람들은 웃기는 말과 행동을 하여 항상 나를 즐겁게 만들어 준다. 적어도 이제 테레비를 보고 있으면 심심하지는 않다.

그런데 어느 날 아주 큰 사건이 발생했다. 내가 뉴스라는 것에 나왔다. 그 사람은 이렇게 말했다.

"진도군 여귀산의 개발 공사 도중 일가족으로 보이는 시신 3구가 발견되었습니다. 이 중 두 구는 40대 초반으로 추정되며, 나머지 한 구는 어린이의 시신으로 추정됩니다. 현재 신원을 확인하기 위하여 부검을 실시하고 있습니다."

"어? 엄마, 저거 좀 봐. 저거 나 아니야?"

여귀산 기슭의 도깨비불 길

여귀산은 계집여(女)와 귀할귀(貴)자를 사용하고 있으니 '귀한 여자'라는 뜻으로 해석된다. 산 이름이 그래서인지 이 산을 남쪽이나 북쪽에서 올려다 볼 때 정상과 작은 여귀산으로 불리우는 뾰족한 봉우리가 마치 여인의 젖무덤처럼 느껴지기도 한다.

여귀산은 북동쪽에 위치한 첨찰산과 직선 거리로 약 12.5km 거리를 두고 능선이 연결되어 있다.
첨찰산으로 부터 시작해 왕고개로 이어진 후 남진하는 산릉은 약 5km 거리에서 임회면과 의신면 경계를 이루기 시작하는 221m 봉을 지나 약 3km 더 흘러 내리다가 192m봉에 이르러 남서쪽으로 휘어져 313m봉에서부터 산릉을 들어올리기 시작하여 여귀산을 빚어 놓고 있다.

여귀산은 두 얼굴을 가진 산이다. 정상은 제법 오르기가 험난한 바위지대로 이뤄진 반면 정상을 중심으로 좌우로 흘러내린 지능선들은 부드러운 산세를 이루고 있기 때문이다. 또한 밖에서 올려다본 여귀산은 어느 방향으로든지 쉽게 오를 수 있을 것으로 보이지만 산으로 들어서면 수림이 워낙 빽빽하게 들어차 있어 기존 등산로를 벗어나서는 육지의 여느 산과 달리 수림지대를 뚫고 나아가기가 어렵다. 그러나 일단 주능선이나 정상에 오르면 남서쪽 아래로 시원하게 터지는 다도해 해상국립공원을 비롯한 바다풍경이 황홀하게 파노라마를 펼치고 있다.

여귀산 기슭에 위치한 국립남도국악원 앞길에서 탑립마을로 넘어 가는 길은 흔히 도깨비불이 자주 나온다고 하여 운전자들도 비가 내리는 날이면 꺼리는 길이기도 하다. 이 작품은 바로 이 도깨비불에서 영감을 받아 쓰여졌다.

여귀산 기슭 도깨비 길, 그리고 큰 바다를 향한 탑립마을

진도의 바다를 향한 끝, 추자도와 제주도가 보이는 길목 탑립에서 이야기를 만난다.

여귀산 등산로는 아기자기한 바위들이 연이어 선 주능선을 사이에 두고 탑립마을 버스 승강장에서 정상을 거쳐 탑립관광농원으로 하산하는 길이 대표적이다.

버스 승강장에서 10분쯤 올라가면 낮으막한 암릉을 만나는데 이 코스는 약간의 스릴과 암릉을 타고 넘은 해풍 그리고 눈앞에 펼쳐진 다도해 해상국립공원이 섬 군락이 그지없이 아름답다. 50여 분 올라가면 산죽 군락 사이로 여귀산 정수리가 눈에 들어온다.

이곳에서 약 5~7분 정도 오르면 정상으로 통하는 10m 높이의 계단을 만나게 된다. 산죽 군락지는 그 옛날 봉화대를 지키던 봉화수들이 기거했던 곳인데 호랑이의 피해를 막기 위해 심었다는 전설이 있다.

정상에 올라서 삼면으로 보이는 다도해의 풍광을 구경한 후 올라 왔던 계단을 지나 작은 여귀산에 이르게 된다. 작은 여귀산을 거쳐 내려오다 보면 '바위'라 표시된 지점에 폭 1.5m, 높이 10m, 길이 20m의 마주보고 있는 거대한 석관 모양의 바위를 만나는데 진도를 지키던 바다신의 석관이 아니었나 싶다.

출처 : 진도군 홈페이지

늑사(勒死), 그와 그녀의 이야기

허보람

밤하늘, 별처럼 떠 있다가 문득 공중 비행을 시작하는 반딧불.
반디를 바라보는 두 사람의 다른 눈을 그린 이야기

男 子

진 도에 왔다.

엄마가 늘 입에 달고 사시던 그곳이었다.

진도엔 참 반딧불이가 많을 거야.

우리 아들, 나중에 엄마랑 꼭 여행 가자, 하고 말씀하셨던.

머릿속에 차오르기 시작한 쓸쓸한 엄마의 모습을 털어내기 위해 바보처럼 머리를 세게 흔들었다.

한 번 떠오르기 시작한 그 잔상이 쉽게 떨어지지 않아 고개를 푹 숙이고 있다가 전화를 들고 있던 손에서 느껴지는 진동에 깜짝 놀라 몸을 움찔 떨었다.

누군지 확인하기 위해 화면을 보자마자, 아, 하고 작게 탄성을 내뱉었다.

진도에 머물 동안 묵기로 했던 집의 주인이었다.

마침 어디로 가야 할지 몰라 터미널에 멈춰 있던 터라 전화가 끊어질까 봐 냉큼 받았다.

"어디쯤이세요?"

받자마자 여보세요, 소리가 아닌 어디냐는 소리가 들려왔다.

예상했던 말투가 아닌 표준어가 들려와서 살짝 놀랐지만 다급한 것처럼 들리는 말투에 덩달아 급해져서 대답했다.

"터미널입니다. 도착한 지 얼마 안 됐어요. 천천히 오세요."

전화를 끊고 나서 30분도 채 기다리지 않았는데 금방 데리러 오셔서 예상보다 빨리 내 집에 발을 들여놓을 수 있었다. 혼자 살기에 딱 맞게 조그마한 방에 얼마 되지 않는 짐을 옮기는 것을 도와주고 가시려는 집주인 아저씨께 대뜸 밤이 되면 반딧불이가 가장 많이, 밝게 보이는 곳이 어디냐고 물었다. 예상치 못한 질문에 당황하신 것 같다가 미간을 찌푸리며 고민하던 그분은 어딘가 생각이 났는지 나를 차로 데려가셨다. 급한 것 같아 보여 그곳까지 데려다 주신다며 사람 좋은 미소를 지으셨다. 그 말을 듣고 먼 곳인가 생각했지만, 5분도 채 되지 않아 도착한 짧은 거리에 앞으로 걸어서도 혼자 찾아올 수 있겠다는 생각이 들어 안심이 되었다.

날 내려주신 후, 일이 있다며 가신 아저씨 덕에 이제부턴 혼자였다. 반딧불이를 도망가게 하고 싶지 않아 최대한 발소리를 내지 않으려 노력하면서 점점 깊숙이 들어갔다. 그리고 펼쳐진 넓은 언덕에서, 예쁜 달빛과 함께 그녀를 만났다.

혼자 조용히 있고 싶었던 내 생각과는 달라 당황스러웠지만 처음 보는 그 여자의 시간을 방해하고 싶지는 않아 들키지 않으려 애쓰며 왔던 길을 뒷걸음질치며 물러났다. 그러나 내 인기척을 들은 탓인지 그녀가 슬그머니 고개를 돌려 이미 서로의 눈이 마주친 상태였다. 그쪽에서 먼저 입을 열어 말을 건네었다. 이쪽으로 오셔도 돼요. 오랜 시간이 지나도 잊지 못할 것 같았다. 목소리가 엄마의 것과 많이 닮아 있었다.

머뭇거리며 옆으로 다가가 앉았다. 내 쪽을 돌아보지 않고 앞을 보며 오늘 이사 오신 분 맞아요? 하고 물어 어떻게 알았는지를 물어보았다. 내 옆집에 살고 있다고 했다.

"사실 어제까진 몰랐어요. 오늘 아침에 그 집 주인 아저씨께서 급하게 나가시 길래 어디 가시냐고 물어봤는데 오늘 새로 입주하실 분 데리러 간다고 그러셔서 알게 됐고요. 나이는 같고, 앞으로 자주 볼 텐데 친하게 지내요. 제 또래는 많이 없어서 그 동안 외로웠거든요. 친구해 줄 거죠?"

사람을 만나고 자연스레 친해져 가는 과정에는 익숙하지 않아 당황스럽기만 했다. 이런 타입의 사람을 만난 것도 오랜만인 것 같았다. 다들 나와 잘 지내다 가도 시간이 조금 지나면 피하기에만 급급했었는데, 이 여자와는 잘 지내볼 수도 있을 것 같다는 생각이 들었다. 다른 사람들의 감정엔 잘 공감하지 못해서 어려 울 때가 많겠지만, 처음으로 누군가와 오랫동안 알아가고 싶다는 생각이 들었 다. 신기한 사람이었다. 그녀는 아무 말 없는 날 한번 스윽 보더니 다시 고개를 앞으로 돌려 말을 이어갔다.

"이사 오신 첫 날부터 여기까지는 어떻게 찾아오신 거예요? 여기 아는 사람도 많 이 없고, 오지도 않거든요. 전 반딧불이 보러 왔어요. 원래 항상 한두 마리 정도 돌 아다니는데, 오늘은 꽤 많이 날아다니길래. 보고 있으면 기분이 되게 좋아져요."

"아, 저도 반딧불이 좋아해요. 주인아저씨한테 반딧불이가 많은 곳이 어디냐고 물었더니 데려다 주시던데요."

닮은 것이 목소리 뿐만은 아니었다. 엄마도 반딧불이를 많이 좋아하셨다. 어린 시절이 떠올랐다. 내 방문 뒤에 숨어 몰래 지켜보는 나, 소파 앞에 서서 술에 찌든 상태로 손에 잡히는 것마다 모조리 던져버리시던 아버지, 그리고 베란다에 혼자 나가서서 밖을 바라보시던 엄마의 등, 그 힘없이 구부러진 등. 아버지와 싸울 때마다 엄마는 베란다나 뒷마당으로 나가서서 날아다니는 반딧불이들을 보는 습관을 가지고 계셨다. 그런 모습을 뒤에서 보고 있으면 "이리와, 우리 아들." 하고 날 불러 꼭 안아주셨다.

엄마는 이 반딧불이들만 보고 있으면 정말 행복해져. 그 말에 눈을 맞추며 웃곤 했지만 사실 나는 그 말을 이해 할 수 없었다. 어린 나이였음에도 불구하고 그랬다. 그리고 점점 커가면서 엄마가 날 안아주는 게 아니라 내가 엄마를 안아줄 때까지도, 이해할 수 없었다. 다만 그런 일상을 만들어 준 아버지가 미울 뿐이었다.

중학생 때부터 고등학생 시절까지, 내가 기억하는 우리 집 모습의 전부였다. 거의 하루도 빠짐없이 아버지는 술을 마시고 밤이 어두워져 아무것도 보이지 않는 시간이 되어서야 슬그머니 들어와 부둥켜안고 자고 있는 엄마와 나를 억지로 깨우곤 했다. 온 정신이 날아간 건 아닌지 자신의 아내를 때리지는 않고 모든 발길질과 주먹은 나를 향했다. 심할 때는 창고에 가두어졌다. 술이 깨신 후에도 내가 미우셨던 건지 가두어진 날부터 다음 날, 그리고 그 다음 날까지도 방 안에서 흐릿한 내 눈이 볼 수 있었던 것은 물 한 컵과 쥐 몇 마리 뿐이었다. 처음 몇 년 간은 아버지의 폭행의 대상이 엄마가 아니라 나인 것에 대해 다행이라고 생각했고, 엄마와 내가 아버지에게서 벗어날 수 없다면 앞으로도 내가 엄마 대신 당해 줄 수 있을 거라 생각했다.

고등학교에 입학한 지 얼마 되지 않은 날이었다. 태어난 후로 처음 사귀어 본 친구에 마음이 들 떠 엄마 혼자서 날 기다리고 있을 집으로 뛰어갔다. 숨을 몰아

쉬며 문을 연 집 안에서는 아버지가 엄마를 무차별적으로 때리고 있었다. 그날이 처음으로 내가 아버지의 얼굴에 손을 댄 날이었다. 그리고 어김없이 갇혔다. 깜깜하고 작은 감옥 속에서 딱히 할 일이 없어 벽에 몸을 기대 눈을 감고 있었다. 자주 보아왔던 탓인지 쥐들도 날 피하지 않았다. 그 모습에 헛웃음이 튀어 나왔지만 딱히 억울하단 생각은 들지 않았다. 언젠가부터 이게 내 일상이고, 인생이었기 때문에. 그러던 중에 문을 열고 엄마가 들어왔다.

갑자기 쏟아진 빛에 눈이 부셔 제대로 눈을 뜨지 못하고 있는데 엄마가 바닥에 무언가를 놓고 다시 나갔다. 분명 문이 닫혔는데도 방이 밝아졌음이 느껴져 눈을 뜨고 바닥을 훑어보았다. 둥근 통 안에 작은 불빛이 움직이고 있었다. 가까이가 보았다. 반딧불이었다. 문득 가슴을 채우는 억울함에 눈물이 쏟아져 나왔다. 엄마를 위해 생각이라는 걸 할 수 있을 때부터 나를 희생해 왔지만 엄마한테는 나보다 소중한 게 있었다. 자신을 보듬어주고 지켜주는 아들보다 더 엄마를 행복하게 만들어주는 반딧불이. 눈물이 앞을 가려 아무 것도 제대로 볼 수 없어 손등으로 눈을 비비었다. 앞이 선명히 보였다. 통을 열자 반딧불이가 나왔다. 검지와 엄지손가락으로 그것을 잡아 힘을 꾹 주었다. 하찮은 존재일 뿐이었다. 방은 금방 다시 아무 것도 보이지 않게 되었다.

처음 만난 후로 우리는 많이 가까워졌다. 친구하자는 그녀의 말은 예의상 건넨 인사말이 아니었던 건지 점점 함께 하는 시간이 많아졌다. 정말 서로를 믿고 의지하는 사이가 된 것 같았다. 우리가 만났던 그 언덕에서 해가 질 때부터 늦은 밤까지 어떤 날은 그 날 하루에 대해서 어땠는지 얘기하기도 했고, 다른 날은 아무 말 없이 앉아 그저 앞을 바라보기만 했다. 내가 내 이야기를 해주지 않았기 때문이었다. 그녀는 재촉하지 않았고 대신 괜찮다고 말해주는 듯 하는 눈으로 날 쳐다보고는 했다. 내 이야기를 모두 다 해버리면 그녀가 떠나갈까 두려웠다. 부모한테도 사랑 받지 못한 자식이라고 무시하면 어쩌지, 그녀에게서 버려진다면 참지 못할 것이 분명해 말하지 못했다. 많이 믿고 의지한다고 생각했는데, 다시 생각해 보니 그것도 아닌가 보다.

내 옆에선 그녀가 평소처럼 자신의 이야기를 하고 있었다. 반딧불이들은 눈앞에 아른거렸고 내 시선을 그들에게서 뗄 수 없게 만들었다. 이리저리 날아다니는 그것들을 눈으로 좇느라 눈동자를 굴리며 그녀의 말을 들었다.

"어렸을 때도 진도에 부모님이랑 할머니 보러 자주 왔어요."

"원래 진도에 사는 게 아니었어요? 할머니랑 둘이서 사는 줄 알았어요."

"지금은 그래요. 언제까지일지는 모르겠지만 할머니가 아프서서 돌봐 드리려고 저 혼자 내려온 거예요."

"그랬구나. 몰랐네요."

"옛날에 올 때도 여기 맨날 왔었는데. 저처럼 어린 친구들이 많이 없었고 있다 해도 익숙하지 않은 애라서 그런지 어려워하더라고요. 근데 저희 할머니 옆집에 꼬마가 저를 맨날 챙겨줬었어요. 처음 여기로 데려다 준 것도 그 애였어요. 반딧불이가 이렇게 예쁜 지도 그 날 처음 알게 됐고요."

그녀는 반딧불이가 있는 쪽을 손가락으로 가리키며 말했다. 쪽 뻗어진 손가락을 따라 그녀의 얼굴을 쳐다보았다. 뚫어져라 보아도 엄마의 얼굴이 겹쳐 보이는 것은 아니었다. 다시 그녀의 팔선을 따라 손가락이 가리키는 반딧불이에 시선을 고정시켰다. 그녀와 있다 보면 가끔 의도치 않게 엄마가 생각나 당황스러워지곤 했다. 그리고 그럴 때마다 그녀의 얼굴과 엄마의 얼굴이 어디가 닮았는지, 확인해 보려고 애썼지만 매번 답을 찾을 수 없었다.

"왜요, 또 저 보니까 어머니가 생각났어요?"

말을 들어주다 말고 자신의 얼굴만 쳐다보는 게 이상했던 건지 그녀가 물었다. 전에 그녀에게 엄마와 닮아서 자꾸 생각난다는 말을 한 적이 있었는데 아직도 그걸 기억하고 있는 게 신기했다. 하지만 맞다 말 할 수 없어 대답을 하지 않고 얼른 말을 이어가 보라며 손짓으로 그녀를 재촉했다.

"어쨌든, 그래서 저는 진도 오면 항상 여기 들렀어요! 그 친구가 없어도 습관처럼 굳어져서 그런지 자주 찾아오게 되요. 지금은 그 친구보다 더 좋은 친구를 만나서 혼자는 아니지만요."

그렇게 말하며 그녀는 날 보며 웃었다. 마음이 편해졌다. 마음 속으로 그려보기만 했던 엄마의 환한 미소는 저런 것이겠지, 생각했다. 요즘 내 생각의 전부를 차지하는 것은 내 옆에 있는 이 여자, 엄마, 그리고 반딧불이. 그게 다였다. 하루 종일 집에서 혼자 있다가 저녁에 그녀를 만나서 조잘거리는 것을 듣고 있으면 닮은 목소리와 느낌에 엄마가 생각이 났고, 엄마를 떠올리면 반사적으로 반딧불이가 생각났다. 그러다 보면 또 그녀가 생각나고…… 이 생각들의 반복이었다.

할 일이 없어 침대에만 누워 있는 것조차 지겨워서 진절머리가 났다. 내가 왜 일을 해야 하지. 나도 내가 무책임하단 걸 알고 있지만 알면서도 어떻게 할 수 없어 마음이 답답했다. 언젠간 집으로도 돌아가야 한다는 생각이 났다. 엄마도 아버지도 안 계시겠지만 그곳이 유일하게 나를 내려놓는 공간이었다. 그녀 때문에 잠깐 잊고 있었는데 슬슬 돌아갈 준비를 해야 할 것 같았다. 정을 주지 말아야지. 뇌에 새기듯 습관처럼 되풀이하는 말이었지만 정작 따르지는 않았다. 어느새 편해진 작은 내 집을, 그리고 그녀를 떠날 생각을 하니 벌써 마음 한 곳이 저려오는 것 같은 느낌이 들었다. 이런 적은 처음이어서 나도 이 기분을 느낄 수 있고 느끼고 있다는 것에 신기하기까지 할 정도였다. 짧은 시간 동안 많은 걸 알게 해준 사람을 만나서 다행이라고 생각했다.

떠나야 된다는 생각을 하니 신경이 예민해지고 쉽게 짜증이 났다. 그녀에게도 벽을 쳐야 한다는 생각이 들어 마음이 복잡해지고 잠도 자지 못해서 그런 것 같다. 그래서 그녀에게까지 그 영향이 갔다. 그녀는 변한 나를 이상하게 여기는 것 같았다. 우리가 점점 멀어져 간다는 것이 뼈저리게 느껴졌다. 결국 이 사람하고도 이렇게 되는구나. 허탈했지만 한편으로는 이 편이 나을 수도 있다고 생각했다. 나와 있다 보면 언젠가 위험해질 것이 분명했다. 지금은 내가 잘 참고 있다 하더라도.

女 子

그에게는 롤 모델이 있었다.

방 한 쪽 벽면 전체를 차지하고 있는 그의 책꽂이. 절반을 차지하고 있는 것은 검은 수염의 남자, 히틀러에 대한 책이었다.

그를 만나게 된 지 얼마 지나지 않았을 때, 서로 아는 것이 많지 않았을 때 찾아간 그의 집. 잠시 나갔다 온다는 그를 기다리며 집안 여기저기를 둘러보았다. 그리고 마주친 벽장의 책들. 책이 한 벽면 전체를 차지하고 있어 압도적인 느낌을 받았다. 책을 이토록 좋아하는 사람이구나 하는 생각이 저절로 들만큼 다양한 종류의 책으로 가득한 책장. 다가가서 제목들을 눈으로 확인하는 순간 문득 소름이 돋는 것을 느꼈다. 그를 만날 때면 어느 순간 무언가 한 가지에, 그러니까 그것이 사람이던 사물이던 간에, 깜짝 놀랄 만큼 집중하는 모습을 보여 의아한 느낌을 받기는 했다. '히틀러'에 대한 그의 특별한 관심, 그 자체보다는 한 사람에 대한 책이, 오백 권은 거뜬히 넘는 것처럼 보이는 책꽂이의 절반도 넘게 차지하고 있다는 사실이 더 섬뜩했다.

이것들이 다 뭐에요, 책들을 보고 소름이 돋은 그 순간 방문을 열고 들어온 그를 보자마자 내가 물은 말이었다.

"아. 그 책들이요?"

이상스럽게도 그는 대수롭지 않게 대답했다.

하지만 이 순간 그에게 이상하게 느끼는 나의 감정을 말해버리는 것은 어쩐지 그만의 세계를 무시하는 것과 같은 느낌을 줄 것 같아 나 또한 별 일 아니라는 듯 가볍게 물었다.

"히틀러 좋아해요?"

너무 당연해서 바보 같은 질문. 그도 어이가 없었던지 희미하게 소리를 내어 웃었다.

"안 좋아하면 책이 왜 그렇게 많겠어요."

"……롤 모델, 뭐 그런 거예요?"

그의 취향이라고 생각하자. 세상엔 올드 패션 같은 것들을 엄청난 돈을 주고 수집하는 사람들도 많으니까. 그저 취향이겠지. 그 생각에 기분이 풀어져 나도 모르게 정말 아무렇지 않은 투로 그의 확고한 취향을 반영해주는 책들을 손으로 훑으며, 팔짱을 낀 그를 쳐다보았다.

"그런가. 사실 별 생각 없었는데 저도 모르게 책들이 많아지더라고요. 어느새 저렇게나 많아져 버렸네요."

"어떤 점이 마음에 들어요?"

"냉철하잖아요. 그 단아한 냉철함으로 한 나라를 지배했다는 거, 멋지지 않아요?"

대답하지 않았다. 하지만 그를 보며 웃었다.

"혹시 내킨다면 나중에라도 읽어봐요. 다 빌려줄 수 있으니까요."

이제는 희미해진 옛 독재자에 대한 그의 애정 어린 취향을 존중하려 노력해 보았지만, 그가 무엇을 보고 있는지를 아는 것이 두려워졌다. 내 마음 속에서 잠시 일어난 어떤 질문을 나는 마음 속의 작은 방에 몰아넣고 열쇠를 단단히 걸었다.

요 며칠 새 그는 이상하다. 내가 예민한 탓이겠지 하고 생각해 보려 해도 그럴 수 없었다. 어쩐지 내 앞에서는 자신있는 그대로의 모습을 보여주고 싶어하는 것 같았다. 가끔씩 그도 그걸 깨닫고 짐짓 자제하는 눈치였지만, 스스로 제어할 수 있는 범위가 아니었을까. 의심스러운 행동은 계속되었다.

오늘도 그랬다. 혼자 사는 그에게 주려고 빈친을 만들어 새벽부터 그의 집엘 찾아 갔다. 아무렇지 않게 문을 열어 준 그를 따라 들어간 그의 집은 엉망진창인 상태였다. 식탁은 넘어지고, 그 위에 올려져 있었던 것 같은 접시들은 전부 깨져 거실 바닥에 널브러져 있었다. 그가 뭔가 맡아 하고 있던 프로젝트를 위해 작성한 듯한 서류들이 깨진 접시 유리 사이 사이에 버려지거나 유리 밑에 깔린 채 거실 바닥을 가득 채우고 있었다. 당황해서 아무 말도 못하고 집 안을 멍하니 보고 있는 나를 보더니 그가 이제야 깨달았다는 듯 나와 더럽혀진 방을 번갈아 보며 두 손으로 제 머리를 헤집었다.

"무슨 일이 있었던 거예요?"
"아, 별 거 아니에요. 일하다가 짜증나서."
"저 서류들은 중요한 것들 아닌가요? 되살릴 수 있을까요?"
"……다른 일 찾아봐야죠."

그는 이런 상황들이 마치 아무 일도 아니라는 듯 행동했다. 내가 그와 알고 지냈던 길지 않은 시간 동안에도 그는 맡은 일을 그만두고 새로 시작하고를 몇 번이나 반복했다. 자신이 진행하고 있는 일에 무책임해 보였다. 하고 있는 일에 대해 기쁜 얼굴로 몇 시간 동안 설명하고 즐거워하다가도 아주 사소한 계기, 자신의 예상이나 계획에 조금이라도 맞지 않은 상황이라도 생기려 하면 쉽게 흥분하고, 옆의 사람에게 불안감이 전염될 정도의 공격적인 말투로 누군가에 대한 악담을 퍼부어댔다. 그 자신이 시작하고 벌여놓은 일인데도 스스로의 감정을 주체하지 못해 결국 이런 일이 일어난 것이었다.

그와 대화 할 때면 느끼는 이상한 점이 한 가지 있었다. 그는 가끔 내가 하는 말에 대해서 즉시 공감하지 못하는 듯이 보였다. 내 감정을 토로해도 이해하지 못하는 느낌. 내 얼굴이 다소 심각해지면 그제서야 공감의 표현을 하곤 했지만 어딘지 모르게 과장된 표현이 드러났다. 그에게 무슨 문제가 있는 게 아닐까. 평범한 사람도 심한 스트레스나 불안한 사건을 만나면 그런 행동이 나타날 수 있으니…… 걱정이 되었다.

문득 그의 책꽂이. 히틀러, 검은 수염이 생각났다. 히틀러에 대한 책들이 너무 많았다는 사실 때문에 그저 지나쳐 갔지만, 책장 맨 아래 칸 구석에 위치하고 있던 책이 떠올랐다.

'나, 소시오패스'

인터넷을 켜 검색창에 책 제목을 써 내려간다.

부제. '차가운 심장과 치밀한 수완으로 세상을 지배한다.'

부제를 확인하자마자 온 몸이 떨리기 시작했다. 냉철함으로 독일을 지배한 히틀러가 롤 모델이라는 그의 말. 그리고 소시오패스.

이건 그저 내가 지나친 것이겠지.

그래…… 그런 거야. 그런 걸 거야.

언젠가 함께 남도석성을 찾아 주변을 거닐다 노을을 만났다.

그날, 그는 나에게 진짜 이름을 알려주었다. 어색한 그 이름 석 자를 작게 중얼거리다,

"그런데 왜 가명을 써요," 하고 물었다.

"……거짓말 할 일이 많거든요."

"무슨 뜻인지……."

혼잣말인 척 그에게 들리게 말했지만 그것은 그에게 정말로 묻고 싶은 말이었다.

그래. 그는 거짓말을 하는 것에 능숙했다. 전날 밤엔 분명 이렇게 말했는데, 바로 다음 날 아침이면 미묘하게 말이 바뀌어 이상한 느낌을 주고는 했다. 물론, 그 말들이 너무나 미묘하게 달라서 그를 자주 만나는 사람이 아니면 알아채지 못할 만큼이었지만, 적어도 나는 그의 거짓말들을 어느 순간 느끼며 설명하기 어려운 불안을 느꼈다.

반나절 내내 고민하다 겨우 침대에 걸터 앉아 떨리는 손으로 휴대폰을 꺼냈다. 그리고 오랫동안 방치해 두었던 번호를 꾹 눌렀다. '의사선생님' 장난스럽게 저장한 번호를 보고 친구가 핀잔을 주었던 기억이 난다. 저장된 이름을 보며, 내가

그 동안 생각한 것들이 옳을지도 모른다는 생각에 이제야 실감이 났다.

신호가 길게 가지 않아, 들뜬 목소리가 들렸다. 오랜만이라며 반가움을 표시하는 친구에겐 미안했지만, 그 일 말고는 다른 생각을 할 여유가 없어 머릿속에 떠돌던 질문들을 두서없이 쏟아내었다. 지난 두 달 동안 의심이 가던 그의 행동에 대해 자세히 말해 주고, 그런 비슷한 증상들을 가진 사람들은 어떤 성향을 가지고 있는지를 물어보기도 했다. 친구의 일이라며 돌려 말하기는 했지만 단지 그가 인격 장애를 가지고 있는 게 맞는지를 확인하고 싶었다. 내 말을 모두 전해들은 뒤 친구는 조용하지만 확신에 찬 목소리로 말했다.

"네가 말한 게 아마 맞을 거야. 그 병 자체가 환자 본인의 이야기도 들어봐야 하고 주변 사람들 말도 정확히 들어봐야 진단이 가능하긴 한데, 네 말 들어보니까 그 사람하고 같이 시간 보내는 사람이 너밖에 없는 것 같네. 환자와 보호자가 원한다면 치료할 수 있을 거야. 한 번 권해보고 그렇게 하고 싶다고 하면 데리고 와."

그리고 친구는 그가 갑자기 그런 행동을 보인 것인지, 그렇다면 그런 증상이 나타나기 시작한 계기가 무엇인지 짐작이 가냐고 물었다.

그런 사람들은 대부분 환경적으로 어린 시절부터 부모의 학대, 폭력 등을 지속적으로 경험한 경우가 많다고 말하기도 했지만 그에게서 그런 이야기를 들어본 적이 없어 고개를 저으며 잘 모르겠다고 말했다. 그러고 보니 늘 내 애기만 했을 뿐, 정작 그에 대해서는 잘 알지 못하는 것이 많았다. 심지어 왜 진도에 왔는지도, 전혀 모르고 있었다.

치료하러 가는 게 어떻겠냐고 물어보기 위해 그와 만났다. 언젠가부터 우리는 약속이라도 한 듯이 만나기만 하면 언덕으로 발걸음을 옮기곤 했다. 이제는 당연해진 사실이었다. 같이 있을 때 대화를 주도하는 쪽은 무조건 나였다. 성격 때문인지 그는 남의 말을 듣는 것도, 자신의 애기를 하는 것도 어려워했다. 물론 내가 많은 애기를 한다고 해서 좋은 반응이 돌아오는 것도 아니었지만. 상대방에게 공감하는 것이 그에게 익숙하지 않아서 그런 것 같았다. 가뜩이나 그런데 나까지 아무 말도 하지 않으니 우리 둘 사이에는 완전한 적막 만이 흘렀다. 귀가 아플 만큼 조용해서 더 참지 못하고 하고 싶었던 말들을 하려 입을 열었다.

"물어볼 게 생겼어요."
떨리는 목소리를 숨기려 애를 썼다. 어쩐지 그는 잠시 동안 아무 소리도 내지 않다가 몇 분 쯤 지나서야
"무슨 질문인데 그렇게 뜸을 들여요?" 하고 물었다.
어제 저녁에 친구와 전화를 했던 기억에 긴장이 되어 침을 삼켰다. 직접적인 단어를 그에게 말할 수 없어서 대체할 만한 단어를 찾으려 애를 쓰고 있었다.
하지만 말을 하려다 포기하고 무언가를 깊이 생각하는 내 모습을 보고 그는 마치 삐져 나오는 웃음을 참는 것처럼 보였다. 점점 무서워졌다. 바보처럼 이제야 알아챘다. 그는 지금 내가 묻고 싶은 게 무엇인지 다 알고 있었다. 목구멍에 솜이라도 쳐 박은 듯 말이 나오질 않았다. 또 다시 더 이상 대화가 이어지지 않아 우리는 자리에서 일어났다.
그를 처음 만나고 난 후부터 만나고 나서는 언제나 뭔가 아쉬운 느낌이 들고는 했지만, 막상 이런 일을 겪고 보니 어색함과 답답함을 더는 느끼지 않아도 된다는 생각이 들어 홀가분했다.

하지만 오는 길에 느꼈던 안도감이 무색하게도, 집에 돌아오자마자 몰아쳐 오는 생각들이 나를 아무 것도 하지 못하게 만들었다. 그가 진도에 온 이유는 무엇인지, 반딧불이에 집착에 가까운 관심을 가지고 있는 건 왜인지 물어보고 싶었다.
오래 생각할 필요는 없었다. 그가 나에게 찾아왔기 때문이었다. 나간 복장 그대로 자신을 맞이하는 나를 마주하자 그는 주춤거리며 우리 집 안으로 들어왔다. 그도 옷차림이 그대로였다.
서로 아무 말 없이 소파에 나란히 앉아 있기만 했다. 몇 분을 그렇게 있었을까, 하고 싶은 말이 있어 나를 찾아 온 거겠지 싶어 그의 입이 열리기를 기다렸지만 앞만 볼 뿐 전혀 말을 시작할 기색이 보이지 않아 결국 답답함을 참지 못하고 먼저 그에게 물었다,
"무슨 말이 하고 싶어서 다시 찾아 온 거예요?"

"그냥……. 우리가 같이 지내는 동안 내가 매번 당신 이야기를 들어주기만 했잖아요. 당신한테 내 얘기를 해야 하는 게 아닌가 싶어서요. 그리고……."

그는 말을 이어나가지 않고 내 눈치를 보았다. 그가 하고 싶어 하는 얘기가 무엇인지 나는 알았다. 내가 물어보려던 것에 대답을 해주고 싶은 것 같았다.

"내가 계속 내 얘기를 안 한 게 왜인 것 같아요?"

"계속 생각해 봤어요. 왜 하지 않을까, 나한테까지 숨겨야 할 과거가 있는 걸까."

"나한테 이렇게 호의적으로 대해 준 사람, 이번이 처음이었어요. 항상 사람 대하는 게 어려웠고 또 힘들어서 제 방식대로 행동했거든요. 사실 그 전에 다가와 주는 사람도 얼마 없었지만."

그가 웃었다. 자조적인 웃음이었다.

"그런데, 우리 처음 만났을 때 있잖아요. 막 이사 온 날. 그때 당신이 처음으로 저한테 말을 걸었잖아요. 그쪽으로 와도 된다고…… 그 목소리가 엄마 목소리랑 똑같아서 놀랐고, 대화를 시작하면서 반딧불이를 좋아한다고 말하는 것도 우리 엄마 같아서 마음이 갔어요. 이상하게 얼굴을 보면 닮은 구석이 하나도 없는데도 당신이랑 있으면 꼭 우리 엄마가 생각나서 신경이 쓰였어요. 잘해 주고 싶었고, 실망시키고 싶지 않았고 날 버리지 않았으면 했어요."

우리가 가까워질 수 있었던 건 순전히 그 덕분이었다. 처음 만난 후로 전혀 생각도 하지 않던 나에게 먼저 찾아와서 쑥스러운 얼굴로 음식을 나누어주었던 그가 생각났다.

"우리 엄마도 반딧불이를 좋아했어요. 당신은 반딧불이를 보면 기분이 좋아지고 머리가 맑아져서 늘 보고 있는 거라고 했지만 우리 엄마는 아니었어요. 아마 엄마는, 밝게 빛나고 싶어 했어요. 그걸 보면서 답답한 마음을 풀곤 했고, 치유받기도 했죠. 아버지가…… 엄마랑 나를 많이 괴롭혔어요."

그의 말투는 어느새 어린 아이의 것처럼 변했다. 과거에 푹 빠져 말을 이어가는 그에게 대답을 해서 상념을 깨고 싶지는 않았기 때문에 그가 하는 말을 묵묵히 듣고만 있었다. 우리의 역할이 바뀐 시간이었다.

"다행히 엄마를 때린 건 아니었어요. 그렇지만 나는 매일 맞았어요. 심한 날은 조그마한 창고에 가두어지기도 했고, 그때마다 엄마는 베란다에 나가서 반딧불이를 보고 있었겠죠."

어둡고 좁은 창고에 가두어져 떨지도 않고 덤덤히 앉아 있는 어린 그의 모습이 머릿속에 그려졌다. 표정은 아무렇지 않아도 속은 여기저기 헐어 있을, 어린 날의 그가.

"어느 날에는, 학교가 끝나자마자 집으로 뛰어갔어요. 처음으로 아버지가 엄마에게 나한테만 하던 짓을 하고 있었고, 나도 아버지 얼굴에 손을 댔어요. 그리고 창고에 다시 갇혔죠. 한참을 창고에 혼자 쭈그리고 앉아 있었는데, 문을 열고 엄마가 뭔가를 내려놓고 갔어요. 처음엔 보려고 하지 않았지만 문을 닫고 나간 게 분명한데도 빛이 느껴져서 눈을 떠서 그걸 봤어요.

작은 통 안에 반딧불이가 담겨 있었어요. 어떤 의미로 그걸 주신 건지는 아직까지도 이해하지 못하겠지만 어쨌든 그걸 받았을 때에는 너무 억울하고, 서러워서 참을 수가 없었어요. 나는 내 모든 걸 엄마를 위해 바쳤는데 엄마는 나보다 반딧불이를 보면서 행복해 하고 괜찮아 하는 게 싫었고, 그런 조그만 것들을 보면서 치유 받는 게 이해가 안 됐어요. 엄마한테 한 번도 티낸 적은 없었지만 난 반딧불이가 너무 싫었어요. 그리고 지금도 여전히 그래요."

그는 항상 반딧불이에 대해 말할 때 반딧불이들을 '그것'이라고 칭했다. 항상 그 점이 이상하다고 생각했다. 분명 반딧불이를 좋아하고 그 덕분에 우리가 만나게 되었는데, 반딧불이에 대한 얘기가 나올 때마다 그의 표정은 풀어지지 않았고 그래서 나도 언젠가부터 반딧불이에 대한 이야기를 하지 않게 되었다.

"내가 그 날 창고에서 나온 다음부터, 아버지는 날 때리지 않았어요. 대신 집에도 들어오시지 않았어요. 그건 엄마도 마찬가지였고…… 그 통 속에 들어 있던 반딧불이가 마지막으로 나에게 주시는 선물이자 하고 싶으셨던 말이었나 봐요. 근데 그걸 없애 버렸다는 사실이 너무 후회되고 되돌릴 수 없어서, 죄책감이 약간이라도 없어질까 하고 진도에 왔어요. 엄마가 항상 가고 싶어 하셨던 곳이거든요."

듣고 싶었던 것을 모두 들었지만 마음이 편안해진 것은 아니었다. 이렇게 무거운 이야기라서 그가 말하길 꺼려했었나, 괜히 내가 부담스럽게 한 것은 아닐지 걱정이 되었다.

"그리고, 오늘 나한테 하려고 했던 질문 말이에요. 대답해 주고 싶어서 왔어요. 맞아요. 당신 말에 공감도 못 해주고 쉽게 싫증 내고 짜증내는 거, 의심 가는 모든 거 다 정신병 때문인 거 맞아요. 언젠가 당신이 알게 될 줄 알았어요."

그렇구나. 그에게는 내가 이해하기 어려운 정신병이 있었구나. 하지만 내게는 아무런 상관이 없었다. 그가 정신병자라 할지라도 나에게는 좋은 친구였고 가족이었기 때문에 내 옆에만 있어 주면 좋겠다고 생각했다. 함께 병원에 다니고 함께 치유해 갈 수 있었다. 그의 모든 점을 내가 포용해 주고 이해해 줄 수는 없을지라도 우리가 맞춰 가면 된다고, 열심히 치료 받고 서로 안아주면 된다고 생각했다.

"나는 떠날 거예요. 갑자기 떠나는 것처럼 들리겠지만 늘 생각해오고 있었어요. 집에 돌아가도 아무도 없겠지만, 가야 될 때가 온 것 같아서요."

하지만 그는 아니었나 보다. 그가 모든 이야기를 나에게 해준 것은 우리의 새로운 시작을 위해서가 아니라 끝을 위해서였나 보다. 그에게 떠나지 말라고 말하고 싶어 내내 닫혀 있던 입을 천천히 열었다.

"가지 않아도 돼요. 여기서 나랑 같이 살면서 새로 시작할 수 있어요. 내가 친구한테 물어봤는데 치료할 수 있다고 했어요."

다급해져서 빨라진 내 목소리를 그가 알아들을지 의문이었지만 내 걱정이 무색하게도 그는 담담하게 대답했다.

"오랜 시간이 걸릴 거예요. 그 동안 내가 당신에게 어떻게 행동할지 몰라요. 지금까지와는 많이 다를 테니까요."

이해할 수 없었다. 그의 말을 이해할 수 없었다. 그도 내 마음을 읽은 것인지 어쩔 수 없다는 듯 웃더니, 갑자기 두 손으로 내 목을 감싸왔다. 그리고 서서히 힘이 들어가는 것이 느껴졌다. 두려웠다. 하지만 다른 한 편으로 그가 나를 해치지 못 할 것을 알았다. 그래서일까. 나는 스스로도 놀랄 정도로 냉정해졌다. 그가 원하고 있을 별다른 반응을 해주지 않았다.

"안 속네요. 지금은 진심이 아니라 겁주려고 그런 거지만, 다음엔 진짜로 이럴 수 있다는 걸 말하고 싶었어요. 그러니까 너무 방심하지 말고, 믿지 마세요. 항상 해주고 싶었던 말이었는데, 정말 고마워요. 앞으론 엄마를 생각하면서 느꼈던 죄책감들이 덜 할 것 같아요. 그리고 당신 덕분에 수많은 감정들을 처음으로 느껴볼 수 있었어요. 이대로 떠나는 게 성급하고 우리 둘 모두에게 준비가 안 돼 있다는 걸 알지만 가야 해요. 미안합니다. 그냥 내가 없었던 때처럼, 그렇게 살아요."

내가 뭐라 대답하고 잡을 새도 없이 급한 걸음으로 그는 집 안을 빠져나갔다. 나의 세계에서 빠져 나갔다. 이제 어디를 가도 그를 찾을 수는 없을 것이다. 허탈해지고 기운이 빠져서 앉아 있던 그대로, 한동안 일어설 수 없었다.

그가 떠나고 며칠이 지나도 그에 대한 생각을 하루라도 하지 않은 적이 없었다. 그날 이후에는 언덕에 가보지 못했다. 오늘 따라 무의식에 이끌려 어느새 나는 이곳에, 그와 함께 머물던 언덕에 와 있었다.

여느 때보다 많은 반딧불이들이 밤하늘을 장식하고 있었다. 하지만 기분이 좋아지지 않았다. 오히려 숨이 막혀왔다. 그때의 그가 손에 힘을 풀지 않고 더 주었다면 이런 느낌이었을까.

내 목을 조여 오는 느낌에 숨이 쉬어지지 않았다.

반딧불이

개똥벌레라고도 한다. 몸 빛깔은 검은색이다. 앞가슴등판은 오렌지빛이 도는 붉은색이며 한가운뎃선은 검은색이고 중앙부 양쪽이 튀어나와 있다. 배마디 배면 끝에서 2~3째 마디는 연한 노란색이며 빛을 내는 기관이 있다. 머리는 뒤쪽이 앞가슴 밑에 숨겨져 있고, 겹눈은 큰 편이며, 작은 점무늬가 촘촘히 나 있다. 딱지날개(굳은날개)에는 4개의 세로줄이 있고 그 사이에는 점무늬와 갈색의 짧은 털이 있다.

어른벌레는 2~3일 뒤부터 짝짓기를 하고, 짝짓기 4~5일 뒤 밤에 이끼 위에 300~500개의 알을 낳는다. 알은 20~25에서 20~30일 만에 부화된다. 애벌레는 이듬해 4월까지 250여 일 동안 6회의 껍질을 벗는 과정을 거친다. 애벌레는 다슬기를 먹이로 수중생활을 하면서 15~20mm까지 자란다. 애벌레는 번데기가 되기 위해서 비가 오는 야간에 땅 위로 올라간다. 50여 일 동안 땅 속에 번데기 집을 짓고 그곳에 머물다 40여 일 후 번데기가 된다. 6월경에는 어른벌레가 되어 빛을 내며 밤에 활동을 하기 시작한다.

어른벌레는 암컷이 크고 수컷이 조금 작다. 수명은 2주 정도로 이슬을 먹고 사는데, 알을 낳고 11~13일 뒤에는 자연적으로 죽는다. 어른벌레뿐만 아니라 알, 애벌레, 번데기도 빛을 낸다. 빛을 내는 원리는 루시페린이 루시페라아제에 의해서 산소와 반응해 일어나는 것이다. 빛은 보통 노란색 또는 황록색이며, 파장은 500~600nm(나노미터)이다. 한국에서는 환경오염 등으로 거의 사라져 쉽게 볼 수 없다. 전라북도 무주군 설천면 남대천 일대가 서식지인데 이곳을 천연기념물로 지정하여 보호하고 있다.

출처 : 반딧불이(두산백과)

움직이는 별들, 밤하늘을 수놓는 지천의 반딧불이

아직도 반딧불이는 삼삼오오 떼를 지어 진도고등학교의 밤하늘을 높이 비행한다.

Tip. 반사회적 인격장애

작품 속의 주인공이 앓고 있는 질환은 미국정신의학회의 진단기준 (DSM-IV-TR)에 의한 반사회적 인격 장애로, 그 특징은 다음과 같다.

(1) 다른 사람의 권리를 무시하고 침해하는 행태를 전반적, 지속적으로 보이며, 이러한 특징은 15세 이후에 시작된다. 다음 중 세 가지 이상의 항목으로 나타난다.
- 반복적인 범법행위로 체포되는 등, 법률적 사회규범을 따르지 않는다.
- 거짓말을 반복하고 가명을 사용하거나, 자신의 이익이나 쾌락을 위해 다른 사람을 속이려는 기질이 있다.
- 충동적이거나, 미리 계획을 세우지 않고 행동한다.
- 쉽게 흥분하고 공격적이어서 신체적인 싸움이나 타인을 공격하는 일이 반복된다.
- 자신이나 타인의 안전을 무모하게 무시한다.
- 시종일관 무책임하다. 예컨대 일정한 직업을 꾸준히 유지하지 못하거나 당연히 해야 할 재정적 책임을 다하지 못한다.
- 다른 사람에게 해를 입히거나 학대하는 것, 또는 다른 사람의 물건을 훔치는 것에 대해 아무렇지도 않게 느끼거나 합리화하는 등 양심의 가책을 느끼지 않는다.

(2) 진단 당시 최소한 만 18세 이상이어야 한다.

(3) 만 15세 이전에 미국정신의학회의 진단기준에 따른 행실장애(품행장애)가 있었다는 증거가 있어야 한다.

(4) 반사회적 행동이 조현병(정신분열병)이나 조증 삽화 중에 일어난 것이 아니어야 한다.

원인에는 유전적인 요소가 많은 것으로 알려져 있다. 다만, 반사회적 인격 자체가 유전되는 것인지, 혹은 충동성, 공격성 등의 기질이 유전되는 것인지에 대해서는 명확하지 않다. 환경적으로는 어린 시절부터 부모의 비일관적인 양육이나 학대, 착취, 폭력, 유기를 지속적으로 경험한 경우가 많다.

출처 : 반사회적 인격장애(antisocial personality disorder) (서울대학교병원 의학정보, 서울대학교병원)

기름진 흙, 꿈苦의 간척으로 일군 너른 땅

흙

四元素論

空火水土

홍화제(紅火祭)

하봄
지금, 여기가 힘겹다면 시간을 거슬러 여행을 떠나보면 어떨까……
신화되지 않는 붉은 흙에 얽힌 전설 같은 이야기

성적표를 받았다. 이렇게 한 학기가 지났다. 태양이 하늘 꼭지에서 열을 흩뿌리는 여름이 시작됐다. 해마다 이맘때쯤이면 우리 가족은 할아버지 댁으로 향한다. 학교를 나와 핸드폰을 켜고 도착해 있던 문자를 보니 오늘도 역시 할아버지 댁에 간다고 한다. 이번에 아빠께선 출장을 가셔서 같이 못 가신다고 한다. 할아버지 댁은 땅끝 해남보다 더 멀리 있는 진도라는 섬이다. 올해에는 설과 봄방학 이후로 세 번째 방문이다. 나도 초등학교에 가기 전엔 진도에서 뛰놀며 자랐다고 한다.

벌써 10년도 더 된 일이다. 그래서인지 잘 생각이 나질 않는다. 서울에 와서 지낸 지도 꽤 오래 됐다. 강산이 한 번 바뀌었다. 그 시간 동안 명절과 방학, 그 외의 시간엔 학교, 학원, 과외에 쫓기듯이 살았다. 늘 생각하는 거지만 너무 어릴 때부터 공부 때문에 스트레스를 받으면서 살아온 것 같다. 그래서 마음 편히 휴식할 수 있는 할아버지 댁에 갈 때가 너무 행복하다. 자주 찾아 뵙진 않지만 할아버지와 함께 있을 때면 스트레스로 얼룩진 마음이 정화되는 것 같다. 솟아 있는 아파트 단지 아래로 시끄러운 차들이 꼬리 물기를 하는, 그것들이 뿜어내는 매캐한 연기로 가득한, 시한폭탄처럼 언제 무슨 일이 터질지 불안해 하며 정해진 시간대로 살아가는 이곳과는 다른 진도가 너무 좋다. 할아버지가 계시는 진도가 정말 좋다. 그렇지만, 이제 곧 3학년이 된다. 그럼 1년 동안은 진도에 갈 수 없겠지. 스트레스를 해소할 방법을 모색해야겠다. 온갖 생각을 하며 걷다 보니 내 발은 아파트 앞에서 멈췄다. 이마에 맺힌 땀방울을 닦고 집으로 들어갔다.

"다녀왔습니다."

"딸~ 왔어? 한 시간 뒤에 출발할 거니까 얼른 짐 챙겨."

"한 시간 뒤요? 알겠어요."

방으로 들어가려고 문에 달린 손잡이를 잡자마자 가장 듣기 싫었던 말이 기다렸다는 듯이 등 뒤로 날아왔다.

"근데 성적표는?"

"……가방에 있어요. 나중에 드릴게요."

"그래, 알았어~"

철컥

"후……."

이번 학기엔 학습량에 비해 만족스러운 점수가 나오질 않았다. 나름 노력했다고 생각했는데…… 비싼 학원과 과외를 보내주시는 부모님께 죄송스럽기도 하고, 성적이 자꾸 떨어져서 미래가 걱정이 된다. 우리 부모님은 심하게 화를 내시거나 꾸중하시지 않는다. 하지만 나를 바라보시는 눈빛에서 실망감을 읽을 수 있다. 그 눈빛을 볼 때면 차라리 매를 들고 화를 내셨으면 한다. 지금은 이런 생각도 하기 싫다. 그냥 부담 없이 쉬고 싶다. 한시라도 빨리 진도에 갔으면 좋겠다. 편하게 입을 옷가지를 담고 가방을 닫았다.

침대에 누워 온 몸에 힘을 빼고 눈을 감았다. 미세한 흔들림에 눈을 떠보니 엄마께서 날 깨우고 계셨다. 벌떡 일어나 챙겨났던 가방을 들고 현관으로 향했다. 엄마는 날 보고 눈썹과 어깨를 한번 올리면서 웃으시더니 짐을 들고 주차장으로 향했다. 차에 타자마자 창문을 살짝 열고 밖을 바라봤다. 건물들이 너무 높아서 하늘이 잘 보이질 않는다. 보인다고 해도 일부 뿐이다. 목이 아파와 창문을 닫고 뒷좌석 전체를 차지하고 누워서 머리를 기댔다. 편했다.

"……응? 안 내릴 거야?"

풀려 있던 근육들을 움직이며 눈을 비볐다. 벌써 도착했구나. 진짜 기절한 듯이

고요하게 잔 것 같다. 차에서 내려 짐을 들고 마을 회관을 지나 두 번 정도 방향을 바꾸니 할아버지 댁이 보였다. 발걸음을 서둘렀다. 칠이 벗겨진 초록색 철문 고리를 돌려 대문을 열어보니 왼편에 평상, 그 옆 벽에 대롱대롱 매달려 있는 마늘 망과 양파 망이 보였고, 오른편엔 빨랫줄 아래에서 하루 종일 말려 놓은 고추를 들고 계시는 할아버지가 계셨다.

"할아버지!"

하던 일을 멈추시고 흙이 살짝 묻은 바지 위로 손을 짚고 일어나서 함박웃음을 지으시면서 특유의 말투로 엄마와 나를 반겨주셨다.

"아이고, 벌써 와브렀어? 유나 엄매도 왔구나."

"네, 길이 안 막혀서 빨리 내려왔어요."

"유나 아배는 같이 안 온겨?"

"이번엔 출장 때문에 못 왔어요. 추석 땐 같이 찾아뵐 게요."

"그려, 은제까지 서 있을 껴, 얼른 방으로 들어가야."

마루를 지나 늘 할아버지께서 TV를 보시는 거실 같은 방으로 들어가자 달달하면서 고소한 고구마 냄새가 풍겼다.

"할아버지, 고구마 찌셨어요?"

"우리 유나 온당게 특별히 밭에서 캐와서 푹 쪘제."

"우와! 지금 먹어도 되는 거예요?"

"그람, 낭중에 먹으믄 식어서 맛없는께, 옴팡 다 먹어브러라."

고구마 먹을 생각에 신이 나서 성큼성큼 네 발 정도 걸었더니 부엌에 도착했다. 몇 걸음만 가도 다른 방으로 갈 수 있는, 방 사이가 가까운 이 집이 좋다. 압력밥솥이 뚜껑이 활짝 열린 채로 가스레인지 위에 올려져 있었다. 그 속엔 젓가락으로 한두 번씩 찔린 고구마가 담겨 있었다. 살짝 손을 대보니 너무 뜨겁지도, 차갑지도 않은 먹기 딱 좋은 온도였다. 고구마 먹을 생각에 흥겨워진 내 손은 분주하게 고구마를 담을 쟁반을 찾았다. 문고리가 덜렁거리는 아래쪽 서랍을 열었더니 모서리가 살짝 녹아내려 뭉개진 쟁반이 있었다. 그걸 꺼내 고구마를 담았다. 떨어트리지 않도록 조심스럽게 들고 방으로 들어가자 할아버지께서 웃으셨다.

"엄마, 엄마도 드세요."

"엄만 괜찮으니까, 우리 딸 많이 먹어요~"

"워메, 고구마 첨 묵어보냐? 고구마 묵을 땐 짐치가 있어야제."

"아, 어디에 있어요?"

"가만 있어봐라. 할아버지가 갖다 줄 텐께."

부엌 쪽에서 냉장고 여닫는 소리가 들리더니 할아버지께서 묵은지를 들고 오셨다. 뚜껑을 열자 살짝 시큼한 냄새가 풍겼다. 껍질을 깐 고구마 위에 살짝 올려서 한입 베어 물자 입안으로 행복이 퍼졌다. 금세 하나를 해치우고, 계속 먹었다. 목이 막혀 침을 삼키는 내게 할아버지께서 물을 한 잔 건네며 말씀하셨다.

"유나여, 옥수수 먹을텨?"

"네, 먹을래요!"

"그럼 따러 가야 하는디 같이 댕겨올텨? 살살 걸어가믄 금방 도착한께 밸루 안 멀어야."

"그럼 같이 가요~"

"아버님, 다녀오실 동안 저녁 준비해 놓을게요. 옥수수는 저녁 먹고 먹어야 된다?"

"네, 다녀오겠습니다!"

먹던 고구마를 내려놓고, 손을 대충 닦은 다음 할아버지를 따라 밭으로 향했다. 살짝 어두워지려는 기미가 보였지만 아직 밝았다. 밭으로 가는 길은 가로등이 없고 풀이 많아서 좀 어두워 보였다. 내가 살고 있는 곳과는 다르게 높은 건물이 없어 고개를 살짝만 들어도 하늘이 잘 보였고, 공기가 맑아서 숨 쉬는 것도 편안했다. 무엇보다 일정이 짜여 있지 않아서 자유로웠다. 진도에서 살고 싶은 마음이 들었다.

"유나여, 핵교는 잘 댕기고 있냐?"
방금 할아버지께서 하신 질문은 어려운 질문이 아니다. 그런데 선뜻 대답을 하지 못했다.
"어? 잘 댕기고 있어?"
"…… 잘은 다니고 있어요."
"우째 얼굴이 다 죽어가브냐."
"사실…… 공부하는 게 너무 힘들어요.."
"시상에 쉬운 일이 어데 있다냐, 다~ 어렵제."
"어른들께선 제가 공부 잘했으면 하시는데 성적이 갈수록 떨어지고 있어요. 그게 너무 부담이 되고, 죄송스러워요. 이제 곧 수능도 봐야 되는데 어떻게 견뎌야 될지 모르겠어요."
"니 인생의 중심은 넌디 우째 다른 사람만 그렇게 생각해브냐. 어? 사람이 글만 읽고 쓰믄 됐제 어렵게 생각하지 말어야, 할애비처럼 글도 제대로 못쓰는 것도 아닌디, 그제?"
"지금은, 우리 사회에선 그럴 수 없는 걸요."
"공부도 중요허지만 첫째로 몸이 건강해야혀, 몸이 찌뿌둥해블믄 공부도 안 돼블제."
"네."
"하늘이 무너져도 솟아날 구녕은 있당께 너무 걱정 말어라. 챙피만 안 당하고 살믄 그거이 행복한 거여. 이 할애비는 우리 유나 애긴께 은제든지 말해라, 알았제?"
"감사합니다. 할아버지 덕분에 기분이 좋아졌어요!"

"퍼뜩 온나. 저 앞에 보이는 뻘간 데 보이냐? 저거이 우리 밭이여."

"우와. 어떻게 땅이 저렇게 붉어요?"

"우리 뻘간 흙이 황토보다 더 좋은 것이여."

"뭘 뿌려서 저렇게 된 거예요? 되게 신기해요."

"예부터 저렇게 뻘갰어야. 다 옷 조상님들의 피땀이 섞여 있는 거여."

"아, 그렇구나. 할아버지, 옥수수가 완전 커요!"

"이게 다 흙이 좋아서 그런 거제, 다른 데 가서 눈 씻고 찾아봐도 못 찾아본당께. 우리 진도에만 있는 것이여. 여기 마을에만."

"흙이 붉으면 농사가 잘 돼요?"

"다 그런 게 아니여. 원래 뻘간 흙은 척박해서 거친디 여긴 우짠 일인지 잘 되는 거여."

"신기하네요. 공기가 좋아서 그런 건가? 할아버지 빨리 옥수수 따요!"

"그려, 할애비가 하는 거 잘 보고 따라 해봐라."

큰 손으로 옥수수를 잡으시더니 아래로 힘 있게 끊으셨다. 뭔가 비결이 있을 것 같았지만 단순했다. 직접 옥수수를 잡아보니 수염이 손바닥을 간질였다. 할아버지께서 하셨던 것처럼 힘줘서 아래로 내렸더니 툭 소리를 내면서 끊어졌다. 스트레스도 같이 끊어진 기분이다. 내 생애 첫 옥수수 수확이다. 큰일을 해낸 것도 아닌데 뿌듯한 기분이 들었다. 뿌듯한 기분으로 신나게 할아버지와 나란히 서서 똑딱 옥수수를 따다 보니 어느새 바구니가 한 가득 찼다. 마을을 내려다보니 아까와 달리 형태만 보였다. 해가 지고 있어서 더 분위기가 있었다. 멀리 보이는 능선이 예술이다. 살짝 일렁이는 바람은 선선과 차가움 사이의 온도로 살갗에 와 닿았다.

"햇님도 귀가중인디 우리도 돌아가 볼까?"

"빨리 가서 밥 먹어요."

"싸개싸개 가블자."

할아버지와 나의 정성 노력이 가득 담긴 바구니를 사이 좋게 들고 집으로 향했다. 아까와 같은 길을 걸어가고 있지만 발걸음의 무게가 사뭇 달랐다. 산뜻하고, 가볍다.

　집에 도착하자마자 할아버지께선 마당에 있는 텃밭에서 본인 손보다 큰 참외를 두 개 따셨다. 할아버지께 참외를 건네 받아 양 손으로 들고 부엌으로 가니 엄마께서 곧 상을 차릴 테니 조금만 기다리라고 하셨다. 엄마께서 차려주신 맛있는 밥을 먹었다. 진도에서 먹는 새우젓은 정말 맛있다. 똑같은 걸 서울로 가져가도 같은 맛이 나질 않는다. 묵은지도 그렇다. 시골만의 맛이 있는 것 같다. 그래서 진도에 올 때면 늘 밥을 두 공기씩 먹는다. 많이 먹으면 먹을수록 할아버지께선 좋아하신다. 식사를 마치고, 할아버지와 함께 따온 옥수수를 찌는 동안 투박하게 큰 시골 참외를 먹었다. 크기만큼 예쁘게 생기진 않았지만 시원하면서 아삭한 게 후식으로 딱이다. 기분 좋게 배부른 상태로 벽에 기대앉으니 참 좋다. 부른 배랑 행복이 비례하는 것 같다. 늘 이렇게 행복했으면 좋겠다. 고민 없이, 걱정 없이 편안한 사람과 맛있는 걸 먹으면서 행복했으면 좋겠다. 그 장소가 여기 진도라면 더 좋을 것 같다. 얕은 사색에 빠져 있을 때 할아버지께서 갑자기 부르셨다.

　"유나여, 이리 와봐라."

　작은 방에 계신 할아버지께 가니 화려한 꽃무늬의 보석함을 들고 계셨다. 헝겊으로 그 위에 얹혀 있는 먼지를 한 번 닦으시더니 뚜껑을 열어 주셨다. 그 안에는 밭에서 봤던 붉디붉은 흙이 들어 있었다. 뚜껑의 색이 하늘색이라 그런지 맑은 하늘 아래 핀 한 송이 꽃 같았다.

"유나여, 이 흙 좀 보그라."

"흙이요? 아까 봤던 흙 아니에요?"

"똑같은 흙이여. 아까 할애비가 말했제? 웃 조상님들의 피가 섞여 있다고."

"진짜 무슨 일이 있었나요?"

"일이다마다, 아주 끔찍한 일이 있었지."

"끔찍…… 한 일이요?"

"그래, 끔찍한 일 말이여. 한번만 얘기할 텡게 잘 들어라, 잘 새겨들으란 말이여. 아주 옛날에 말이여. 저 옛날에 일본 놈들이 종이 쪼가리를 하나 들고와선……."

"도착했습니다!"

"그래? 여기가 이 책 속의 진도라는 섬이냐?"

"그렇습니다, 이곳이 그 붉은 흙이 있는 곳이랍니다."

"서두르도록 하지!"

머리부터 발끝까지 잔뜩 무장을 한 일본인들은 무섭게 생긴 배 한 척을 몰고 오더니 땅에 올라 조심스럽게 발을 맞추어 급한 걸음으로 움직였습니다. 사람들의 눈에 띄지 않으려는 듯 조용하게 말입니다. 책을 든 사람이 앞장서서 꽤 여럿 되는 사람들을 데리고 다닙니다. 그 사람의 손짓에 뒷사람들의 방향이 즉각 바뀝니다. 그중 옆에 있던 사람 하나가 말을 건넵니다.

"그 책에서 말하길 산 쪽으로 향하는 길이 하나 있다고 했죠?"

"그렇지."

"찾은 것 같군요. 저기 수풀 뒤로 비탈길이 하나 있습네다. 보이나요?"

"잠시만, 음. 맞는 것 같군. 다들 저기로 가자!"

일본인들은 아까보다 더 얌전하면서도 빠른 걸음으로 풀이 우거진 뒤로 살짝 보이는 길을 향해서 전진했습니다. 좁은 길을 열을 갖춰 오르는 모습은 각도기로 각을 잰 듯 딱 맞아떨어졌습니다. 앞장선 사람은 책과 주변을 번갈아 보면서 손가락질을 잔뜩 했지만 오르막길을 다 오른 일본인들은 갈피를 잡지 못하고 계속 길을 헤매고 있습니다.

"도대체 붉은 흙이 어디에 있다는 거야?"

"그러게요. 제가 봤을 땐 그냥 사방이 붉은 흙인 것 같은데요?"

"쳇, 어쩐지 길을 쉽게 찾는다 했어. 흩어져서 큰 나무를 찾아보도록 하지. 자넨 나랑 같이 가지?"

"그렇게 합죠."

"다들 흩어져서 큰 나무가 있고 여기 보이는 흙보다 훨씬 붉은, 넓은 땅을 찾아라!"

풀들이 무성한 길, 하나도 없는 길, 돌길. 정돈되지 않은 길을 흩어져 헤치고 다니는 일본인들은 끊임없이 걷고, 또 걷고, 걷습니다. 흩어져 길을 찾으려다가 서로 다시 만나기도 합니다. 그렇게 정신 없던 도중 갑자기 우렁찬 웃음소리가 들립니다.

"크하하. 이게 그 나무인가 보군. 이렇게 풀 뒤에 넓은 공간이 숨어 있다니 너무

치사하지 않나? 게다가 이 끈들은 다 뭐야? 몰라볼 뻔 했잖아."

"크기가 상당한데요?"

"책을 보고 이렇게 큰 나무가 있을까 의심했지만 실제로 보니 그게 다 풀리는 것 같군."

"정말 어마어마한 크기입니다요."

"그러게 말이야, 이렇게 좋은 나무를 태워야 된다고? 쳇. 잘라서 가져가면 꽤 괜찮은 물건인데 말이야."

"어쩔 수 없죠. 근데 나무는 찾았는데 사람은 어떻게 할 거예요?"

"사람 말이야? 그건 나무 찾는 일보다 훨씬 더 간단한 일이지. 마을에 쳐들어가서 조선 놈들한테 조금만 겁주면 바로…….. 하하하."

"이야, 좋은 생각인데요? 진행이 참 쉽네다."

"아래 것들을 빨리 불러서 마을로 이동해 볼까?"

"좋은 생각입니다요."

비탈길 입구에서 집합한 일본인들은 어깨에 힘을 잔뜩 주고 무기를 좀 더 높게 든 상태로 마을로 향해 돌진했습니다. 한참 어두워진 저녁 시각, 마을 중심으로 들어간 일본인들은 사방으로 흩어져 오밀조밀 모여 있는 초가집들을 공격했습니다.

집안에 있던 조선인들은 깜짝 놀라 문을 열고 나왔지만 금세 목이 베여버리고, 배를 찔렀습니다. 금세 두 사람이 허리가 앞으로 접히며 피를 뿜고 쓰러졌습니다. 이 광경을 지켜보던 다른 조선인은 공포에 떨며 주저 앉아버렸습니다. 동공이 잔뜩 흔들립니다. 한편, 다른 집에선 마당에 있다가 집으로 들어오는 일본인을 보고 잔뜩 경계하며 쟁기와 호미를 들고 저항하는 조선인을 둔기를 이용해 무차별로 폭행했습니다. 조선인이 들고 있던 낫으로도 머리를 찍었습니다. 사정 없이 맞은 조선인은 눈이 터져 짓눌리고 찢겨 검붉게 부어 오른 피부 위로 피를 흘려 내리고 있었습니다. 연이어 거친 숨결과 함께 응어리진 피를 토해냈습니다. 그 옆에 있던 아내는 아이를 안고 울고 있었습니다. 반불구가 된 남자의 상태를 보던 일본인은 울고 있는 두 사람에게로 걸어가 여자의 머리채를 잡고 남편 옆에 던져 앉힌 후 남편에게 했던 것처럼 똑같이 손을 위에서 아래로 힘껏 내려 쳤습니다. 이 동작을 계속해서 반복했습니다. 아이는 엄마와 아빠를 외치며 울고 있었고, 입술이 터진 엄마는 애써 괜찮은 척 아이에게 울지 말라는 말을 연신 반복했습니다. 일본인은 아이는 살려주지 라는 말을 남기고 뒤돌아 침을 한번 뱉더니 집에서 나갔습니다.

이게 끝이 아니었습니다. 흩어졌던 일본인들은 각자 다른 집에서 나른 산혹한 방법을 이용해 조선인들을 무참히 대하고 있었습니다. 갑작스러운 일에 몇몇 조선인들은 도망쳐 촌장님께 달려갑니다. 소식을 전해들은 촌장님은 급하게 마을의 장정들을 모아 농기구를 들고 피 냄새가 진동을 하는 집들을 향해 달렸습니다. 농기구를 든 조선의 장정들은 조선인을 괴롭혀온 일본인들과 대면했습니다. 무슨 일이냐며 대화를 시도해 보지만 아무리 이야기를 해도 도저히 말이 통하지 않습니다. 일본인들이 무기를 바짝 들자 결국 촌장님과 남자들은 마을 주민들을 지키기 위해 일본인에게 대항합니다. 하지만 결과는 참담했습니다. 닳고 닳은 시골 농민의 농기구는 핏줄기를 따라 빛을 뽐내는 일본의 무기를 이기지 못했습니다. 미친 듯이 사람들을 공격하던 일본인들은 자신들에게 반항했던 조선인들을 한 줄로 무릎을 꿇게 한 뒤 한 명마다 앞에 섰습니다. 가소롭다는 눈빛을 보내면서 위에서 아래로 내려다봅니다. 조선인들은 무릎을 꿇지 않으려 계속 일어나기를 시도합니다. 하지만 결국 다시 꿇어앉고 맙니다.

"어차피 다시 앉을 거 그냥 가만히 있지 그래? 하, 그까짓 쓰레기 같은 농기구를 들고 도대체 뭘 어쩌겠다는 거지? 뇌가 없는가 보군. 정말 한심하기 짝이 없어."

조선인들은 일본인이 말을 하자 분노와 경멸이 가득한 눈빛으로 쳐다봅니다. 또, 어떤 이는 눈에서 화를 한줄기 흘려 보냅니다.

"감히 하늘 높은 줄 모르고 어디서 눈을 부라려?"

"벌을 주는 게 어떨까요?"

"벌? 벌이라."

"저 상투를 잘라 버리는 건 어때요?"

"껄껄. 그건 너무 잔인하지 않아?"

"잔인할 게 뭐가 있나요. 그냥 머리카락 몇 자락 자르는 건데요."

"아주 마음에 들어. 자네가 잘라버려."

몇 십 년간 길러 소중히 해온 상투는 일본인들의 날카로운 칼날에 힘없이 베어졌습니다.

"자, 이제 여기에서 가장 높은 자를 찾아야 하는데."

"어떻게 찾죠? 말도 안 통하는데 말입니다."

"자네가 봤을 땐 어떤 자식이 이 구역의 우두머리일 것 같지?"

"덩치가 가장 좋은 자인 것 같습네다!"

"아니다, 아니야. 나이가 많은 자가 가장 높은 법이지. 잘 알아두거라."

"아, 그렇습니까? 알아 둡죠."

"다들 잠깐 물러서보겠나?"

손에 책을 들고 있는 일본인의 말이 끝나기 무섭게 조선인 앞에 서 있던 일본인들은 옆으로 물러났습니다. 길이 열리는 듯했습니다. 일본인의 수장은 그들이 비켜준 자리를 왔다 갔다 걸으면서 피로 얼룩진 마을 주민들의 얼굴을 천천히 살펴봅니다. 흰 머리를 가진 자는 두 명이었는데 그 둘의 머리카락을 잡고 고개를 뒤로 젖혀 좀 더 자세히 살펴보더니 얼굴에 주름이 더 많고 살짝 더 마른 자를 보고 한번씩 웃더니 외쳤습니다.

"이 자로구나!"

"어? 이 자는 아까 제일 앞에서 싸웠던 자입네다."

"그래? 그럼 더 확실하군."

"안목이 정말 대단하시군요. 게다가 아까 말씀하신 그대로 일이 순식간에 처리되네요."

"허허허, 당연한 일이지."

"무슨 비결이라도 있으십니까?"

"비결이라. 그냥 조선 놈들은 딱 보면 답이 나오지. 킬킬."

"껄껄, 참 쉬운 민족이구만요. 다루기 참 편해서 좋아요. 그럼 이제 저놈을……"

"당연히 그래야지."

"허허허…… 그거 참 신기한 장면을 보겠군요."

"어디에서도 못 본 그림일 게야. 저 자를 끌고 아까 그 나무가 있는 곳으로 가자!"

일본인들이 흰머리의 조선인을 질질 끌고 가자 옆에 있던 다른 사람들이 소리를 지르고, 화를 냈습니다. 책을 든 자가 한 번 손짓을 하자 시끄럽게 했던 정도만큼 한 번 더 마을 주민들을 패더니 바닥에 그대로 내던져놓고 곧바로 뒤로 돌아 그들의 절규를 무시한 채 처음 그들이 헤맸던 길로 향했습니다. 여럿 중에서 덩치가 꽤 우람한 한 일본인은 상사의 명령을 받아 지푸라기와 불 피울 것들을 구하기 위해 분주하게 뛰어다닙니다. 흰머리 조선인의 어깨를 사정없이 접어 끌고 가는 일본인들의 더 당당해진 걸음걸이에서 자신감을 찾아볼 수 있습니다. 힘찬 걸음과 함께 조선인의 몸통과 두 다리는 바닥에 더 심하게 끌립니다. 일본인들은 두 번째 오르는 길이라 그런지 단번에 나무를 찾아 그 앞에 조선인을 꿇어앉힙니다. 하지만 그는 다시 일어납니다. 또 앉힙니다. 하지만 다시 일어납니다. 잘 앉으려고 하지 않자 화가 난 일본인은 뺨을 다섯 대 정도 갈겼습니다. 정신이 혼미할 정도로 세게 말입니다. 기운이 빠진 조선인의 상태를 파악하고 책을 펴더니 나무, 사람, 흙을 번갈아 보더니 고개를 뒤로 젖히고 큰소리로 웃습니다.

"하. 좋아, 완벽하군. 이봐! 내가 가져오라고 했던 것은 다 가져왔나?"

"전부 준비됐습니다!"

"그럼 잘 좀 묶어봐. 꽉, 못 움직이게, 못 도망가게."

"예!"

"아, 그리고 저기 묶인 끈들 너무 거슬리거든? 저것도 다 없앴으면 좋겠어."

"명령을 받들겠습니다."

일본인 부하들은 역할을 나누어 거슬린다는 형형색색의 끈을 제거하고, 짚과 사람을 함께 나무 기둥에 묶고, 그것들을 태워 없애기 위해 불을 만듭니다. 책을 말아 손바닥에 탁탁 치며 이 장면들을 보고 있던 일본인은 흡족스러운 웃음을 지으며 자리에 멈춰 섰습니다. 몇 번의 시도 끝에 드디어 불이 붙었습니다. 지푸라기에 작은 불꽃이 일더니 이내 화악 솟아올라 온 주변을 위협할 만큼 거대해졌습니다. 뜨거운 기운이 느껴지는지 일본인들은 한걸음씩 뒤로 물러섰습니다. 매서운 불길의 영향으로 조선인의 흰 머리카락이 말려들어가며 까맣게 변하고 있었습니다. 조선인은 피와 함께 나쁜 자식들이라는 말을 뱉고 있습니다. 피로 도배된 그의 옷에 새로운 피가 더해지고 있었습니다. 뜨거운 불길에 살을 뚫는 듯한 고통이 느껴짐에도 불구하고 이를 악물고 소리를 지르지 않았습니다. 일본인들은 그 자를 독한 사람이라 생각했습니다.

"저는 사람이 이렇게 불에 타는 건 처음 봅니다."

"나라고 봤겠나?"

"냄새가 역하지 않습니까? 이게 사람 타는 냄새구나 싶어요."

"그냥 쓸모 없는 해충 하나 태운다고 생각하지 그래?"

"해충이라. 그거 잘 어울리네요."

"생각보다 빨리 타들어 가는군."

"이렇게 불길이 빨리 커질 줄은 꿈에도 몰랐어요."

"이게 다 우리를 축복해 주려고 그러는 게지. 이 땅이 우리 일본의 것이라는 걸 증명해 주는 게야."

"일본의 것이요?"

"그렇지, 우리가 직접 만들어 내지 않았나? 이 책에 나온 대로 말이야. 하하하……."

"다 타는데 그렇게 많이 걸리지 않을 것 같습네다."

"그럴 것 같네. 다들 좀 더 편한 자세로 쉬고 있어라."

일본인들은 불길의 영향이 미치지 않는 적당한 거리에 자리 잡았습니다. 뜨겁지 않고, 따뜻하게 느껴지는 그런 거리에 앉았습니다. 펑 하고 사람의 몸이 터지는 소리가 들리자 흠칫 놀린 기색들을 보였지만 이내 다시 정상으로 돌아왔습니다. 타닥 소리를 내며 타들어 가는 살에서 나는 냄새가 바람을 따라 퍼집니다. 바람과 어우러져 불길은 더 격렬하게 춤을 춥니다. 붉은 태양이 지고 있습니다. 태양은 하늘을 빨갛게 물들였습니다. 그 밑으론 불꽃이 화려한 춤사위의 절정을 보여주고 있습니다. 절정을 찍고 점차 사그라지기 시작했습니다.

"낄낄, 대성공이야! 성공했다고!"

"이렇게 일이 간단할 줄 몰랐습네다."

"이게 다 조선 놈들이 미개해서 그런 게지……."

"돌아가서 보고드려야겠죠?"

"빨리 가서 말씀 드리고, 다시 와서 잘 이용해먹어야지."

"정말 고생 많으셨습니다요."

"그렇지, 고생했지. 자네도 수고 많았네."

"아닙니다요."

"다들 돌아가자!"

푸시식 소리와 함께 조선 사람이 묶여 있던 나무는 사라졌습니다. 붉었던 흙은 검게 그을려 더 어둡고, 음침한 붉은색으로 변했습니다. 살짝 남아 있는 잔가지와 뿌리는 더욱 슬퍼 보였습니다. 어둠과 슬픔으로 가득 찬 그 터는 더욱이 넓고 공허해 보였습니다. 그 자리를 뒤로하고 일본인들은 자신들이 타고 왔던 배로 돌아갔습니다. 비어 있는 터에는 검은 새 떼들의 떠나는 모습만이 보입니다.

"세상에……. 이게 다 실화란 말이에요?"

"그럼 진짜제 가짜겠어?"

"책에 도대체 무슨 내용이 적혀 있었길래 이런 잔인한 일을 할 수가 있는 거예요?"

"뻘간 흙과 불, 그리고 피가 합쳐지게 되면 그 거이 시상에서 제일 좋은 흙이라 항게 그런 거제."

"아무리 책에 실려 있다고 해도 어떻게 사람을 그렇게…… 그리고 그걸 진짜 믿었단 거예요?"

"그걸 믿어브러서 진도꺼정 와가꼬 그런 짓을 하니께 곰팽이 같은 놈들이지. 쯧……."

믿기지가 않는다. 책을 그렇게 신뢰하다니. 어이없는 죽음을 당한 진도의 옛 주민들의 마음은 감히 헤아릴 수도 없을 것 같다. 그냥 시골은, 아니 진도는 마음 편하게 쉴 수 있는, 늘 평화로운, 행복한 그런 곳인 줄 알았다. 그런데 사실은 그 반대였다. 누구나 다 시련을 겪고 어떤 물건이든 사연이 있는 거구나. 나는 한 번도 반항도 못한 채 짜인 계획대로 살아가기만 한 것 같다. 내가 오늘 하루 동안 맛있게 먹었던 음식들은 이렇게 위대하고 슬픈 사연 속의 흙에서 나온 거였다. 한 번도 저항하지 못했던 내가 말이다. 아까 할아버지께선 밭에 있는 것과 같은 흙이라고 말씀하셨지만 보석함에 담긴 흙은 유난히 더 붉어 보였다. 더 비옥해 보였고, 더 고와 보였다. 더…….

해남이나 진도 지역에서 많이 발견되는 붉은 흙에는 어떤 종류가 있을까.

적옥토(赤玉土)라고도 불리는 붉은 흙은 제주도에 많이 나는 화산회토(火山灰土)의 흙으로 채로 쳐서 먼지 같은 미립자를 제거한 입자가 굵은 흙이다. 배수, 통기성, 보수력이 있어 분화초 재배에 널리 쓰이는 기본 용토의 하나다. 혈토는 혈에서 볼 수 있다. 붉은 황토색에 흑색, 백색, 자색(紅黃紫潤) 등의 오색(五色)을 띠고 있으며, 돌도 아니고 흙도 아닌 것처럼(非石非土) 단단하지만 돌이 아닌 흙이다. 단단하면서도 곱게 부서지고 적절한 습기도 유지되어 부드러운 감촉이 있어야 한다.

남부 지방의 해발 150m 이하의 경사가 완만한 구릉지와 산록 완사 면에 붉은 빛깔의 적색토가 광범위하게 분포한다. 적색토는 아열대 지역의 라테라이트 성 토양과 유사하여 과거 우리 나라의 기후가 현재보다는 고온 다습했던 시기가 있었다는 것을 말해 준다. 활엽수림 지대에 분포하며 산성이거나 강산성이고, 유기 물질이 풍부하지만 염기가 부족하기도 하다.

붉은 흙은 흔히 산화되어 곡식의 생장에는 좋지 않다고들 하지만, '홍화제' 속에서는 피빛처럼 붉어도 영양이 풍부한 흙을 통해 아픈 역사와 이를 이겨낸 흙을 상징적으로 표현하고 있다.

오랜 간척을 통해 일군 진도의 농토, 비옥함의 비밀에 대한 탐방

섬이라고는 믿기 힘든 2모작, 3모작 작물의 보고, 진도의 흙에는 영양이 가득하다.

울금, 구기자, 유자 등 특수 작물 이외에도 검정쌀, 파와 같은 다양한 농산물들이 잘 자라는 비옥한 땅, 진도- 특유의 해양성 기후와 오랜 기간 간척을 통해 일군 유기물질이 많은 흙, 충분한 일조량이 시너지를 일으켜 섬 지역이라 믿기 힘들 정도로 농업이 발달한 지역이다.

간척지에서 나는 쌀과 검정 찹쌀이 일품인데, 검정찹쌀을 1/10 정도만 넣고 일반쌀과 섞으면 독특한 향과 끈끈한 찰기, 영양 가득해 보이는 붉은 기운이 감도는 맛있는 밥을 지을 수 있다. 원래 열대 작물이라 할 수 있는 울금 역시 겨울이 따뜻한 진도에서 재배에 성공해 지금은 진도 울금이 최상품으로 인정받고 있으며, 겨울에도 땅이 얼지 않는 까닭에 '봄동'이라 불리는 월동 배추를 한겨울 눈 속에서 키우는데 이 또한 아삭아삭하고 고소한 맛이 최상급 수준이다.

어쩌면 진도 전역에서 만날 수 있는 덩치 큰 지렁이도 흙의 비옥함에 영향을 주고 있을지도 모른다. 지렁이가 사는 땅은 더러운 유기물들이 없어지는 대신 식물이 잘 자랄 수 있는 비옥한 땅이 된다. 땅을 파기 위해 뚫은 구멍들로 인해 해당 토양은 공기와 수분을 많이 저장할 수 있기에 식물 생장에 더없이 좋다. 지렁이는 이렇게 썩은 흙을 재생시킬 수도 있다고 한다.

가장귀

양수정
가장자리에서 쉬고 있는 것들.
갈림길을 앞두고 나뉘어 흩어진 것들이 깊은 아지트에 숨어 몰래 숨쉬는 이야기

Earth #2

"**산**을 파? 이런 구석에 세울 게 뭐가 있다고 산을 무너뜨려?"

"그것 때문에 저수지도 말라비틀어져선……."

　오랜만에 방문해 고향 사정을 모르던 어른의 비꼼이 시발점이 되어 목소리가 하나 둘 이어졌다. 산의 초입부터 모든 걸 짓뭉개고 파헤치는 탓에 어른들의 표정은 썩 좋지 않았다.

　마을 위쪽으로 이어진 길 위에 듬성듬성 떨어져 있던 진흙 덩어리가 떠올랐다. '중장비 지나간 거였구나.'라고 문장을 생각하고 있었는데, 타이핑보다 Delete 키가 눌리는 속도가 훨씬 빨랐다. 굳어지는 아빠의 표정이 스페이스 바를 연타하는 십 수 년 전 오빠와 나의 손을 백스페이스에 살짝 옮겨놓은 것 같았다. 그 표정을 보니, 저 멀리 나라를 지키러 간, 나보다 세 살 많은 군인 아저씨 한 명이 그리웠다. 눈앞에는 느낌표와 아무래도 설의법일 의문문이 비난 섞인 어조로 날아오는데 머릿속에서는 해석은커녕 프롬프트가 깜박거리기만을 수 없이 반복했다.

'그만하고 싶다. 그만하고 싶다.'

머릿속에서 중지를 외쳐 대곤 새카매졌다.

'에러가 한글로 뭐였더라, 블랙 아웃, 패닉, 오류. 오류.'

꾸역꾸역 타자를 하려고 하는데,

'그만하고 싶다. 그만하고 싶다. 어디 앉아서 기대 있고 싶다. 그만두고 싶다. 도망치고 싶다.'

"너 그 따위로 해서는……!"

Error Error Error.

머릿속에서 부유하던 문장들이 뚝 하고 꺼졌다. 9 품사보다 8 품사를 먼저 배운 사람은 오류라는 단어도 생각하지 못하는 모양이다. 아직도 국어사전을 영어사전보다 더 헷갈려 하고, 놓쳐버린 생활기록부상의 한 줄에 후회하는, 35살이나 차이가 나는 답답한 딸은 그런 모양이다.

몇 주째 가방에 처박아 둔 성적표가 생각났다. 빛을 보지도 못한 채 ─인쇄된 뒤 한 번도 실외에 나오지 못했을 테니까 ─ 함께 박혀 있을 상장보다 엄마의 입에 오르내리던 성적표의 숫자 때문에.

아, 봉사 시간 채워야 하는데.

늘어진 발걸음에 걷어차인 돌멩이 하나가 고랑을 빠져 흘러내려 간다. 애꿎은 첫 번째 돌멩이다.

"사춘기. 명사, 육체, 정신적으로 성인이 되어가는 시기."

그런데 난 왜 아직도 이 모양이지.

부모와 자식 간의 싸움을 제 탓으로 돌리려는 사뭇 자랑스러운 모양새가 흐트러졌다. 손에 들고나온 건 시간을 죽이는 데 전혀 도움이 안 되는 전자사전이었고, 핸드폰은 십여 분 전 즈음에 선바람*으로 뛰쳐나온 큰 집의 어딘가에서 배터리나 축내고 있을 것이다. 왜 문명은 발전하는데 배터리는 체감상 더 빨리 소모되는가. 애꿎은 사전을 꾹꾹 눌렀다. 오로지 사전만 되는, 그야말로 전자사전이었다.

굳이 옛날 옛적으로 돌아가 보자면 처음 되고 싶은 것은 화가였다. 고흐네 인상파네 멋도 모른 채 '저는 숲을 그리는 화가가 되고 싶어요!' 했던 때가 있긴 있었다. 학생 꼬리표를 달자마자 포기했다. 예체능에서 노력이 차지하는 비율이 20% 정도고 선천적 재능이 80% 정도라는 소리를 들었는데도 계속하고 싶지는 않았다. 사실은 그저 못했을 테지만. 학업 분야에서는 선천적 재능이 95%를 넘는다는 보도도 기억한다. 세상에! 그런데 한 해에 60만 명이 이러고 있다니.

그 다음은 변호사였는데 아주 때마침 뉴스에서 로스쿨 관련해서 이렇다저렇다 말이 많았다. 이런 건 어떠니? 하며 권유가 기초가 된 꿈은 그렇게나 쉽게 포기되나 보다. 누군가 말해 준 '책은 판례상 무기가 아니다.'라는 말만 기억하고 있다. 나름 중요하다며 강조했었는데 그런 판례가 있었다면 백과사전을 들고 흥흥하게 노려보는 그 친구 때문에 판례가 깨질 것 같았다.

세 번째, 아마 수의사. 나만 보면 내 손을 물던 오랜 친구가 떠나면서 그랬다. 말도 안 통하는 찹쌀떡같이 생긴 조그마한 게, 같이 산책도 못 가는 쬐그만 게 사람 손 하나는 무지하게 물었다. TV에서 수술 장면을 본 후 포기했다. 모자이크 사이의 부러진 뼈 사이가 보기 힘들었다. 안쓰럽다가 아닌 징그럽다고 생각했던 스스로가 원망스러웠다.

그 이후로 정처 없이 떠돌다가 부모님이랑 2년 즈음 냉전 상태가 되고 나서는 집을 탈출할 것만을 생각했다. 대학은 갈 생각도 없었다. 최대한 멀리서, 전 학년 기숙사제 학교를 졸업한 후 바로 취업하고 싶었다.

현실은 굉장했다. 집에서 3분 거리의 인문계 고등학교에 다니고 있으니까. 우리 집이 바로 그 '스쿨 존' 즈음이다.

---

* 선바람[명사] 지금 차리고 나선 그대로의 차림새.

그래 놓고 몇 달 만에 꿈이라고 하나 가져갔더니 죽어가는 산업에 몸 담으려고 하지 말란다.

'넌 그거 가지고 만족하냐.'

고랑을 따라 올라가는데 비수 하나가 떠내려왔다.

세상에, 만족스럽다고 대답해서 돌아오는 건 한심하다는 시선뿐일 텐데 뭘 바라는 거지?

왜 고작일까, 그게 왜 고작일까.

'너는 왜?'

아무 말도 없이 갑자기 전화를 끊어버린 친구가 생각났다.

'나는 왜?'

미간에 인상이 써진다. 뒤축이 구겨진 운동화만큼

찍찍대는 신발 소리가 고랑을 거슬러 올라갔다. 키가 고랑을 넘어 바깥 세상을 엿보는 잡초나 물 속을 떠내려가는, 산에서부터 떠내려왔을 나뭇잎은 여기가 외곽임을 열렬히 외치고 있었다. 한 번도 와본 적 없는 길. 으레 길치들이 그렇듯 스스로가 길치라는 것에 신경 쓰지 않고 발을 내디뎠다.

단 한 번도 친가가 있는 마을을 돌아다닌 적이 없었다. 마을 입구에 서면 도로에서부터 저 안쪽 길이 갈라지는 그 부분까지 왼편이 전부 친가의 담이었다. 그 중간쯤에 있는 문을 하나만 넘으면 되니 마을 안쪽은 지나갈 필요도 없었다. 햇수로만 쳐도 굉장히 오랜 기간인데도, 집 뒤쪽에 또 다른 창고와 같은 방이 있다는 걸 신기해 할 정도로 집 구조를 완벽히 외우지 못한 곳이다. 친가는 굉장히 넓었다. 큰 지붕만 서너 개에 그 사이사이 무언가가 꼭 하나씩 있는데 그게 창고든 텃밭이든 뒷간이든 기억하지 못하는 곳도 제법 있었다.

그리고 이곳에 오면 기어코 싸우게 된다. 한 명은 짜증을 내고, 한 명은 한심하게 그걸 바라보다가 훌쩍 가버린다. 이곳에 오면 기어코 싸운다. 한 명이 한숨을 쉬고 한 명이 그걸 바라보다가 포기할 때까지 기어코 싸운다. 햇수로만 쳐도 굉장히 오랜 기간인데도 우린 항상 그래 왔다.

그 꼴을 바라보다 훌쩍 가버릴 사람도 더는 없고, 짜증을 낼 사람도 곧 없어질 테니 나중엔 보기 힘든 꼴일 테지만 적어도 오늘까지는 그 전통이 잘 지켜지고 있었다. 그 집안 길치 하나가 오늘 훌쩍 가버리는 역할을 대신하려다 길을 잃었으니 일찍 돌아가기는 틀린 셈이다.

몇 달 전쯤 엉망인 시간을 발견하고도 재설정하지 않은 탓에 전자사전이 엉터리 시간을 가리키고 있었지만, 저수지 하나가 마을에서 2km는 떨어져 있다는 사실이 생각나 웃음이 나왔다. 2km가 어느 정도인지 감이 잡히지는 않는다. 다만, 탁월한(!) 방향감각으로 마을과 정반대의 길을 자신 있게 걸어왔다는 점은 확실했다. 집이 좋다. 집이 낫다.

수면 위로 던져진 돌멩이가 물수제비를 만들다가 소리 없이 가라앉았다. 애꿎은 두 번째 돌멩이였다. 대책 없이 저수지에 돌이나 던지는 꼴이 우스웠는데도, 가랑가랑*하니 비 한 번 더 오면 물이 넘쳐 발이 수면에 닿을 수 있을 거라는 생각만을 하기 위해 돌멩이 하나를 더 쥐었다. 미뤄둔, 남은 할 일이 머릿속에 꾹꾹 눌렀다. To Do라는 제목을 저 위에 달고는 꾹꾹.

마실 한번 나온 셈 치자. 잠깐만 잊어버리자. 조금 멀리 돌아온 산책이나, 왔던 길을 조금 까먹은 모험이나. 길은 결국 이어져 있으니까.

저수지 왼편에는 등산로라기에는 투박한 길 하나가 여느 산과는 다르게 초입부터 귀중중한* 모양으로 풀 한 포기 없이 자리 잡고 있다. 저 길을 따라 산에 올라가면 큰 바위 하나가 있을 것이다. 오래 전에, 잘살았다면 꽤 잘살았다고 할 수 있었을, 풍작을 이어가던 마을에 살던 어린아이들의 놀이터 같은 곳이었다. 그곳에는 키 큰 나무 사이사이에 걸려 있는 칡덩굴이 있었고 아이들 열댓 명은 거뜬히 앉힐 수 있는 큰 바위 하나가 있었다. 그 나이의 아이들에게 그곳이 꽤 괜찮은 놀이터였을 이유를 굳이 더 꼽자면 그곳에 동굴이라고 부르기도 모호할 정도의 작은 동

---

*가랑가랑[부사] 액체가 많이 담기거나 괴어서 가장자리까지 찰 듯한 모양.
*귀중중하다[형용사] 매우 더럽고 지저분하다.

251

공이 있었기 때문이다. 나름 아지트라고 불릴 만한 신비스러운 느낌 덕분에, 작은 동물들의 집은 충분히 되었을 곳이 오랫동안 아이들에 의해 들쑤셔졌다.

그때 여우를 봤다고 했던가?

술 때문에 늘어진 테이프를 돌리는 듯한 아버지의 발음을 하나하나 되새겼다. 아니다. 아마 여우가 아니라 멧돼지쯤 되었을 것이다. 멧돼지보다 여우 한 마리가 더 신빙성 있어 보이거늘 아빠는 구태여 여우는 그곳에 없었다는 말을 세 번쯤 되풀이했다.

술에 취한 아버지는 어린 자식을 붙잡고 이야기를 한다거나 하지는 않았다. 같은 이야기를 반복한 적도 없었다. 사실을 말하자면 이야기를 한 적이 없었다. 그러니 이것들 모두 아마도 내가 태어나서 처음 듣는 이야기였을 것이다.

세월에 취해 추억에 젖은 아빠의 벌게진 얼굴과 축 처진 어깨가 그때 있었다. 딱 내 나이의 아이 한 명이 그곳에 있었다. 그러니 나는 두 번째로 그 이야기를 바라보는 사람이었을 것이다. 정신 없이 달려가던 순간, 여린 두 손은 괴로이 친구의 발걸음에서 추락했다. 고개를 젓던 아빠가 생각난다. 그 일에 대해서만큼은 다시는 들을 수 없었다.

한여름의 습기를 지독히도 싫어하는 길치 한 명이 산 초입에 선다. 아마 세상 모든 고민은 다 섞여 있는 시끄러운 싸움 사이, 누군가를 위한 행진이 주제였던 오후의 뉴스 탓일 것이다.

그리고 고작해야 청승 떨기에나 적합할 바위일 것이다.

손가락 끝에 떨어지는 액체에 깜짝 놀라 고개를 쳐들었다. 지저분해 출처를 알 수 없는 먼지와 잔해들을 피해 아슬아슬 걷던 발걸음이 멈춰졌다. 스멀스멀 움직이는 먹구름이 아까보다 훨씬 새카맣게 변해 있었다. 내려가야 한다고 되새겼는데 뒤를 돌아보니 우거진 나무에 가려, 산 아래가 시야에서 사라진 지 한참이었다. 비에 맞은 신발 코의 색이 짙게 변했다. 밟고 올라왔던 흙이 축축한 비에 젖어 진흙이 되어가기 시작했다.

쏟아지던 폭우 아래서 펴지 않은 우산을 한 손에 쥐고 걸어갔던 일이 생각났다.

'왜 그랬지? 뭐가 문제였지?'

그 해 가장 많은 비가 내렸던 날이었다. 몇 년 전 일을 구태여 끄집어내고는 이
유를 찾기 위해 주위를 뒤졌다.
왜 지금 이유를 찾아야 하지?
지금 당장 그 꼴이 날 것만 같았다.

매섭게 떨어지는 비에 한 발짝을 내밀 때마다 땅이 무너지고 아슬아슬하게 잡
은 풀 더미가 짓뭉개져 피지 못한 송아리*가 땅을 굴렀다. 머리가 아려왔다. 뭘
어떻게 해야 하지? 바지는 엉망에, 눈앞이 뚝뚝 끊겼다. 걸음이 멈추어 고개가
땅을 향했다.

한참 전에 지나간 논틀길 너머 벌초된 무덤 서너 개가 스쳐 지나갔다. 이맘때
벌초 되었다면 분명 반절은 꽃무덤*일 것이다. 보름 동안은 한 집 건너 한 집이
제사라는 전학 온 친구의 말이 떠올랐다.

꼭 그곳만 그랬던 것은 아니었다.

쫓아오는 발소리에 숨이 차오를 때까지 뛰어도 순간의 짧은 소리에 손을 놓아
버려야만 했던 것들이 꼭 그곳에서만 존재하지는 않았다.

아이는 호기심이 많았다.
그래서 가끔은 밖으로 나서지 말라는 방송을 무시하고, 거무스름한 밤길을 지

---

*송아리[명사] 꽃이나 열매 따위가 잘게 모여 달려 있는 덩어리.
*꽃무덤(순 우리말)[명사] 아까운 나이에 죽은 젊은이의 무덤.

나, 생명이 꺼지는 순간을 보고, 귓가를 스치는 두어 발의 총성을 듣고도 뜀박질을 멈출 수가 없었다. 가끔은 아이가 겪어서는 안 될 무언가를 겪게 된다. 행하지 않았어야 할 행위였다. 아이는 호기심이 많았고 두 명의 친구를 잃었다. 아이는 호기심이 많았다. 그건 죄가 아니었다. 그러나 유죄였다.

허공에 발을 딛는 소름 끼치게 짧은 순간에 수천 개의 바늘이 온몸을 찔렀다. 미끄러진 발에 챈 돌멩이 하나가 저 아래로 굴러 떨어져 갔다. 절벽 밑으로 떨어진 돌멩이가 짧은 시간 만에 툭 하고 땅에 닿았다. 1m도 채 되지 않는, 절벽 행세를 하던 바위 아래 구멍이 객자를 맞았다. 애꿎은 두 번째 돌멩이였다.

들어선 구멍은 오랫동안 머릿속에 그려왔던 어린아이들의 아지트보다 훨씬 실망스러웠다. 아이들 서너 명이 겨우 들어갈 정도의 좁은 공간은 온김 없이 서늘했다. 고르지 않은 바닥 사이사이 작은 웅덩이가 고여있었고, 안쪽 벽은 갈맷빛* 이끼와 이울어진* 식물로 너저분했다.

＊갈맷빛 [명사] 짙은 초록빛.
＊이울다 [동사] 꽃이나 잎이 시들다.

동공 오른편 한구석에 몸을 우겨 넣고 불편한 자세로 쪼그려 앉았다.

바지는 엉망에, 생각은 뚝뚝 끊겼다.

왜 여기에 들어와야 했지? 왜 비가 내리는데 산에 있었지? 왜 저수지에서 산길을 발견했지? 왜 저수지에 있었지? 왜 길을 잃었지? 왜 선바람으로 대문 밖을 뛰쳐나갔지?

고랑처럼 거슬러 올라간 생각 끝에 저를 내려보던 시선이 맞닿았다.

대화를 할 때에 눈을 마주치지 않아야 하는 이유는 이런 순간기억 탓이다. 굳어진 입매나 말을 참은 입술이나 내려다보는 표정을 장식하는 눈매가 그려졌다. 실망스러운 표정을 기억 속에서 되씹어보는 순간은 최악이다. 그 뒤에는 항상 멍청한 표정으로 할 말을 찾지 못한 내가 있었다.

바지는 엉망이었고 엉망인 건 바지뿐만이 아니었다. 어디쯤에서 날아왔을 비린내가 코끝을 스쳐 맴돌다가 퍼졌다. 좌우로 흔들리는 돌 하나에 몸을 걸쳐 양발을 슬금슬금 그러모아 무릎에 고개를 파묻고 생각했다.

아빠는 그러면 안 됐다, 적어도 아빠만큼은 그런 말을 하면 안 되는 거였다.

툭. 하고 바위 틈새를 따라 바닥에 떨어진 물방울의 소리가 소름 끼쳤다. 퍼붓는 비에 장벽이라도 쳐진 듯 바깥소리에 아랑곳하지 않고 작은 공간을 울렸다. 깡그리 싸잡아 표현해서 엉망이었다. 그게 바지든 머리카락이든 겉옷이든, 뭐든. 전부 엉망이었다.

툭.

세상이 변하고 일자리가 줄어드는 게 내 탓은 아니다.

툭.

좋아하는 걸 좋아하는 만큼 잘하지 못하는 것도 내 탓은 아니다.

툭.

잘하지 못하다는 이유로 하고 싶은 걸 피하고자 하는 것도 내 탓은 아니다.

툭.

좋아하는 게 모두 쓸모 없는 것이라는 사실도 내 탓은 아니다.

툭.

물론 그걸 지적해 주는 아빠를 탓할 이유도 없다.

툭.

평소에는 알아차리지 못하다 어느 순간 또렷이 들리는 시계바늘 소리처럼 진득하게 울려 퍼지는 소리가 싫어 소리 가까이 몸을 돌렸다. 톡 하는 소리와 함께 잇따라 어깨에 떨어지는 무거운 물방울에 몸을 움츠러뜨리고 머리를 꾹 눌렀다.

어떠한 일에, 예를 들어 무언가가 엉망인 일에 탓할 사람이 없다면 내 탓이라는 뜻이다. 그걸 인정하기가 너무 싫었다. 설움이라는 단어가 꾹꾹 눌러써 지고 흔적을 남긴 채 다시 지워졌다.

오래 전 학생들은 대학 가서 놀고 지금 공부하란 말을 들었다. 대학만 가라는 말, 3년만 고생하란 말, 공부만 잘하면 원하는 일 하며 행복하게 살 수 있다는 말도 들었다. 3살 많은 아저씨가 생각났다. 나이 많은 청소년과 어린 성인 사이의 1시간의 통화에서 수십 번의 한숨이 대화 사이의 공백을 채워갔다.

"엄마는 거짓말쟁이야."

중얼거리는 틈에 돌이 부딪히는 둔탁한 소리가 귀에 울려 고개를 되똑* 들어 앞을 바라봤다. 사람이었고, 마주친 눈에 놀람을 대신하는 짧은 욕설 하나와 괴상한 비명이 누가 먼저랄 새 없이 동시에 입에서 튀어나왔다. 똑같은 모양새로 쪼그려 앉아 있던 서로를 확인할 새 없이 실색하여 서로의 등을 차가운 돌 벽에 바싹 당겼다. 마을로 내려가면 시꺼멓다는 꾸중을 한 걸음 뗄 때 세 번씩 들을 만한 모습이었다. 공포가 서린 얼굴로, 손에 쥔 유일하게 검은색이 아닌 꽃 몇 송이로라도 당장 때릴 기세가 역력한 고양이 앞의 생쥐 표정에 도리어 놀람보다 당황이 불쑥 튀어나왔다. 조그만 손아귀 힘에 놀라 반쯤 짓뭉개진 흰 꽃 두 송이의 줄기가 습기를 머금고 축 늘어져 있었다.

---

*되똑 [부사] 오똑 쳐든 모양.

저도 모르게 입술 사이로 바람이 빠지는 소리가 났다. 심각한 표정에 웃지 않으려고 애쓰는 꼴을 보이고야 말았는지 아이의 미간이 좁혀졌다. 두려움을 주는 대상 앞에서 고개 숙인 음영 속 모습이었다. 머리 하나는 더 작을 여자애를 마주친 표정치고는 인상 깊은.

나뭇가지가 휘몰아치는 소리와 함께 들어오는 빗줄기에 몸을 안쪽으로 틀다가 욱신거리는 다리에 잇새로 비명이 흘렀다.

"괜찮아, 금방 그칠 거야."
귀신 본 듯한 표정을 봤는데도 그느르며* 자신 있게 말하는 미쁜* 구석에 고개를 설렁설렁 끄덕였다. 조금씩 들이닥치는 빗소리가 어느새 신경 밖으로 밀려갔다. 눅눅하고, 축축하고, 소금기에 절여지는 느낌의 나태함에 몸이 늘어졌다.

"곁찌* 쯤 되겠지?"
"그게 뭔데."
"먼 친척?"
"아마도, 저 마을에서 왔을 테니까."
"너 우리 가족이랑 닮은 거 같아."
"욕이야?"
"아니야, 시비야."

실은 곁찌는커녕 풋낯*도 못 되는 사이에 같이 동공 안에 쪼그려 앉아 비를 긋는* 모습이 우스웠다. 타의에 의한 나태라고 생각하고 늘어지니 오히려 마음이 편했다. 조금이라도 편히 앉기 위해 조금씩 조금씩 움직이다가 결국엔 반쯤 뒤로 드러누운 채로 눈을 비볐다.

＊그느르다 [동사] 돌보고 보살펴 주다
＊미쁘다 [형용사] 믿음성이 있다
＊곁찌 [명사] 어찌어찌 하여 연분이 닿는 먼 친척
＊풋낯 [명사] 서로 낯이나 익힐 정도로 앎
＊긋다 [동사] 비를 잠시 피하여 그치기를 기다리다

"그 동안 여기는 어땠어?"

"조용하다가, 시끄럽다가……. 나 여기서 안 살아."

"나도 여기서 안 살아."

"공사한다고, 물이 없대. 잘못 알려진 것 같아."

아이가 밖을 내다보다가 제 손에 쥐어진 늘어진 꽃을 바닥에 내려놓았다. 오다가 지나쳤던 벌초된 무덤이 생각났다. 무덤에도 검은 옷을 차려 입고 국화를 놓았던가?

"보통 역사책에서 이런 일이 생기면 나라가 바뀌던데. 정권이 바뀌거나, 나라이름이 바뀌거나, 새로운 사람이 등장하거나, 영웅이 등장하거나."

그제야 하고자 하는 말이 무슨 말인지 알았다. 외부인은 간혹 저런 질문을 하곤 했다. 개중에는 우리가 언론에 밝혀지지 않은 무언가를 안다고 착각하는 사람들도 여럿 있었다.

"그러고는 항상 그러지. 북풍이다."

그걸 이해하고 푸스스 웃는 모습에 뒤늦은 학구열을 보이던 아빠가 생각났다. 책을 세탁기에 올려놓은 채로 샤워만 하지 않으면 좋으련만, 고려에서 조선으로 넘어가는 시기의 책을 읽고는 저런 말을 했었다. 그 옛날이나 지금이나 달라진 게 없다고. 다른 사람이 말했다면 무시했을 것을 그냥 고개를 끄덕이고 말았다.

"30년 전에도 이랬는데, 30년 후에도 이러면 어쩌지."

"30년 전에도 이랬는데, 30년 후에도 이렇다고 말하겠지."

"우와, 그거 진짜 싫다."

찢어지는 소리가 밖에서 울려 퍼졌다. 목을 긁어내는 괴상한 소리가 산속에서 흘러왔다. 아주 오래 전에 뛰어내릴 거라며 소리 지르던 아이가 흐트러진 호흡을 고르지 못하고 괴로워할 때 저런 소리가 났다. 눈이 마주칠 뻔했는데, 사이를 막고 있던 큰 그림자가 아이의 뺨을 내려쳤다. 무죄를 유죄로 만들던 희미한 가로등 아래 몽둥이처럼 내려쳤다.

고작 3층이었다.

고작 10살이었다. 9살이거나.

"고라니야."

"나도 알아."

"왜 처음 듣는 사람 같은 표정이야? 겉모습은 귀여워."

"그 겉모습으로 들을 때마다 소름 끼치는 소리를 내잖아."

괴로운 소리가 귓속을 긁어내며 한 번 더 울렸다. 하다못해 이젠 양쪽에서 들려왔다.

"숨 넘어가는 소리긴 하지."

말이 끝나자 일순간 조용해졌다. 숨죽인 채 십여 초가 지나고 끝났다는 생각에 화색이 돌자마자 아까보다 배는 시끄러워진 소리가 양쪽에서 울렸다. 구겨지는 인상에 튀어나오려는 말을 꾹 참았다. 바른 말 고운 말. 바른 말 고운 말.

앞에서 낮은 하품소리가 들리자 곧이어 제 입에서도 같은 소리가 들렸다. 눈물에 흐려진 눈을 비비자 둘 다 널브러진 모양새로 바깥을 보고 있었다. 지루하고, 빠르게 적응된 빗소리에 졸음이 밀려왔다. 아이는 반쯤 감은 눈으로 벽에 머리를 기대고 있었다.

"자면 안 돼."

"눈꺼풀은 못 이겨."

"네가 자면 나는 심심하고, 심심하면 나도 자고, 둘 다 자면 우린 새벽에 일어나서 엉엉 울면서 밤길을 내려가겠지."

대답이 들려오지 않자 발끝으로 아이의 신발을 툭 찼다.

"너 지금 자지."

"안 자."

"눈이라도 뜨고 그런 소리를 해라. 우리 집 아빠가 자고 있었으면서 하는 소리가 항상 그거야. 아빠 안 자, 아빠 안 잔다."

"우리 아버지는 라디오. 새벽에 라디오가 들려서 방에 가보면 항상 틀어져 있는데 끄면 갑자기 일어나시고는 안 주무신다고 말하셔."

"우리 할아버지 같네."

항상 TV를 켜두고 주무시는 할아버지가 생각났다. 피는 못 속인다더니 이 집안 내력이었다. 어느 순간 고라니의 숨 넘어가는 울음소리가 들리지 않았다. 자꾸만 감기는 눈을 억지로 뜨려고 서로에게 말을 걸어댔다. 먼지 쌓인 습기가 그 사이를 빈틈 없이 채워갔다.

빗줄기가 눈에 띄게 가늘어졌다.

일어난 아이는 옷에 묻은 지저분한 먼지를 털고 늘어진 꽃을 들었다. 새카만 옷에 묻은 먼지는 눈에 띄게 거슬렸다. 너도 내려갈래? 하고 묻는 눈빛에 고개를 저었다. 아직 저 길을 내려갈 자신이 없었다.

"지금 내려가지 않으면 제시간에 꽃을 못 전해 줄 것 같아."

"먼저 가. 난 나중에 갈래."

"만나서 쪽팔렸고 다음에 아는 체하지 말자."

"노력해 볼게."

나름 괜찮은 대답이었는지 아이는 별말 없이 좁디 좁은 보호막을 벗어나 날카로운 빗줄기 아래 섰다. 돌멩이 하나를 툭툭 차며 산길을 내려가는 뒷모습에 꽃 두 송이가 축 늘어져 있었다. 애꿎은 두 번째 돌멩이가 떠났다. 다른 세상을 보는 기분으로 동공 밖을 바라보다 다시 고개를 처박았다. 한참을 그러다 무슨 바람인지 자리에서 벌떡 일어나 끝나가는 빗줄기에 발을 디뎠다. 그렇게 행동하고 싶었다. 이미 반쯤 내려갔을 아이를 따라잡을 정도의 서두른 걸음도, 땅에 닿을 때마다 삐걱대는 발목을 배려한 느린 걸음도 아닌 그 사이로 아슬아슬하게 걸어

나갔다. 걸을 때마다 둔해지는 통증에 발걸음이 훨씬 빨라지고, 훨씬 급해졌다. 미끄러지는 순간의 소름을 다시 밟아버리고 부주의한 뜀박질이 이어졌다. 물을 괴지 못해 기능을 상실한 채 바닥을 보인 저수지 왼편을 지나쳤다.

저 산속에는 여우가 산다. 사람을 홀리는 붉은 여우라 해 울지 못하고 검은색으로 잔뜩 분칠되어, 흰 꽃을 들고 피멍 서너 개쯤을 저 안 깊숙이 숨긴 작디작은 여우가 산다.

산을 내려갔다. 호기심이 많은 아이는 그곳으로 되돌아가야 했다. 수십 개의 구멍으로 난도질 당한 건물이 그곳에 있었고, 누군가는, 많은 사람은 매도 당했다. 술에 취한 취객은 자신이 예전에 폭도를 쏴 죽였다며 고래고래 소리 지르며 자랑했다. 이마를 찌푸린 아이가 벽 너머 그곳을 지나쳤다. 죽여버리고 싶었다.

여우가 있었다. 저기 마을 초입에, 우산을 들고 등을 보인, 가만히 있지 못하고 초조하게 왔다 갔다 움직이며 누군가를 기다리는 저 사람이 그랬다.

누군가가 기다린다는 생각 때문에 빨라지는 발걸음에 차인 돌멩이 하나가 굴러가 도랑 옆에 선다. 애꿎은 첫 번째 돌멩이다.

2013년 9월 9일,
진도고등학교 벽돌 벽 위에 내려앉은 황금박쥐.

　예상이나 할 수 있었을까. 얼핏 보면 아주 작은 아기 인형이 몸을 둥글게 감고 자고 있는 듯이 보이는 귀여운 모습이다. 이름에서 풍기는 카리스마는 어디로 갔단 말인가.
　행운을 가져다 주는 길조로 여겨지는 황금박쥐는 천연기념물 제542호로, 붉은 박쥐(멸종위기 야생동물 1급)라고도 불린다. 진도에서도 읍내에 위치한 진도고등학교에서 발견되었다니 학교 주변의 자연 친화적인 정도가 예상된다.
　사진은 9월 9일, 아침 8시 경에 진도고 본관 동편 현관 벽돌 벽에 붙어 있는 것을 학생들이 등굣길에 발견하고 촬영한 모습이다.

고즈넉한 암굴, 가사도 십자 동굴을 집터 삼은 황금박쥐

옛날 애니메이션에서나 들어봤음직한 황금박쥐를 만날 수 있는 광산 동굴

- 전라남도 진도군 조도면. 1년의 반 이상이 안개에 잠겨 있는 섬, 가사군도(島)에 가면 십자동굴을 만날 수 있다. 목포연안여객선터미널이나 진도 가학항 선착장에서 가사도로 향하는 배를 탈 수 있다.
- 십자동굴은 가사도 등대 인근에 있으며, 일제 시대에 규석 광산을 개발하려는 목적으로 깊이 파냈다고 한다. 광산 개발을 하다 멈춘 흔적들이 여기저기 보인다. 폭 2.5m~3.5m, 높이 1.m~2.8m, 동서로 170m 가량 뻗어 있다. 지금은 사람 발길이 닿지 않아 동굴 속에서 박쥐가 날아다니는 모습을 자주 접할 수 있다.
- 멸종 위기 야생 동물 1급인 붉은 박쥐(황금박쥐)가 발견된다. 10곳이 넘는 폐광통로로 미루어보아 많게는 수백 마리 이상이 서식하고 있는 것으로 추정된다.

섬들이 빚어내는 천상의 조화로움 '가사군도'

쉬미항을 출발해 배로 10분 정도 항해한 해상에 이르면 가사군도가 북에서 남으로 펼쳐진다.

동에서 서로, 소나무로 위장한 벙커를 연상케 하는 대소동도, 석벽으로 구축한 주지도(손가락섬), 양덕도(발가락섬), 구멍 뚫린 공도(혈도),

너른 마당 같은 가사백사, 제도, 다공도, 접우도, 북송도, 불도 등이 점점이 자리잡아 다도해의 아름다운 광경을 연출하고 있다. 푸르다 못해 눈이 시릴 듯한 하늘, 검푸른 파도, 절벽에 부딪혀 떨어지는 물보라가 장관이다.

사자도라 불리는 광대도는 행정단위로는 조도면 가사도리 2구 광도로, 해중에 펼쳐진 괴석으로 이루어진 섬이다. 낭떠러지 같은 바위굴 속으로 아찔한 순간들을 겪으며 기어 오르노라면 굴속 돌부처를 지나 광대도 주봉인 제일 높은 신선바위 또는 바둑바위의 해발 77m 상봉에 오르게 된다. 발 밑으로 깎아 지른 듯한 절벽, 파도 위로 날아 오르는 이름 모를 새들이 신비감을 더한다.

출처 : 진도군청, 관광문화 홈페이지

또아리

김채영

강아지와 먹구렁이가 친구가 될 수 있을까.
상상하기 어려운 일일지라도, 간혹 눈앞에서 펼쳐지고는 한다.

햇살이 상큼하다.

겨울의 신바람이 다시금 심통을 부릴 찰나,

봄 햇살이 반칙을 한다.

그렇다.

때로는 놓아주고 싶지 않은 계절의 흐름이 그들의 생각을 고려하지 않은 채 쉴 새 없이 달린다. 그렇게 봄은 달리고 달려 다리를 건너고 물을 건너 어느 한 시골 마을 오일장터에 도착했다.

"아재, 저 강아지 얼마요?"

"인자 한 마리 남았응께 그냥 3만 원에 가져가쇼."

"에이, 3만 원은 너무 비싸요. 좀 깎아주쇼."

강아지 주인 김씨는 뾰로통한 표정으로 한참을 고민한 후,

"그랍시다. 엥간해선 안 깎아 주는데, 날씨도 좋고 항께 그냥 2만 원에 가져가쇼."

김씨는 그날 조금리 5일장에서 강아지 5마리를 모두 팔았다. 홀가분한 마음으로 그는 근처 막걸리집으로 향했다.

"아짐, 여기 막걸리 반 주전자만 주쇼."

"어이, 그랴. 강아지는 다 팔았소?"

"예, 근디 요즘은 강아지 값이 형편 없소. 다섯 마리 갖고 와서 간신히 다 팔았구만이라."

"그라게 말이어. 요즘은 외지에서 애완견을 가져다가 키우는 통에 진돗개를 별로 안 키우는갑이여."

"그것도 그란디 요즘은 진돗개 중에서도 좋은 개만 인기가 있지, 족보도 없고 색깔도 안 이쁘믄 별로 인기가 없당께라."

"그랑께, 인자는 개 장사도 못해 먹겄구만."

막걸리 3잔을 연거푸 들이킨 김씨는 계산을 하고 밖으로 나왔다.

근처 뻥튀기 기계에서 '뻥' 소리가 요란하게 울려 퍼졌다.

김씨는 소스라치게 놀라며 얼른 발걸음을 재촉했다. 그는 근처 동물병원에 들러 집에서 키우는 토종 먹구렁이 사료를 듬뿍 샀다.

김씨는 다섯 마리의 진돗개와 우리나라 토종 먹구렁이를 집에서 기른다.

토종 먹구렁이는 멸종위기에 처한 동물로 요즘은 보기 드물고 매우 값어치 있게 여겨진다. 그는 먹구렁이에게 먹이를 줄 생각으로 서둘러 집에 도착했다.

그때, 하얀 개 한 마리가 꼬리를 치며 반갑게 김씨를 맞이했다.

"아니, 이놈의 똥개새끼가 왜 여기로 왔어?"

김씨는 근처에 있는 몽둥이를 들고 하얀 개를 향해 휘저으며 뛰어갔다.

하얀 개는 꼬리를 내리고 김씨 쪽을 계속 바라보며 몽둥이를 맞지 않기 위해 필사적으로 도망쳤다.

사실 그 개는 오늘 김씨가 오일장에 내다판 강아지들의 엄마였다.

얼마 전 실시한 진돗개 심사에서 합격하지 못한 개는 김씨 입장에서는 잡종견에 불과했다.

그래서 강아지들이 젖을 떼자마자 근처에 사는 장씨 집에 팔아버렸다.

하지만 그 개가 목줄을 끊고 자기가 진짜 주인으로 생각하는 김씨네 집으로 도망쳐 온 것이다. 그는 마치 미친개 다루듯 그 개를 쫓아냈다.

"여보세요. 아, 장씨. 그 똥개새끼 단단히 좀 묶어놔. 이놈이 목줄을 끊고 우리 집으로 왔네."

김씨는 장씨에게로 전화를 걸어 개 단속을 단단히 할 것을 부탁했다.

이어 김씨는 먹구렁이에게로 가 동물병원에서 사온 구렁이용 먹이를 주었다.

먹이를 다 먹자 김씨는 먹구렁이를 우리에서 꺼내 일광욕이 가능한 볕이 잘 드는 곳에 놓아 두고 한참을 지켜보았다.

먹구렁이는 멸종위기 동물로 잘 키우기만 하면 나중에는 큰 돈을 받고 팔 수 있다고 하여 김씨가 애지중지 키우는 중이었다.

김씨는 먹구렁이를 다시 우리에 넣은 후 최근 심사에서 다섯 마리 모두 합격 판정을 받은 진돗개 우리로 갔다. 우리에는 암컷 네 마리와 수컷 한 마리가 있었다. 김씨는 개들에게도 사료를 주고 나자 낮에 마신 막걸리 취기가 올라왔다. 3월의 따스한 햇살을 받으며 김씨는 마루에 털썩 누워 금새 곯아떨어졌다.

"으악, 저 개새끼가 나를 물라고 하네."

그렇게 정신 없이 자던 김씨가 갑자기 소리치며 깨어났다.

"휴, 꿈이었구만."

김씨는 소매로 이마에 흐르던 땀을 닦아냈다. 그러고 나서 근처 장씨 집으로 서둘러 갔다. 장씨는 밭에 나가 없고 집에는 하얀 개만 김씨를 반기며 그에게로 뛰어올라왔다. 그는 그런 개를 애써 외면하며 다시 집으로 돌아왔다.

사실 하얀 개는 김씨가 매우 아끼는 개였다. 진돗개 심사에서 당연히 합격할 것이라 철석같이 믿었었는데 그만 꼬리 길이가 짧다는 이유로 심사에서 불합격을 당했다.

진돗개가 심사에 합격하는 것과 불합격하는 것은 값어치에서 엄청난 차이가 나기 때문에 그때부터 김씨는 하얀 개에게 실망을 하게 되었다.

그래서 새끼들이 젖을 뗀 직후 장씨에게 하얀 개를 팔아버렸다. 그런데 그 개는 기회를 틈타 목줄을 끊고 그의 집으로 돌아온 것이다.

그런 개를 김씨는 매몰차게 내치고 말았다.

집으로 돌아온 김씨는 다시 한 번 우리에 있는 먹구렁이를 확인한 후 마을 사람들이 모여 있을 마을 회관으로 향했다.

하얀 개가 먹구렁이를 처음 보았을 때는 아주 어린 새끼 때였다.

개는 먹구렁이가 처음부터 좋았다.

가족들과 일찍 헤어진 개는 먹구렁이를 보자 새로운 가족 같은 기분이 들었다.

먹구렁이가 길쭉하고 꿈틀거리는 것이 신기했지만 왠지 싫진 않았다. 먹구렁이 우리가 너무 높아 하얀 개가 가까이서 볼 순 없었지만 멀리서 보이는 모습이 무척 인상 깊었다.

그렇게 시간은 흘러 어느덧 하얀 개가 먹구렁이 우리를 들여다볼 정도로 키가 컸을 때 처음으로 먹구렁이를 가까이서 볼 수 있었다. 그때 하얀 개는 먹구렁이에게서 묘한 감정을 느꼈다.

쓸쓸함이랄까, 외로움이랄까 하는……

이때부터 하얀 개는 먹구렁이에게 더욱 애틋한 감정을 갖고 매일 매일 구렁이를 보며 조금씩 마음을 열어가고 있었다.

먹구렁이는 땅꾼*에게 잡혔다. 다른 뱀들과 섞여 불법적으로 운영되는 뱀 요리 전문집으로 팔려갈 운명이었다. 그때 갑자기 동물보호연대 소속 직원들과 경찰들이 들이닥쳐, 모든 뱀들을 압수해서 야산에 방생하게 되었다. 그런데 동물보호연대 소속 직원이었던 김씨가 그중 먹구렁이를 방생하지 않고 집으로 가져가게 되었던 것이다.

먹구렁이도 처음부터 하얀 개가 싫진 않았다.

키도 작고 귀엽게 생긴 개가 자기를 보고 짖는 것이 마냥 귀여웠다.

먹구렁이의 부모는 모두 땅꾼에게 잡혀 이미 다른 사람에게 팔려가 버렸고, 혼자만 살아남아 김씨 집에 오게 되었다.

김씨 집 개들은 모두 큰 개들이었고 각각 우리에 갇혀 있었다. 하얀 개만 작다는 이유로 풀린 상태로 마당을 돌아 다녔다.

하얀 개가 우리 근처로 올 때면 먹구렁이도 그 개를 내려다보며 외로움을 달래곤 했다.

김씨는 어린 개를 유난히 예뻐해서 매일 같이 놀아주기도 하고 산책도 다녔는데 이 모습을 지켜보며 먹구렁이는 자기도 같이 산책을 할 수 있었으면 하고 생각하기도 했다.

---

*땅꾼[명사] 뱀을 전문적으로 잡는 사람

"너 이름이 뭐니?"

하얀 개가 먹구렁이에게 다가가 물었다.

"나도 내 이름은 모르겠어. 하지만 사람들은 나를 먹구렁이라고 불러."

"아! 그렇구나. 너의 부모님은 어디에 계셔?"

"글쎄, 잘 모르겠어. 어떤 사람이 와서 우리 부모님을 잡아 갔는데 나는 몰래 숨어 있어서 나만 살아 남았어. 하지만 다음날 부모님을 찾아 돌아다니다가 나도 어떤 사람한테 잡혀버렸지."

"그랬구나. 나도 우리 부모님이 어디 계시는지 몰라. 어렸을 때 김씨 아저씨가 나를 여기로 데려왔어."

그렇게 하얀 개와 먹구렁이는 매일 매일 서로를 알아가며 서로에 대한 호감을 키워 나갔다.

"너 그거 알아?"

어느 날 하얀 개가 헐레벌떡 뛰어와 먹구렁이에게 물었다.

"뭔데?"

"그게 말이야. 밖에 멀리까지 가면 큰 소리를 내며 굴러다니는 게 있어. 엄청나게 빠르게 달리기도 하고 안에는 사람들도 많이 타고 있어."

"어떻게 생겼어?"

"어떤 것은 엄청 크고 마을 앞에 잠깐 서면 많은 사람들이 내리기도 하고 타기도 해. 또, 어떤 것은 별로 크진 않지만 엄청 빠르게 달려. 내가 옆에서 아무리 빨리 달리려고 해도 따라 잡을 수 없을 정도로 빨라."

"무섭진 않아?"

"나를 보고 공격하진 않아. 하지만 아까는 내가 길을 건너는데 갑자기 달려와서 깜짝 놀랐어."

"밖에 나가면 항상 조심해야 돼. 예전에 아빠 친구도 무섭게 달리는 물건에 깔려 죽을 뻔했던 적이 있어."

"알았어. 그런데 너는 답답하지 않아? 항상 우리에 갇혀 있으니 말이야."

"답답해. 하지만 여기서 빠져나갈 수가 없어. 나도 여기서 나가서 친구들도 만나고 부모님도 만나고 싶어."

"내가 빨리 커서 네가 빠져 나올 수 있도록 도와줄게."

"고마워. 그리고 이제 곧 겨울이 오면 나는 겨울잠을 자러 가야 하는데⋯⋯."

"겨울잠을 자다니? 매일 잠을 자잖아."

"응. 맞아. 매일 잠을 자지만 우리 뱀들은 겨울엔 날씨가 추워서 밖에서 지낼 수가 없고 깊은 곳에 들어가 겨울이 다 지나갈 때까지 잠을 자야 돼."

"그렇구나. 나는 아직 겨울을 경험해 보지 못해서 겨울이 얼마나 추운지는 모르겠어."

"나도 잘 몰라. 하지만 예전에 엄마가 1년 동안 어떻게 살아야 하는지를 가르쳐준 적이 있어. 겨울이 되기 전에는 무조건 많이 먹고 겨울 동안엔 잠을 자야된다고."

"그럼, 나도 이제부터 많이 먹고 겨울 동안에 잠을 자야겠다."

"하하하! 너도 겨울잠을 잔다고?"

둘은 모처럼 환하게 웃으며 즐거운 시간을 보냈다.

다음날은 마치 하늘에서 파란색 물이 금방이라도 쏟아질 듯 푸르디 푸른 화창한 가을날이었다. 여느 날과 같이 하얀 개는 우리로 달려가 먹구렁이를 불렀다.

그런데 웬일인지 먹구렁이는 대답을 하지 않았다.

평소에는 몸을 천천히 꿈틀거리며 하얀 개의 말에 대꾸를 해주는 먹구렁이였지만 이번에는 전혀 반응이 없었다.

하얀 개는 걱정이 되기 시작했다.

멍멍! 멍멍멍!

아무리 불러도 먹구렁이는 대답이 없었다.

그때 김씨가 집에 돌아왔다.

하얀 개는 그에게로 달려가 짖기 시작했다.

"아니, 이 녀석이 오늘 왜 이래?"

평소와 다른 하얀 개의 행동에 당황한 김씨는 그런 개를 뒤로 한 채 먹구렁이 우리로 갔다.

먹구렁이는 평소 모습과 달랐다. 또아리를 튼 채 전혀 움직임이 없었다. 무언가 심상치 않다는 느낌을 받은 그는 서둘러 먹구렁이를 들고 밖으로 향했다.

먹구렁이를 데리고 읍에 있는 동물병원으로 갔다.

"어제까지는 별 문제가 없었는데, 오늘은 전혀 움직이질 않네요. 어디가 아픈지 알 수 있을까요?"

김씨는 애지중지하는 먹구렁이가 혹시나 잘못되지 않을까 노심초사하며 물었다.

"아, 배를 보니까 먹은 걸 잘 소화시키지 못하는 것 같네요. 배가 볼록한 건 똥을 싸지 못해 그런 겁니다."

"그럼 어떻게 해야 하나요?"

"먹이를 먹은 후에 적당한 운동을 해야 하는데 아마 운동 부족이 원인인 것 같습니다. 먹이를 먹으면 적당히 운동을 좀 시키세요. 그럼 괜찮아질 겁니다."

"아이고, 감사합니다."

김씨는 몇 번이고 고마움을 표시한 후에 먹구렁이를 안고 서둘러 집으로 향했다.

집에 오자마자 하얀 개와 함께 먹구렁이를 안고 근처 들판으로 갔다.

들판에 먹구렁이를 내려 놓고 충분히 움직일 수 있도록 뒤로 물러선 채 멀찍이서 먹구렁이를 지켜보았다.

하얀 개는 마냥 좋았다.

이렇게 먹구렁이와 산책을 나올 수 있다는 게 무엇보다도 좋았다.

먹구렁이가 가는 곳마다 따라 다니며 개는 계속 말을 걸었다.

"밖에 오니까 좋지? 느낌이 어때? 예전 살던 곳이 어디야?"

"조용히 좀 해. 촐싹대지 좀 마."

먹구렁이는 하얀 개에게 타박은 했지만 싫지 않았다. 모처럼 들판을 돌아다니니 기분이 날아갈 듯 좋았다.

이대로 예전 살던 곳으로 갈 수 있으면 좋으련만……

그런 먹구렁이의 기분을 아는지 모르는지 하얀 개는 먹구렁이 근처를 마냥 뛰어다니며 소리쳤다.

"빨리 따라와 봐. 빨리 빨리."

오랜만에 즐거운 시간을 보낸 후 하얀 개와 먹구렁이는 다시 일상생활 속으로 돌아왔다.

한결 기분이 좋아진 먹구렁이가 이번엔 먼저 하얀 개에게 말을 걸었다.

"너는 엄마 보고 싶지 않아?"

"엄마? 많이 보고 싶어. 하지만 이제는 엄마 얼굴이 잘 생각 안나."

"내 엄마는 어디에 있을까? 나쁜 사람들한테 잡혀갔는데 무사할까?"

먹구렁이는 엄마 생각에 눈시울을 붉혔다.

"아마 괜찮을 거야. 걱정하지 마."

하얀 개는 마치 어른이 된 것처럼 먹구렁이를 위로했다.

먹구렁이도 그런 개를 보면서 마음이 따뜻해짐을 느꼈다. 그리고 하얀 개가 점점 더 좋아지기 시작했다.

하얀 개도 이제는 먹구렁이가 자기가 의지할 수 있는 유일한 존재임을 새삼 느끼며 먹구렁이에 대한 애틋한 감정이 피어나고 있었다.

"깽깽깽⋯⋯."

하얀 개가 비명을 지르며 집 안으로 달려 들어왔다.

"무슨 일이야?"

먹구렁이가 다급하게 물었다.

"앞집 개가 나를 물려고 해."

그때 하얀 개보다 조금 더 큰 개가 집 안으로 달려 왔다.

하얀 개는 먹구렁이 우리 뒤로 숨었다.

하지만 앞집 개는 하얀 개를 향해 달려들었다.

그때 먹구렁이가 몸을 일으켜 세워 앞집 개를 향해 소리를 내며 위협했다.

앞집 개는 처음 보는 동물 모습에 놀라며 황급히 도망쳤다.

그러자 하얀 개는 큰 숨을 내쉬며 말했다.

"큰일날 뻔했어. 앞집 녀석이 나만 보면 공격하려고 해. 너 아니었으면…… 고마워."

하얀 개는 먹구렁이에게 진심으로 고마움을 느꼈다. 이제는 먹구렁이가 하얀 개에게는 친한 친구 이상의 듬직한 존재가 되어 가고 있었다.

먹구렁이에게도 하얀 개는 자신이 보호를 해 주어야 하는 소중한 존재가 되어 가고 있었다.

날씨는 점점 쌀쌀해 지고 있었다.

낮에는 햇빛이 강하게 내리쬐고 있어 따뜻했지만 아침 저녁으로는 제법 옷깃을 여밀 정도로 추위가 성큼 다가왔다.

"더 추워지기 전에 겨울잠 잘 곳이 필요한데 어쩌지?"

먹구렁이가 걱정스럽게 하얀 개에게 말을 걸었다.

"내가 김씨 아저씨에게 말해 볼까? 겨울잠 잘 곳이 필요하다고?"

하얀 개도 걱정이 되어 약간은 허세를 부리며 말했다.

"니가 무슨 수로 아저씨에게 말해?"

먹구렁이가 심드렁하게 대꾸했다.

그때, 가을 추수를 마치고 김씨가 집으로 들어왔다. 김씨는 먹구렁이 우리를 살펴보며 혼잣말을 했다.

"이제 겨울이 되면 요놈이 겨울잠을 자야 하는 데 어디에 잠자리를 마련할꼬?"

김씨도 먹구렁이가 겨울잠을 자야 된다는 것을 알고 있었다.

하얀 개도 먹구렁이도 이 말을 듣자 안심이 되었다. 하지만 겨울잠을 자게 되면 그 동안은 서로 헤어져야 한다는 사실에 하얀 개는 내심 겨울이 조금 늦게 왔으면 좋겠다고 생각했다.

시간은 어느 누구의 바람대로 느리게도 또는 빠르게도 흘러가지 않았다. 초록 물결이었던 산과 들판도 주황색을 필두로 온갖 색색들로 가득 차더니 어느덧 옷을 조금씩 벗기 시작했다.

새벽녘에는 제법 한기가 느껴질 정도로 차가워진 기운을 실감할 수 있었다. 겨울은 그렇게 조용히 다가오고 있었다.

김씨는 아침 일찍부터 일어나 헛간을 청소했다.

비바람이 들어올 수 없도록 꼼꼼히 문틈도 막았다. 바닥에는 추수를 마치고 가져온 볏짚을 두껍게 깔았다. 볏짚을 깔고 그 위에 누워보니 아늑하고 무척 따뜻했다.

그리고 밖으로 나가 어제 읍에서 새로 짜온 먹구렁이 우리를 들고 다시 헛간 안으로 들어왔다. 우리는 나무로 만들었는데 튼튼하고 뚜껑을 덮으면 빛이 새어 들지도 않아 먹구렁이가 겨울잠을 자기에는 안성맞춤이었다.

김씨는 만족한 표정을 지으며 밖에 있던 먹구렁이를 들고 들어와 새로 만든 우리 안에 집어 넣었다. 우리 안에는 먹이통도 같이 넣었다.

"이제 우리 먹구렁이가 겨울잠을 잘 수 있겠군. 자, 좋은 꿈 꾸고 잘 자라."

김씨를 헛간 문을 걸어 잠그고 방 안으로 들어갔다.

하얀 개는 벌써부터 먹구렁이가 보고 싶어졌다.

그 동안 먹구렁이가 좋은 친구가 되어 주었는데 이제는 친구가 없어져 버려 마음 한 구석이 텅 비어버린 것 같았다.

새로운 것만 보면 마냥 신나서 뛰어 다니고 쫓아 다니곤 했는데 이제는 모든 것에 대한 흥미를 잃어버렸다.

모르는 사람이 와도 짖지도 않고 앞집 개가 짖어도 짖거나 말거나 별 관심도 없어져 버렸다. 김씨 아저씨가 와도 별로 반가워 하지도 않았다.

김씨는 이런 하얀 개가 이상하다고 생각하면서도 조금 지나면 괜찮아지겠지 하고 대수롭지 않게 여겼다. 그렇게 또 시간은 조금씩 흘러갔다.

올 겨울은 유난히 추웠다.

여느 때보다 눈도 많이 내렸다.

하얀 개는 처음 보는 눈이 마냥 신기했다. 그래서 내리는 눈을 따라 이리 저리 정신 없이 달려 다녔다.

그러면서 문득 문득 먹구렁이도 이런 눈을 같이 보았으면 좋았겠다는 생각을 했다.

"먹구렁이는 잘 자고 있겠지? 이렇게 오래 자도 괜찮은 걸까?"

하얀 개는 괜시리 먹구렁이가 걱정스러워졌다.

먹구렁이가 잘 있나 헛간 앞을 서성거려 보았지만 이내 포기하고 돌아섰다.

다시 눈 밭으로 달려가 뒹굴어도 보고 미끄럼을 타 보기도 했다.

하얀 개는 눈이 좋았다. 먹구렁이에 대한 빈자리를 눈이 채워주는 것 같았다.

매서웠던 추위도 어느덧 한 풀 꺾이고 낮 동안에 양지에 누우면 따뜻한 기운을 느낄 수 있었다.

하얀 개도 무럭무럭 자라 이제는 강아지 티를 어느 정도 벗고 제법 어른 개다 워지고 있었다.

어렸을 때 촐랑대던 모습도 이제는 많이 얌전해지고 귀여웠던 예전 모습은 사라지고 조금씩 진돗개다운 모습으로 변해가고 있었다.

하지만 모습은 바뀌어도 먹구렁이에 대한 그리움만은 사라지지 않았다.

하얀 개는 하루도 먹구렁이 생각을 하지 않은 날이 없었다.

어서 빨리 겨울이 가고 기나긴 겨울잠에서 하루 빨리 깨어나길 간절히 기다렸다.

김씨가 분주히 움직이기 시작했다.

5일장날인 오늘은 장에 가서 조만간 겨울잠에서 깨어날 먹구렁이에게 줄 먹이도 사야 하고 진돗개 조합에 들러 지금 집에서 기르고 있는 다 자란 진돗개들의 심사 일정도 확인해야 하기에 서둘렀다.

김씨는 집에 있는 개들이 당연히 진돗개 심사를 통과해 순종으로 인정받을 것이라 자신했다. 또한 지금 자라고 있는 하얀 개도 심사를 받을 만큼 큰다면 당연히 심사에 합격할 것이라 생각했다. 장에 들러 여러 가지 생활용품을 사 들고 진돗개 조합에 들러 일을 본 후 집으로 돌아온 김씨는 먹구렁이가 있는 헛간으로 들어갔다.

먹구렁이는 몸을 꿈틀거리며 조금씩 움직이고 있었다.

"잘 잤어? 이제 따뜻한 일광욕을 하러 나가자."

김씨는 먹구렁이에게 말을 걸며 먹구렁이를 꺼내 밖에 있는 우리로 옮겼다.

먹구렁이는 오랜만에 신선한 공기를 들이키며 따뜻한 햇살을 만끽했다.

기분이 상쾌했다.

하얀 개는 오늘 먹구렁이가 나올 것을 알고 있었다.

김씨가 열심히 우리를 닦고 수리하는 모습을 보았기 때문이다.

어서 김씨가 장에서 돌아와 구렁이를 밖으로 데려오길 기다리고 기다렸다.

마침내 먹구렁이가 나오자 하얀 개는 꼬리를 치며 달려갔다.

하지만 먹구렁이의 반응은 의외였다.

하얀 개를 보자마자 먹구렁이는 소스라치게 놀라며 몸을 웅크렸다.

하얀 개의 모습이 너무나 많이 변해 있었기 때문이었다.

하얀 개는 먹구렁이가 겨울잠을 자는 동안 새끼 강아지의 모습에서 어느덧 어른 개의 모습으로 바뀌어 있었다.

이런 하얀 개의 모습이 낯설기만 했다.

"야! 나야 왜 그래? 내가 너를 얼마나 많이 기다렸는데."

하얀 개는 당황하며 먹구렁이에게 말을 걸었다.

그제서야 좀 전의 의심스런 눈빛을 거두고 하얀 개를 쳐다 보았다.

그랬다. 하얀 개였다.

"아니, 왜 이렇게 많이 큰 거야? 전혀 못 알아보겠는 걸. 나는 다른 개인 줄 알았어."

먹구렁이는 놀라움을 감추지 못하며 하얀 개를 다시 한 번 쳐다보았다.

자세히 보니 어린 하얀 개의 모습도 보였다. 하지만 이제는 어엿한 어른 개로 변해 있었다.

"그동안 어떻게 지냈어? 겨울은 어땠어?"

먹구렁이가 물었다.

"응 재미있었어. 겨울에는 눈이 와. 눈은 하얗고 쌓이면 푹신한 느낌이야."

276

"눈이라고? 나도 눈 보고 싶다."

"너 보여 줄려고 눈을 모아 놓았었는데 눈이 금방 사라져 버렸어."

"그리고 또 무슨 일 있었어? 재미있는 얘기 좀 해 줘."

"겨울엔 모든 것이 정지해 버리는 것 같아. 날씨가 추워서 사람들 모습도 거의 보이지 않고, 나도 가끔씩은 집안에 하루 종일 들어가 있던 적도 있었어. 하지만 눈이 오면 아이들이 밖으로 나와서 눈으로 사람도 만들고, 눈을 뭉쳐 서로 던지기도 해. 그럴 때면 나도 같이 뛰어 다니며 즐겁게 놀기도 했지."

"친구도 많이 사귀었어?"

"아니, 친구들은 별로 없어. 가끔은 아이들과 놀기도 하고 아니면 혼자 여기저기 돌아다니기도 하고…… 니가 같이 있었으면 하고 생각을 많이 했었어. 니 생각이 정말 많이 났어."

하얀 개는 지난 겨울을 회상하며 잠시 생각에 잠겼다.

하얀 개 앞집에 사는 개는 하얀 개가 어렸을 때부터 괴롭히곤 했다.

틈만 나면 하얀 개의 집에 와서 가끔 꼬리를 물기도 하고 하얀 개 위에 올라타 짓누르기도 하고 자신의 큰 덩치를 이용해 힘들게 했다.

이번 겨울 동안 하얀 개는 몸집이 놀랄 정도로 커졌다.

어느 날 하얀 개는 앞집 개를 우연히 만났다. 그 동안의 기억 때문에 하얀 개는 서둘러 앞집 개를 피해 달아났지만 돌아와 생각해 보니 자신이 앞집 개보다 더 커져 있다는 것을 느꼈다.

하얀 개는 자신 있게 앞집으로 갔다. 앞집 개는 하얀 개를 보자마자 맹렬히 짖으며 하얀 개를 향해 달려왔다.

이번엔 하얀 개도 물러나지 않았다.

자신을 향해 돌진해 오는 앞집 개에 맞서 하얀 개는 같이 공격을 했다.

이제 힘에서는 밀리지 않았다.

하얀 개는 다리를 물리긴 했지만 있는 힘껏 앞집 개의 목덜미를 물었다.

앞집 개는 비명을 질렀다.

하지만 하얀 개는 계속 물었다. 그 동안 당한 고통을 되갚아줄 생각이었다.

그 때 김씨가 달려왔다. 개들이 싸우는 소리를 들었기 때문이었다.

처음엔 하얀 개가 또 앞집 개에게 물린 것이라 생각했다.

하지만 와서 보니 하얀 개가 앞집 개를 물고 있는 것을 보았다.

속으로는 은근히 통쾌했지만 물리고 있는 개가 걱정되기 시작했다.

김씨는 달려 들어 하얀 개를 앞집 개로부터 떼어 놓았다.

그리고 재빨리 앞집 개의 상태를 살펴 보았다.

목덜미를 심하게 물려 피가 나고 있었지만 다행히 목숨에는 지장이 없었다.

그때 앞집 개의 주인인 이씨도 집으로 돌아왔다.

이씨도 오자마자 개의 상태를 확인했다. 김씨는 이씨에게 미안하다 사과를 한 뒤 하얀 개를 일부러 심하게 혼냈다.

하얀 개도 다리를 물려 피가 나고 있었다.

다행히 이씨도 개들끼리의 싸움은 있을 수 있는 일이라 이해하며 하얀 개를 용서해 주었다.

김씨는 하얀 개를 데리고 집에 오자마자 다리의 상태를 확인하고 약을 발라 주었다. 그리고 이제는 어른 개가 된 하얀 개의 목줄에 줄을 묶어 먹구렁이 우리에서 조금 떨어진 곳에 메어버렸다.

그 동안 마음껏 자유롭게 돌아다닐 수 있었던 하얀 개는 이제 줄에 묶이는 신세가 되어 버렸다.

목줄이 묶인 후로 하얀 개는 우울해졌다.

자유롭게 다닐 수도 없었고 무엇보다도 먹구렁이에게 밖에서 일어난 일들을 더 이상 말해 줄 수 없게 된 것이 가장 슬펐다.

먹구렁이는 하얀 개가 묶인 후로 위로의 말을 해 보았지만, 하얀 개는 한 동안 아무 말도 하지 않았다.

한참이 지난 후에 하얀 개가 먼저 말을 했다.

"이렇게 묶이고 보니까 그 동안 니가 얼마나 힘들었을까 생각이 들어. 너는 계속 우리 안에만 갇혀 있었잖아."

"나도 처음엔 무척 힘들었는데, 니가 항상 옆에 있어서 전혀 외롭거나 힘들지 않았어. 이제부턴 내가 너에게 힘이 되어 줄게."

하얀 개는 먹구렁이의 말을 들으니 다시 힘이 났다.

'그래 맞아. 그래도 이제부턴 항상 먹구렁이와 같이 있을 수 있잖아. 오히려 잘 된 일인지도 몰라.' 라고 마음속으로 생각했다.

온 산과 들이 형형색색의 꽃들로 가득 찼다.

벚꽃이 하얀색으로 온 동네를 물들이는가 싶더니 어느덧 노란색, 분홍색 진달래 개나리가 하얀색 틈을 비집고 들어가 한껏 자신의 색을 자랑한다.

자연이 화려한 자태를 뽐내며 옷들을 갈아입고 있을 즈음 하얀 개와 먹구렁이도 무럭무럭 자라고 있었다.

봄의 화려함이 세상을 뒤덮을 즈음 한낮의 날씨는 벌써 그늘을 찾아야 할 정도로 더워지고 있었다.

그러더니 아침 저녁의 선선함을 느낄 새도 없이 날씨는 여름의 더위 속으로 빨려들어갔다.

여름의 한낮은 견디기 어려울 정도로 더웠다.

하얀 개는 그늘을 찾아 하루 종일 누워 있기만 했다.

먹구렁이도 지푸라기 속으로 들어가 움직이지 않고 누워만 있었다.

서로 말을 거는 것도 귀찮게 느껴졌다.

그렇게 지루하던 여름의 더위도 시간이라는 무서운 존재에 굴복하며 또 한번의 계절의 변화를 맞이하고 있었다.

이제 하얀 개는 누가 보더라도 어른 개로 볼 수 있을 정도로 성장해 있었다.

김씨는 이런 하얀 개를 시집 보낼 준비를 하고 있었다.

옆집 마을에 사는 허씨의 개에게 시집 보낼 생각이었다.

김씨는 하얀 개의 목줄을 잡고 집을 나섰다.

하얀 개는 영문을 모른 채 김씨의 손에 이끌려 낯선 곳으로 가게 되었다.

하얀 개는 낯선 곳에서 먹구렁이와 이별한 채 한동안 지내게 되었다.

며칠이 지나고 하얀 개는 다시 집으로 돌아 왔다.

먹구렁이는 예전 모습 그대로였다.

하지만 하얀 개는 이젠 혼자가 아니었다.

새끼를 갖게 된 것이다.

하얀 개와 먹구렁이는 이제 조금은 어색해졌지만 서로에 대한 마음은 변함이 없었다.

그렇게 얼마간의 시간이 흘러 하얀 개는 새끼를 낳게 되었다.

모두 다섯 마리였다.

새끼를 낳자 누구보다 김씨가 가장 좋아했다.

하얀 개가 진돗개 심사를 통과한다면 새끼들을 큰 돈을 받고 팔 수 있기 때문이었다.

그래서 김씨는 새끼들이 어느 정도 크자 하얀 개에게 진돗개 심사를 받도록 하얀 개를 데리고 읍에 있는 진돗개 사업소로 갔다.

김씨는 자신 있었다. 누구보다 개에 대해서 잘 안다고 자부를 했고 하얀 개는 자신이 생각하기에 분명 심사를 통과할 것이라 확신하고 있었다.

하지만 문제는 엉뚱한 데서 발생했다.

김씨는 얼굴 생김새라든가 몸집이 진돗개로서 손색이 없다고 생각하고 있었다. 그러나 하얀 개는 보통의 진돗개에 비해 꼬리가 많이 짧았다.

그 결과 하얀 개는 심사에서 불합격 판정을 받고 말았다.

김씨의 실망은 이루 말할 수가 없었다.

당장 하얀 개의 새끼들을 싼 값에 처분할 수밖에 없었다.

김씨는 실망스러운 마음에 근처 막걸리 집에 들러 막걸리를 들이켰다.

평소에 그토록 아끼고 사랑했던 하얀 개를 보자 분노가 치밀어 올랐다.

"이놈의 똥개!" 하며 발로 하얀 개를 찼다.

하얀 개는 영문을 몰랐다.

어제까지 그렇게 다정하게 자신을 대하던 김씨가 갑자기 왜 저러는지 그 이유를 알 수가 없었다.

집으로 돌아 온 김씨는 여전히 하얀 개를 차갑게 대했다.

하얀 개의 새끼들에게마저도 냉정하게 대했다.

하얀 개는 당황스러웠지만 자신의 새끼들을 보호하기 위해 최선을 다했다.

김씨에 대한 서운한 감정을 먹구렁이에게 하소연을 해 보았지만 혼란스러웠다.

먹구렁이도 김씨의 행동이 이해가 되지 않기는 마찬가지였다.

하루 아침에 돌변한 김씨의 행동이 낯설기만 했다.

인간에게 느꼈었던 좋지 않은 감정이 그 동안 김씨의 친절한 행동으로 많이 없어졌다고 생각을 했는데 오늘 아침에 목격한 김씨의 행동은 예전에 보았던 욕심 많고 차가운 인간의 모습 그대로였다.

그렇게 시간이 흘러 김씨는 하얀 개의 새끼가 젖을 떼고 나자 하얀 개를 근처 장씨에게 팔아버렸다.

하얀 개는 자기를 끌고 가는 김씨가 평소와는 다르다는 느낌을 받았다. 가기 전에 먹구렁이를 한 번 보고 싶었다.

하지만 김씨는 매몰차게 개의 목줄을 잡고 곧장 장씨 집으로 끌고 갔다. 개가 소리 높여 먹구렁이를 불러 보았자 소용이 없었다.

먹구렁이도 평소와는 달리 끌려 가는 개가 걱정이 되었다.

목을 최대한 세우고 밖을 지켜보았지만 마지막 인사도 못한 채 그렇게 개는 끌려가 버렸다.

하얀 개는 새끼들과의 이별도 무척 힘들었지만 먹구렁이와의 이별 또한 견디기 힘들었다.

장씨에게 팔려간 개는 매일을 눈물로 보냈다.

새끼들도 보고 싶고 먹구렁이도 보고 싶었다.

그러던 어느 날 묶여 있던 목줄을 이빨로 물어보았다.

끊을 수도 있겠다는 생각이 들었다.

그래서 계속해서 물고 또 물었다.

드디어 목줄이 끊어졌다.

제일 먼저 김씨 집으로 달려갔다. 하지만 이미 새끼들은 팔려 가고 없었다.

새끼들이 없어진 것을 확인한 후 먹구렁이에게로 갔다.

다행히 먹구렁이는 그대로 있었다.

하얀 개는 먹구렁이를 보자 왈칵 눈물이 쏟아졌다.

먹구렁이도 마찬가지였다.

하얀 개가 너무나 반가웠다.

하얀 개는 장씨 집에서의 생활을, 먹구렁이는 하얀 개가 떠난 후의 생활을 이야기 하며 오랜만에 같이 시간을 보냈다.

하지만 하얀 개는 먹구렁이의 이야기를 듣고 걱정이 되기 시작했다.

하얀 개가 떠나자 동네 아이가 자신의 개와 함께 먹구렁이를 찾아와 자꾸 먹구렁이를 괴롭힌다는 것이었다.

김씨가 집에 없는 틈을 타서 오기 때문에 먹구렁이를 구해 줄 수 있는 사람이 아무도 없다는 것이었다.

먹구렁이는 자신을 괴롭히는 아이의 행동이 점점 심해지고 있다고도 했다.

하얀 개가 보기에도 먹구렁이는 그 동안 몰라보게 살이 빠져 있었다.

그렇게 시간을 보내고 있을 즈음 김씨가 장에서 돌아왔다.

하얀 개는 오랜만에 보는 김씨가 반가웠다.

김씨도 오랜만에 자신을 보고 좋아할 거라 생각했다.

하지만 하얀 개의 생각은 완전히 빗나가고 말았다.

김씨는 하얀 개를 보자마자 몽둥이를 들고 하얀 개를 쫓기 시작했다.

하얀 개는 혼란스러웠다.

이제는 정말 김씨가 무서워지기 시작했다.

그렇게 하얀 개는 장씨 집으로 쫓겨와 다시 줄에 묶이는 신세가 되었다.

며칠을 또 다시 묶여 있던 하얀 개는 먹구렁이가 걱정이 되어 가만히 있을 수가 없었다. 단단히 메진 목줄을 다시 한 번 이빨로 물어 보았다. 쉽게 끊어질 것 같지는 않았다.

하지만 먹구렁이만을 생각하며 있는 힘을 다해 목줄을 물어 뜯고 또 물어 뜯었다.

입에서는 피가 흐르기 시작했지만 하얀 개는 포기하지 않았다.

결국 목줄은 끊어졌고 하얀 개는 곧장 먹구렁이에게로 뛰어 갔다.

그런데 먹구렁이가 말했던 어린 남자 아이와 큰 개 한 마리가 먹구렁이에게로 와서 또 다시 막대기로 먹구렁이를 찌르며 괴롭히고 있었다.

먹구렁이는 막대기를 피해 구석으로 도망쳐 보았지만 소용이 없었다.

하얀 개는 참을 수가 없었다. 큰 개를 먼저 물리쳐야 했다. 큰 개로 달려가 목덜미를 있는 힘껏 물었다. 하지만 큰 개는 생각보다 힘도 세고 날렵했다. 하얀 개는 있는 힘을 다해 싸웠다. 하얀 개와 큰 개가 엉켜 싸우고 있을 때에 갑자가 남자 아이가 막대기로 하얀 개의 머리를 내리쳤다. 하얀 개는 재빨리 피하면서 순간적으로 그 남자아이의 손을 물어버렸다. 손에서는 피가 흐르고 남자 아이는 소리치며 울기 시작했다. 하얀 개는 어찌할 바를 몰랐다. 분명 실수였다.

하얀 개는 평소 절대 사람을 물어서는 안 된다는 확고한 신념을 가지고 있었다. 하지만 순간의 실수로 사람을 그것도 아이를 물어버린 것이다.

아이의 울음 소리를 듣고 사람들이 몰려왔다. 김씨도 달려왔다.

김씨는 하얀 개가 아이를 물었다는 사실을 알고 하얀 개를 곧 잡아 죽일 것처럼 소리를 지르며 쫓아 왔다.

하얀 개는 정신 없이 뛰어 도망쳤다. 여기서 잡히면 큰일이라는 생각이 들어 온 힘을 다해 뛰고 또 뛰었다.

얼마를 뛰었을까? 한참을 뛰어 가다 뒤를 돌아보니 김씨가 보이지 않았다.

안심을 하면서도 경계는 늦추지 않았다. 하얀 개는 김씨가 오늘처럼 화를 낸 것을 처음 보았다.

잠시 숨을 고르자 하얀 개는 먹구렁이가 걱정이 되기 시작했다. 먹구렁이가 자신이 없다면 견딜 수 없을 거라 생각했다. 하얀 개는 김씨가 무서웠지만 먹구렁이가 더욱 걱정이 되어 다시 먹구렁이가 있는 집 쪽으로 달려갔다.

아이가 하얀 개에게 물린 후 모든 마을 사람들의 관심이 어린아이에게 쏠려 있을 즈음 먹구렁이는 하얀 개가 걱정이 되었다. 먹구렁이는 하얀 개가 김씨에게 쫓기는 것을 보고 우리에서 나오기 위해 우리 문을 밀어 보았다. 다행히도 우리의 문은 어린아이가 먹구렁이를 괴롭히면서 닫혔던 고리가 풀려 있었다.

먹구렁이는 사람들 눈을 피해 살금살금 집을 빠져 나왔다. 먹구렁이는 하얀 개가 도망친 곳을 향해 최대한 빠르게 기어갔다.

하얀 개는 정신 없이 달렸다. 멀리 집이 보이기 시작했다.

그때 길 건너편에 희미하게 먹구렁이처럼 생긴 물체가 보이기 시작했다.

하얀 개는 자리에 멈춰 섰다. 그리고 반대편에 보이는 물체를 자세히 바라보기 시작했다. 반대편에 보이는 물체가 먹구렁이가 틀림 없었다.

하얀 개는 너무나 기뻤다. 먹구렁이를 다시는 볼 수 없을 거라 생각했었다.

하얀 개는 먹구렁이를 향해 뛰기 시작했다. 옆을 확인할 사이도 없었다.

바로 그때 자동차 한 대가 빠르게 다가 왔다. 하얀 개는 그만 자동차에 치이고 말았다. 자동차와 정면으로 충돌한 하얀 개는 그 자리에서 쓰러지고 말았다.

먹구렁이는 순식간에 벌어진 일에 넋을 잃고 쳐다 보았다. 어떻게 손 쓸 틈도 없었다.

먹구렁이는 재빨리 하얀 개 쪽으로 기어갔다. 하얀 개는 아직 가늘게 숨을 쉬고 있었다.

"정신차려! 정신차리라고!!!"

먹구렁이는 하얀 개를 향해 소리쳤다.

"난…… 니가…… 정말…… 좋았어……."

숨을 몰아 쉬며 하얀 개는 힘들게 말을 이어갔다.

"넌…… 참 좋은…… 녀석이야……."

하얀 개는 먹구렁이를 쳐다보았다.

"나도 니가 좋았어. 그러니 제발 제발 죽으면 안 돼."

먹구렁이는 눈물이 왈칵 쏟아졌다.

그때 하얀 개가 마지막으로 숨을 크게 한 번 들이 쉬더니 그만 고개를 떨어뜨렸다.

먹구렁이는 그 자리를 떠날 수가 없었다. 너무나 마음이 아팠다.

자신이 힘들었을 때 가장 큰 힘이 되어 준 하얀 개의 죽음을 믿을 수가 없었다.

먹구렁이는 죽은 하얀 개의 몸 여기 저기를 타고 넘었다.

하얀 개의 체온을 마지막으로 느끼고 싶었다.

그리고 하얀 개의 몸 안을 파고 들어 갔다.

그곳에서 조용히 또아리를 틀었다.

하얀 개의 품은 너무나 따뜻했다.

먹구렁이는 그렇게 하얀 개의 품 안에서 편히 잠이 들었다.

그때 멀리서 커다란 트럭 한 대가 빠른 속도로 달려 오고 있었다.

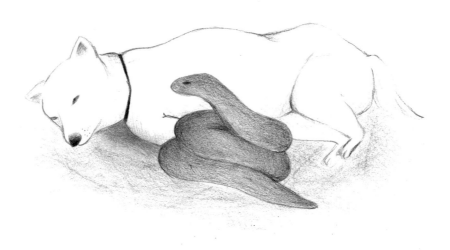

여기는 교실. 우리의 모델, 방울이는 오빠가 다니는 학교에 놀러 왔다.

학교에 흰둥이들이 많다. 너른 학교 마당을 종횡으로 누빈다. 때로는 복도까지……
대부분 직업은 백수인 덕분에 학교의 왕 언니 역할을 맡아 애쓰고 있는 흰둥이의 이름도 '백수'다.

매일 유유자적 이 사람 저 사람에게 불쌍한 표정을 전해 소시지 등 고급진 음식을 갈취하는 것이 특기인 아이. 가끔 비가 오면 학교 처마 밑에 누워 시를 읊는 표정으로 졸기도 하고 교실까지 들어오는 무리수를 두다가 제대로 혼쭐나기도 한다.

진돗개는 기본적으로 성깔 좀 있는 놈들이지만 가족들에게는 매우 낙천적인 미소를 보여주는 은혜로운 개다. 콧부리가 길쭉하고, 꼬리가 튼실하게 말아 올려지며, 귀가 크고 쫑긋하다는 외형적 특징을 지닌다.

특히, 머리가 엄청 커서 전체적인 비율은 좀 옛스럽지만 보고만 있어도 활력이 느껴지는 강자들이다.

진도 사람들 대부분이 지극히 개를 사랑해 언제나 행복한 백구들이지만 진도에 개가 많은 만큼 길가를 유유히 거닐다가 자동차에 로드 킬 당하는 경우가 많고, 순종이 아닌 경우에는 외면당하는 일도 많아 가슴 아파진다. 여러분! 흰둥이가 행복한 진도를 지킵시다. 흰둥이의 미소를 보고 있자면 사람도 저절로 행복해집니다. 방울아, 백수야, 개야! 우리 행복하자. 아프지 말고.

섬에서 살아가는 수많은 흰둥이들의 이야기

방울이와 백수, 개(이름임)는 세상에서 가장 즐겁게 뛰어놀 학교에 다니는 흰둥이다.

방울이의 웃는 모습은 묘하게 매력적이다.
방울아 꼬리 세워, 꼬리!

방울이의 수줍은 풀밭 포즈 설정. 일단 좀 쉬고…

먹구렁이

크기는 110~120cm이다. 한국에 분포하는 뱀류
중에서 제일 크며, 등면이 황갈색이고, 배면은 황
색이며, 흑색의 점무늬가 산재한다. 먹구렁이와
황구렁이 2종류가 있으며, 제주도에는 없다. 난생
으로 5~6월에 12~25개 정도의 알을 낳으며,
민가 근처의 양지바른 돌 밑이나 볏짚 아래에 산
란한다. 산림지, 인간 간섭이 드문 곳에 서식하며,
주요 먹이는 설치류, 참새, 개구리 등이다.

포유류·양서류·파충류 정보, 국립중앙과학관

묻는다, 당신에게

이서진
이제 더 이상 접하기 어려운 진도만가와 상여 소리.
이들을 이어가는 사람들을 찾았다. 그리고 묻는다, 당신에게…….

Earth #4_1

진도의 전통 장례문화인 진도 민가와 상여에 관하여

아-아-애-해-요-
아-아-애-해-요-
다시 청춘이 오련마는 우리야 같은 인간들은
한번 아차 죽어지면 북망산천에 흙이로구나

처음 마주한 세상의 빛. 눈 앞에 아른거리던 아름다운 빛이 아스라이 멀어지는 것을 보며, 명년 춘삼월의 명사십리 해당화 같던 우리네 인생은 길지만 짧게 느껴지는 시간의 흐름을 따라 다시 흙으로 가는구나. 다시 한번 명년 춘삼월의 그 찬란한 햇살을, 아름다운 빛을 만질 수 있을까. 그 봄 봄 봄……

"팀장님, 비 오는데요."

수연은 퍼뜩 눈을 떴다. 기댈 때마다 삐걱대 팀원들의 귓구멍을 후볐던 의자에서 몸을 서서히 일으켰다. 부스스한 머리를 쓸어 넘기며 안경을 찾아 쓰자 흐릿

하던 앞이 선명해지고, 자신을 부른 팀원 동석이 눈에 들어왔다. 동석, 입사 초반 갓 신입의 느낌을 유독 뽐내며 어리버리한 면으로 욕도 많이 먹었지만 특유의 동글한 눈과 반반한 얼굴로 여자 상사들의 애정을 동시에 받고 있는 어느새 입사 3년이 넘어가는 수연의 팀원이다.

"비?"

그제서야 수연의 귀에 빗소리가 들렸다. 수연은 즉시 뒤돌아 한 벽면 전체가 통유리로 되어 있는 꽤나 현대식의 회사 유리를 만졌다. 장대비가 쏟아지고 있었다. 이를 못 들을 정도로 잔 거라면 수연은 자신이 꽤 깊은 잠에 들었었나 보다 라고 생각했다.

"평소에 졸기는커녕 화장실이랑 커피 마시러 갈 때 빼면 의자에 붙여 놓은 것 처럼 앉아계시는 분이 오늘은 웬일이래요?"

어느새 동석이 수연의 옆에 와 있다. 수연은 대답 대신 손톱 끝으로 유리를 두드렸다. 그렇다. 수연은 평소 팀원들 사이에서 '체어우먼'이라고 불릴 정도로 근무시간에 의자에서 몸을 일으키는 일이 거의 없었다. 동석의 말대로 근무시간에 존 것은, 특히 팀원과의 근무시간에서 존 것은 이번이 처음이라고 할 수 있었다. '체어우먼'이 이렇게 된 데에는, 최근 그녀가 맡게 된 '진도 상어 프로젝트'가 큰 영향을 주었다. 평소 수연이 맡는 분야는 증권가 찌라시나 최신 정치 뉴스를 보도하는 것이었다. 그러나 얼마 전 회의에서 수연은 그녀답지 않은 돌발행동을 저질렀다.

"요새 인터넷 키기만 하면, 무슨 당이 어떤 정치를 하네, 우리나라 국회의원들이 일을 안 하네, 톱스타가 누구랑 연애를 하네, 뭐 증권수익률이 올랐네, 내렸네. 이거 뿐이잖습니까. 사람들이 경제랑 정치에 관심 큰 건 이해가 가. 생활이랑 관련성이 크잖아. 근데 이건 뭡니까? 예?"

오국장은 발표용 안테나를 길게 뽑아 한 연예인의 옷 스타일이 달라졌다는 톱 기사를 두들겼다.

"이런 기사가 톱 뉴스 칸을 차지할 기삽니까? 저 가수 옷 색깔이 핑크색에서 주황색으로 바뀌었다는 게 대체 뭐가 중요한 겁니까?"

오국장은 강도를 높여 화면을 두드리며 미간을 찌푸렸다.

"내가 화나는 건 말입니다."

오국장은 거칠게 넥타이를 풀며 말했다.

"이 기사를 우리 회사 직원이 썼다는 겁니다."

라고 말하는 오국장의 눈빛이 동석에게로 꽂혔다. 국장을 필두로 그 회의에 참석한 모두가 동석에게 눈길을 주며 자기들끼리 속닥거리기 시작했다. 몇몇은 아예 대놓고 동석을 향해 조소를 날리기도 했다.

"안동석씨?"

"예, 국장님."

간혹 나오는 어리버리한 모습으로 상사들의 구박을 한 몸에 받아 웬만한 구박과 핀잔에 단련된 동석도 이번만큼은 아니었는지 그의 동공이 흔들렸다.

"우리 회사 모토가 뭡니까?"

"'유용한 정보는 세상을 바꾼다' 입니다."

"이게 유용한가요?"

"……."

동석은 대답 대신 숨을 한 번 골랐다.

"아닙니다. 죄송합니다."

동석은 이내 대답했다. 그런 동석을 보며 수연의 마음속에서 무언가가 꿈틀했다. 동석의 기사가 썩 형편없는 기사이긴 했지만, 그건 동석이 메인으로 쓴 기사가 아니었다. 사이드 부분의 화제거리 칸에 넣을 기사가 왜 톱기사가 되어버린 건지 모르겠으나, 그건 전적으로 편집부의 오류이면 오류일터, 동석 혼자 많은 사람들 앞에서 창피를 당할 정도의 잘못은 결코 아니었다. 그것도 동석의 팀장 앞에서.

"동석씨는 연예인 화젯거리 말고 다른 이야기는 못 쓰는 겁니까? 안 쓰는 겁니까?"

오국장은 동석을 바라보며 비꼬았다. 동석은 대답 대신 쓴 미소만 짓고 있었다. 수연은 이건 도를 넘었다고 생각했다. 나서는 것을 싫어하는 그녀였지만 그때만큼은 나서야 한다고 생각했다. 3년 동안 같은 팀인 동석이 전적으로 그의 실수도 아닌 실수로 이 정도로 비난받을 뿐만 아니라 그의 능력까지 의심받고 있다는 것은 그녀에 대한 모욕이요, 팀장 된 마음으로 두고 볼 수가 없었던 것이다.

"국장님, 말씀이 지나치시네요."

수연의 낮지만 간결한 목소리가 회의실 중앙의 긴 테이블을 가로질렀다.

"임수연씨? 수연씨가 웬일로 나한테 의견을 내시네. 발표 때 빼고는 말도 잘 안 하시는 분이. 아, 안동석씨가 수연씨 팀인가? 자기 팀원이 욕 먹는 거 보니까 듣 기 거북해요?"

"네, 맞습니다."

국장이 불만스럽다는 듯 한쪽 눈썹을 들어올리며 수연을 쳐다보았다. 수연도 지지 않고 지극히 이성적인 눈빛으로 국장의 미간을 뚫었다.

"근데 동석씨가 쓴 기사가 썩 괜찮은 기사는 아니잖아?"

"동석씨가 책망 받아야 할 부분은 그 기사를 썼다는 것 하나지, 그 기사를 메 인으로 올렸다는 것은 아닙니다. 그쪽은 편집부 소관이시니까요. 또 기사 배치 의 오류로 인해 동석씨의 능력까지 의심받을 부분은 더욱 아닌 것 같습니다, 국 장님."

수연은 일부러 국장님 세 단어를 느리게 말함으로써 국장의 심기를 다시 한 번 건드렸다. 아까 동석을 비꼰 것에 대한 복수였다. 옆에서는 편집부 팀장이 물을 들이키다 수연의 말을 듣고 사래가 들려 켁켁 대었다. 국장은 어이가 없다는 듯 헛웃음을 지었다.

"동석씨의 능력이요? 그럼 내가 예전부터 계획한 프로젝트가 하나 있는데, 그 기사를 동석씨가 써줄 수도 있겠네요?"

"물론입니다, 국장님."

수연은 선선한 미소를 지으며 말했다. 이것은 일종의 기싸움이었다. 수연과 국 장 사이에서는 보이지 않는 스파크가 맹렬히 타고 있었다. 그런데 수연의 대답 을 들은 국장의 얼굴이 왜인지 만족감에 사로잡혔다.

"좋습니다. 오늘 회의는 이걸로 끝입니다. 수연씨랑 동석씨는 제 방으로 오시 죠."

국장은 회의 종료를 선언한 뒤 흐트러진 넥타이를 붙잡아 매고 아침부터 공들 인 잘 손질된 포마드 가르마를 만졌다. 이내 그는 콧노래를 흥얼대면서 회의실 문을 나섰다.

'팀장님, 어쩌시게요?'

동석이 수연을 향해 큰 눈으로 말했다.

'될 대라 되라지. 뭐.'

수연은 생각했다. 수연과 동석은 회의실을 나와 국장실로 향했다. 국장실 문 앞에 다다르자 동석은 비 맞은 강아지 같은 눈빛으로 수연을 돌아보았다. 그런 모습을 보고 있자니 수연은 왠지 용기가 났다. 불 꺼진 복도에서 겁 많은 여학생을 지키려 앞장서는 남학생처럼. 그녀는 힘차게 회의실 문을 열었다. 호화로운 국장실이었다. 통유리로 되어 있는 사무실을 혼자 사용하고 있는 국장은 그들을 보자 회의 때와는 다른 태도로 그들을 반겼다.

"어서 와요, 동석씨 그리고 수연씨."

국장은 사무실 중앙의 투명한 유리 테이블로 둘을 안내했다. 수연은 갑자기 달라진 국장의 태도에 다소 떨떠름한 기분으로 국장이 가리키는 푹신한 의자에 앉았다.

"아까 회의할 땐 미안했어요, 동석씨. 순간 화가 나서 실수를 했네. 너무 마음에 두진 말아요."

"아닙니다, 국장님."

"아까 회의할 때 수연씨한테 말했던 그 프로젝트 말이에요."

국장의 특기였다. 그는 사적인 얘기를 하다가도 예고 없이 공적인 얘기로 화제를 바꾸곤 했다.

"그거 장난으로 한 말 아닙니다. 정말 동석씨랑 수연씨한테 맡기고 싶어요."

왜 이래 이거. 아까는 그렇게 동석을 까더니. 수연은 생각했다. 그러나 국장의 표정은 진심이었다. 그 점이 수연을 더 의아하게 만들었다.

"실은 제가 예전부터 기획해오던 프로젝트가 있습니다. 이거 먼저 보시죠, 일단."

국장으로부터 그들은 '진도 상여 프로젝트'라고 적힌 종이 뭉치를 받아들었다.

"요즘 사람들 쓸데없는 것에 관심 두다가 정작 필요한 것을 잃어버리기도 하잖아요? 연예인 옷이 바뀌었다던가, 아이돌이 성형을 했다던가 안 했다던가 그런, 아 동석씨 미안해요."

동석은 괜찮다는 웃음으로 답했다.

"여튼 그런 저런 이슈에 묻혀서 진짜 알아야 될 건 놓치는 거죠. 우리가 알고 지켜야 할 것을."

"그게 뭔데요?"

그제서야 수연은 입을 떼었다.

"우리 전통이요."

그렇게 말하는 국장의 얼굴에 애정의 빛이 서렸다. 멋이라면 유행을 놓치지 않고 따르며 있는 대로 멋을 내는 국장이 전통에 관심 있었다니. 수연은 무심코 내뱉지 않을 수 없었다.

"의외네요, 팀장님."

수연은 뱉고 나서 그녀의 말투가 문제였다는 것을 깨닫고 다시 말했다.

"악의는 없습니다."

국장은 잠시 굳었던 얼굴을 피며 말했다.

"현대문명에도 관심 많고 전통에도 관심 많습니다. 솔직히 따지자면 저는 전통에 더 관심이 많죠. 그래서 예전부터 전통에 관한 기사를 써보고 싶었어요. 읽은 사람들마다 전통의 소중함을 느낄 수 있는 그런 기사를. 근데 제 실력으론 어림도 없더라고요. 기획만 벌써 몇 년째 하고 있어요."

국장이 손 끝을 비비며 시선을 떨구었다. 그의 얼굴에 쑥스러워 하는 아이 같은 표정이 서렸다.

"하지만 수연씨는 잘 하시잖아요. 전에 수연씨 대학 다닐 때 쓴 글들 입사할 때 다 읽어봤어요. 수연씨 기사에는 대중을 움직이는 힘이 있어요. 지금 우리에겐 그런 힘이 필요해요. 우리만의 아름다운 전통이 잊혀지면 안 되잖아요. 여자 아이돌 옷 색깔 바꿔 입은 기사에 밀리면 그건 진짜 안 되는 일이잖아요. 요새 사람들 상여가 어쩔 때 쓰이고 어떻게 생겼는지 잘 모르는 사람들 많을 거예요. 저는 수연씨가 그 사람들한테 우리 전통을 우리가 잘 알아야 보존되고 더 아름다워진다는 것을 알려줄 수 있다고 믿어요."

국장이 이렇게 수연을 높이 평가하고 있었다는 것을 수연은 입사한 지 어언 5년 만에 처음 알게 되었다. 수연은 수연씨가,라는 강조성 어구가 나올 때마다 반박하기 위해 입을 뻥긋거렸으나 말하는 국장의 표정이 너무 진지하여 차마 낄 수가 없었다. 대신 수연은 겨우 이 말 한 마디만을 던졌다.

"그럼 회의 때 홧김에 부르시지 않으셨으면 평생 안 시키셨을 건가요?"

국장이 빙그레 웃었다.

"아뇨, 수연씨가 왔을 걸요. 회의 때 수연씨가 발끈하지 않았더라면, 저는 다른 식으로 어떻게든 수연씨를 발끈하게 만들어 수연씨 발로 여길 찾아오게 했을 테니까요."

회의실에서의 만족스러운 국장의 미소가 국장의 빙그레 웃는 모습에 겹쳤다. 수연은 어이가 없었다. 그녀의 입은 반쯤 벌려져 '허' 라는 소리만 나올 뿐이었다.

"그냥 직접 부탁하셨으면 되잖아요?"

"그럼 하셨을 거예요? 수연씨 전문 분야는 정치랑 경제 부분인 걸로 아는데요. 그 외 분야는 잘 맡지도 않는다고 들었는데?"

그도 그랬다. 수연은 정치와 경제 이외의 다른 부분에서는 두각을 나타내지도 흥미를 보이지도 않았다. 그녀는 마치 정치와 경제 분야를 쓰기 위해 잘 훈련된 기계 같았다.

"그리고 자발적으로 참여하게 만들고 싶었어요. 이런 소중한 프로젝트를 하는데 강제적으로 하면 모순이잖아요, 수연씨 입으로 '네, 하겠습니다.' 라는 말을 듣고 싶었어요."

그렇게 말한 후 국장의 얼굴에 '해줄 거죠?'라는 표정이 서렸다. 수연은 선뜻 대답하지 못하고 있었다. 실은 수연은 전통에 관해 깊이 생각해 본 적이 없었다. 상여라면 더더욱. 상여가 죽은 사람을 운반할 때 쓴다는 어렴풋한 정보만 알고 있을 뿐이었다. 무엇보다 국장이 말하는 '요즘 사람들' 에 자신도 포함되어 있을 거라고 생각했기 때문에 기사를 쓴다면 그 기사는 곧 수연이 수연에게 말하는 기사가 될 것이므로 수연으로서는 선뜻 대답하기 힘든 난제였다. 그녀의 침묵을 깬 것은 동석이었다.

"대단한데요."

동석이 눈을 빛냈다.

"저도 전통에 관심 많습니다. 국장님도 그러셨다는 건 좀 의외지만 멋져요, 국장님."

회의 때 국장 탓에 많은 사람들에게 창피를 산 동석이 자신에게 창피를 준 국장을 향해 감탄 어린 표정을 보였다. 국장이 수연을 발끈하게 만들기 위해서 일부러 많은 사람들 앞에서 동석에게 창피를 주었다는 것을, 그를 이용했다는 사실을 알게 되었음에도 불구하고 성격 좋은 동석은 그보다 국장도 자신처럼 전통

에 관심이 많다는 사실에 더 흥미를 보였다.

"전 하겠습니다, 국장님. 하실 거죠, 팀장님?"

동석이 기대에 찬 큰 눈으로 수연을 쳐다보았다. 하실 거죠가 아니라 하세요라고 말하고 있었다. 임팀장은 입만 조금씩 벌렸다 다물었다 할 뿐이었다.

"팀장님."

동석이 다시 한 번 수연을 불렀다. 그녀는 동석의 눈이 아까 진지하게 말하던 국장의 눈과 참 많이 닮았다고 생각했다. 수연은 이내 대답했다.

"유용한 정보 한 번 써 봅시다."

수연은 회상을 멈추었다. 비는 여전히 내리고 있었다. 회의가 있은 지 어언 3일째, 프로젝트 생각이 수연의 머리를 항상 떠돌았다. 상여. 요새 수연의 머릿속에서 떠나지 않는 생각 중 하나였다. 완벽하고 계획적이자 규격화된 삶을 추구하는 수연이 잠시 존 이유의 주범 또한 상여였다. 그뿐만 아니라 잠시 잠이 들 때면 꿈에서까지 상여의 형상과 상여를 부를 때 부르는 노래가 수연의 머릿속을 맴돌았다. 그러다 잠이 깨면, 수연은 자연스레 꿈과 이어져 상여를 생각하기 시작했다. 그녀는 자나깨나 상여 생각을 하고 있는 것이었다.

"그 프로젝트 있잖아요."

동석이 입을 열었다. 수연은 알았다는 듯이 책상으로 몸을 돌려 책상 위의 프로젝트에 시선을 꽂았다.

'진도 상여 프로젝트'.

수연은 국장과의 대화가 있은 후 몇 번이고 프로젝트 내용을 훑어 보았다. 외울 정도였다. 국장이 준 종이뭉치에서 진도에 가면 상여와 진도 전통 장례에 관한 장인을 만날 수 있을 거라는 정보를 얻을 수 있었다. 아마 동석은 지금 그 이야기에 대해 말할 것이다. 비가 온다는 사소한 이유로 그녀를 깨운 것도 그 때문일 테니.

"내일이라도 가볼까요? 국장님이 기한을 정해 주신 건 아니지만 그래도 지금부터라도 시작하는 게……."

빙고.

"인터뷰 내용은 짜고 말하는 거야?"

수연은 삐걱이는 의자에 다시 몸을 뉘이며 안경을 벗고 얼굴을 문질렀다. 수연은 여전히 자신이 없었다. 기사를 쓸 자신조차 전통문화에 대해서 큰 애정을 가지지 않고 살았는데 사람들에게 전통의 소중함이라는 인식을 뿌리 잡게 만드는 기사를 써야 한다니. 이거야말로 모순인 걸. 수연은 얼굴을 비비며 생각했다. 그 생각 때문에 프로젝트는 당췌 속도를 내지 못하고 있었다.

"그럼요."

수연과 달리 평소 전통에 대해 관심도 많고, 전통 장례문화와 상여에 대해서도 관심이 많은 동석이 수연의 맞은편으로 자신의 상사를 따라 앉으며 말했다.

"팀장님이 차 키만 주시면 될 것 같은데요."

빙글거리는 동석을 향해 수연은 눈을 흘겼다. 사회생활에 닳아 능글맞아진 동석이 얄미웠지만 맞는 말이라 뭐라 할 수도 없었다. 동석의 말이 맞았다. 걱정에 사로잡혀 할 일을 차일피일 미루는 것은 썩 좋지 않은 일이라고 수연은 생각했다. 수연은 일어나 동석을 향해 차키를 던졌다.

"운전은 니가 해라."

기차를 타고 올 걸. 서울과 진도의 거리는 5시간, 충동적인 당일치기로 가기에는 좀 먼 거리였다. 수연은 3일 사이에 자신답지 않게 돌발적인 행동을 두 가지나 했다고 생각했다. 수연은 2시간 째 군말 없이 운전하고 있는 동석을 쳐다보았다. 동석은 설레어 보였다. 동석은 자신이 예전부터 애정을 갖고 있던 전통이 많이 각광받지 못하고 있는 것에 항상 자책하고 슬퍼했다. 언젠가 그는 필력을 쌓아 전통의 소중함과 젊은 세대들이 관심을 가져야 한다는 기사를 써 많은 사람들에게 전통의 소중함을 알리려는 계획을 가지고 있었다. 그러던 중 국장도 자신과 같은 생각을 가지고 있다는 것을 알게 되었고, 그의 큰 꿈이 실현될 날이 가까워졌다는 것이 그날 이후 동석을 항상 설레게 만들었다. 그렇기 때문에 2시간 내내 빗속을 달려온 동석의 표정에서는 미소가 가시지 않았다.

"좀 쉬었다 갈래?"

"전 괜찮은데요."

"내가 몸이 삐걱거려서 그래."

"팀장님 앉아만 계셨잖아요."

동석이 장난기 섞인 목소리로 놀렸다.

"너도 나이 먹어봐 임마, 저기 휴게소 있네. 차 세워. 우동이라도 한 그릇 때리게."

"에헤이, 유용한 정보를 만들려면 지금 쉬엄쉬엄 가면 안 되는 상황이라니까. 정 뭐 드시려면 조수석 열어보세요. 과자 있어요. 그거 먹어요."

동석이 수연의 목소리를 따라 하며 수연을 놀리자 수연은 이내 체념한 듯 의자에 기대어 내리는 빗줄기를 응시했다.

극락이라 하는 곳은 황금으로 땅이 되어 나무아미 타 불

고통 근심이 전혀 없고 연꽃으로 줄을 이어 나무아미 타 불

반야 용선에 배를 뛰어 인도황이 노를 젓고 나무아미 타 불

팔보살이 호위를 하여 제천음악 가진 풍악 나무아미 타 불

극락세계로 가옵소서 나무아미 타 불

"팀장님."

동석의 목소리에 수연은 벌떡 일어났다. 아. 또 졸았구나. 수연은 상여 프로젝트

를 맡은 후로 항상 상여 생각을 해서인지 상여 프로젝트에 있던 진도만가가 자나
깨나 그녀의 귓가에 들리는 듯하였다. 그녀는 5시간 동안 운전한 동석에게 미안
한 마음 반, 근무 중 3시간이나 잠을 자 버린 민망함 반으로 안경을 고쳐 썼다.

"피곤하셨나 봐요, 코까지 고시고."

"내가?"

수연은 못 믿겠다는 듯 반문했다. 그녀의 투명하고 둥그런 세련된 안경 뒤의
눈이 휘둥그레해졌다.

"당연히 아니죠. 이거 봐봐요, 팀장님."

갈수록 장난과 능청이 느는 동석을 보며 수연은 눈을 흘기다 피식 웃으며 동석
이 준 것을 건네 받았다.

"진도에 전통 상여를 잘 아시는 분이 계시대요. 요새 목상여 종류의 전통 상여
는 만드는 곳이 흔치 않다고 하더라고요. 수요가 적으니까."

말을 끝마치는 동석의 목소리에서 씁쓸함이 느껴졌다.

"그분 인터뷰해서 기사에 실을 상여 구조나 사진 얻구요, 그 다음 장 보시면 진
도 전통 장례문화가 있더라고요. 상여를 보내면서 상여를 메고 진도만가라는 노
래를 부르며 전통 장례식을 진행하는 분들이 인간 문화재로 계시대요. 대단하
죠? 그런 전통이 보존돼야 하는데, 원. 팀장님 코 안 고시면서 곤히 주무실 때 제
가 연락 드렸어요. 내일 시간 내주신대요."

가끔 행동과 말투에서 어리버리한 면이 있지만 역시 일처리만큼은 확실한 동
석이었다. 수연은 만족의 의미로 고개를 끄덕이며 동석의 머리를 토닥였다. 흔
치 않은 팀장의 칭찬에 성실한 안팀원은 기쁜 마음으로 브리핑을 계속했다.

"일단 잘 곳은 동네회관에 부탁해 볼게요."

"으, 그러던가."

수연은 기지개를 켜느라 앓는 소리를 내며 답했다.

유리창 틈새로 들어온 아침햇살이 수연의 눈을 파고들자 그녀의 미간이 찌푸
려졌다. 지난날 차에서 졸았던 자세가 불편했던 탓인지 몸 마디마디가 뻐근했
다. 습관적으로 머리맡의 핸드폰을 더듬거리며 전원을 켰다. AM 08 : 00. 약속
시간까지는 2시간의 여유가 있었으나 그녀는 일어나 흐트러진 머리를 질끈 묶

고 옆 방에서 자고 있는 동석을 깨웠다. 어제 차에서 틈이 날 때마다 수연을 놀린 복수였다. 두 시간 후 그들은 그들에게 진도 전통 장례문화의 모든 것을 알려줄 인간 문화재 두 분 앞에 놓여져 있었다.

"반갑소."

"귀한 시간 내주셔서 감사합니다."

동석과 수연은 머리 숙여 인사했다. 좋으신 분들이야. 간만에 즐거운 인터뷰가 되겠는 걸. 동석은 예상했다. 두 분 중 쉼 없이 미소를 띠고 있는 선생님이 동석과 수연을 향해 커피를 건네며 운을 떼었다.

"미리 준비해온 질문 있습니까?"

동석은 수첩을 폈다. 프로젝트를 맡은 후부터 그의 손에서 떠나지 않은 수첩이었다. 수첩 빼곡히 인터뷰 질문이 쓰여 있었다.

"예, 그럼 시작하겠습니다."

긴장을 잘 하지 않는 동석이지만 잘 해야 한다는 부담감 탓일까 그의 몸은 땀으로 젖어갔다.

"만가란 뭔가요?"

"만가, 만가는 상여를 낼 때 상여를 메면서 부르는 노랩니다. 상여를 메면서 가는 사람들을 후소리꾼이라 허고 앞서 선 선소리꾼들이 부르면 소리를 받고 부르고 하는 것이, 고것이 만가입니다."

"그럼 진도만가가 유독 유명한 이유는 뭔가요?"

"그렇게 질문을 해버리믄, 내가 답을 주기가 애매해서 좀 힘들어요. 대신 진도만가의 유래부터 설명해 주려 하는데 그러면 좀 되겠습니까?"

"영광입니다. 어르신."

"그 만가라는 것이 원래 중국에서 처음 불려졌습니다. 한 무제 때, 중국이 최고 융성했을 때 그때 쉽게 말하면 궁중악사들이 '만가' 라고 이름을 붙였다고 합니다. 그후로 중국이 외침을 했을 때 우리 나라에 들어오게 된 겁니다. 시대시대 왕조에 따라 종교가 달라서 불교와 유교 등등 그렇게 시대시대에 따라서 발전하여 오늘날 우리가 부르는 만가가 되었다는 것이고, 그중에서 진도만가에 '진도' 가 왜 붙었냐면, 진도가 동그랗고 안이 파여 있다고 바구니 섬이라고 하지 않습니까. 그걸 똑 잘라보면 임회면, 지산면 부르는 소리 다르고, 의신면, 고군면 부르는 소리가 다른디 후렴구만 차이가 있습니다. 여기 지산면 인지리에서 불렸던 상여소리는 옛날에 당골, 쉽게 말하면 무가, 그분네들이 불렀던 노랩니다. 옛날에 돈 많은 사람들은 그분들을 불러서 노래를 부르게 했고, 그렇지 않은 사람들은 소리를 하시는 분들을 불러 노래를 하게 했는지라 인지리는 영혼을 씻어주는 씻김굿과 상여소리를 많이 접목시켜 불렀습니다. 후에 1982년도에 강원도 춘천에서 제 19회 민속 대회에서 그분들과 여그 인지리분들이 '진도만가' 라고 붙이고 대회를 나가서 제일 큰 상, 지금으로 말하면 장관상을 수상하게 되면서 그때 전국적으로 전문화된, 다양하고 세련된 이런 만가가 있다는 것이 알려지게 됐었습니다. 뒤로 1987년도에 전남 도 지정 무형문화재 제 19호 '진도만가' 로 정식 등록이 되고 그 뒤부턴 국가의 보호를 받게 됐습니다."

"진도만가는 주로 어떤 내용이죠?"

"상여 낼 때 같이 부르는 노래지 않습니까. 장단은 진양조. 아시죠? 제일로 느린 장단. 그 느린 장단부터 조금 템포가 빠른 중모리 더 빠른 중중모리 자진모리 네 개의 장단으로 이루어집니다. 진도만가의 구성은 암만해도 사람이 죽어서 부르기 때문에 애환적 또 애상적 이런 성격을 띠지 않겠습니까. 가는 사람에 대한 아쉬움. 사람이 아무리 잘살고 갔다 하더래도 그 사람이 못다 이룬 꿈들과 그 사람을 보내는 가족들의 아쉬움과 한들, 인생의 허무함이 만가의 입장에서 많이 포함되어 있지요. 우리 만가는 첨에 얘기했듯이 시대시대에 따라서 영향을 많이 받았기 때문에, 불교를 국교로 했을 때는 불교의 성격이 거의 팔십퍼센트로 들어 있고 나머지는 도교, 민속신앙이 들어 있어요. 옛날에는 평민들은 하지 않고 무당들이 상여노래를 불러서 그때 민속신앙이랑 도교가 녹아 든 것이고, 가사에 보면 다리를 건널 때 나는 소리인 천근소리라던지 목탁, 죽어서 극락세계에 가는 길목에 있는 48개의 경자 이름들과 진양조 후렴구에 나무야나무야 하며 부르는 부분 등은 불교의 색깔이 진하다고 볼 수 있습니다."

몇몇 수첩의 질문들은 언급되지 않았으나 그 답들은 빽빽이 채워졌다. 동석은 이만하면 됐다 싶었다.

"더 물어볼 것이 있습니까?"

"충분합니다. 큰 도움 됐어요. 어르신."

"더 물어볼 것이 없으면 내가 작가 양반한테 부탁 하나 하도 돼겠소?"

인터뷰 내내 답변해 주시던 선생님 말고 조용히 발끝만 쳐다보며 머리를 끄덕이던 다른 선생님이 처음으로 입을 뗐다.

"물론입니다, 어르신."

"나는 실은 어렸을 적에는 이 문화에 별로 관심이 없었소. 근데 내 아버님이 상여 나갈 때마다 가서 노래 해주고 그런 분이셨어. 집에 와봤자 그 당시 일밖에 더하나. 그래서 거기서 놀고 먹고 그러니께 집에도 별로 안 들어오신 건가 싶어. 내 아버님은 48세에 가셨어. 일찍 가셨지. 그래서 내가 이 길에 더 관심을 안 됐어. 아, 나도 이 길로 빠지면 얼마 못 가겠다 싶더라고. 근데 갑자기 북허고 소리 다루는 사람이 고장이 나버린 거여. 내가 안 들어가면 안 됐제. 내가 부모님 소리를 이어받아서 그런지 나한테 재능이 있었는가비. 그냥 누구한테 배우지도 않아도 즐겨 부르던 소리 나오면 코로 몇 번 흥얼대고 가사 외워블믄 그냥 불러버렸으니께. 근데 그렇게 시작한 것이 70을 바라보도록 내가 하는 있는 거여. 요새 사람들 중에 이 문화 전승할 사람들이 없어. 그래서 나이 먹은 우리가 발벗고 하는 것인데, 사람들이 전승하려면 배워야 하는데, 당췌 배우지를 않아. 관심을 별로 안 가져. 좋은 보석도 계속 두면 귀한지 모른다고 젊은 사람들이 우리 민속을 귀한지 모른다면 이게 전승이 과연 되겠는가 그런 걱정을 많이 하요. 진짜 우리 조상들이 해온 이런 좋은 걸 젊으신 분들이 지켜야 돼야. 즐기고 지키고 넘겨야 하는데 관심을 전혀 갖지 않응께. 진도만가도 우리한테 와서 배워야 지키고 넘기는데 하질 않으려 하니까 그런 것들이 아쉬워. 너무 아쉬워. 그 지역의 민속을 관심을 많이 갖고 배우고 지켜야 한다는 것을 그 말을 기사에 꼭 좀 써주시오."

수연은 인터뷰 내내 노트북 위로 들고 있지 않던 고개를 들었다. 자신에게 말을 하고 있는 선생님의 얼굴을 들여다보았다. 지켜야 한다고, 배워야 한다고 말하는 그의 목소리가 들렸다. 수연의 손은 조용히 자판 위를 떠돌았다. 그녀의 노트북에 지킨다. 배운다. 우리가. 3단어가 한 페이지를 다 채울 때쯤 동석이 말했다.

"저희 취지도 그겁니다. 젊은 사람들이 어서 배워야죠. 알려주신 정보 유용하게 쓰겠습니다, 선생님."

동석은 인터뷰 내용을 필기한 노트를 내려다보았다. 친절하고 자세한 설명 덕에 어느새 기사가 다 쓰여진 듯하였다.

"저 마지막으로 여쭤볼 게 있는데요. 전통 상여에 대해 잘 아시는 분이 계시다고 들었는데 어디 가면 뵐 수 있을까요?"

"아, 유영감 말하나 보요. 이 길 따라 가보시오. 파란 대문이라 눈에 확 띨 겁니다. 유영감이 상여에 대해서 잘 압니다. 유영감이 상여 만들 때 많이 도왔다고 하더라고. 상여에 대해 자세히 듣고 싶다면 꼭 들렀다가 가보세요. 좀 예민한 성격이지만 작가양반이 서글서글 웃으면서 말하면 도와주실 겁니다."

동석은 수연과 함께 허리 숙여 감사의 인사를 올렸다. 전통문화를 지켜온 이들에 대한 존경의 표시였다.

동석은 간만에 정말 유용한 정보를 얻은 인터뷰를 주도적으로 이끌어냈다는 것에 뿌듯함을 느꼈다. 인터뷰 때라면 똑 부러진 말투로 핵심적인 질문을 공략하는 수연이지만 어째서인지 이번 인터뷰에서는 그 역할을 동석에게 넘겨주었다. 동석은 의아했으나 흥미로운 인터뷰에 빠져 묻지 않았다. 골목을 걷던 중 파란 대문이 그의 눈에 들어왔다.

"팀장님, 저긴가 본데요."

"눈에 띄긴 하네."

"확 튀어서 좋죠. 파란색이 되게 영롱하네요. 이런 파란 대문은 처음 보는데."

동석은 신기하다는 듯 대문을 쓰다듬다 이내 특유의 목소리로 유영감을 불렀다. 계이름으로 치자면 경쾌한 솔이었다.

"유영감님."

"······ 기척이 안 들리는데? 다시 불러봐."

"유영감님, 도움 좀 주십쇼."

덜컥. 파란 대문이 열리고 그 뒤엔 희끗희끗한 노인이 서 있었다.

"누구요?"

"서울 ○○일보에서 왔습니다. 어르신께 상여에 대한 모든 것을 듣고 싶습니다."

유영감은 자신을 서울에서 왔다고 소개하는 청년을 유심히 살펴보았다. 서글서글한 웃음에 잘생긴 인상. 그리고 열정이 가득한 눈. 유영감은 피식 웃으며 청년이 들어올 자리를 마련하였다. 동석은 유영감의 미소를 허락의 의미로 알고 집에 발을 들였다. 문제는 수연이었다. 유영감은 딱 동석이 들어올 만큼만 비켜

주었기 때문이다.

"뒤 아가씨는 어디 사는 누구요."

"아, 저도 저 친구와 함께 왔습니다."

갑작스러운 질문에 수연은 당황한 기색을 감추지 못하며 답했다. 동석은 수연이 당황하고 있는 진귀한 장면을 찍고 싶었다. 유영감은 이번엔 아가씨의 얼굴을 쳐다보았다. 얍실한 얼굴에 깨끗하고 세련된 미가 묻어 있는 딱 도시의 여인이었다. 그리고 왜인지 피로해 보이고 즐거워 보이지 않는 그녀의 눈. 유영감은 이내 수연도 들여보내주었다. 수연은 마당을 가로질러가며 자신을 향한 유영감의 태도를 곱씹어보았다. 내가 뭘 잘못했나. 수연은 생각했다.

"그래, 무엇을 그렇게 알고 싶소?"

유영감이 마루에 앉으며 물었다.

"전통 상여에 대한 모든 것입니다, 어르신."

"알려는 이유가 뭐요?"

"우리의 전통문화를 젊은 사람들에게 많이 알리고 싶습니다."

"알려서 뭐 할라 그요?"

"알려서 그들에게 적어도 우리의 전통을 알아야 하며, 젊은이들이 전통문화에 관심과 애정을 가져야 비로소 전통문화가 오래 보존될 수 있다는 사실과 젊은 세대들에게 그들이 그런 능력을 가졌다는 걸 일깨워주고 싶습니다."

합리적 질문에 합리적 답. 유영감은 만족하며 수연을 돌아보았다.

"아가씨한테 이 전통문화는 뭐요?"

"……."

"어렵소? 그럼 이렇게 물을 게라. 아가씨, 내가 만드는 상여는 뭐요?"

"상여는 죽은 사람을 나르는……."

수연은 말을 끝마칠 수 없었다. 유영감은 수연에게서 눈을 돌리고 말했다.

"자, 이제 차근차근 알려주라요."

유영감은 기침 소리를 내며 목을 다듬었다. 다리 하나를 올리고 마루에 기대어 앉아 있는 그의 눈빛이 한 별의 마당을 응시했다. 그가 입을 뗐다.

"상여는 목상여, 꽃상여 그렇게 쓰는데 옛날에는 마을마다 공동 상여가 있었소. 작가 선생은 어려서 모를 것인디 옛날에 사람이 죽으면은 당연히 그 상여에 놓고 장지까지 모셨기 때문에 공동적으로 있었지. 지금 만드는 목상여는 암만해도 옛날 상여만은 못혀. 근데 이제 상여 만든 사람들이 많이 죽어블고 없어. 팔리질 않는디 어쩨 만들겄어. 인쟈는 그냥 식장가서 벤쯔로 타고가서 화장하고 그렇게 그 사람들이 안 만들어. 꽃상여는 전통 문화재 전승하는 사람들이 수작업으로 만들기는 하고, 상여는 틀이 정해져 있는데 높이 너비 80에서 90, 관 덮을 정도의 길이는 한 2메타. 옛날에는 육 척 장신이면 엄청 컸는데 지금은 다 잘 먹고 쿵케 2메타도 있고 그러제. 높이로는 단층 꽃상여는 90센치, 한층 더 있는 이층 상여는 2메타 20까지 올려서 필요한 만큼의 꽃을 걸어. 개수는 중요하지 않고 꽃 많이 걸면 이쁘고 정성도 더 들어 보이고 그러는 거제. 하야면 백상여, 다른 색 섞이면 빨노초 삼색이 나오는 거여. 상여 위로 호방산이라는 천을 덮는디 그 이유 첫 번째는 상여 밑의 망자가 비나 눈을 맞지 않게 하기 위해서, 또 하나는 새똥이 떨어지는 것을 방지하는 차원이제. 꽃상여는 옆에다는 이렇게 담배꽃이라는 지전을 걸어. 지전이 망자가 저승갈 때 쓰는 노잣돈이여. 망자가 극락갈 때 어두울 때 불 키고 가시라고 초롱도 달고. 지금은 목상여나 꽃상여나 상여보기가 힘들제. 장례문화가 싹 바뀌어부렀어. 응."

유영감은 말을 멈추었다. 동석은 빼곡한 수첩 위로 고개를 들었다. 유영감, 그는 쓸쓸해 보였다. 그가 젊음을 바쳐 일한 지난 날의 일이 이제는 각광받지 못하는 것에 대한 안타까움일까. 그는 좀처럼 쓸쓸한 기색을 감추지 못했다. 동석은 유영감의 심리를 다 알아차릴 순 없었지만 그의 모습을 보자 마음이 무거워졌다. 젊은 사람으로서의 죄책감이었다. 동석이 말했다.

"상여에 대해서 정말 잘 아시네요, 어르신. 그런 계기라도 있으셨나요?"

"날이 많이 따듯해졌어."

유영감이 조용히 읊조렸다. 유영감의 답은 동석의 질문과 어울리지 않았다. 동석은 의아스러웠다.

"딱 이맘 때였는디."

"뭐가 말입니까, 어르신?"

유영감의 침묵이 시작되었다. 그러나 침묵은 수연에 의해 오래가지 못했다.

"어르신."

그때서야 유영감의 눈이 마당에서 수연으로 옮겨졌다.

"난 아직 결혼을 안 했소."

유영감은 말을 계속했다.

"어릴 적부터 알고 지낸 동갑내기 여자애가 있었는디. 다 크도록 둘이 우물가에 물 길러 다니면서 붙어 다녔네. 내가 징허게 좋아했소. 근데 그것이 딱 스물 되던 해에 우물에 빠져 죽었어."

유영감은 숨을 한 번 골랐다. 말 한마디 한마디 꺼내는 그의 모습은 괴로워 보였다.

"자살이었소."

동석과 수연은 위로조차 할 수 없었다. 그저 손만 쥐었다 폈다 할 뿐이었다.

"그 애 유언이 나보고 지 상여를 만들어달라 허더라고. 가는 애 부탁인디 어찌 안 들어줄 수가 있었어. 그때 만든 것이 내 평생 기억에 잊혀지질 않어. 몇 날 며칠을 밤새면서 만든 것이 아직도 여그 남아 있어."

유영감이 자신의 가슴을 쳤다. 유영감의 목소리는 떨리고 있었다. 수 십 년의 세월이 지났어도 덧나면 덧났지 결코 아물지 않는 상처였다.

"그 애 장례를 치를 때 내가 봤는데 그것이 내가 태어난 이후로 처음으로 보는 장례였소. 그 하나하나도 다 기억이 나."

유영감은 말을 마치고 자신을 찾아온 이들에게로 눈을 돌렸다. 노인의 상처를 건드렸다는 것에 대한 자책감일까. 그들은 미세히 떨고 있었다. 위로의 말 한마디조차, 동정의 말 한마디조차 꺼내지 못하는 채로. 아이러니하게도 그들의 그런 모습이 유영감에게 위로가 되었다. 그의 상처를 같이 힘들고 어렵게 생각하고 있는 그들의 모습이야말로 형식적인 위로와 동정의 말보다 더 그를 토닥였다. 유영감은 그런 이들에게 선물을 주어야겠다고 생각했다.

"내 이야긴디, 어째 그리 쩔쩔매오. 어차피 다 예전 일인디. 말 나온 김에 상여 싣고 나갈 때 장례행렬에 대해 알려줄라. 옛날에는 상여가 나가면 제일 앞에 방 장쇠, 저승 가는 길에 잡귀, 악귀 쫓는 방장쇠가 뻘갛게나 검게 옷 입고 탈 쓰고 앞에 섰어. 이쁘게 하고 가믄 악귀 쫓겄어. 황금색 눈 네 개 달고 칼 들면서 무섭게 했제. 두 번째는 만사, 망자가 살아서 해왔던 그 취적을 천에다 써서 깃발에 건 것이여. 그걸 드는 사람을 만사라고 하는 거고. 세 번째는 명전. 우리가 보통 이름표라 하잖소. 쉽게 말하면 무슨 어디 박씨같이 세세히 망자의 이름표 명전을 달았어. 다음은 고포라고 하는 수건을 걸어. 극락가다 땀나면 닦으시라고. 그 다음에는 향불을 피제. 옛날에 쑥대, 쑥대 알제? 쑥 말려서 묶으면 쑥향 횃불이 되고 불 붙이면 향불이 되는 거여. 빠삭하게 말릴수록 그게 더 잘 타. 왜 쑥대로 했느냐 하면 상여가 나갈 때 노제 사신제 등의 제사를 많이 모시는데 그때마다 향을 피우려면 옛날 형편에는 너무 힘든 것이여. 그래서 향 대신으로 썼제. 그 다음에는 한문으로 구름 운 삽. 그 뜻을 해명하려면 복잡헌디 내 몸은 죽어 있지만 영혼은 앞서간다. 그런 뜻이여. 묘지를 파면서 그 속의 악귀를 근원적으로 몰아 내어 망자를 모신다는 그런 뜻도 가지고 있고. 그런 다음 죽은 사람의 영혼을 모 시는 적은 상여, 영여가 가. 그 사람의 사진이나 신던 신을 넣어놓은 적은 상여 여. 그 다음은 악기. 소리꾼들 그런 사람들이 서고 그 다음에야 상여가 서게 되는 거여. 상여 뒤에 호상꾼이라고 그 마을에서 망자나 상자랑 친한 사람들이 상자 를 위로하는 차원으로다가 상여 앞에서 하얀 천을 두 줄로 묶어서 그 줄을 잡고 서는디 지금은 그렇게 하는 곳이 거의 없고 우리 진도만가만 그렇게 합디. 며 느리나 딸이 호상계를 만들어서 그 딸들이 육지로 시집가면서 전파가 돼가지고 그런 계가 전라북도는 아니고 군산 아래로 서남부해안까지는 가게 됐을 거요. 이만하면 됐지라?"

동석은 빼곡한 필기를 보며 속으로 외쳤다. 이건 됐어. 성공이야. 그는 그에게 보답을 드리고 싶었다.

"어르신, 혹시 뭐 필요하신 거 있으세요? 하다 못해 제가 도울 일이라도 있을 까요?"

"됐소. 뭐 줄라고 허지 말고 이제 얼른 가 보시우. 서울이면 꽤 멀지 않소."

수연과 동석은 앞선 이들에게 그러했듯, 유영감에 대한 존경의 의미로 허리 를 다시 숙였다. 수연이 대문을 나서려 할 때, 유영감의 목소리가 수연을 멈추 게 했다.

"아가씨, 글 쓴다 했제?"

"예, 영감님."

"그럼 내가 뭐 다른 거 바라는 건 없고, 아가씨 글에 내가 아까 물어봤던 질문 에 해답을 적어주쇼. 고거면 보답이 됐겠소만이."

"제가 생각하는 상여와 제가 생각하는 전통 말씀이신가요?"

유영감이 고개를 끄덕였다. 실은 수연은 그 질문을 들었을 때부터 유영감이 자신을 다시 멈춰 세운 그 순간까지 그 질문에 대한 답을 자문했다. 하지만 여전히 답은 나오지 않고 있었다. 수연은 유영감이 바라는 보답을 듣고 생각했다. 이 질문에 답을 찾는 것이 자신이 자신 없어 했던 이 프로젝트를 성공시킬 마지막 키이자, 젊은 사람들에게 전통문화를 보존시킬 의무와 능력이 있다는 인식을 효과적으로 심어줄 수 있는 목적을 달성하기 위한 성공을 향한 마지막 퍼즐 조각임을 깨달았다. 그러기 위해선 수연 자신 먼저 변화된 젊은이가 되어야 했다. 수연은 유영감 쪽으로 몸을 완전히 돌려 천천히 다시 인사를 올렸다. 그 사실을 알려준 이에게 존경과 감사의 마음을 담아.

"팀장님, 괜찮으시죠?"
"어? 응. 괜찮지."
유영감을 만나고 온 후부터 수연은 눈에 띄게 허공을 응시하는 시간이 늘어났다. 그건 서울에서까지 이어졌다. 그쯤 되자 동석은 슬슬 걱정이 되었다. 그는 이번 프로젝트를 하면서 참 진귀한 광경을 많이 본다고 생각했다.

"제가 인터뷰 내용 정리한 거 보셨죠?"

"물론이지, 임마."

수연은 여전히 삐걱대는 의자에 기대며 동석의 질문에 답했다. 기사는 성공적으로 쓰여지고 있었다. 진도의 전통 장례문화에 관한 알뜰한 설명과 그 장례문화에 쓰이는 상여의 구조와 존재하는 장식의 의미까지. 평소 만족을 잘 하지 않고 완벽을 추구하는 그녀였지만, 이번 기사만큼은 객관적으로 보나 주관적으로 보나 잘 썼다고 생각했다. 문제는 유영감의 질문에 대한 답이었다. 진도에서 서울로 오는 차에서부터 며칠이 지난 지금까지 수연의 머릿속에서 떠나지 않았다.

'나한테 이 전통문화는 대체 뭘까.'

"팀장님, 국장님한테 중간점검 한 번 가볼까요?"

중간점검. 썩 괜찮은 생각이었다. 어쩌면 국장이 수연에게 질문의 답의 실마리를 줄 수도 있으니까.

둘은 미완성된 기사를 들고 국장실로 향했다. 처음 프로젝트를 맡았던 그날과 닮은 따뜻한 오후 햇살에 둘러 싸인 국장실에서 셋은 다시 마주했다. 국장은 활짝 웃으며 그들을 반겼다.

"기다리고 있었습니다."

그런 국장에게 수연은 80퍼센트나 완성된, 그녀의 숙제 빼고는 완성된 기사를 오국장에게 건넸다. 국장은 수연의 기사에 집중했다. 그가 집중할 때마다 볼에 들어오는 바람이 그 증거였다. 국장의 손에서 기사가 놓아졌을 때, 국장은 생각했다. 젊은 나이지만 국장의 자리까지 올 수 있던 까닭은 선천적으로 타고난 그의 안목이었다. 그의 레이더망에서 신속히 평가된 기사들은 독자들의 이목을 집중시켰다. 그리고 지금 오국장의 눈 앞에 있는 이 기사에 오국장의 모든 감각들이 아우성대고 있었다. 이번 기사, 성공이라고.

"임수연씨. 역시 제가 사람 볼 줄 압니다."

"그러니까 젊은 나이에 그 자리까지 가셨겠죠."

국장은 빙그레 웃었다.

"수연씨, 중요한 부분이 남았네요. 아시죠?"

수연을 고개를 끄덕였다. 그녀의 진심이 담긴 부분이 부족했다는 것을 오국장은 꿰뚫은 것이었다.

"기대가 커요, 제가."

오국장은 수연을 보며 눈이 휘어지듯 웃었다. 더 이상 뭐라 할 말이 없었다. 프로젝트의 성공이 눈 앞에 아른댔다. 국장의 미소에서 눈을 돌려 자리를 뜨던 수연은 금색 국장실 문을 잡고선 머뭇거리던 말을 던졌다.

"국장님."

둘을 보내고 업무를 수행하려던 국장이 수연의 목소리에 고개를 들었다.

"네, 임수연씨?"

"국장님한테 전통문화란 뭔가요?"

몇 초간 정적이 흐르고 국장은 입을 열었다.

"뜬금없지만 좋네요. 저한테 전통문화는 제 능력을 일깨우는 기폭제죠. 저는 전통문화의 보존에 대해 생각하다가 그를 보존하기 위한 역할을 젊은이들도 가지고 있다는 것을 알게 됐어요. 단지 전통문화에 관련된 직종을 갖고 계신 분들뿐만 아니라 그냥 저희 같은 젊은, 전혀 상관없는 직종의 사람들도 전통문화를 보존할 수 있는 능력과 역할을 가지고 있다는 것을 저한테 알려주더라고요, 전통문화가. 전통문화를 보존하고 소중히 여기는 건 그분들에게만 해당되는 일이 아니라 우리에게도 그 의무가 있었는데. 그걸 몰랐던 거예요, 우리는."

수연은 국장을 멍하니 쳐다보았다.

"답이 됐어요?"

국장은 씩 웃으며 자리로 돌아갔다. 수연은 눈을 한 바퀴 돌리더니, 이내 빙긋 웃으며 한결 가벼워진 마음으로 그녀의 자리로 향했다. 이제 그녀는 자리로 가자마자 그녀의 노트북을 킬 것이다. 그녀의 자리만을 남겨둔 기사에 가서 그녀의 숙제를 해결할 것이다. 그런 다음 동석과 국장에게 다시 보여줘야지. 수연의 걸음은 경쾌한 리듬을 타고 있었다.

'우리의 전통 : 진도의 전통 장례문화에 관하여'라는 제목의 기사가 신문 1면을 장식했다. 인터넷 검색어 순위에서도 떳떳이 빛을 발했다. 그에 관련한 네티즌들의 반응 또한 긍정적이었다.

'진도에 이런 전통 장례문화가 있었군요! 이 기사 읽고 많이 배우고 가요.'

310

'목상여는 많이 만들어지지 않다니…… 너무 슬프군요. 저희가 전통문화에 관심을 가져야 할 이유가 여기 또 있네요.'

전통문화에 대해 소홀했던 이들의 반성 어린 후기가 올라왔다. 이러한 정보를 제공해 줌에 감사하다는 댓글, 앞으로 전통문화에 더 많은 관심을 갖겠다는 댓글까지 줄을 이었다.

그중 유달리 튀는 댓글이 있었다. 임기자가 숙제를 성공적으로 수행했음을 보여주는 댓글이었다.

'저는 이 문구가 제일 기억에 남네요.- 지금 이 기사를 쓰고 있는 나에게 상여란 죽은 자들을 이동시키는 물건이 아니라, 그 혼에게 보내는 마지막 인사이자 망자의 영혼을 달래는 망자와 산자의 매개체이다. 또한 나에게 있어서 전통문화란 젊은 세대들이 보존해야 할 의무와 사명감이 있는 숙제이며, 그를 해결했을 때 우리에겐 그런 능력이 있었음을 깨닫게 해주는 훌륭한 선물이다. 이 글을 읽는 이들이여, 기억하라. 당신들이 이뤄야 할 일을. 직무 유기하지 말고 당장 자리를 털고 일어나 수행하라. 아름다운 우리의 전통문화를 사랑하는 일을.'

진도의 전통 장례문화에 관하여

* 글과 촬영에 많은 도움을 주신 진도만가 전수교육 조교 김기선 선생님, 오주창 선생님과 무형문화재 19호 진도만가 보존회에 감사를 전합니다.

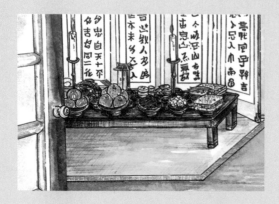

예향의 고장 진도에는 장례문화에도 특별함이 있다.

장례를 치를 때 상여를 내가며 부르는 진도만가와 장례행렬이 바로 그것이다.

만가는 중국에서 처음 불려진 것이 그 유래로, 한 무제 때 우리나라에 외침을 통해 들어온 것 중 하나라고 알려진다. 또한 시대마다 다른 종교(불교, 유교, 도교)에 따라 가사에 각 종교의 성질이 잘 포함되어 드러난다.

'진도만가'라는 공식명칭과 보호를 받게 된 계기는 강원도 춘천의 제 19회 민속 대회이다. 그에 출전할 때 '진도만가'라는 타이틀을 처음으로 걸게 되었고 장관상을 수상하며 전국적으로 전문화되고 세련된 '진도만가'를 알리게 되었다. 후에 1987년도 제 19회 무형문화재로 지정되었다. '진도만가'는 제일 느린 장단 진양조부터 시작하여 중모리, 중중모리, 자진모리 총 4개의 장단으로 구성되고, 주요 구성 내용은 망자를 떠나 보내는 아쉬움과 망자를 추모하는 내용의 애상적이고 애환적인 내용을 담는다.

만가는 상여를 내가는 장례행렬에서 불리어진다. 이 장례행렬은 잡귀를 쫓는 방장쇠를 시작으로 상여 뒤의 호상꾼들로 끝을 맺는다. 방장쇠를 차례로 망자가 살아온 자취를 쓴 천을 깃발에 달고 그를 드는 만사, 망자의 가문과 이름이 쓰여진 이름표(명전), 극락 갈 때 땀 날 때 망자가 닦으시라고 거는 수건인 고포, 향의 역할을 하는 쑥대, 운삽, 영여, 상여, 호상꾼 순으로 행렬은 차례를 이룬다. 쓰이는 상여에는 목상여와 꽃상여 두 종류가 있는데 전통적인 목상여는 현재 수요가 적어 제작이 힘들다. 상여는 높이는 80~90cm이고 관 덮는 것의 길이는 2m 정도이다. 이층 상여도 존재한다. 상여에서는 담배꽃을 지전으로 이용한다. 또한 망자가 극락갈 시 어두울 때 사용하라고 초롱을 달기도 한다. 빨노초 삼색의 꽃들이 걸리기도 하고, 상여 밑의 망자가 비나 눈을 맞지 않게 하기 위하여 호방산이라는 천을 덮는다.

진도만가, 상여 소리

진도만가가 중심이 되는 진도의 장례는 죽은 자와 산 자를 함께 위로하는 씻김의 장이기도 하다.

무형 문화제 19호 진도 만가 보존회의 공연 모습.
진도 특유의 전래 장례 모습을 재현하는 공연이 정기적으로 이루어진다.

허보람

작년에 이어 올해 두 번째 책을 쓰며 더 수월했던 점도 많았고, 그만큼 힘들었던 부분도 많았다. 그런 것들을 떠나서 한 번 더 글을 쓸 수 있었다는 것은 엄청나게 좋은 기회였다. 쓰면서 경험한 것들, 준비하면서 알게 된 사실들까지 포함해서 말이다.

하봄

편집 막바지에 전체 스토리를 교체해 올해엔 두 개의 책을 낸 기분이다. 두 번째 책이라 부담도 됐지만 많은 응원 속에서 잘 마무리한 것 같아 기쁘다. 진도비전을 통해 일상의 스트레스를 잠시 내려놓고 진도의 비밀들을 알아가셨으면 한다. Remember 0416.

하지연

넘쳐 흐르는 생각을 책에 풀어놓는 것도 이제 두 번째. 나비가 젖은 날개를 말리며 고치에서 우화하듯, 우리의 책도 작년보다 사뭇 성숙해진 느낌이다. 진도비전의 진화를 위해 고군분투한 부원들과 강은수 선생님께, 감사합니다. 사랑합니다.

한예진

엉성하기만 하던 내 글이 동아리 원들의 도움으로 모양새를 갖춰가는 것을 보면서 신기하면서도 고마웠다. 어쩌면 마지막이 될 수도 있는 책인 만큼 후회 없이 최선을 다하려 했다. 내 자신에게 말해 주고 싶다. '넌 정말 잘 해냈고, 그 동안 수고 많았어.'라고.

김수현

'생태' 주제로 조사를 다니며, 진도에 살고 있어도 가보지 못했던 곳들을 다니고, 자연의 소리를 녹음하며 힐링이 되어 좋았다. 두 번째 책이라 순조로울 것 같았지만 더 힘들었던 것 같다. 고교의 마지막 책쓰기가 끝이 나 아쉽고 더 노력을 쏟지 못해 후회된다.

이서진

글을 쓴다는 것은 나에게 있어서 '쓴다'는 의미를 벗어난다. 머릿속에 그려진 그림들을 말로 그리고, 표현하는 것. 완결을 냈던 글을 아쉬워하며 지우고 밤새 새로운 이야기를 썼던 경험은 훗날 또 다른 추억으로 남을 것 같다. 내 성장의 토양, 책쓰기!

박수린
시작할 때는 일기 쓰듯 술술 쓰여 나갈 것이라 생각해 즐겁기만 했다. 어느덧 9월. 결과물을 보고 크게 실망했다. 몇 번 수정하면 명작이 나올 줄 알았건만, 초등학생의 망상 글 정도라는 느낌적 느낌. 마감 직전, 작품을 만드는 것에 많은 수고가 따른다는 것도 느꼈다.

채정선
책을 쓰고 작가가 된다는 것이 마냥 신기했던 지가 엊그제. 마감 압박의 스트레스도 견뎌낸 결과 작품이 완성되어 뿌듯함을 느낀다. 책 출판이 하나부터 열까지 생경했던 우리를 이끌어주신 강은수 선생님과 동아리 언니, 친구들! 감사합니다.

배준영
상상하지 못했다. 내가 이런 일을 벌이고 있을 줄. 시간이 많이 남은 줄 알았지만 벌써 훅 지나와 버렸다. 내가 이제껏 하지 못했거나, 안 했던 그런 경험들을 쓴 글이 책이 된다는 건 굉장히 매력적이다. 진도비전, 시리즈 완결까지 잘 됐으면 좋겠다.

이상훈
우리가 책을 만든 과정은 매우 신기하다. 아무리 보아도 책쓰기와 관련이 없어 보였지만 나중에 돌이켜보니 그 활동들이 있었기에 책이 완성될 수 있었다. 아무리 짧은 분량의 책이라도 많은 노력과 애정이 있어야 한다는 것을 알았다. 내 생애 첫 작품!

김채영
평소 글 쓰는 것도 별로 좋아하지 않고 소질도 없었다. 고교 입학 후 가장 뿌듯하고 기대됐던 시간 중 하나가 책을 쓸 기회를 얻게 된 것이다. 과연 잘 쓸 수 있을까라는 부담감이 압박했지만 소중하고 자랑스러운 고교 시절의 추억이 되었다.

양수정
하고 싶지 않은 말을 불특정 다수가 볼 곳에 던지는 것. 어떤 사건이든 많은 시간이 지났더라도 기억하는 사람이 남아 있다면 잊히지 않을 것이다. 우리는 누군가의 가장귀에서 갈라져 나온 또 다른 가장귀이다. 엉킨 문장들 사이 그런 책임감이 매달려 있기를.

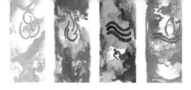

편집자 노트

　올해도 반쯤은 제정신이 아닌 상태로 편집을 마감한다. 평소 멀티태스킹만큼은 자신 있다고 믿어 왔지만, 한 권의 책을 만드는 일을 다른 수많은 일과 동시에 하는 것은 역시 무리라는 뒤늦은 후회를 해본다. 하지만, 이런 후회도 막상 단행본을 받아 든 학생 저자들의 밝은 표정을 보면 모두 잊혀지고 만다는 것이 문제라면 문제일지도.

　2014년, 세월호라는 무거운 동력이 우리를 움직였다면, 올해 프로젝트를 이끌어 온 동력은 단연 세상에서 가장 가볍게 나는 나비가 아닐까 한다. 때로는 아름다운 것들을 태연히 들여다보고 그저 사랑하는 즐거움에 빠져보는 것도 나쁘지 않다.

　언제나 그렇듯이 많은 분들의 도움을 받았다. 책 만들 기회를 마련해 주신 교육부, 전라남도교육청, 매년 전국 프로젝트를 열심히 돌려주시는 대구교육청 한준희 장학사님께도 감사드린다. 하지만 그 무엇보다도 '놀라운 에너지를 지닌 학교 공동체' 진도고등학교의 모든 선생님들과 참여해 준 학생들에게 감사드리는 것이 우선이다. 감사드립니다.

엮은이 강은수

2015. 6. 7. 사천리 '운림산방'에서의 1박 2일 워샵